Tucholsky Wagner Zola Scott Sydow Freud Schlegel
Turgenev Wallace Fonatne
Twain Walther von der Vogelweide Fouqué Friedrich II. von Preußen
Weber Freiligrath Frey
Fechner Fichte Weiße Rose von Fallersleben Kant Ernst Richthofen Frommel
Engels Fielding Hölderlin
Fehrs Faber Flaubert Eichendorff Tacitus Dumas
Feuerbach Maximilian I. von Habsburg Fock Eliasberg Zweig Ebner Eschenbach
Ewald Eliot Vergil
Goethe Elisabeth von Österreich London
Mendelssohn Balzac Shakespeare Dostojewski Ganghofer
Trackl Stevenson Lichtenberg Rathenau Doyle Gjellerup
Mommsen Tolstoi Hambruch Droste-Hülshoff
Thoma Lenz Hanrieder
Dach Verne von Arnim Hägele Hauff Humboldt
Karrillon Reuter Rousseau Hagen Hauptmann Gautier
Garschin
Damaschke Defoe Hebbel Baudelaire
Descartes
Hegel Kussmaul Herder
Wolfram von Eschenbach Darwin Dickens Schopenhauer Rilke George
Bronner Melville Grimm Jerome Bebel Proust
Campe Horváth Aristoteles
Bismarck Vigny Barlach Voltaire Federer Herodot
Gengenbach Heine
Storm Casanova Tersteegen Grillparzer Georgy
Chamberlain Lessing Langbein Gilm Gryphius
Brentano Lafontaine
Strachwitz Claudius Schiller Kralik Iffland Sokrates
Katharina II. von Rußland Bellamy Schilling
Gerstäcker Raabe Gibbon Tschechow
Löns Hesse Hoffmann Gogol Wilde Gleim Vulpius
Luther Heym Hofmannsthal Klee Hölty Morgenstern Goedicke
Roth Heyse Klopstock Puschkin Homer Kleist
Luxemburg La Roche Horaz Mörike Musil
Machiavelli Kierkegaard Kraft Kraus
Navarra Aurel Musset Lamprecht Kind Kirchhoff Hugo Moltke
Nestroy Marie de France
Laotse Ipsen Liebknecht
Nietzsche Nansen Ringelnatz
Marx Lassalle Gorki Klett Leibniz
von Ossietzky May vom Stein Lawrence Irving
Petalozzi Knigge
Platon Pückler Michelangelo Kafka
Sachs Poe Liebermann Kock
de Sade Praetorius Mistral Zetkin Korolenko

La maison d'édition tredition, basée à Hambourg, a publié dans la série **TREDITION CLASSICS** des ouvrages anciens de plus de deux millénaires. Ils étaient pour la plupart épuisés ou uniquement disponible chez les bouquinistes.

La série est destinée à préserver la littérature et à promouvoir la culture. Elle contribue ainsi au fait que plusieurs milliers d'œuvres ne tombent plus dans l'oubli.

La figure symbolique de la série **TREDITION CLASSICS**, est Johannes Gutenberg (1400 - 1468), imprimeur et inventeur de caractères métalliques mobiles et de la presse d'impression.

Avec sa série **TREDITION CLASSICS**, tredition à comme but de mettre à disposition des milliers de classiques de la littérature mondiale dans différentes langues et de les diffuser dans le monde entier. Toutes les œuvres de cette série sont chacune disponibles en format de poche et en édition relié. Pour plus d'informations sur cette série unique de livres et sur l'éditeur tredition, visitez notre site: www.tredition.com

tredition a été créé en 2006 par Sandra Latusseck et Soenke Schulz. Basé à Hambourg, en Allemagne, tredition offre des solutions d'édition aux auteurs ainsi qu'aux maisons d'édition, en combinant à la fois édition et distribution du contenu du livre en imprimé et numérique et ce dans le monde entier. tredition est idéalement positionnée pour permettre aux auteurs et maisons d'édition de créer des livres dans leurs propres domaines et sujets sans prendre de risques de fabrication conventionnelles.

Pour plus d'informations nous vous invitons à visiter notre site: www.tredition.com

La Conquete De Plassans

Emile Zola

Mentions légales

Cette œuvre fait partie de la série TREDITION CLASSICS.

Auteur: Émile Zola
Conception de couverture: toepferschumann, Berlin (Allemagne)

Editeur: tredition GmbH, Hambourg (Allemagne)
ISBN: 978-3-8491-3432-7

www.tredition.com
www.tredition.de

Toutes les œuvres sont du domaine public en fonction du meilleur de nos connaissances et sont donc plus soumis au droit d'auteur.

L'objectif de TREDITIONS CLASSICS est de mettre à nouveau à disposition des milliers d'œuvres de classiques français, allemands et d'autres langues disponible dans un format livre. Les œuvres ont été scannés et digitalisés. Malgré tous les soins apportés, des erreurs ne peuvent pas être complètement excluses. Nos partenaires et nous même, tredition, essayons d'aboutir aux meilleurs résultats. Toutefois, si des fautes subsistent, nous vous prions de nous en excuser. L'orthographe de l'œuvre originale a été reprise sans modification. Il se peut que ce dernier diffère de l'orthographe utilisée aujourd'hui.

LA CONQUÊTE DE PLASSANS par Émile Zola

I

Désirée battit des mains. C'était une enfant de quatorze ans, forte pour son âge, et qui avait un rire de petite fille de cinq ans.

—Maman, maman! cria-t-elle, vois ma poupée!

Elle avait pris à sa mère un chiffon, dont elle travaillait depuis un quart d'heure à faire une poupée, en le roulant et en l'étranglant par un bout, à l'aide d'un brin de fil. Marthe leva les yeux du bas qu'elle raccommodait avec des délicatesses de broderie. Elle sourit à Désirée.

—C'est un poupon, ça! dit-elle. Tiens, fais une poupée. Tu sais, il faut qu'elle ait une jupe, comme une dame.

Elle lui donna une rognure d'indienne qu'elle trouva dans sa table à ouvrage; puis, elle se remit à son bas, soigneusement. Elles étaient toutes deux assises, à un bout de l'étroite terrasse, la fille sur un tabouret, aux pieds de la mère. Le soleil couchant, un soleil de septembre, chaud encore, les baignait d'une lumière tranquille; tandis que, devant elles, le jardin, déjà dans une ombre grise, s'endormait. Pas un bruit, au dehors, ne montait de ce coin désert de la ville.

Cependant, elles travaillèrent dix grandes minutes en silence. Désirée se donnait une peine infinie pour faire une jupe à sa poupée. Par moments, Marthe levait la tête, regardait l'enfant avec une tendresse un peu triste. Comme elle la voyait très-embarrassée:

—Attends, reprit-elle; je vais lui mettre les bras, moi.

Elle prenait la poupée, lorsque deux grands garçons de dix-sept et dix-huit ans descendirent le perron. Ils vinrent embrasser Marthe.

—Ne nous gronde pas, maman, dit gaiement Octave. C'est moi qui ai mené Serge à la musique…. Il y avait un monde, sur le cours Sauvaire!

—Je vous ai crus retenus au collège, murmura la mère; sans cela, j'aurais été bien inquiète.

Mais Désirée, sans plus songer à la poupée, s'était jetée au cou de Serge, en lui criant:

—J'ai un oiseau qui s'est envolé, le bleu, celui dont tu m'avais fait cadeau.

Elle avait une grosse envie de pleurer. Sa mère, qui croyait ce chagrin oublié, eut beau lui montrer la poupée. Elle tenait le bras de son frère, elle répétait, en l'entraînant vers le jardin:

—Viens voir.

Serge, avec sa douceur complaisante, la suivit, cherchant à la consoler. Elle le conduisit à une petite serre, devant laquelle se trouvait une cage posée sur un pied. Là, elle lui expliqua que l'oiseau s'était sauvé au moment où elle avait ouvert la porte pour l'empêcher de se battre avec un autre.

—Pardi! ce n'est pas étonnant, cria Octave, qui s'était assis sur la rampe de la terrasse: elle est toujours à les toucher, elle regarde comment ils sont faits et ce qu'ils ont dans le gosier pour chanter. L'autre jour, elle les a promenés toute une après-midi dans ses poches, afin qu'ils aient bien chaud.

—Octave!... dit Marthe d'un ton de reproche; ne la tourmente pas, la pauvre enfant.

Désirée n'avait pas entendu. Elle racontait à Serge, avec de longs détails, de quelle façon l'oiseau s'était envolé.

—Vois-tu, il a glissé comme ça, il est allé se poser à côté, sur le grand poirier de monsieur Rastoil. De là, il a sauté sur le prunier, au fond. Puis il a repassé sur ma tête, et il est entré dans les grands arbres de la sous-préfecture, où je ne l'ai plus vu, non, plus du tout.

Des larmes parurent au bord de ses yeux.

—Il reviendra peut-être, hasarda Serge.

—Tu crois?... J'ai envie de mettre les autres dans une boîte et de laisser la cage ouverte toute la nuit.

Octave ne put s'empêcher de rire; mais Marthe rappela Désirée.

—Viens donc voir, viens donc voir!

Et elle lui présenta la poupée. La poupée était superbe; elle avait une jupe roide, une tête formée d'un tampon d'étoffe, des bras faits d'une lisière cousue aux épaules. Le visage de Désirée s'éclaira d'une joie subite. Elle se rassit sur le tabouret, ne pensant plus à l'oiseau, baisant la poupée, la berçant dans sa main, avec une puérilité de gamine.

Serge était venu s'accouder près de son frère. Marthe avait repris son bas.

—Alors, demanda-t-elle, la musique a joué?

—Elle joue tous les jeudis, répondit Octave. Tu as tort, maman, de ne pas venir. Toute la ville est là, les demoiselles Rastoil, madame de Condamin, monsieur Paloque, la femme et la fille du maire... Pourquoi ne viens-tu pas? Marthe ne leva pas les yeux; elle murmura, en achevant une reprise:

—Vous savez bien, mes enfants, que je n'aime pas sortir. Je suis si tranquille, ici. Puis, il faut que quelqu'un reste avec Désirée.

Octave ouvrait les lèvres, mais il regarda sa soeur et se tut. Il demeura là, sifflant doucement, levant les yeux sur les arbres de la préfecture, pleins du tapage des pierrots qui se couchaient, examinant les poiriers de M. Rastoil, derrière lesquels descendait le soleil. Serge avait sorti de sa poche un livre qu'il lisait attentivement. Il y eut un silence recueilli, chaud d'une tendresse muette, dans la bonne lumière jaune qui pâlissait peu à peu sur la terrasse. Marthe, couvant du regard ses trois enfants, au milieu de cette paix du soir, tirait de grandes aiguillées régulières.

—Tout le monde est donc en retard aujourd'hui? reprit-elle au bout d'un instant. Il est près de dix heures, et votre père ne rentre pas.... Je crois qu'il est allé du côté des Tulettes.

—Ah bien! dit Octave, ce n'est pas étonnant, alors.... Les paysans des Tulettes ne le lâchent plus, quand ils le tiennent.... Est-ce pour un achat de vin?

—Je l'ignore, répondit Marthe; vous savez qu'il n'aime pas à parler de ses affaires.

Un silence se fit de nouveau. Dans la salle à manger, dont la fenêtre était grande ouverte sur la terrasse, la vieille Rose, depuis un moment, mettait le couvert, avec des bruits irrités de vaisselle et d'argenterie. Elle paraissait de fort méchante humeur, bousculant les meubles, grommelant des paroles entrecoupées. Puis elle alla se planter à la porte de la rue, allongeant le cou, regardant au loin la place de la Sous-Préfecture. Après quelques minutes d'attente, elle vint sur le perron, criant:

— Alors, monsieur Mouret ne rentrera pas dîner?

— Si, Rose, attendez, répondit Marthe paisiblement.

— C'est que tout brûle. Il n'y a pas de bon sens. Quand monsieur fait de ces tours-là, il devrait bien prévenir.... Moi, ça m'est égal, après tout. Le dîner ne sera pas mangeable.

— Tu crois, Rose? dit derrière elle une voix tranquille. Nous le mangerons tout de même, ton dîner.

C'était Mouret qui rentrait. Rose se tourna, regarda son maître en face, comme sur le point d'éclater; mais, devant le calme absolu de ce visage où perçait une pointe de goguenarderie bourgeoise, elle ne trouva pas une parole, elle s'en alla. Mouret descendit sur la terrasse, où il piétina, sans s'asseoir. Il se contenta de donner, du bout des doigts, une petite tape sur la joue de Désirée, qui lui sourit. Marthe avait levé les yeux; puis, après avoir regardé son mari, elle s'était mise à ranger son ouvrage dans sa table.

— Vous n'êtes pas fatigué? demanda Octave, qui regardait les souliers de son père, blancs de poussière.

— Si, un peu, répondit Mouret, sans parler autrement de la longue course qu'il venait de faire à pied.

Mais il aperçut, au milieu du jardin, une bêche et un râteau que les enfants avaient dû oublier là.

— Pourquoi ne rentre-t-on pas les outils? s'écria-t-il. Je l'ai dit cent fois. S'il venait à pleuvoir, ils seraient rouillés.

Il ne se fâcha pas davantage. Il descendit dans le jardin, alla lui-même chercher la bêche et le râteau, qu'il revint accrocher soigneusement au fond de la petite serre. En remontant sur la terrasse, il furetait des yeux dans tous les coins des allées pour voir si chaque chose était bien en ordre.

—Tu apprends tes leçons, toi? demanda-t-il en passant à côté de Serge, qui n'avait pas quitté son livre.

—Non, mon père, répondit l'enfant. C'est un livre que l'abbé Bourrette m'a prêté, la relation des *Missions en Chine*.

Mouret s'arrêta net devant sa femme.

—A propos, reprit-il, il n'est venu personne?

—Non, personne, mon ami, dit Marthe d'un air surpris.

Il allait continuer, mais il parut se raviser; il piétina encore un instant, sans rien dire; puis, s'avançant vers le perron:

—Eh bien! Rose, et ce dîner qui brûlait?

—Pardi! cria du fond du corridor la voix furieuse de la cuisinière, il n'y a plus rien de prêt maintenant; tout est froid. Vous attendrez, monsieur. Mouret eut un rire silencieux; il cligna l'oeil gauche, en regardant sa femme et ses enfants. La colère de Rose semblait l'amuser fort. Il s'absorba ensuite dans le spectacle des arbres fruitiers de son voisin.

—C'est surprenant, murmura-t-il, monsieur Rastoil a des poires magnifiques, cette année.

Marthe, inquiète depuis un instant, semblait avoir une question sur les lèvres. Elle se décida, elle dit timidement:

—Est-ce que tu attendais quelqu'un aujourd'hui, mon ami?

—Oui et non, répondit-il, en se mettant à marcher de long en large.

—Tu as loué le second étage, peut-être?

—J'ai loué, en effet.

Et, comme un silence embarrassé se faisait, il continua de sa voix paisible:

—Ce matin, avant de partir pour les Tulettes, je suis monté chez l'abbé Bourrette; il a été très-pressant, et, ma foi! j'ai conclu…. Je sais bien que cela te contrarie. Seulement, songe un peu, tu n'es pas raisonnable, ma bonne. Ce second étage ne nous servait à rien; il se délabrait. Les fruits que nous conservions dans les chambres, entretenaient là une humidité qui décollait les papiers.... Pendant que j'y songe, n'oublie pas de faire enlever les fruits dès demain: notre locataire peut arriver d'un moment à l'autre.

—Nous étions pourtant si à l'aise, seuls dans notre maison! laissa échapper Marthe à demi-voix.

—Bah! reprit Mouret, un prêtre, ce n'est pas bien gênant. Il vivra chez lui, et nous chez nous. Ces robes noires, ça se cache pour avaler un verre d'eau.... Tu sais si je les aime, moi! Des fainéants, la plupart.... Eh bien! ce qui m'a décidé à louer, c'est que justement j'ai trouvé un prêtre. Il n'y a rien à craindre pour l'argent avec eux, et on ne les entend pas même mettre leur clef dans la serrure.

Marthe restait désolée. Elle regardait, autour d'elle, la maison heureuse, baignant dans l'adieu du soleil le jardin, où l'ombre devenait plus grise; elle regardait ses enfants, son bonheur endormi qui tenait là, dans ce coin étroit.

—Et sais-tu quel est ce prêtre? reprit-elle.

—Non, mais l'abbé Bourrette a loué en son nom, cela suffit. L'abbé Bourrette est un brave homme.... Je sais que notre locataire s'appelle Faujas, l'abbé Faujas, et qu'il vient du diocèse de Besançon. Il n'aura pas pu s'entendre avec son curé; on l'aura nommé vicaire ici, à Saint-Saturnin. Peut-être qu'il connaît notre évêque, monseigneur Rousselot. Enfin, ce ne sont pas nos affaires, tu comprends... Moi, dans tout ceci, je me fie à l'abbé Bourrette.

Cependant, Marthe ne se rassurait pas. Elle tenait tête à son mari, ce qui lui arrivait rarement.

—Tu as raison, dit-elle, après un court silence, l'abbé est un digne homme. Seulement, je me souviens que lorsqu'il est venu pour visiter l'appartement, il m'a dit ne pas connaître la personne au nom de laquelle il était chargé de louer. C'est une de ces commissions comme on s'en donne entre prêtres, d'une ville à une autre.... Il me semble que tu aurais pu écrire à Besançon, te renseigner, savoir enfin qui tu vas introduire chez toi.

Mouret ne voulait point s'emporter; il eut un rire de complaisance.

—Ce n'est pas le diable, peut-être.... Te voilà toute tremblante. Je ne te savais pas si superstitieuse que ça. Tu ne crois pas au moins que les prêtres portent malheur, comme on dit. Ils ne portent pas bonheur non plus, c'est vrai. Ils sont comme les autres hommes.... Ah bien! tu verras, lorsque cet abbé sera là, si sa soutane me fait peur!

—Non, je ne suis pas superstitieuse, tu le sais, murmura Marthe. J'ai comme un gros chagrin, voilà tout.

Il se planta devant elle, il l'interrompit d'un geste brusque.

—C'est assez, n'est-ce pas? dit-il. J'ai loué, n'en parlons plus.

Et il ajouta, du ton railleur d'un bourgeois qui croit avoir conclu une bonne affaire:

—Le plus clair, c'est que j'ai loué cent cinquante francs: ce sont cent cinquante francs de plus qui entreront chaque année dans la maison.

Marthe avait baissé la tête, ne protestant plus que par un balancement vague des mains, fermant doucement les yeux, comme pour ne pas laisser tomber les larmes dont ses paupières étaient toutes gonflées. Elle jeta un regard furtif sur ses enfants, qui, pendant l'explication qu'elle venait d'avoir avec leur père, n'avaient pas paru entendre, habitués sans doute à ces sortes de scènes où se complaisait la verve moqueuse de Mouret.

—Si vous voulez manger maintenant, vous pouvez venir, dit Rose de sa voix maussade, en s'avançant sur le perron.

—C'est cela. Les enfants, à la soupe! cria gaiement Mouret, sans paraître garder la moindre méchante humeur. La famille se leva. Alors Désirée, qui avait gardé sa gravité de pauvre innocente, eut comme un réveil de douleur, en voyant tout le monde se remuer. Elle se jeta au cou de son père, elle balbutia:

—Papa, j'ai un oiseau qui s'est envolé.

—Un oiseau, ma chérie? Nous le rattraperons.

Et il la caressait, il se faisait très-calin. Mais il fallut qu'il allât, lui aussi, voir la cage. Quand il ramena l'enfant, Marthe et ses deux fils se trouvaient déjà dans la salle à manger. Le soleil couchant, qui entrait par la fenêtre, rendait toutes gaies les assiettes de porcelaine, les timbales des enfants, la nappe blanche. La pièce était tiède, recueillie, avec l'enfoncement verdâtre du jardin.

Comme Marthe, calmée par cette paix, ôtait en souriant le couvercle de la soupière, un bruit se fit dans le corridor. Rose, effarée, accourut, en bulbutiant:

—Monsieur l'abbé Faujas est là. II

Mouret fit un geste de contrariété. Il n'attendait réellement son locataire que le surlendemain, au plus tôt. Il se levait vivement, lorsque l'abbé Faujas parut à la porte, dans le corridor. C'était un homme grand et fort, une face carrée, aux traits larges, au teint terreux. Derrière lui, dans son ombre, se tenait une femme âgée qui lui ressemblait étonnamment, plus petite, l'air plus rude. En voyant la table mise, ils eurent tous les deux un mouvement d'hésitation; ils reculèrent discrètement, sans se retirer. La haute figure noire du prêtre faisait une tache de deuil sur la gaieté du mur blanchi à la chaux.

—Nous vous demandons pardon de vous déranger, dit-il à Mouret. Nous venons de chez monsieur l'abbé Bourrette; il a dû vous prévenir....

—Mais pas du tout! s'écria Mouret. L'abbé n'en fait jamais d'autres; il a toujours l'air de descendre du paradis.... Ce matin encore, monsieur, il m'affirmait que vous ne seriez pas ici avant deux jours.... Enfin, il va falloir vous installer tout de même. L'abbé Faujas s'excusa. Il avait une voix grave, d'une grande douceur dans la chute des phrases. Vraiment, il était désolé d'arriver à un pareil moment. Quand il eut exprimé ses regrets, sans bavardage, en dix paroles nettement choisies, il se tourna pour payer le commissionnaire qui avait apporté sa malle. Ses grosses mains bien faites tirèrent d'un pli de sa soutane une bourse, dont on n'aperçut que les anneaux d'acier; il fouilla un instant, palpant du bout des doigts, avec précaution, la tête baissée. Puis, sans qu'on eût vu la pièce de monnaie, le commissionnaire s'en alla. Lui, reprit de sa voix polie:

—Je vous en prie, monsieur, remettez-vous à table.... Votre domestique nous indiquera l'appartement. Elle m'aidera à monter ceci.

Il se baissait déjà pour prendre une poignée de la malle. C'était une petite malle de bois, garantie par des coins et des bandes de tôle; elle paraissait avoir été réparée, sur un des flancs, à l'aide d'une traverse de sapin. Mouret resta surpris, cherchant des yeux les autres bagages du prêtre; mais il n'aperçut qu'un grand panier, que la dame âgée tenait à deux mains, devant ses jupes, s'entêtant, malgré la fatigue, à ne pas le poser à terre. Sous le couvercle soulevé, parmi des paquets de linge, passaient le coin d'un peigne enveloppé dans du papier, et le cou d'un litre mal bouché.

—Non, non, laissez cela, dit Mouret en poussant légèrement la malle du pied. Elle ne doit pas être lourde; Rose la montera bien toute seule.

Il n'eut sans doute pas conscience du secret dédain qui perçait dans ses paroles. La dame âgée le regarda fixement de ses yeux noirs; puis, elle revint à la salle à manger, à la table servie, qu'elle examinait depuis qu'elle était là. Elle passait d'un objet à l'autre, les lèvres pincées. Elle n'avait pas prononcé une parole. Cependant, l'abbé Faujas consentit à laisser la malle. Dans la poussière jaune du soleil qui entrait par la porte du jardin, sa soutane râpée semblait toute rouge; des reprises en brodaient les bords; elle était très-propre, mais si mince, si lamentable, que Marthe, restée assise jusque-là avec une sorte de réserve inquiète, se leva à son tour. L'abbé, qui n'avait jeté sur elle qu'un coup d'oeil rapide, aussitôt détourné, la vit quitter sa chaise, bien qu'il ne parût nullement la regarder.

—Je vous en prie, répéta-t-il, ne vous dérangez pas; nous serions désolés de troubler votre dîner.

—Eh bien! c'est cela, dit Mouret qui avait faim. Rose va vous conduire. Demandez-lui tout ce dont vous aurez besoin…. Installez-vous, installez-vous à votre aise.

L'abbé Faujas, après avoir salué, se dirigeait déjà vers l'escalier, lorsque Marthe s'approcha de son mari, en murmurant:

—Mais, mon ami, tu ne songes pas….

—Quoi donc? demanda-t-il, voyant qu'elle hésitait.

—Les fruits, tu sais bien.

—Ah! diantre! c'est vrai, il y a les fruits, dit-il d'un ton consterné. Et, comme l'abbé Faujas revenait, l'interrogeant du regard:

—Je suis vraiment bien contrarié, monsieur, reprit-il. Le père Bourrette est sûrement un digne homme, seulement il est fâcheux que vous l'ayez chargé de votre affaire…. Il n'a pas pour deux liards de tête…. Si nous avions su, nous aurions tout préparé. Au lieu que nous voilà maintenant avec un déménagement à faire…. Vous comprenez, nous utilisions les chambres. Il y a là-haut, sur le plancher, toute notre récolte de fruits, des figues, des pommes, du raisin….

Le prêtre l'écoutait avec une surprise que sa grande politesse ne réussissait plus à cacher. —Oh! mais ça ne sera pas long, continua Mouret. En dix minutes, si vous voulez bien prendre la peine d'attendre, Rose va débarrasser vos chambres.

Une vive inquiétude grandissait sur le visage terreux de l'abbé.

—Le logement est meublé, n'est-ce pas? demanda-t-il.

—Du tout, il n'y a pas un meuble; nous ne l'avons jamais habité.

Alors, le prêtre perdit son calme; une lueur passa dans ses yeux gris. Il s'écria avec une violence contenue:

—Comment! mais j'avais formellement recommandé dans ma lettre de louer un logement meublé. Je ne pouvais pas apporter des meubles dans ma malle, bien sûr.

—Hein! qu'est-ce que je disais? cria Mouret d'un ton plus haut. Ce Bourrette est incroyable…. Il est venu, monsieur, et il a vu certainement les pommes, puisqu'il en a même pris une dans la main, en déclarant qu'il avait rarement admiré une aussi belle pomme. Il a dit que tout lui semblait très-bien, que c'était ça qu'il fallait, et qu'il louait.

L'abbé Faujas n'écoutait plus; tout un flot de colère était monté à ses joues. Il se tourna, il balbutia, d'une voix anxieuse:

—Mère, vous entendez? il n'y a pas de meubles.

La vieille dame, serrée dans son mince châle noir, venait de visiter le rez-de-chaussée, à petits pas furtifs, sans lâcher son panier. Elle s'était avancée jusqu'à la porte de la cuisine, en avait inspecté les quatre murs; puis, revenant sur le perron, elle avait lentement, d'un regard, pris possession du jardin. Mais la salle à manger surtout l'intéressait; elle se tenait de nouveau debout, en face de la table servie, regardant fumer la soupe, lorsque son fils lui répéta:

—Entendez-vous, mère? il va falloir aller à l'hôtel.

Elle leva la tête, sans répondre; toute sa face refusait de quitter cette maison, dont elle connaissait déjà les moindres coins. Elle eut un imperceptible haussement d'épaules, les yeux vagues, allant de la cuisine au jardin et du jardin à la salle à manger.

Mouret, cependant, s'impatientait. Voyant que ni la mère ni le fils ne paraissaient décidés à quitter la place, il reprit:

—C'est que nous n'avons pas de lits, malheureusement.... Il y a bien, au grenier, un lit de sangle, dont madame, à la rigueur, pourrait s'accommoder jusqu'à demain; seulement, je ne vois pas trop sur quoi coucherait monsieur l'abbé.

Alors madame Faujas ouvrit enfin les lèvres; elle dit d'une voix brève, au timbre un peu rauque:

—Mon fils prendra le lit de sangle.... Moi, je n'ai besoin que d'un matelas par terre, dans un coin. L'abbé approuva cet arrangement d'un signe de tête. Mouret allait se récrier, chercher autre chose; mais, devant l'air satisfait de ses nouveaux locataires, il se tut, se contentant d'échanger avec sa femme un regard d'étonnement.

—Demain il fera jour, dit-il avec sa pointe de moquerie bourgeoise; vous pourrez vous meubler comme vous l'entendrez. Rose va monter enlever les fruits et faire les lits. Si vous voulez attendre un instant sur la terrasse.... Allons, donnez deux chaises, mes enfants.

Les enfants, depuis l'arrivée du prêtre et de sa mère, étaient demeurés tranquillement assis devant la table. Ils les examinaient curieusement. L'abbé n'avait pas semblé les apercevoir; mais madame Faujas s'était arrêtée un instant à chacun d'eux, les dévisageant, comme pour pénétrer d'un coup dans ces jeunes têtes. En entendant les paroles de leur père, ils s'empressèrent tous trois et sortirent des chaises.

La vieille dame ne s'assit pas. Comme Mouret se tournait, ne l'apercevant plus, il la vit plantée devant une des fenêtres entrebâillées du salon; elle allongeait le cou, elle achevait son inspection, avec l'aisance tranquille d'une personne qui visite une propriété à vendre. Au moment où Rose soulevait la petite malle, elle rentra dans le vestibule, en disant simplement:

—Je monte l'aider.

Et elle monta derrière la domestique. Le prêtre ne tourna pas même la tête; il souriait aux trois enfants, restés debout devant lui. Son visage avait une expression de grande douceur, quand il voulait, malgré la dureté du front et les plis rudes de la bouche.

—C'est toute votre famille, madame? demanda-t-il à Marthe, qui s'était approchée.

—Oui, monsieur, répondit-elle, gênée par le regard clair qu'il fixait sur elle.

Mais il regarda de nouveau les enfants, il continua:

—Voilà deux grands garçons qui seront bientôt des hommes.... Vous avez fini vos études, mon ami?

Il s'adressait à Serge. Mouret coupa la parole à l'enfant.

—Celui-ci a fini, bien qu'il soit le cadet. Quand je dis qu'il a fini, je veux dire qu'il est bachelier, car il est rentré au collège pour faire une année de philosophie: c'est le savant de la famille... L'autre, l'aîné, ce grand dadais, ne vaut pas grand'chose, allez. Il s'est déjà fait refuser deux fois au baccalauréat, et vaurien avec cela, toujours le nez en l'air, toujours polissonnant.

Octave écoutait ces reproches en souriant, tandis que Serge avait baissé la tête sous les éloges. Faujas parut un instant encore les étudier en silence; puis, passant à Désirée, retrouvant son air tendre:

—Mademoiselle, demanda-t-il, me permettrez-vous d'être votre ami?

Elle ne répondit pas; elle vint, presque effrayée, se cacher le visage contre l'épaule de sa mère. Celle-ci, au lieu de lui dégager la face, la serra davantage, en lui passant un bras à la taille.

—Excusez-la, dit-elle avec quelque tristesse; elle n'a pas la tête forte, elle est restée petite fille.... C'est une innocente.... Nous ne la tourmentons pas pour apprendre. Elle a quatorze ans, et elle ne sait encore qu'aimer les bêtes.

Désirée, sous les caresses de sa mère, s'était rassurée; elle avait tourné la tète, elle souriait. Puis, d'un air hardi;

—Je veux bien que vous soyez mon ami.... Seulement vous ne faites jamais de mal aux mouches, dites?

Et, comme tout le monde s'égayait autour d'elle:

—Octave les écrase, les mouches; continua-t-elle gravement. C'est très-mal.

L'abbé Faujas s'était assis. Il semblait très-las. Il s'abandonna un moment à la paix tiède de la terrasse, promenant ses regards ralentis sur le jardin, sur les arbres des propriétés voisines. Ce grand calme, ce coin désert de petite ville, lui causaient une sorte de surprise. Son visage se tacha de plaques sombres.

—On est très-bien ici, murmura-t-il.

Puis il garda le silence, comme absorbé et perdu. Il eut un léger sursaut, lorsque Mouret lui dit avec un rire:

—Si vous le permettez, maintenant, monsieur, nous allons nous mettre à table.

Et, sur le regard de sa femme:

—Vous devriez faire comme nous, accepter une assiette de soupe. Cela vous éviterait d'aller dîner à l'hôtel.... Ne vous gênez pas, je vous en prie.

—Je vous remercie mille fois, nous n'avons besoin de rien, répondit l'abbé d'un ton d'extrême politesse, qui n'admettait pas une seconde invitation.

Alors, les Mouret retournèrent dans la salle à manger, où ils s'attablèrent. Marthe servit la soupe. Il y eut bientôt un tapage réjouissant de cuillers. Les enfants jasaient. Désirée eut des rires clairs, en écoutant une histoire que son père racontait, enchanté d'être enfin à table. Cependant, l'abbé Faujas, qu'ils avaient oublié, restait assis sur la terrasse, immobile, en face du soleil couchant. Il ne tournait pas la tête; il semblait ne pas entendre. Comme le soleil allait disparaître, il se découvrit, étouffant sans doute. Marthe, placée devant la fenêtre, aperçut sa grosse tête nue, aux cheveux courts, grisonnant déjà vers les tempes. Une dernière lueur rouge alluma ce crâne rude de soldat, où la tonsure était comme la cicatrice d'un coup de massue; puis, la lueur s'éteignit, le prêtre, entrant dans l'ombre, ne fut plus qu'un profil noir sur la cendre grise du crépuscule.

Ne voulant pas appeler Rose, Marthe alla chercher elle-même une lampe et servit le premier plat. Comme elle revenait de la cuisine, elle rencontra, au pied de l'escalier, une femme qu'elle ne reconnut pas d'abord. C'était madame Faujas. Elle avait mis un bonnet de linge; elle ressemblait à une servante, avec sa robe de cotonnade, serrée au corsage par un fichu jaune, noué derrière la taille; et, les poignets nus, encore toute soufflante de la besogne qu'elle venait de faire, elle tapait ses gros souliers lacés sur le dallage du corridor.

—Voilà qui est fait, n'est-ce pas, madame? lui dit Marthe en souriant. —Oh! une misère, répondit-elle; en deux coups de poing, l'affaire a été bâclée.

Elle descendit le perron, elle radoucit sa voix:

—Ovide, mon enfant, veux-tu monter? Tout est prêt là-haut.

Elle dut toucher son fils à l'épaule pour le tirer de sa rêverie. L'air fraîchissait. Il frissonna, il la suivit sans parler. Comme il passait devant la porte de la salle à manger, toute blanche de la clarté vive de la lampe, toute bruyante du bavardage des enfants, il allongea la tête, disant de sa voix souple:

—Permettez-moi de vous remercier encore et de nous excuser de tout ce dérangement…. Nous sommes confus….

—Mais non, mais non! cria Mouret; c'est nous autres qui sommes désolés de n'avoir pas mieux à vous offrir pour cette nuit.

Le prêtre salua, et Marthe rencontra de nouveau ce regard clair, ce regard d'aigle qui l'avait émotionnée. Il semblait qu'au fond de l'oeil, d'un gris morne d'ordinaire, une flamme passât brusquement, comme ces lampes qu'on promène derrière les façades endormies des maisons.

—Il a l'air de ne pas avoir froid aux yeux, le curé, dit railleusement Mouret, quand la mère et le fils ne furent plus là.

—Je les crois peu heureux, murmura Marthe.

—Pour ça, il n'apporte certainement pas le Pérou dans sa malle.... Elle est lourde, sa malle! Je l'aurais soulevée du bout de mon petit doigt.

Mais il fut interrompu dans son bavardage par Rose, qui venait de descendre l'escalier en courant, afin de raconter les choses surprenantes qu'elle avait vues.

—Ah! bien, dit-elle en se plantant devant la table où mangeaient ses maîtres, en voilà une gaillarde! Cette dame a au moins soixante-cinq ans, et ça ne paraît guère, allez! Elle vous bouscule, elle travaille comme un cheval.

—Elle t'a aidée à déménager les fruits? demanda curieusement Mouret.

—Je crois bien, monsieur. Elle emportait les fruits comme ça, dans son tablier; des charges à tout casser. Je me disais: «Bien sûr, la robe va y rester.» Mais pas du tout; c'est de l'étoffe solide, de l'étoffe comme j'en porte moi-même. Nous avons dû faire plus de dix voyages. Moi, j'avais les bras rompus. Elle bougonnait, disant que ça ne marchait pas. Je crois que je l'ai entendue jurer, sauf votre respect.

Mouret semblait s'amuser beaucoup.

—Et les lits? reprit-il.

—Les lits, c'est elle qui les a faits.... Il faut la voir retourner un matelas. Ça ne pèse pas lourd, je vous en réponds; elle le prend par un bout, le jette en l'air comme une plume.... Avec ça, très-soigneuse. Elle a bordé le lit de sangle, comme un dodo d'enfant. Elle aurait eu à coucher l'enfant Jésus, qu'elle n'aurait pas tiré les draps avec plus de dévotion.... Des quatre couvertures, elle en a mis trois sur le lit de sangle. C'est comme des oreillers: elle n'en a pas voulu pour elle; son fils a les deux.

—Alors elle va coucher par terre?

—Dans un coin, comme un chien. Elle a jeté un matelas sur le plancher de l'autre chambre, en disant qu'elle allait dormir là, mieux que dans le paradis. Jamais je n'ai pu la décider à s'arranger plus proprement. Elle prétend qu'elle n'a jamais froid et que sa tête est trop dure pour craindre le carreau.... Je leur ai donné de l'eau et du sucre, comme madame me l'avait recommandé, et voilà.... N'importe, ce sont de drôles de gens.

Rose acheva de servir le dîner. Les Mouret, ce soir-là, firent traîner le repas. Ils causèrent longuement des nouveaux locataires. Dans leur vie d'une régularité d'horloge, l'arrivée de ces deux personnes étrangères était un gros événement. Ils en parlaient comme d'une catastrophe, avec ces minuties de détails qui aident à tuer les longues soirées de province. Mouret, particulièrement, se plaisait aux commérages de petite ville. Au dessert, les coudes sur la table, dans la tiédeur de la salle à manger, il répéta pour la dixième fois, de l'air satisfait d'un homme heureux:

— Ce n'est pas un beau cadeau que Besançon fait à Plassans ... Avez-vous vu le derrière de sa soutane, quand il s'est tourné?... Ça m'étonnerait beaucoup, si les dévotes couraient après celui-là. Il est trop râpé; les dévotes aiment les jolis curés.

— Sa voix a de la douceur, dit Marthe, qui était indulgente.

— Pas lorsqu'il est en colère, toujours, reprit Mouret. Vous ne l'avez donc pas entendu se fâcher, quand il a su que l'appartement n'était pas meublé? C'est un rude homme; il ne doit pas flâner dans les confessionnaux, allez! Je suis bien curieux de savoir comment il va se meubler, demain. Pourvu qu'il me paye, au moins. Tant pis! je m'adresserai à l'abbé Bourrette; je ne connais que lui.

On était peu dévot dans la famille. Les enfants eux-mêmes se moquèrent de l'abbé et de sa mère. Octave imita la vieille dame, lorsqu'elle allongeait le cou pour voir au fond des pièces, ce qui fit rire Désirée.

Serge, plus grave, défendit «ces pauvres gens». D'ordinaire, à dix heures précises, lorsqu'il ne faisait pas sa partie de piquet, Mouret prenait un bougeoir et allait se coucher; mais, ce soir-là, à onze heures, il tenait encore bon contre le sommeil. Désirée avait fini par s'endormir, la tête sur les genoux de Marthe. Les deux garçons étaient montés dans leur chambre. Mouret bavardait toujours, seul en face de sa femme.

—Quel âge lui donnes-tu? demanda-t-il brusquement.

—A qui? dit Marthe, qui commençait, elle aussi, à s'assoupir.

—A l'abbé, parbleu! Hein? entre quarante et quarante-cinq ans, n'est-ce pas? C'est un beau gaillard. Si ce n'est pas dommage que ça porte la soutane! Il aurait fait un fameux carabinier.

Puis, au bout d'un silence, parlant seul, continuant à voix haute des réflexions qui le rendaient tout songeur:

—Ils sont arrivés par le train de six heures trois quarts. Ils n'ont donc eu que le temps de passer chez l'abbé Bourrette et de venir ici.... Je parie qu'ils n'ont pas dîné. C'est clair. Nous les aurions bien vus sortir pour aller à l'hôtel.... Ah! par exemple, ça me ferait plaisir de savoir où ils ont pu manger.

Rose, depuis un instant, rôdait dans la salle à manger, attendant que ses maîtres allassent se coucher, pour fermer les portes et les fenêtres.

—Moi je le sais où ils ont mangé, dit-elle.

Et comme Mouret se tournait vivement:

—Oui, j'étais remontée pour voir s'ils ne manquait de rien. N'entendant pas de bruit, je n'ai point osé frapper; j'ai regardé par la serrure.

—Mais c'est mal, très-mal, interrompit Marthe sévèrement. Vous savez bien, Rose, que je n'aime point cela.

—Laisse donc, laisse donc! s'écria Mouret, qui, dans d'autres circonstances, se serait emporté contre la curieuse. Vous avez regardé par la serrure?

—Oui, monsieur, c'était pour le bien.

—Évidemment.... Qu'est-ce qu'ils faisaient?

—Eh bien! donc, monsieur, ils mangeaient.... Je les ai vus qui mangeaient sur le coin du lit de sangle. La vieille avait étalé une serviette. Chaque fois qu'ils se servaient du vin, ils recouchaient le litre bouché contre l'oreiller.

—Mais que mangeaient-ils?

—Je ne sais pas au juste, monsieur. Ça m'a paru un reste de pâté, dans un journal. Ils avaient aussi des pommes, des petites pommes de rien du tout.

—Et ils causaient, n'est-ce pas? Vous avez entendu ce qu'ils disaient?

—Non, monsieur, ils ne causaient pas.... Je suis restée un bon quart d'heure à les regarder. Ils ne disaient rien, pas ça, tenez! Ils mangeaient, ils mangeaient! Marthe s'était levée, réveillant Désirée, faisant mine de monter; la curiosité de son mari la blessait. Celui-ci se décida enfin à se lever également; tandis que la vieille Rose, qui était dévote, continuait d'une voix plus basse:

—Le pauvre cher homme devait avoir joliment faim.... Sa mère lui passait les plus gros morceaux et le regardait avaler avec un plaisir.... Enfin, il va dormir dans des draps bien blancs. A moins que l'odeur des fruits ne l'incommode. C'est que ça ne sent pas bon dans la chambre; vous savez, cette odeur aigre des poires et des pommes. Et pas un meuble, rien que le lit dans un coin. Moi, j'aurais peur, je garderais la lumière toute la nuit.

Mouret avait pris son bougoir. Il resta un instant debout devant Rose, résumant la soirée dans ce mot de bourgeois tiré de ses idées accoutumées:

—C'est extraordinaire.

Puis, il rejoignit sa femme au pied de l'escalier. Elle était couchée, elle dormait déjà, qu'il écoutait encore les bruits légers qui venaient de l'étage supérieur. La chambre de l'abbé était juste au-dessus de la sienne. Il l'entendit ouvrir doucement la fenêtre, ce qui l'intrigua beaucoup. Il leva la tête de l'oreiller, luttant désespérément contre le sommeil, voulant savoir combien de temps le prêtre resterait à la fenêtre. Mais le sommeil fut le plus fort; Mouret ronflait à poings fermés, avant d'avoir pu saisir de nouveau le sourd grincement de l'espagnolette.

En haut, à la fenêtre, l'abbé Faujas, tête nue, regardait la nuit noire. Il demeura longtemps là, heureux d'être enfin seul, s'absorbant dans ces pensées qui lui mettaient tant de dureté au front. Sous lui, il sentait le sommeil tranquille de cette maison où il était depuis quelques heures, l'haleine pure des enfants, le souffle honnête de

Marthe, la respiration grosse et régulière de Mouret. Et il y avait un mépris dans le redressement, de son cou de lutteur, tandis qu'il levait la tête comme pour voir au loin, jusqu'au fond de la petite ville endormie. Les grands arbres du jardin de la sous-préfecture faisaient une masse sombre, les poiriers de M. Rastoil allongeaient des membres maigres et tordus; puis, ce n'était plus qu'une mer de ténèbres, un néant, dont pas un bruit ne montait. La ville avait une innocence de fille au berceau.

L'abbé Faujas tendit les bras d'un air de défi ironique, comme s'il voulait prendre Plassans pour l'étouffer d'un effort contre sa poitrine robuste. Il murmura:

—Et ces imbéciles qui souriaient, ce soir, en me voyant traverser leurs rues!

III

Le lendemain, Mouret passa la matinée à épier son nouveau locataire. Cet espionnage allait emplir les heures vides qu'il passait au logis à tatillonner, à ranger les objets qui traînaient, à chercher des querelles à sa femme et à ses enfants. Désormais, il aurait une occupation, un amusement, qui le tirerait de sa vie de tous les jours. Il n'aimait pas les curés, comme il le disait, et le premier prêtre qui tombait dans son existence l'intéressait à un point extraordinaire. Ce prêtre apportait chez lui une odeur mystérieuse, un inconnu presque inquiétant. Bien qu'il fît l'esprit fort, qu'il se déclarât voltairien, il avait en face de l'abbé tout un étonnement, un frisson de bourgeois, où perçait une pointe de curiosité gaillarde.

Pas un bruit ne venait du second étage. Mouret écouta attentivement dans l'escalier, il se hasarda même à monter au grenier. Comme il ralentissait le pas en longeant le corridor, un frôlement de pantoufles qu'il crut entendre derrière la porte, l'émotionna extrêmement. N'ayant rien pu surprendre de net, il descendit au jardin, se promena sous la tonnelle du fond, levant les yeux, cherchant à voir par les fenêtres ce qui se passait dans les pièces. Mais il n'aperçut pas même l'ombre de l'abbé. Madame Faujas, qui n'avait sans doute point de rideaux, avait tendu, en attendant, des draps de lit derrière les vitres.

Au déjeuner, Mouret parut très-vexé.

— Est-ce qu'ils sont morts, là-haut? dit-il en coupant du pain aux enfants. Tu ne les as pas entendus remuer, toi, Marthe?

— Non, mon ami; je n'ai pas fait attention.

Rose cria de la cuisine:

— Il y a beau temps qu'ils ne sont plus là; s'ils courent toujours, ils sont loin.

Mouret appela la cuisinière et la questionna minutieusement.

—Ils sont sortis, monsieur: la mère d'abord, le curé ensuite. Je ne les aurais pas vus, tant ils marchent doucement, si leurs ombres n'avaient passé sur le carreau de ma cuisine, quand ils ont ouvert la porte…. J'ai regardé dans la rue, pour voir; mais ils avaient filé, et raide, je vous en réponds.

—C'est bien surprenant…. Mais où étais-je donc?

—Je crois que monsieur était au fond du jardin, à voir les raisins de la tonnelle.

Cela acheva de mettre Mouret d'une exécrable humeur. Il déblatéra contre les prêtres: c'étaient tous des cachotiers; ils étaient dans un tas de manigances, auxquelles le diable ne reconnaîtrait rien; ils affectaient une pruderie ridicule, à ce point que personne n'avait jamais vu un prêtre se débarbouiller. Il finit par se repentir d'avoir loué à cet abbé qu'il ne connaissait pas.

—C'est ta faute, aussi! dit-il à sa femme, en se levant de table.

Marthe allait protester, lui rappeler leur discussion de la veille; mais elle leva les yeux, le regarda et ne dit rien. Lui, cependant, ne se décidait pas à sortir, comme il en avait l'habitude. Il allait et venait, de la salle à manger au jardin, furetant, prétendant que tout traînait, que la maison était au pillage; puis, il se fâcha contre Serge et Octave, qui, disaient-ils, étaient partis, une demi-heure trop tôt, pour le collège.

—Est-ce que papa ne sort pas? demanda Désirée à l'oreille de sa mère.
Il va bien nous ennuyer, s'il reste.

Marthe la fit taire. Mouret parla enfin d'une affaire qu'il devait terminer dans la journée. Il n'avait pas un moment, il ne pouvait pas même se reposer un jour chez lui, lorsqu'il en éprouvait le besoin. Il partit, désolé de ne pas demeurer là, aux aguets.

Le soir, quand il rentra, il avait toute une fièvre de curiosité.

—Et l'abbé? demanda-t-il, avant même d'ôter son chapeau.

Marthe travaillait à sa place ordinaire, sur la terrasse.

—L'abbé? répéta-t-elle avec quelque surprise. Ah! oui, l'abbé.... Je ne l'ai pas vu, je crois qu'il s'est installé. Rose m'a dit qu'on avait apporté des meubles.

—Voilà ce que je craignais, s'écria Mouret. J'aurais voulu être là; car, enfin, les meubles sont ma garantie.... Je savais bien que tu ne bougerais pas de ta chaise. Tu es une pauvre tête, ma bonne.... Rose! Rose!

Et lorsque la cuisinière fut là:

—On a apporté des meubles pour les gens du second?

—Oui, monsieur, dans une petite carriole. J'ai reconnu la carriole de Bergasse, le revendeur du marché. Allez, il n'y en avait pas lourd. Madame Faujas suivait. En montant la rue Balande, elle a même donné un
coup de main à l'homme qui poussait.

—Vous avez vu les meubles, au moins; vous les avez comptés? — Certainement, monsieur; je m'étais mise sur la porte. Ils ont tous passé devant moi, ce qui même n'a pas paru faire plaisir à madame Faujas. Attendez.... On a d'abord monté un lit de fer, puis une commode, deux tables, quatre chaises.... Ma foi, c'est tout.... Et des meubles pas neufs. Je n'en donnerais pas trente écus.

—Mais il fallait avertir madame; nous ne pouvons pas louer dans des conditions pareilles.... Je vais de ce pas m'expliquer avec l'abbé Bourrette.

Il se fâchait, il sortait, lorsque Marthe réussit à l'arrêter net, en disant:

—Écoute donc, j'oubliais.... Il ont payé six mois à l'avance.

—Ah! ils ont payé? balbutia-t-il d'un ton presque fâché.

—Oui, c'est la vieille dame qui est descendue et qui m'a remis ceci.

Elle fouilla dans sa table à ouvrage, elle donna à son mari soixante-quinze francs en pièces de cent sous, enveloppées soigneusement dans un morceau de journal. Mouret compta l'argent, en murmurant.

—S'ils payent, ils sont bien libres.... N'importe, ce sont de drôles de gens. Tout le monde ne peut pas être riche, c'est sûr; seulement, ce n'est pas une raison, quand on n'a pas le sou, pour se donner ainsi des allures suspectes.

—Je voulais te dire aussi, reprit Marthe en le voyant calmé: la vieille dame m'a demandé si nous étions disposés à lui céder le lit de sangle; je lui ai répondu que nous n'en faisions rien, qu'elle pouvait le garder tant qu'elle voudrait.

—Tu as bien fait, il faut les obliger.... Moi, je te l'ai dit, ce qui me contrarie avec ces diables de curés, c'est qu'on ne sait jamais ce qu'ils pensent ni ce qu'ils font. À part cela, il y a souvent des hommes très-honorables parmi eux.

L'argent paraissait l'avoir consolé. Il plaisanta, tourmenta Serge sur la relation des *Missions en Chine*, qu'il lisait dans ce moment. Pendant le dîner, il affecta de ne plus s'occuper des gens du second. Mais, Octave ayant raconté qu'il avait vu l'abbé Faujas sortir de l'évêché, Mouret ne put se tenir davantage. Au dessert, il reprit la conversation de la veille. Puis, il eut quelque honte. Il était d'esprit fin, sous son épaisseur de commerçant retiré; il avait surtout un grand bon sens, une droiture de jugement qui lui faisait, le plus souvent, trouver le mot juste, au milieu des commérages de la province.

—Après tout, dit-il en allant se coucher, ce n'est pas bien de mettre son nez dans les affaires des autres.... L'abbé peut faire ce qu'il lui plaît. C'est ennuyeux de toujours causer de ces gens; moi, je m'en lave les mains maintenant.

Huit jours se passèrent. Mouret avait repris ses occupations habituelles; il rôdait dans la maison, discutait avec les enfants, passait ses après-midi au dehors à conclure pour le plaisir des affaires dont il ne parlait jamais, mangeait et dormait en homme pour qui l'existence est une pente douce, sans secousses ni surprises d'aucune sorte. Le logis semblait mort de nouveau. Marthe était à sa place accoutumée, sur la terrasse, devant la petite table à ouvrage. Désirée jouait, à son côté. Les deux garçons ramenaient aux mêmes heures la même turbulence. Et Rose, la cuisinière, se fâchait, grondait contre tout le monde; tandis que le jardin et la salle à manger gardaient leur paix endormie.

—Ce n'est pas pour dire, répétait Mouret à sa femme, mais tu vois bien que tu te trompais en croyant que cela dérangerait notre existence, de louer le second. Nous sommes plus tranquilles qu'auparavant, la maison est plus petite et plus heureuse.

Et il levait parfois les yeux vers les fenêtres du second étage, que madame Faujas, dès le deuxième jour, avait garnies de gros rideaux de coton. Pas un pli de ces rideaux ne bougeait Ils avaient un air béat, une de ces pudeurs de sacristie, rigides et froides. Derrière eux, semblaient s'épaissir un silence, une immobilité de cloître. De loin en loin, les fenêtres étaient entr'ouvertes, laissant voir, entre les blancheurs des rideaux, l'ombre des hauts plafonds. Mais Mouret avait beau se mettre aux aguets, jamais il n'apercevait la main qui ouvrait et qui fermait; il n'entendait même pas le grincement de l'espagnolette. Aucun bruit humain ne descendait de l'appartement.

Au bout de la première semaine, Mouret n'avait pas encore revu l'abbé Faujas. Cet homme qui vivait à côté de lui, sans qu'il pût seulement apercevoir son ombre, finissait par lui donner une sorte d'inquiétude nerveuse. Malgré les efforts qu'il faisait pour paraître indifférent, il retomba dans ses interrogations, il commença une enquête.

—Tu ne le vois donc pas, toi? demanda-t-il à sa femme.

—J'ai cru l'apercevoir hier, quand il est rentré; mais je ne suis pas bien sûre…. Sa mère porte toujours une robe noire; c'était peut-être elle.

Et comme il la pressait de questions, elle lui dit ce qu'elle savait.

—Rose assure qu'il sort tous les jours; il reste même longtemps dehors…. Quant à la mère, elle est réglée comme une horloge; elle descend le matin, à sept heures, pour faire ses provisions. Elle a un grand panier, toujours fermé, dans lequel elle doit tout apporter: le charbon, le pain, le vin, la nourriture, car on ne voit jamais aucun fournisseur venir chez eux…. Ils sont très-polis, d'ailleurs. Rose dit qu'ils la saluent, lorsqu'ils la rencontrent. Mais, le plus souvent, elle ne les entend seulement pas descendre l'escalier.

—Ils doivent faire une drôle de cuisine, là-haut, murmura Mouret, auquel ces renseignements n'apprenaient rien. Un autre soir, Octave ayant dit qu'il avait vu l'abbé Faujas entrer à Saint-

Saturnin, son père lui demanda quelle tournure il avait, comment les passants le regardaient, ce qu'il devait aller faire à l'église.

—Ah! vous êtes trop curieux, s'écria le jeune homme en riant.... Il n'était pas beau au soleil, avec sa soutane toute rouge, voilà ce que je sais. J'ai même remarqué qu'il marchait le long des maisons, dans le filet d'ombre, où la soutane semblait plus noire. Allez, il n'a pas l'air fier, il baisse la tête, il trotte vite.... Il y a deux filles qui se sont mises à rire, quand il a traversé la place. Lui, levant la tête, les a regardées avec beaucoup de douceur, n'est-ce pas, Serge?

Serge raconta à son tour que plusieurs fois, en rentrant du collège, il avait accompagné de loin l'abbé Faujas, qui revenait de Saint-Saturnin. Il traversait les rues sans parler à personne; il semblait ne pas connaître âme qui vive, et avoir quelque honte de la sourde moquerie qu'il sentait autour de lui.

—Mais on cause donc de lui dans la ville? demanda Mouret, au comble de l'intérêt.

—Moi, personne ne m'a parlé de l'abbé, répondit Octave.

—Si, reprit Serge, on cause de lui. Le neveu de l'abbé Bourrette m'a dit qu'il n'était pas très-bien vu à l'église; on n'aime pas ces prêtres qui viennent de loin. Puis, il a l'air si malheureux.... Quand on sera habitué à lui, on le laissera tranquille, ce pauvre homme. Dans les premiers temps, il faut bien qu'on sache.

Alors, Marthe recommanda aux deux jeunes gens de ne pas répondre, si on les interrogeait au dehors sur le compte de l'abbé.

—Ah! ils peuvent répondre, s'écria Mouret. Ce n'est bien sûr pas ce que nous savons sur lui qui le compromettra. A partir de ce moment, avec la meilleure foi du monde et sans songer à mal, il fit de ses enfants des espions qu'il attacha aux talons de l'abbé. Octave et Serge durent lui répéter tout ce qui se disait dans la ville, ils reçurent aussi l'ordre de suivre le prêtre, quand ils le rencontreraient. Mais cette source de renseignements fut vite tarie. La sourde rumeur occasionnée par la venue d'un vicaire étranger au diocèse, s'était apaisée. La ville semblait avoir fait grâce «au pauvre homme», à cette soutane râpée qui se glissait dans l'ombre de ses ruelles; elle ne gardait pour lui qu'un grand dédain. D'autre part, le prêtre se rendait directement à la cathédrale, et en revenait, en passant toujours par les mêmes rues. Octave disait en riant qu'il comptait les pavés.

A la maison, Mouret voulut utiliser Désirée, qui ne sortait jamais. Il l'emmenait, le soir, au fond du jardin, l'écoutant bavarder sur ce qu'elle avait fait, sur ce qu'elle avait vu, dans la journée; il tâchait de la mettre sur le chapitre des gens du second.

—Écoute, lui dit-il un jour, demain, quand la fenêtre sera ouverte, tu jetteras ta balle dans la chambre, et tu monteras la demander.

Le lendemain, elle jeta sa balle; mais elle n'était pas au perron que la balle, renvoyée par une main invisible, vint rebondir sur la terrasse. Son père, qui avait compté sur la gentillesse de l'enfant pour renouer des relations rompues dès le premier jour, désespéra alors de la partie; il se heurtait évidemment à une volonté bien nette prise par l'abbé de se tenir barricadé chez lui. Cette lutte ne faisait que rendre su curiosité plus ardente. Il en vint à commérer dans les coins avec la cuisinière, au vif déplaisir de Marthe, qui lui fit des reproches sur son peu de dignité; mais il s'emporta, il mentit. Comme il se sentait dans son tort, il ne causa plus des Faujas avec Rose qu'en cachette. Un matin, Rose lui fit signe de la suivre dans sa cuisine.

—Ah bien! monsieur, dit-elle enfermant la porte, il y a plus d'une heure que je vous guette descendre de votre chambre.

—Est-ce que tu as appris quelque chose?

—Vous allez voir…. Hier soir, j'ai causé plus d'une heure avec madame Faujas.

Mouret eut un tressaillement de joie. Il s'assit sur une chaise dépaillée de la cuisine, au milieu des torchons et des épluchures de la veille.

—Dis vite, dis vite, murmura-t-il.

—Donc, reprit la cuisinière, j'étais sur la porte de la rue à dire bonsoir à la bonne de monsieur Rastoil, lorsque madame Faujas est descendue pour vider un seau d'eau sale dans le ruisseau. Au lieu de remonter tout de suite sans tourner la tête, comme elle fait d'habitude, elle est restée là, un instant, à me regarder. Alors j'ai cru comprendre qu'elle voulait causer; je lui ai dit qu'il avait fait beau dans la journée, que le vin serait bon…. Elle répondait: «Oui, oui,» sans se presser, de la voix indifférente d'une femme qui n'a pas de terre et que ces choses-là n'intéressent point. Mais elle avait posé son seau, elle ne s'en allait point; elle s'était même adossée contre le mur, à côté de moi….

—Enfin, qu'est-ce qu'elle t'a conté? demanda Mouret, que l'impatience torturait.

—Vous comprenez, je n'ai pas été assez bête pour l'interroger; elle aurait filé…. Sans en avoir l'air, je l'ai mise sur les choses qui pouvaient la toucher. Comme le curé de Saint-Saturnin, ce brave monsieur Compan, est venu à passer, je lui ai dit qu'il était bien malade, qu'il n'en avait pas pour longtemps, qu'on le remplacerait difficilement à la cathédrale. Elle était devenue tout oreilles, je vous assure. Elle m'a même demandé quelle maladie avait monsieur Compan. Puis, de fil en aiguille, je lui ai parlé de notre évêque. C'est un bien brave homme que monseigneur Rousselot. Elle ignorait son âge. Je lui ai dit qu'il a soixante ans, qu'il est bien douillet, lui aussi, qu'il se laisse un peu mener par le bout du nez. On cause assez de monsieur Fenil, le grand vicaire, qui fait tout ce qu'il veut à l'évêché…. Elle était prise, la vieille; elle serait restée là, dans la rue, jusqu'au lendemain matin.

Mouret eut un geste désespéré.

—Dans tout cela, s'écria-t-il, je vois que tu causais toute seule…. Mais elle, elle, que t'a-t-elle dit?

—Attendez donc, laissez-moi achever, continua Rose tranquillement. J'arrivais à mon but…. Pour l'inviter à se confier, j'ai fini par lui parler de nous. J'ai dit que vous étiez monsieur François Mouret, un ancien négociant de Marseille, qui, en quinze ans, a su gagner une fortune dans le commerce des vins, des huiles et des amandes. J'ai ajouté que vous aviez préféré venir manger vos rentes à Plassans, une ville tranquille, où demeurent les parents de votre femme. J'ai même trouvé moyen de lui apprendre que madame était votre cousine; que vous aviez quarante ans et elle trente-sept; que vous faisiez très-bon ménage; que, d'ailleurs, ce n'était pas vous autres qu'on rencontrait souvent sur le cours Sauvaire. Enfin, toute votre histoire… Elle a paru très-intéressée. Elle répondait toujours: «Oui,

oui,» sans se presser. Quand je m'arrêtais, elle faisait un signe de tête, comme ça, pour me dire qu'elle entendait, que je pouvais continuer…. Et, jusqu'à la nuit tombée, nous avons causé ainsi, en bonnes amies, le dos contre le mur.

Mouret s'était levé, pris de colère.

—Comment! s'écria-t-il, c'est tout!… Elle vous a fait bavarder pendant une heure, et elle ne vous a rien dit!

—Elle m'a dit, lorsqu'il a fait nuit: «Voilà l'air qui devient frais.» Et elle a repris son seau, elle est remontée….

—Tenez, vous n'êtes qu'une bête! Cette vieille-là en vendrait dix de votre espèce. Ah bien! ils doivent rire, maintenant qu'ils savent sur nous tout ce qu'ils voulaient savoir…. Entendez-vous, Rose, vous n'êtes qu'une bête!

La vieille cuisinière n'était pas patiente; elle se mit à marcher violemment, bousculant les poêlons et les casseroles, roulant et jetant les torchons.

—Vous savez, monsieur, bégayait-elle, si c'est pour me dire des gros mots que vous êtes venu dans ma cuisine, ce n'était pas la peine. Vous pouvez vous en aller…. Moi, ce que j'en ai fait, c'était uniquement pour vous contenter. Madame nous trouverait là ensemble, à faire ce que nous faisons, qu'elle me gronderait, et elle aurait raison, parce que ce n'est pas bien…. Après tout, je ne pouvais pas lui arracher les paroles des lèvres, à cette dame. Je m'y suis prise comme tout le monde s'y prend. J'ai causé, j'ai dit vos affaires. Tant pis pour vous, si elle n'a pas dit les siennes. Allez les lui demander, du moment où ça vous tient tant au coeur. Peut-être que vous ne serez pas si bête que moi, monsieur…

Elle avait élevé la voix. Mouret crut prudent de s'échapper, en refermant la porte de la cuisine, pour que sa femme n'entendit pas. Mais Rose rouvrit la porte derrière son dos, lui criant, dans le vestibule:

—Vous savez, je ne m'occupe plus de rien; vous chargerez qui vous voudrez de vos vilaines commissions.

Mouret était battu. Il garda quelque aigreur de sa défaite. Par rancune, il se plut à dire que ces gens du second étaient des gens trèsinsignifiants. Peu à peu, il répandit parmi ses connaissances une opinion qui devint celle de toute la ville. L'abbé Faujas fut regardé comme un prêtre sans moyens, sans ambition aucune, tout à fait en dehors des intrigues du diocèse; on le crut honteux de sa pauvreté, acceptant les mauvaises besognes de la cathédrale, s'effaçant le plus possible dans l'ombre où il semblait se plaire. Une seule curiosité resta, celle de savoir pourquoi il était venu de Besançon à Plassans. Des histoires délicates circulaient. Mais les suppositions parurent hasardées. Mouret lui-même, qui avait espionné ses locataires par agrément, pour passer le temps, uniquement comme il aurait joué aux cartes ou aux boules, commençait à oublier qu'il logeait un prêtre chez lui, lorsqu'un événement vint de nouveau occuper sa vie.

Une après-midi, comme il rentrait, il aperçut devant lui l'abbé Faujas, qui montait la rue Balande. Il ralentit le pas. Il l'examina à loisir. Depuis un mois que le prêtre logeait dans sa maison, c'était la première fois qu'il le tenait ainsi en plein jour. L'abbé avait toujours sa vieille soutane; il marchait lentement, son tricorne à la main, la tête nue, malgré le vent qui était vif. La rue, dont la montée est fort raide, restait déserte, avec ses grandes maisons nues, aux persiennes closes. Mouret qui hâtait le pas, finit par marcher sur la pointe des pieds, de peur que le prêtre ne l'entendît et ne se sauvât. Mais, comme ils approchaient tous deux de la maison de M. Rastoil, un groupe de personnes, débouchant de la place de la Sous-Préfecture, entrèrent dans cette maison. L'abbé Faujas avait fait un léger détour pour éviter ces messieurs. Il regarda la porte se fermer. Puis, s'arrêtant brusquement, il se tourna vers son propriétaire, qui arrivait sur lui.

—Que je suis heureux de vous rencontrer ainsi! dit-il avec sa grande politesse. Je me serais permis de vous déranger ce soir…. Le jour de la dernière pluie, il s'est produit, dans le plafond de ma chambre, des infiltrations que je désire vous montrer.

Mouret se tenait planté devant lui, balbutiant, disant qu'il était à sa disposition. Et, comme ils rentraient ensemble, il finit par lui demander à quelle heure il pourrait se présenter pour voir le plafond.

—Mais tout de suite, je vous prie, répondit l'abbé, à moins que cela ne vous gêne par trop.

Mouret monta derrière lui, suffoqué, tandis que Rose, sur le seuil de la cuisine, les suivait des yeux de marche en marche, stupide d'étonnement.

IV

Arrivé au second étage, Mouret était plus ému qu'un écolier qui va entrer pour la première fois dans la chambre d'une femme. La satisfaction inespérée d'un désir longtemps contenu, l'espoir de voir des choses tout à fait extraordinaires, lui coupaient la respiration. Cependant l'abbé Faujas, cachant la clef entre ses gros doigts, l'avait glissée dans la serrure, sans qu'on entendit le bruit du fer. La porte tourna comme sur des gonds de velours. L'abbé, reculant, invita silencieusement Mouret à entrer.

Les rideaux de coton pendus aux deux fenêtres étaient si épais, que la chambre avait une pâleur crayeuse, un demi-jour de cellule murée. Cette chambre était immense, haute de plafond, avec un papier déteint et propre, d'un jaune effacé. Mouret se hasarda, marchant à petits pas sur le carreau, net comme une glace, dont il lui semblait sentir le froid sous la semelle de ses souliers. Il tourna sournoisement les yeux, examina le lit de fer, sans rideaux, aux draps si bien tendus qu'on eût dit un banc de pierre blanche posé dans un coin. La commode, perdue à l'autre bout de la pièce, une petite table placée au milieu, avec deux chaises, une devant chaque fenêtre, complétait le mobilier. Pas un papier sur la table, pas un objet sur la commode, pas un vêtement aux murs: le bois nu, le marbre nu, le mur nu. Au-dessus de la commode, un grand christ de bois noir coupait seul d'une croix sombre cette nudité grise.

—Tenez, monsieur, venez par ici, dit l'abbé; c'est dans ce coin que s'est produite une tache au plafond.

Mais Mouret ne se pressait pas, il jouissait. Bien qu'il ne vît pas les choses singulières qu'il s'était vaguement promis de voir, la chambre avait pour lui, esprit fort, une odeur particulière. Elle sentait le prêtre, pensait-il; elle sentait un homme autrement fait que les autres, qui souffle sa bougie pour changer de chemise, qui ne laisse traîner ni ses caleçons ni ses rasoirs. Ce qui le contrariait, c'était de ne rien trouver d'oublié sur les meubles ni dans les coins qui put lui donner matière à hypothèses. La pièce était comme ce diable d'homme, muette, froide, polie, impénétrable. Sa vive surprise fui de ne pas y éprouver, ainsi qu'il s'y attendait, une impression de misère; au contraire, elle lui produisait un effet qu'il avait ressenti autrefois, un jour qu'il était entré dans le salon très-richement meublé d'un préfet de Marseille. Le grand christ semblait l'emplir de ses bras noirs.

Il fallut pourtant qu'il se décidât à s'approcher de l'encoignure où l'abbé Faujas l'appelait.

—Vous voyez la tache, n'est-ce pas? reprit celui-ci. Elle s'est un peu effacée depuis hier.

Mouret se haussait sur les pieds, clignait les yeux, sans rien voir. Le prêtre ayant tiré les rideaux, il finit par apercevoir une légère teinte de rouille.

—Ce n'est pas bien grave, murmura-t-il.

—Sans doute; mais j'ai cru devoir vous prévenir.... L'infiltration a dû avoir lieu au bord du toit. —Oui, vous avez raison, au bord du toit.

Mouret ne répondait plus; il regardait la chambre, éclairée par la lumière crue du plein jour. Elle était moins solennelle, mais elle gardait son silence absolu. Décidément, pas un grain dépoussière n'y contait la vie de l'abbé.

—D'ailleurs, continuait ce dernier, nous pourrions peut-être voir par la fenêtre.... Attendez.

Et il ouvrit la fenêtre. Mais Mouret s'écria qu'il n'entendait pas le déranger davantage, que c'était une misère, que les ouvriers sauraient bien trouver le trou.

—Vous ne me dérangez nullement, je vous assure, dit l'abbé en insistant d'une façon aimable. Je sais que les propriétaires aiment à se rendre compte.... Je vous en prie, examinez tout en détail.... La maison est à vous.

Il sourit même en prononçant cette dernière phrase, ce qui lui arrivait rarement; puis, quand Mouret se fut penché avec lui sur la barre d'appui, levant tous deux les yeux vers la gouttière, il entra dans des explications d'architecte, disant comment la tache avait pu se produire.

—Voyez-vous, je crois à un léger affaissement des tuiles, peut-être même y en a-t-il une de brisée; à moins que ce ne soit cette lézarde que vous apercevez là, le long de la corniche, qui se prolonge dans le mur de soutènement.

—Oui, c'est bien possible, répondit Mouret. Je vous avoue, monsieur l'abbé, que je n'y entends rien. Le maçon verra.

Alors, le prêtre ne causa plus réparations. Il resta là, tranquillement, regardant les jardins, au-dessous de lui. Mouret, accoudé à son côté, n'osa se retirer, par politesse. Il fut tout à fait gagné, lorsque son locataire lui dit de sa voix douce, au bout d'un silence:

—Vous avez un joli jardin, monsieur.

—Oh! bien ordinaire, répondit-il. Il y avait quelques beaux arbres que j'ai dû faire couper, car rien ne poussait à leur ombre. Que voulez-vous? il faut songer à l'utile. Ce coin nous suffit, nous avons des légumes pour toute la saison.

L'abbé s'étonna, se fit donner des détails. Le jardin était un de ces vieux jardins de province, entourés de tonnelles, divisés en quatre carrés réguliers par de grands buis. Au milieu, se trouvait un étroit bassin sans eau. Un seul carré était réservé aux fleurs. Dans les trois autres, plantés à leurs angles d'arbres fruitiers, poussaient des choux magnifiques, des salades superbes. Les allées, sablées de jaune, étaient tenues bourgeoisement.

—C'est un petit paradis, répétait l'abbé Faujas.

—Il y a bien des inconvénients, allez, dit Mouret, plaidant contre la vive satisfaction qu'il éprouvait à entendre si bien parler de sa propriété. Par exemple, vous avez dû remarquer que nous sommes ici sur une côte. Les jardins sont étagés. Ainsi celui de monsieur Rastoil est plus bas que le mien, qui est également plus bas que celui de la sous-préfecture. Souvent, les eaux de pluie font des dégâts. Puis, ce qui est encore moins agréable, les gens de la sous-préfecture voient chez moi, d'autant plus qu'ils ont établi cette terrasse qui domine mon mur. Il est vrai que je vois chez monsieur Rastoil, un pauvre dédommagement, je vous assure, car je ne m'occupe jamais de ce que font les autres.

Le prêtre semblait écouter par complaisance, hochant la tête, n'adressant aucune question. Il suivait des yeux les explications que son propriétaire lui donnait de la main.

—Tenez, il y a encore un ennui, continua ce dernier, en montrant une ruelle longeant le fond du jardin. Vous voyez ce petit chemin pris entre deux murailles? C'est l'impasse des Chevilottes, qui aboutit à une porte charretière ouvrant sur les terrains de la sous-préfecture. Toutes les propriétés voisines ont une petite porte de sortie sur l'impasse, et il y a sans cesse des allées et venues mystérieuses.... Moi qui ai des enfants, j'ai fait condamner ma porte avec deux bons clous.

Il cligna les yeux en regardant l'abbé, espérant peut-être que celui-ci allait lui demander quelles étaient ces allées et venues mystérieuses. Mais l'abbé ne broncha pas; il examina l'impasse des Chevilottes, sans plus de curiosité, il ramena paisiblement ses regards dans le jardin des Mouret. En bas, au bord de la terrasse, à sa place ordinaire, Marthe ourlait des serviettes. Elle avait d'abord brusquement levé la tête en entendant les voix; puis, étonnée de reconnaître son mari en compagnie du prêtre à une fenêtre du second étage, elle s'était remise au travail. Elle semblait ne plus savoir qu'ils étaient là. Mouret avait pourtant haussé le ton, par une sorte de vantardise inconsciente, heureux de montrer qu'il venait enfin de pénétrer dans cet appartement obstinément fermé. Et le prêtre par instants arrêtait ses yeux tranquilles sur elle, sur cette femme dont il ne voyait que la nuque baissée, avec la masse noire du chignon.

Il y eut un silence. L'abbé Faujas ne semblait toujours pas disposé à quitter la fenêtre. Il paraissait maintenant étudier les plates-bandes du voisin. Le jardin de M. Rastoil était disposé à l'anglaise, avec de petites allées, de petites pelouses, coupées de petites corbeilles. Au fond, il y avait une rotonde d'arbres, où se trouvaient une table et des chaises rustiques.

—Monsieur Rastoil est fort riche, reprit Mouret, qui avait suivi la direction des yeux de l'abbé. Son jardin lui coûte bon; la cascade que vous ne voyez pas, là-bas, derrière les arbres, lui est revenue à plus de trois cents francs. Et pas un légume, rien que des fleurs. Un moment, les dames avaient même parlé de faire couper les arbres fruitiers; c'eût été un véritable meurtre, car les poiriers sont superbes.

Bah! il a raison d'arranger son jardin à sa convenance. Quand on a les moyens! Et comme l'abbé se taisait toujours:

—Vous connaissez monsieur Rastoil, n'est-ce pas? continua-t-il en se tournant vers lui. Tous les matins, il se promène sous ses arbres, de huit à neuf heures. Un gros homme, un peu court, chauve, sans barbe, la tête ronde comme une boule. Il a atteint la soixantaine dans les premiers jours d'août, je crois. Voilà près de vingt ans qu'il est président de notre tribunal civil. On le dit bonhomme. Moi, je ne le fréquente pas. Bonjour, bonsoir, et c'est tout.

Il s'arrêta, en voyant plusieurs personnes descendre le perron de la maison voisine et se diriger vers la rotonde.

—Eh! mais, dit-il en baissant la voix, c'est mardi, aujourd'hui…. On dîne, chez les Rastoil.

L'abbé n'avait pu retenir un léger mouvement. Il s'était penché, pour mieux voir. Deux prêtres, qui marchaient aux côtés de deux grandes filles, paraissaient particulièrement l'intéresser.

—Vous savez qui sont ces messieurs? demanda Mouret.

Et, sur un geste vague de Faujas:

—Ils traversaient la rue Balande, au moment où nous nous sommes rencontrés…. Le grand, le jeune, celui qui est entre les deux demoiselles Rastoil, est l'abbé Surin, le secrétaire de notre évêque. Un garçon bien aimable, dit-on. L'été, je le vois qui joue au volant, avec ces demoiselles… Le vieux, que vous apercevez un peu en arrière, est un de nos grands vicaires, monsieur l'abbé Fénil. C'est lui qui dirige le séminaire. Un terrible homme, plat et pointu comme un sabre. Je regrette qu'il ne se tourne pas; vous verriez ses yeux…. Il est surprenant que vous ne connaissiez pas ces messieurs.

—Je sors peu, répondit l'abbé; je ne fréquente personne dans la ville.

—Et vous avez tort! Vous devez vous ennuyer souvent…. Ah! monsieur l'abbé, il faut vous rendre une justice: vous n'êtes pas curieux. Comment! depuis un mois que vous êtes ici, vous ne savez seulement pas que monsieur Rastoil donne à dîner tous les mardis! Mais ça crève les yeux, de cette fenêtre!

Mouret eut un léger rire. Il se moquait de l'abbé. Puis, d'un ton de voix confidentiel:

—Vous voyez, ce grand vieillard qui accompagne madame Rastoil; oui, le maigre, l'homme au chapeau à larges bords. C'est monsieur de Bourdeu, l'ancien préfet de la Drôme, un préfet que la révolution de 1848 a mis à pied. Encore un que vous ne connaissiez pas, je parie?... Et monsieur Maffre, le juge de paix? ce monsieur tout blanc, avec de gros yeux à fleur de tête, qui arrive le dernier avec monsieur Rastoil. Que diable! pour celui-là vous n'êtes pas pardonnable. Il est chanoine honoraire de Saint-Saturnin.... Entre nous, on l'accuse d'avoir tué sa femme par sa dureté et son avarice.

Il s'arrêta, regarda l'abbé en face et lui dit avec une brusquerie goguenarde:

—Je vous demande pardon, mais je ne suis pas dévot, monsieur l'abbé.

L'abbé fit de nouveau un geste vague de la main, ce geste qui répondait à tout en le dispensant de s'expliquer plus nettement.

—Non, je ne suis pas dévot, répéta railleusement Mouret. Il faut laisser tout le monde libre, n'est-ce pas?... Chez les Rastoil, on pratique. Vous avez dû voir la mère et les filles à Saint-Saturnin. Elles sont vos paroissiennes.... Ces pauvres demoiselles! L'aînée, Angéline, a bien vingt-six ans; l'autre, Aurélie, va en avoir vingt-quatre. Et pas belles avec ça; toutes jaunes, l'air maussade. Le pis est qu'il faut marier la plus vieille d'abord. Elles finiront par trouver, à cause de la dot.... Quant à la mère, cette petite femme grasse qui marche avec une douceur de mouton, elle en a fait voir de rudes à ce pauvre Rastoil.

Il cligna l'oeil gauche, tic qui lui était habituel, quand il lançait une plaisanterie un peu risquée. L'abbé avait baissé les paupières, attendant la suite; puis, l'autre se taisant, il les rouvrit et regarda la société d'à côté s'installer sous les arbres, autour de la table ronde.

Mouret reprit ses explications.

—Ils vont rester là jusqu'au dîner, à prendre le frais. C'est tous les mardis la même chose.... Cet abbé Surin a beaucoup de succès. Le voilà qui rit aux éclats avec mademoiselle Aurélie.... Ah! le grand vicaire nous a aperçus. Hein? quels yeux! Il ne m'aime guère, parce que j'ai eu une contestation avec un de ses parents…. Mais où donc est l'abbé Bourrette? Nous ne l'avons pas vu, n'est-ce pas? C'est bien surprenant. Il ne manque pas un des mardis de monsieur Rastoil. Il faut qu'il soit indisposé…. Vous le connaissez, celui-là. Et quel digne homme! La bête du bon Dieu.

Mais l'abbé Faujas n'écoutait plus. Son regard se croisait à tout instant avec celui de l'abbé Fenil. Il ne détournait pas la tête, il soutenait l'examen du vicaire avec une froideur parfaite. Il s'était installé plus carrément sur la barre d'appui, et ses yeux semblaient être devenus plus grands.

— Voilà la jeunesse, continua Mouret, en voyant arriver trois jeunes gens. Le plus âgé est le fils Rastoil; il vient d'être reçu avocat. Les deux autres sont les enfants du juge de paix, qui sont encore au collège…. Tiens, pourquoi donc mes deux polissons ne sont-ils pas rentrés?

A ce moment, Octave et Serge parurent justement sur la terrasse. Ils s'adossèrent à la rampe, taquinant Désirée, qui venait de s'asseoir auprès de sa mère. Les enfants, ayant vu leur père au second étage, baissaient la voix, riant à rires, étouffés.

— Toute ma petite famille, murmura Mouret avec complaisance. Nous restons chez nous, nous autres; nous ne recevons personne. Notre jardin est un paradis fermé, où il défie bien le diable de venir nous tenter.

Il riait, en disant cela, parce qu'au fond de lui il continuait à s'amuser aux dépens de l'abbé. Celui-ci avait lentement ramené les yeux sur le groupe que formait, juste au-dessous de la fenêtre, la famille de son propriétaire. Il s'y arrêta un instant, considéra le vieux jardin aux carrés de légumes entourés de grands buis; puis, il regarda encore les allées prétentieuses de M. Rastoil; et, comme s'il eût voulu lever un plan des lieux, il passa au jardin de la sous-préfecture. Là, il n'y avait qu'une large pelouse centrale, un tapis d'herbe aux ondulations molles; des arbustes à feuillage persistant formaient des massifs; de hauts marronniers très-touffus changeaient en parc ce bout de terrain étranglé entre les maisons voisines.

Cependant, l'abbé Faujas regardait avec affection sous les marronniers. Il se décida à murmurer:

—C'est très-gai, ces jardins.... Il y a aussi du monde dans celui de gauche.

Mouret leva les yeux.

—Comme toutes les après-midi, dit-il tranquillement: ce sont les intimes de monsieur Péqueur des Saulaies, notre sous-préfet.... L'été, ils se réunissent également le soir, autour du bassin que vous ne pouvez voir, à gauche.... Ah! monsieur de Condamin est de retour. Ce beau vieillard, l'air conservé, fort de teint; c'est notre conservateur des eaux et forêts, un gaillard qu'on rencontre toujours à cheval, ganté, les culottes collantes. Et menteur avec ça! Il n'est pas du pays; il a épousé dernièrement une toute jeune femme.... Enfin, ce ne sont pas mes affaires, heureusement.

Il baissa de nouveau la tête, en entendant Désirée, qui jouait avec Serge, rire de son rire de gamine. Mais l'abbé, dont le visage se colorait légèrement, le ramena d'un mot:

—Est-ce le sous-préfet, demanda-t-il, le gros monsieur en cravate blanche?

Cette question amusa Mouret extrêmement.

—Ah! non, répondit-il en riant. On voit bien que vous ne connaissez pas monsieur Péqueur des Saulaies. Il n'a pas quarante ans. Il est grand, joli garçon, très-distingué.... Ce gros monsieur est le docteur Porquier, le médecin qui soigne la société de Plassans. Un homme heureux, je vous assure. Il n'a qu'un chagrin, son fils Guillaume.... Maintenant, vous voyez les deux personnes qui sont assises sur le banc, et qui nous tournent le dos. C'est monsieur Paloque, le juge, et sa femme. Le ménage le plus laid du pays. On ne sait lequel est le plus abominable de la femme ou du mari. Heureusement qu'ils n'ont pas d'enfants.

Et Mouret se mit à rire plus haut. Il s'échauffait, se démenait, frappant de la main la barre d'appui.

—Non, reprit-il, montrant d'un double mouvement de tête le jardin des Rastoil et le jardin de la sous-préfecture, je ne puis regarder ces deux sociétés, sans que cela me fasse faire du bon sang.... Vous ne vous occupez pas de politique, monsieur l'abbé, autrement je vous ferais bien rire.... Imaginez-vous qu'à tort ou à raison je passe pour un républicain. Je cours beaucoup les campagnes, à cause de mes affaires; je suis l'ami des paysans; on a même parlé de moi pour le conseil général; enfin, mon nom est connu.... Eh bien! j'ai là, à droite, chez les Rastoil, la fine fleur de la légitimité, et là, à gauche, chez le sous-préfet, les gros bonnets de l'empire. Hein! est-ce assez drôle? mon pauvre vieux jardin si tranquille, mon petit coin de bonheur, entre ces deux camps ennemis. J'ai toujours peur qu'ils ne se jettent des pierres par-dessus mes murs.... Vous comprenez, leurs pierres pourraient tomber dans mon jardin. Cette plaisanterie acheva d'enchanter Mouret. Il se rapprocha de l'abbé, de l'air d'une commère qui va en dire long.

—Plassans est fort curieux, au point de vue politique. Le coup d'État a réussi ici, parce que la ville est conservatrice. Mais, avant tout, elle est légitimiste et orléaniste, si bien que, dès le lendemain de l'empire, elle a voulu dicter ses conditions. Comme on ne l'a pas écoutée, elle s'est fâchée, elle est passée à l'opposition. Oui, monsieur l'abbé, à l'opposition. L'année dernière, nous avons nommé député le marquis de Lagrifoul, un vieux gentilhomme d'une intelligence médiocre, mais dont l'élection a joliment embêté la sous-préfecture.... Et regardez, le voilà, monsieur Péqueur des Saulaies; il est avec le maire, monsieur Delangre.

L'abbé regarda vivement. Le sous-préfet, très-brun, souriait, sous ses moustaches cirées; il était d'une correction irréprochable; son allure tenait du bel officier et du diplomate aimable. A côté de lui, le maire s'expliquait, avec toute une fièvre de gestes et de paroles. Il paraissait petit, les épaules carrées, le masque fouillé, tournant au polichinelle. Il devait parler trop.

—Monsieur Péqueur des Saulaies, continua Mouret, a failli en tomber malade. Il croyait l'élection du candidat officiel assurée.... Je me suis bien amusé. Le soir de l'élection, le jardin de la sous-préfecture est resté noir et sinistre comme un cimetière; tandis que chez les Rastoil, il y avait des bougies sous les arbres, et des rires, et tout un vacarme de triomphe. Sur la rue, on ne laisse rien voir; dans les jardins, au contraire, on ne se gêne pas, on se déboutonne.... Allez, j'assiste à de singulières choses, sans rien dire.

Il se tint un instant, comme ne voulant pas en conter davantage; mais la démangeaison de parler fut trop forte.

—Maintenant, reprit-il, je me demande ce qu'ils vont faire, à la sous-préfecture. Jamais plus leur candidat ne passera. Ils ne connaissent pas le pays, ils ne sont pas de force. On m'a assuré que monsieur Péqueur des Saulaies devait avoir une préfecture, si l'élection avait bien marché. Va-t'en voir s'ils viennent, Jean! Le voilà sous-préfet pour Longtemps…. Hein! que vont-ils inventer pour jeter par terre le marquis? car ils inventeront quelque chose, ils tâcheront, d'une façon ou d'une autre, de faire la conquête de Plassans.

Il avait levé les yeux sur l'abbé, qu'il ne regardait plus depuis un instant. La vue du visage du prêtre, attentif, les yeux luisants, les oreilles comme élargies, l'arrêta net. Toute sa prudence de bourgeois paisible se réveilla; il sentit qu'il venait d'en dire beaucoup trop. Aussi murmura-t-il d'une voix fâchée:

—Après tout, je ne sais rien. On répète tant de choses ridicules…. Je demande seulement qu'on me laisse vivre tranquille chez moi.

Il aurait bien voulu quitter la fenêtre, mais il n'osait pas s'en aller brusquement, après avoir bavardé d'une façon si intime. Il commençait à soupçonner que, si l'un des deux s'était moqué de l'autre, il n'avait certainement pas joué le beau rôle. L'abbé, avec son grand calme, continuait à jeter des regards à droite et à gauche, dans les deux jardins. Il ne fit pas la moindre tentative pour encourager Mouret à continuer. Celui-ci, qui souhaitait avec impatience que sa femme ou un de ses enfants eût la bonne idée de l'appeler, fut soulagé, lorsqu'il vit Rose paraître sur le perron. Elle leva la tête.

—Eh bien! monsieur, cria-t-elle, ce n'est donc pas pour aujourd'hui?… Il y a un quart d'heure que la soupe est sur la table.

—Bien! Rose, je descends, répondit-il.

Il quitta la fenêtre, s'excusant. La froideur de la chambre, qu'il avait oubliée derrière son dos, acheva de le troubler. Elle lui parut être un grand confessionnal, avec son terrible christ noir, qui devait avoir tout entendu. Comme l'abbé Faujas prenait congé de lui, en lui faisant un court salut silencieux, il ne put supporter cette chute brusque de la conversation, il revint, levant les yeux vers le plafond.

—Alors, dit-il, c'est bien dans cette encoignure-là?

—Quoi donc? demanda l'abbé très-surpris.

—La tache dont vous m'avez parlé.

Le prêtre ne put cacher un sourire. De nouveau, il s'efforça de faire voir la tache à Mouret.

—Oh! je l'aperçois très-bien, maintenant, dit celui-ci. C'est convenu; dès demain, je ferai venir les ouvriers.

Il sortit enfin. Il était encore sur le palier, que la porte s'était refermée derrière lui, sans bruit. Le silence de l'escalier l'irrita profondément. Il descendit en murmurant:

—Ce diable d'homme! il ne demande rien et on lui dit tout!

V

Le lendemain, la vieille madame Rougon, la mère de Marthe, vint rendre visite aux Mouret. C'était là tout un gros événement, car il y ait un peu de brouille entre le gendre et les parents de sa femme, surtout depuis l'élection du marquis de Lagrifoul, que ceux-ci l'accusaient d'avoir fait réussir par son influence dans les campagnes. Marthe allait seule chez ses parents. Sa mère, «cette noiraude de Félicité», comme on la nommait, était restée, à soixante-six ans, d'une maigreur et d'une vivacité de jeune fille. Elle ne portait plus que des robes de soie, très-chargées de volants, et affectionnait particulièrement le jaune et le marron.

Ce jour-là, quand elle se présenta, il n'y avait que Marthe et Mouret dans la salle à manger.

—Tiens! dit ce dernier très-surpris, c'est ta mère ... Qu'est-ce qu'elle nous veut donc? Il n'y a pas un mois qu'elle est venue.... Encore quelque manigance, c'est sûr.

Les Rougon, dont il avait été le commis, avant son mariage, lorsque leur étroite boutique du vieux quartier sentait la faillite, étaient le sujet de ses éternelles défiances. Ils lui rendaient d'ailleurs une solide et profonde rancune, détestant surtout en lui le commerçant qui avait fait promptement de bonnes affaires. Quand leur gendre disait: «Moi, je ne dois ma fortune qu'à mon travail», ils pinçaient les lèvres, ils comprenaient parfaitement qu'il les accusait d'avoir gagné la leur dans des trafics inavouables. Félicité, malgré sa belle maison de la place de la Sous-Préfecture, enviait sourdement le petit logis tranquille des Mouret, avec la jalousie féroce d'une ancienne marchande qui ne doit pas son aisance à ses économies de comptoir.

Félicité baisa Marthe au front, comme si celle-ci avait toujours eu seize ans. Elle tendit ensuite la main à Mouret. Tous deux causaient d'ordinaire sur un ton aigre-doux de moquerie.

—Eh bien! lui demanda-t-elle en souriant, les gendarmes ne sont donc pas encore venus vous chercher, révolutionnaire?

—Mais non, pas encore, répondit-il en riant également. Ils attendent pour ça que votre mari leur donne des ordres.

—Ah! c'est très-joli, ce que vous dites là, répliqua Félicité, dont les yeux flambèrent.

Marthe adressa un regard suppliant à Mouret; il venait d'aller vraiment trop loin. Mais il était lancé, il reprit:

—Véritablement, nous ne songeons à rien; nous vous recevons là, dans la salle à manger. Passons au salon, je vous en prie.

C'était une de ses plaisanteries habituelles. Il affectait les grands airs de Félicité, lorsqu'il la recevait chez lui. Marthe eut beau dire qu'on était bien là, il fallut qu'elle et sa mère le suivissent dans le salon. Et il s'y donna beaucoup de peine, ouvrant les volets, poussant des fauteuils. Le salon, où l'on n'entrait jamais, et dont les fenêtres restaient le plus souvent fermées, étaient une grande pièce abandonnée, dans laquelle traînait un meuble à housses blanches, jaunies par l'humidité du jardin.

—C'est insupportable, murmura Mouret, en essuyant la poussière d'une petite console, cette Rose laisse tout à l'abandon.

Et, se tournant vers sa belle-mère, d'une voix où l'ironie perçait:

—Vous nous excusez de vous recevoir ainsi dans notre pauvre demeure…. Tout le monde ne peut pas être riche.

Félicité suffoquait. Elle regarda un instant Mouret fixement, près d'éclater; puis, faisant effort, elle baissa lentement les paupières; quand elle les releva, elle dit d'une voix aimable:

—Je viens de souhaiter le bonjour à madame de Condamin, et je suis entrée pour savoir comment va la petite famille…. Les enfants se portent bien, n'est-ce pas? et vous aussi, mon cher Mouret?

—Oui, tout le monde se porte à merveille, répondit-il, étonné de cette grande amabilité.

Mais la vieille dame ne lui laissa pas le temps de remettre la conversation sur un ton hostile. Elle questionna affectueusement Marthe sur une foule de riens, elle se fit bonne grand'maman, grondant son gendre de ne pas lui envoyer plus souvent «les petits et la petite». Elle était si heureuse de les voir!

—Ah! vous savez, dit-elle enfin négligemment, voici octobre; je vais reprendre mon jour, le jeudi, comme les autres saisons.... Je compte sur toi, n'est-ce pas, ma chère Marthe?... Et vous, Mouret, ne vous verra-t-on pas quelque-fois, nous bouderez-vous toujours?

Mouret, que le caquetage attendri de sa belle-mère finissait par troubler, resta court sur la riposte. Il ne s'attendait pas à ce coup, il ne trouva rien de méchant, se contentant de répondre: —Vous savez bien que je ne puis pas aller chez vous.... Vous recevez un tas de personnages qui seraient enchantés de m'être désagréables. Puis, je ne veux pas me fourrer dans la politique.

—Mais vous vous trompez, répliqua Félicité, vous vous trompez, entendez-vous, Mouret! Ne dirait-on pas que mon salon est un club? C'est ce que je n'ai pas voulu. Toute la ville sait que je tâche de rendre ma maison aimable. Si l'on cause politique chez moi, c'est dans les coins, je vous assure. Ah bien! la politique, elle m'a assez ennuyée, autrefois.... Pourquoi dites-vous cela?

—Vous recevez toute la bande de la sous-préfecture, murmura Mouret d'un air maussade.

—La bande de la sous-préfecture? répéta-t-elle; la bande de la sous-préfecture.... Sans doute, je reçois ces messieurs. Je ne crois pourtant pas qu'on rencontre souvent chez moi monsieur Péqueur des Saulaies, cet hiver; mon mari lui a dit son fait, à propos des dernières élections. Il s'est laissé jouer comme un niais.... Quant à ses amis, ce sont des hommes de bonne compagnie. Monsieur Delangre, monsieur de Condamin sont très-aimables, ce brave Paloque est la bonté même, et vous n'avez rien à dire, je pense, contre le docteur Porquier.

Mouret haussa les épaules.

—D'ailleurs, continua-t-elle en appuyant ironiquement sur ses paroles, je reçois aussi la bande de monsieur Rastoil, le digne monsieur Maffre et notre savant ami monsieur de Bourdeu, l'ancien préfet.... Vous voyez bien que nous ne sommes pas exclusifs, toutes les opinions sont accueillies chez nous. Mais comprenez donc que je n'aurais pas quatre chats, si je choisissais mes invités dans un parti!

Puis nous aimons l'esprit partout où il se trouve, nous avons la prétention d'avoir à nos soirées tout ce que Plassans renferme de personnes distinguées.... Mon salon est un terrain neutre; retenez bien cela, Mouret; oui, un terrain neutre, c'est le mot propre.

Elle s'était animée en parlant. Chaque fois qu'on la mettait sur ce sujet, elle finissait par se fâcher. Son salon était sa grande gloire; comme elle le disait, elle voulait y trôner, non en chef de parti, mais en femme du monde. Il est vrai que les intimes prétendaient qu'elle obéissait à une tactique de conciliation, conseillée par son fils Eugène, le ministre, qui la chargeait de personnifier, à Plassans, les douceurs et les amabilités de l'empire.

—Vous direz ce que vous voudrez, mâcha sourdement Mouret, votre Maffre est un calotin, votre Bourdeu, un imbécile, et les autres sont des gredins, pour la plupart. Voilà ce que je pense.... Je vous remercie de votre invitation, mais ça me dérangerait trop. J'ai l'habitude de me coucher de bonne heure. Je reste chez moi.

Félicité se leva, tourna le dos à Mouret, disant à sa fille:

—Je compte toujours sur toi, n'est-ce pas, ma chérie?

—Certainement, répondit Marthe, qui voulait adoucir le refus brutal de son mari.

La vieille dame s'en allait, lorsqu'elle parut se raviser. Elle demanda à embrasser Désirée, qu'elle avait aperçue dans le jardin. Elle ne voulut pas même qu'on appelât l'enfant; elle descendit sur la terrasse, encore toute mouillée d'une légère pluie tombée le matin. Là, elle fut pleine de caresses pour sa petite fille, qui restait un peu effarouchée devant elle; puis, levant la tête comme par hasard, regardant les rideaux du second, elle s'écria:

—Tiens! vous avez loué?... Ah! oui, je me souviens, à un prêtre, je crois. J'ai entendu parler de ça.... Quel homme est-ce, ce prêtre?

Mouret la regarda fixement. Il eut comme un rapide soupçon, il pensa qu'elle était venue uniquement pour l'abbé Faujas. —Ma foi, dit-il sans la quitter des yeux, je n'en sais rien... Mais vous allez peut-être pouvoir me donner des renseignements, vous?

—Moi? s'écria-t-elle d'un grand air de surprise. Eh! je je ne l'ai jamais vu.... Attendez, je sais qu'il est vicaire à Saint-Saturnin; c'est le père Bourrette qui m'a dit ça. Et tenez, cela me fait penser que je devrais l'inviter à mes jeudis. Je reçois déjà le directeur du grand séminaire et le secrétaire de monseigneur.

Puis, se tournant vers Marthe:

—Tu ne sais pas, quand tu verras ton locataire, tu devrais le sonder, de façon à me dire si une invitation lui serait agréable.

—Nous ne le voyons presque pas, se hâta de répondre Mouret. Il entre et il sort sans ouvrir la bouche.... Puis, ce ne sont pas mes affaires.

Et il continuait à l'examiner d'un air défiant. Certainement elle en savait plus long sur l'abbé Faujas qu'elle ne voulait en conter. D'ailleurs, elle ne bronchait pas sous l'examen attentif de son gendre.

—Ça m'est égal, après tout, reprit-elle avec une aisance parfaite. Si c'est un homme convenable, je trouverai toujours une manière de l'inviter.... Au revoir, mes enfants.

Elle remontait le perron, lorsqu'un grand vieillard se montra sur le seuil du vestibule. Il avait un paletot et un pantalon de drap bleu très-propres, avec une casquette de fourrure rabattue sur les yeux. Il tenait un fouet à la main.

—Eh! c'est l'oncle Macquart! cria Mouret, en jetant un coup d'oeil curieux sur sa belle-mère.

Félicité avait fait un geste de vive contrariété. Macquart, frère bâtard de Rougon, était rentré en France, grâce à celui-ci, après s'être compromis dans le soulèvement des campagnes, en 1851. Depuis son retour du Piémont, il menait une vie de bourgeois gras et renté. Il avait acheté, on ne savait avec quel argent, une petite maison située au village des Tulettes, à trois lieues de Plassans. Peu à peu, il s'était nippé; il avait même fini par faire l'emplette d'une carriole et d'un cheval, si bien qu'on ne rencontrait plus que lui sur les routes, fumant sa pipe, buvant le soleil, ricanant d'un air de loup rangé. Les ennemis des Rougon disaient tout bas que les deux frères avaient commis quelque mauvais coup ensemble, et que Pierre Rougon entretenait Antoine Macquart.

—Bonjour, l'oncle, répétait Mouret avec affectation; vous venez donc nous faire une petite visite?

—Mais oui, répondit Macquart d'un ton bon enfant. Tu sais, chaque fois que je passe à Plassans…. Ah! par exemple. Félicité, si je m'attendais à vous trouver ici! J'étais venu pour voir Rougon, j'avais quelque chose à lui dire….

—Il était à la maison, n'est-ce pas? interrompit-elle avec une vivacité inquiète. C'est bien, c'est bien, Macquart.

—Oui, il était à la maison, continua tranquillement l'oncle; je l'ai vu, et nous avons causé. C'est un bon enfant, Rougon.

Il eut un léger rire. Et tandis que Félicité piétinait d'anxiété, il reprit de sa voix traînante, si étrangement brisée, qu'il semblait toujours se moquer du monde:

—Mouret, mon garçon, je t'ai apporté deux lapins; ils sont là dans un panier. Je les ai donnés à Rose…. J'en avais aussi deux pour Rougon; vous les trouverez chez vous, Félicité, et vous m'en direz des nouvelles. Ah! les gredins, sont-ils gras! Je les ai engraissés pour vous…. Que voulez-vous, mes enfants? moi, ça me fait plaisir, de faire des cadeaux.

Félicité était toute pâle, les lèvres serrées, tandis que Mouret continuait à la regarder avec un rire en dessous. Elle aurait bien voulu se retirer; mais elle craignait les bavardages, si elle laissait Macquart derrière elle.

—Merci, l'oncle, dit Mouret. La dernière fois, vos prunes étaient joliment bonnes…. Vous boirez bien un coup?

—Mais ça n'est pas de refus.

Et, quand Rose lui eut apporté un verre de vin, il s'assit sur la rampe de la terrasse. Il but le verre avec lenteur, faisant claquer sa langue, regardant le vin au jour.

—Ça vient du quartier de Saint-Eutrope, ce vin-là, murmura-t-il. Ce n'est pas moi qu'on tromperait. Je connais drôlement le pays.

Il branlait la tête, ricanant.

Alors, brusquement, Mouret lui demanda, avec une intention particulière dans la voix:

—Et aux Tulettes, comment va-t-on?

Il leva les yeux, regarda tout le monde; puis, faisant une dernière fois claquer la langue, posant le verre à côté de lui, sur la pierre, il répondit négligemment:

—Pas mal.... J'ai eu de ses nouvelles avant-hier. Elle se porte toujours la même chose.

Félicité avait tourné la tête. Il y eut un silence. Mouret venait de mettre le doigt sur une des plaies vives de la famille, en faisant allusion à la mère de Rougon et de Macquart, enfermée depuis plusieurs années comme folle, à la maison des aliénés des Tulettes. La petite propriété de Macquart était voisine, et il semblait que Rougon eût posté là le vieux drôle pour veiller sur l'aïeule.

—Il se fait tard, finit par dire ce dernier en se levant; il faut que je sois rentré avant la nuit.... Dis donc, Mouret, mon garçon, je compte sur toi pour un de ces jours. Tu m'avais bien promis de venir.

—J'irai, l'oncle, j'irai.

—Ce n'est pas ça, je veux que tout le monde vienne; entends-tu? tout le monde.... Je m'ennuie là-bas tout seul. Je vous ferai la cuisine.

Et, se tournant vers Félicité:

—Dites à Rougon que je compte aussi sur lui et sur vous. Ce n'est pas parce que la vieille mère est là, à côté, que ça doit vous empêcher de venir; alors, il n'y aurait plus moyen de se distraire.... Je vous dis qu'elle a bien, qu'on la soigne bien. Vous pouvez vous fier à moi.... Vous goûterez d'un petit vin que j'ai trouvé sur un coteau de la Seille; un petit vin qui vous grise, vous verrez!

Tout en parlant, il se dirigeait vers la porte. Félicité le suivait de si près, qu'elle semblait le pousser dehors. Tout le monde l'accompagna jusqu'à la rue. Il détachait son cheval, dont il avait noué les guides à une persienne, lorsque l'abbé Faujas, qui rentrait, passa au milieu du groupe, avec un léger salut. On eût dit une ombre noire filant sans bruit. Félicité se tourna lestement, le poursuivit du regard jusque dans l'escalier, n'ayant pas eu le temps de le dévisager. Macquart, muet de surprise, hochait la tête, murmurant:

—Comment, mon garçon, tu loges des curés chez toi, maintenant? Et il a un singulier oeil, cet homme. Prends garde: les soutanes, ça porte malheur!

Il s'assit sur le banc de la carriole, sifflant doucement, et descendit la rue Balande, au petit trot de son cheval. Son dos rond, avec sa casquette de fourrure, disparurent au coude de la rue Taravelle. Quand Mouret se retourna, il entendit sa belle-mère qui disait à Marthe:

—J'aimerais mieux que ce fût toi, pour que l'invitation parût moins solennelle. Si tu trouvais moyen de lui en parler, tu me ferais plaisir.

Elle se tut, se sentant surprise. Enfin, après avoir embrassé Désirée avec effusion, elle partit, jetant un dernier coup d'oeil, pour s'assurer que Macquart n'allait pas revenir, derrière elle, bavarder sur son compte.

—Tu sais que je te défends absolument de te mêler des affaires de ta mère, dit Mouret à sa femme, en rentrant; elle est toujours dans un tas d'histoires où personne ne voit goutte. Que diable peut-elle vouloir faire de l'abbé? Elle ne l'inviterait pas pour ses beaux yeux, si elle n'avait point un intérêt caché. Ce curé-là n'est pas venu pour rien de Besançon à Plassans. Il y a quelque manigance là-dessous.

Marthe s'était remise à cet éternel raccommodage du linge de la famille qui lui prenait des journées entières. Il tourna un instant encore autour d'elle, murmurant:

—Ils m'amusent, le vieux Macquart et ta mère. Ah! pour ça, ils se détestent ferme! Tu as vu comme elle suffoquait, de le sentir ici. On dirait qu'elle a toujours peur de lui entendre raconter des choses qu'on ne doit pas savoir. Ce n'est pas l'embarras, il en raconterait de drôles…. Mais ce n'est pas moi qu'on prendra chez lui. J'ai juré de ne pas me fourrer dans ce gâchis…. Vois-tu, mon père avait raison de dire que la famille de ma mère, ces Rougon, ces Macquart, ne valaient pas la corde pour les pendre. J'ai de leur sang comme toi, ça ne peut pas te blesser que je dise cela. Je le dis, parce que c'est vrai. Ils ont fait fortune aujourd'hui, mais ça ne les a pas décrottés, au contraire.

Il finit par aller faire un tour sur le cours Sauvaire, où il rencontrait des amis, avec lesquels il causait du temps, des récoltes, des événements de la veille. Une grosse commission d'amandes, dont il se chargea le lendemain, le tint pendant plus d'une semaine en allées et venues continuelles, ce qui lui fit presque oublier l'abbé Faujas. D'ailleurs, l'abbé commençait à l'ennuyer; il ne causait pas assez, il était trop cachottier. Il l'évita à deux reprises, croyant comprendre que l'autre le cherchait uniquement pour apprendre la fin des histoires sur la bande de la sous-préfecture et la bande des Rastoil. Rose lui ayant raconté que madame Faujas avait essayé de la faire causer, il s'était promis de ne plus ouvrir les lèvres. C'était un autre amusement qui occupait ses heures vides. Maintenant, quand il regardait les rideaux si bien fermés du second étage, il grommelait: —Cache-toi, va, mon bon... Je sais que tu me guettes, derrière tes rideaux; ça ne t'avance toujours pas à grand'chose. Si c'est par moi que tu comptes connaître les voisins!

Cette pensée que l'abbé Faujas était à l'affût le réjouit extrêmement. Il se donna beaucoup de peine pour ne pas tomber dans quelque piège. Mais, un soir, comme il rentrait, il aperçut, à cinquante pas devant lui, l'abbé Bourrette et l'abbé Faujas arrêtés devant la porte de M. Rastoil. Il se cacha dans l'encoignure d'une maison. Les deux prêtres le tinrent là un grand quart d'heure. Ils causaient vivement, se séparaient, puis revenaient. Mouret crut comprendre que l'abbé Bourrette suppliait l'abbé Faujas de l'accompagner chez le président. Celui-ci s'excusait, finissait par refuser avec quelque impatience. C'était un mardi, un jour de dîner. Enfin, Bourrette entra chez M. Rastoil; Faujas se coula chez lui, de son allure humble. Mouret resta songeur. En effet, pourquoi l'abbé n'allait-il pas chez M. Rastoil? Tout Saint-Saturnin y dînait, l'abbé Fenil, l'abbé Surin et les autres. Il n'y avait pas une robe noire à Plassans qui n'eût pris le frais dans le jardin, devant la cascade. Ce refus du nouveau vicaire était une chose vraiment extraordinaire.

Lorsque Mouret fut rentré, il alla vite au fond de son jardin, pour examiner les fenêtres du second étage. Au bout d'un instant, il vit remuer le rideau de la deuxième fenêtre, à droite. Pour sûr, l'abbé Faujas était là, à espionner ce qui se passait chez M. Rastoil. A certains mouvements du rideau, Mouret crut comprendre qu'il regardait également du côté de la sous-préfecture.

Le lendemain, un mercredi, comme il sortait, Rose lui apprit que l'abbé Bourrette était chez les gens du second, depuis une heure au moins. Alors il rentra, fureta dans la salle à manger. Comme Marthe lui demandait ce qu'il cherchait ainsi, il devint furieux, parlant d'un papier sans lequel il ne pouvait sortir. Il monta voir s'il ne l'avait pas laissé au premier. Puis, lorsque, après une longue attente derrière la porte de sa chambre, il crut surprendre, au second étage, un remuement de chaises, il descendit lentement, s'arrêtant un instant dans le vestibule, pour donner à l'abbé Bourrette le temps de le rejoindre.

—Tiens! vous voilà, monsieur l'abbé? Quelle heureuse rencontre!... Vous retournez à Saint-Saturnin? Cela tombe à merveille. Je vais de ce côté. Nous vous accompagnerons, si ça ne vous dérange pas.

L'abbé Bourrette répondit qu'il serait enchanté. Tous deux montèrent lentement la rue Balande, se dirigeant vers la place de la Sous-Préfecture. L'abbé était un gros homme, au bon visage naïf, avec de grands yeux bleus d'enfant. Sa large ceinture de soie, fortement tendue, lui dessinait un ventre d'un rondeur douce et luisante, et il marchait, la tête un peu en arrière, les bras trop courts, les jambes déjà lourdes.

—Eh bien! dit Mouret sans chercher de transition, vous venez de voir cet excellent monsieur Faujas.... J'ai à vous remercier, vous m'avez trouvé là un locataire comme il y en a peu.

—Oui, oui, murmura le prêtre; c'est un digne homme.

—Oh! pas le moindre bruit. Nous ne nous apercevons pas même qu'il y a un étranger chez nous. Et très-poli, très-bien élevé, avec cela.... Vous ne savez pas, on m'a affirmé que c'était un esprit supérieur, un cadeau qu'on avait voulu faire au diocèse.

Et, comme ils se trouvaient au milieu de la place de la Sous-Préfecture, Mouret s'arrêta net, regardant fixement l'abbé Bourrette.

—Ah! vraiment, se contenta de répondre celui-ci, d'un air étonné.

—On me l'a affirmé…. Notre évêque aurait des vues sur lui pour plus tard. En attendant, le nouveau vicaire se tiendrait dans l'ombre, pour ne pas exciter des jalousies.

L'abbé Bourrette avait repris sa marche, tournant le coin de la rue de la Banne. Il dit tranquillement:

—Vous me surprenez beaucoup…. Faujas est un homme simple, il a même trop d'humilité. Ainsi, à l'église, il se charge des petites besognes que nous abandonnons d'ordinaire aux prêtres habitués. C'est un saint, mais ce n'est pas un garçon habile. Je l'ai à peine entrevu chez Monseigneur. Dès le premier jour, il a été en froid avec l'abbé Fenil. Je lui avais pourtant expliqué qu'il fallait devenir l'ami du grand-vicaire, si l'on voulait être bien reçu à l'évêché. Il n'a pas compris; il est de jugement un peu étroit, je le crains…. Tenez, c'est comme ses continuelles visites à l'abbé Compan, notre pauvre curé, qui a pris le lit depuis quinze jours, et que nous allons sûrement perdre. Eh bien! elles sont hors de saison, elles lui feront un tort immense. Compan n'a jamais pu s'entendre avec Fenil; il faut vraiment arriver de Besançon pour ignorer une chose qui est connue du diocèse entier.

Il s'animait. Il s'arrêta à son tour à l'entrée de la rue Canquoin, se plantant devant Mouret.

—Non, mon cher monsieur, on vous a trompé: Faujas est innocent comme l'enfant qui vient de naître…. Moi, je n'ai pas d'ambition, n'est-ce pas? Et Dieu sait si j'aime Compan, un coeur d'or! Ça n'empêche pas que je vais lui serrer la main en cachette. Lui-même me l'a dit: «Bourrette, je n'en ai plus pour longtemps, mon vieil ami. Si tu veux être curé après moi, tâche qu'on ne te voie pas trop souvent sonner à ma porte. Viens la nuit et frappe trois coups, ma soeur t'ouvrira.» Maintenant, j'attends la nuit, vous comprenez…. C'est inutile de déranger sa vie. On a déjà tant de chagrins!

La voix s'était attendrie. Il joignit les deux mains sur son ventre, il reprit sa marche, ému d'un égoïsme naïf qui le faisait pleurer sur lui-même, tandis qu'il murmurait:

—Ce pauvre Compan, ce pauvre Compan….

Mouret restait perplexe. L'abbé Faujas finissait par lui échapper tout à fait.

—On m'avait pourtant donné des détails bien précis, essaya-t-il de dire encore. Ainsi, il était question de lui trouver une grande situation.

—Eh! non, je vous assure que non! s'écria le prêtre; Faujas n'a pas d'avenir.... Un autre l'ait. Vous savez que je dîne tous les mardis chez monsieur le président. L'autre semaine, il m'avait prié instamment de lui amener Faujas. Il voulait le connaître, le juger sans doute.... Eh bien! vous ne devineriez jamais ce que Faujas a fait. Il a refusé l'invitation, mon cher monsieur, il a refusé carrément. J'ai eu beau lui dire qu'il allait se rendre l'existence impossible à Plassans, qu'il achevait de se brouiller avec Fenil, en faisant une pareille impolitesse à monsieur Rastoil; il s'est entêté, il n'a rien voulu entendre.... Je crois même, Dieu me pardonne! qu'il m'a dit, dans un moment de colère, qu'il n'avait pas besoin de s'engager en acceptant un dîner de la sorte.

L'abbé Bourrette se mit à rire. Il était arrivé devant Saint-Saturnin; il retint un instant Mouret à la petite porte de l'église.

—C'est un enfant, un grand enfant, continua-t-il. Je vous demande un peu, croire qu'un dîner de monsieur Rastoil pouvait le compromettre!... Aussi votre belle-mère, la bonne madame Rougon, m'ayant chargé hier d'une invitation pour Faujas, ne lui avais-je pas caché que je craignais fort d'être mal reçu.

Mouret dressa l'oreille.

—Ah! ma belle-mère vous avait chargé d'une invitation? —Oui, elle était venue hier à la sacristie.... Comme je tiens à lui être agréable, je lui avais promis d'aller voir aujourd'hui ce diable d'homme.... Moi, j'étais certain qu'il refuserait.

—Et il a refusé?

—Non, j'ai été bien surpris, il a accepté.

Mouret ouvrit la bouche, puis la referma. Le prêtre clignait les yeux d'un air extrêmement satisfait.

—Il faut confesser que j'ai été bien habile.... Il y avait plus d'une heure que j'expliquais à Faujas la situation de madame votre belle-mère. Il hochait la tête, ne se décidait pas, parlait de son amour de la retraite.... Enfin j'étais à bout, lorsque je me suis souvenu d'une recommandation de cette chère dame. Elle m'avait prié d'insister sur le caractère de son salon, qui est, comme toute la ville le sait, un terrain neutre.... C'est alors qu'il a semblé faire un effort et qu'il a consenti. Il a formellement promis pour demain... Je vais écrire deux lignes à l'excellente madame Rougon pour lui annoncer notre victoire.

Il resta encore là un moment, se parlant à lui-même, roulant ses gros yeux bleus.

—Monsieur Rastoil sera bien vexé, mais ce n'est pas ma faute.... Au revoir, cher monsieur Mouret, bien au revoir; tous mes compliments chez vous.

Et il entra dans l'église, en laissant retomber doucement derrière lui la double porte rembourrée. Mouret regarda cette porte avec un léger haussement d'épaules.

—Encore un bavard, grommela-t-il; encore un de ces hommes qui ne vous laissent pas placer dix paroles, et qui parlent toujours pour ne rien dire.... Ah! le Faujas va demain chez la noiraude; c'est bien fâcheux que je sois brouillé avec cet imbécile de Rougon.

Puis, il courut toute l'après-midi pour ses affaires. Le soir, en se couchant, il demanda négligemment à sa femme: —Est-ce que tu vas chez ta mère demain soir?

—Non, répondit Marthe; j'ai trop de choses à terminer. J'irai sans doute jeudi prochain.

Il n'insista pas. Mais, avant de souffler la bougie:

—Tu as tort de ne pas sortir plus souvent, reprit-il. Va donc chez ta mère, demain soir; tu t'amuseras un peu. Moi, je garderai les enfants.

Marthe le regarda, étonnée. D'ordinaire, il la tenait au logis, ayant besoin d'elle pour mille petits services, grognant quand elle s'absentait pendant une heure.

—J'irai, si tu le désires, dit-elle.

Il souffla la bougie, il mit la tête sur l'oreiller, en murmurant:

—C'est cela, et tu nous raconteras la soirée. Ça amusera les enfants.

VI

Le lendemain soir, vers neuf heures, l'abbé Bourrette vint prendre l'abbé Faujas; il lui avait promis d'être son introducteur, de le présenter dans le salon des Rougon. Comme il le trouva prêt, debout au milieu de sa grande chambre nue, mettant des gants noirs blanchis au bout de chaque doigt, il le regarda avec une légère grimace.

—Est-ce que vous n'avez pas une autre soutane? demanda-t-il.

—Non, répondit tranquillement l'abbé Faujas; celle-ci est encore convenable, je crois.

—Sans doute, sans doute, balbutia le vieux prêtre. Il fait un froid très-vif. Vous ne mettez rien sur vos épaules?... Alors partons.

On était aux premières gelées. L'abbé Bourrette, chaudement enveloppé dans une douillette de soie, s'essouffla à suivre l'abbé Faujas, qui n'avait sur les épaules que sa mince soutane usée. Ils s'arrêtèrent au coin de la place de la Sous-Préfecture et de la rue de la Banne, devant une maison toute de pierres blanches, une des belles bâtisses de la ville neuve, avec des rosaces sculptées à chaque étage. Un domestique en habit bleu les reçut dans le vestibule; il sourit à l'abbé Bourrette en lui enlevant la douillette, et parut très-surpris à la vue de l'autre abbé, de ce grand diable taillé à coups de hache, sorti sans manteau par un froid pareil. Le salon était au premier étage.

L'abbé Faujas entra, la tête haute, avec une aisance grave; tandis que l'abbé Bourrette, très ému lorsqu'il venait chez les Rougon, bien qu'il ne manquât pas une de leurs soirées, se tirait d'affaire en s'échappant dans une pièce voisine. Lui, traversa lentement tout le salon pour aller saluer la maîtresse de la maison, qu'il avait devinée au milieu d'un groupe de cinq ou six dames. Il dut se présenter lui-même; il le fit en trois paroles. Félicité s'était levée vivement. Elle l'examinait des pieds à la tête, d'un oeil prompt, revenant au visage, lui fouillant les yeux de son regard de fouine, tout en murmurant avec un sourire:

—Je suis charmée, monsieur l'abbé, je suis vraiment charmée....

Cependant le passage du prêtre, au milieu du salon, avait causé un étonnement. Une jeune femme, ayant levé brusquement la tête, eut même un geste contenu de terreur, en apercevant cette masse noire devant elle. L'impression fut défavorable: il était trop grand, trop carré des épaules; il avait la face trop dure, les mains trop grosses. Sous la lumière crue du lustre, sa soutane apparut si lamentable, que les dames eurent une sorte de honte, à voir un abbé si mal vêtu. Elles ramenèrent leurs éventails, elles se remirent à chuchoter, en affectant de tourner le dos. Les hommes avaient échangé des coups d'oeil, avec une moue significative.

Félicité sentit le peu de bienveillance de cet accueil. Elle en sembla irritée; elle resta debout au milieu du salon, haussant le ton, forçant ses invités à entendre les compliments qu'elle adressait à l'abbé Faujas. —Ce cher Bourrette, disait-elle avec des cajoleries dans la voix, m'a conté le mal qu'il avait eu à vous décider.... Je vous en garde rancune, monsieur. Vous n'avez pas le droit de vous dérober ainsi au monde.

Le prêtre s'inclinait sans répondre. La vieille dame continua en riant, avec une intention particulière dans certains mots:

—Je vous connais plus que vous ne croyez, malgré vos soins à nous cacher vos vertus. On m'a parlé de vous; vous êtes un saint, et je veux être votre amie.... Nous causerons de tout ceci, n'est-ce pas? car maintenant vous êtes des nôtres.

L'abbé Faujas la regarda fixement, comme s'il avait reconnu dans la façon dont elle manoeuvrait son éventail quelque signe maçonnique. Il répondit en baissant la voix:

—Madame, je suis à votre entière disposition.

—C'est bien ainsi que je l'entends, reprit-elle en riant plus haut. Vous verrez que nous voulons ici le bien de tout le monde.... Mais venez, je vous présenterai à monsieur Rougon.

Elle traversa le salon, dérangea plusieurs personnes pour ouvrir un chemin à l'abbé Faujas, lui donna une importance qui acheva de mettre contre lui toutes les personnes présentes. Dans la pièce voisine, des tables de whist étaient dressées. Elle alla droit à son mari, qui jouait avec la mine grave d'un diplomate. Il fit un geste d'impatience, lorsqu'elle se pencha à son oreille; mais, dès qu'elle lui eut dit quelques mots, il se leva avec vivacité.

—Très-bien! très-bien! murmura-t-il.

Et, s'étant excusé auprès de ses partenaires, il vint serrer la main de l'abbé Faujas. Rougon était alors un gros homme blême, de soixante-dix ans; il avait pris une mine solennelle de millionnaire. On trouvait généralement, à Plassans, qu'il avait une belle tête, une tête blanche et muette de personnage politique. Après avoir échangé avec le prêtre quelques politesses, il reprit sa place à la table de jeu. Félicité, toujours souriante, venait de rentrer dans le salon.

Quand l'abbé Faujas fut enfin seul, il ne parut pas embarrassé le moins du monde. Il resta un instant debout, à regarder les joueurs; en réalité, il examinait les tentures, le tapis, le meuble. C'était un petit salon couleur bois, avec trois corps de bibliothèque en poirier noirci, ornés de baguettes de cuivre, qui occupaient les trois grands panneaux de la pièce. On eût dit le cabinet d'un magistrat. Le prêtre, qui tenait sans doute à faire une inspection complète, traversade nouveau le grand salon. Il était vert, très-sérieux également, mais plus chargé de dorures, tenant à la fois de la gravité administrative d'un ministère et du luxe tapageur d'un grand restaurant. De l'autre côté, se trouvait encore une sorte de boudoir, où Félicité recevait dans la journée; un boudoir paille, avec un meuble brodé de ramages violets, si encombré de fauteuils, de pouffs, de canapés, qu'on pouvait à peine y circuler.

L'abbé Faujas s'assit au coin de la cheminée, faisant mine de se chauffer les pieds. Il était placé de façon à voir, par une porte grande ouverte, une bonne moitié du salon vert. L'accueil si gracieux de madame Rougon le préoccupait; il fermait les yeux à demi, s'appliquant à quelque problème dont la solution lui échappait. Au bout d'un instant, dans sa rêverie, il entendit derrière lui un bruit de voix; son fauteuil, à dossier énorme, le cachait entièrement, et il baissa les paupières davantage. Il écouta, comme ensommeillé par la forte chaleur du feu.

—Je suis allé une seule fois chez eux, dans ce temps-là, continuait une voix grasse; ils demeuraient en face, de l'autre côté de la rue de la Banne. Vous deviez être à Paris, car tout Plassans a connu le salon jaune des Rougon, à cette époque: un salon lamentable, avec du papier citron à quinze sous le rouleau, et un meuble recouvert de velours d'Utrecht, dont les fauteuils boitaient.... Regardez-la donc maintenant, cette noiraude, en satin marron, là-bas, sur ce pouff. Voyez comme elle tend la main au petit Delangre. Ma parole! elle va la lui donner à baiser.

Une voix plus jeune ricana, en murmurant:

—Ils ont dû joliment voler pour avoir un si beau salon vert, car vous savez que c'est le plus beau salon de la ville.

—La dame, reprit l'autre, a toujours eu la passion de recevoir. Quand elle n'avait pas le sou, elle buvait de l'eau, pour offrir le soir des verres de limonade à ses invités... Oh! je les connais sur le bout du doigt, les Rougon; je les ai suivis. Ce sont des gens très-forts. Ils avaient une rage d'appétits à jouer du couteau au coin d'un bois. Le coup d'État les a aidés à satisfaire un rêve de jouissances qui les torturait depuis quarante ans. Aussi quelle gloutonnerie, quelle indigestion de bonnes choses!... Tenez, cette maison qu'ils habitent aujourd'hui, appartenait alors à un monsieur Peirotte, receveur particulier, qui fut tué à l'affaire de Sainte-Roure, lors de l'insurrection de 51. Oui, ma foi! ils ont eu toutes les chances: une balle égarée les a débarrassés de cet homme gênant, dont ils ont hérité.... Eh bien! entre la maison et la charge du receveur, Félicité aurait certainement choisi la maison. Elle la couvait des yeux depuis près de dix ans, prise d'une envie furieuse de femme grosse, se rendant malade à regarder les rideaux riches qui pendaient derrière les glaces des fenêtres. C'étaient ses Tuileries, à elle, selon le mot qui courut à Plassans, après le 2 Décembre.

—Mais où ont-ils pris l'argent pour acheter la maison?

—Ah! ceci, mon brave, c'est la bouteille à l'encre.... Leur fils Eugène, celui qui a fait à Paris une fortune politique si étonnante, député, ministre, conseiller familier des Tuileries, obtint facilement une recette particulière et la croix pour son père, qui avait joué ici une bien jolie farce. Quant à la maison, elle aura été payée à l'aide d'arrangements. Ils auront emprunté à quelque banquier.... En tous cas, aujourd'hui, ils sont riches, ils tripotent, ils rattrapent le temps perdu. J'imagine que leur fils est resté en correspondance avec eux, car ils n'ont pas encore commis une seule bêtise.

La voix se tut, pour reprendre presque aussitôt avec un rire étouffé:

—Non, je ris malgré moi, lorsque je lui vois faire ses mines de duchesse, cette sacrée cigale de Félicité!... Je me rappelle toujours le salon jaune, avec son tapis usé, ses consoles sales, la mousseline de son petit lustre couverte de chiures de mouches.... La voilà qui reçoit les demoiselles Rastoil à présent. Hein! comme elle manoeuvre la queue de sa robe.... Cette vieille-là, mon brave, crèvera un soir de triomphe, au milieu de son salon vert.

L'abbé Faujas avait roulé doucement la tête, de façon à voir ce qui passait dans le grand salon. Il y aperçut madame Rougon, vraiment superbe, au milieu du cercle qui l'entourait; elle semblait grandir sur ses pieds de naine, et courber toutes les échines autour d'elle, d'un regard de reine victorieuse. Par instants, une courte pâmoison faisait battre ses paupières, dans les reflets d'or du plafond, dans la douceur grave des tentures.

—Ah! voici votre père, dit la voix grasse; voici ce bon docteur qui entre.... C'est bien surprenant que le docteur ne vous ait pas raconté ces choses. Il en sait plus long que moi.

—Eh! mon père a peur que je ne le compromette, reprit l'autre gaiement. Vous savez qu'il m'a maudit, en jurant que je lui ferai perdre sa clientèle.... Je vous demande pardon, j'aperçois les fils Maffre, je vais leur serrer la main.

Il y eut un bruit de chaises, et l'abbé Faujas vit un grand jeune homme, au visage déjà fatigué, traverser le petit salon. L'autre personnage, celui qui accommodait si allègrement les Rougon, se leva également. Une dame qui passait se laissa dire par lui des choses fort douces; elle riait, elle l'appelait «ce cher monsieur de Condamin». Le prêtre reconnut alors le bel homme de soixante ans que Mouret lui avait montré dans le jardin de la sous-préfecture. M. de Condamin vint s'asseoir à l'autre coin de la cheminée. Là, il fut tout surpris d'apercevoir l'abbé Faujas, que le dossier du fauteuil lui avait caché; mais il ne se déconcerta nullement, il sourit, et avec un aplomb d'homme aimable:

—Monsieur l'abbé, dit-il, je crois que nous venons de nous confesser sans le vouloir.... C'est un gros péché, n'est-ce pas, que de médire du prochain? Heureusement que vous étiez là pour nous absoudre.

L'abbé, si maître qu'il fût de son visage, ne put s'empêcher de rougir légèrement. Il entendit à merveille que M. de Condamin lui reprochait d'avoir retenu son souffle pour écouter. Mais celui-ci n'était pas homme à garder rancune à un curieux, au contraire. Il fut ravi de cette pointe de complicité qu'il venait de mettre entre le prêtre et lui. Cela l'autorisait à causer librement, à tuer la soirée en racontant l'histoire scandaleuse des personnes qui étaient là. C'était son meilleur régal. Cet abbé nouvellement arrivé à Plassans lui semblait un excellent auditeur; d'autant plus qu'il avait une vilaine mine, une mine d'homme bon à tout entendre, et qu'il portait une soutane vraiment trop usée pour que les confidences qu'on se permettrait avec lui pussent tirer à conséquence.

Au bout d'un quart d'heure, M. de Condamin s'était mis tout à l'aise. Il expliquait Plassans à l'abbé Faujas, avec sa grande politesse d'homme du monde.

—Vous êtes étranger parmi nous, monsieur l'abbé, disait-il; je serais enchanté, si je vous étais bon à quelque chose.... Plassans est une petite ville où l'on s'accommode un trou à la longue. Moi, je suis des environs de Dijon. Eh bien! lorsqu'on m'a nommé ici conservateur des eaux et forêts, je détestais le pays, je m'y ennuyais à mourir. C'était à la veille de l'empire. Après 51 surtout, la province n'a rien eu de gai, je vous assure. Dans ce département, les habitants avaient une peur de chien. La vue d'un gendarme les aurait fait rentrer sous terre.... Cela s'est calmé peu à peu, ils ont repris leur traintrain habituel, et, ma foi, j'ai fini par me résigner. Je vis au dehors, je fais de longues promenades à cheval, je me suis créé quelques relations.

Il baissa la voix, il continua d'un ton confidentiel:

—Si vous m'en croyez, monsieur l'abbé, vous serez prudent. Vous ne vous imaginez pas dans quel guêpier j'ai failli tomber.... Plassans est divisé en trois quartiers absolument distincts: le vieux quartier, où vous n'aurez que des consolations et des aumônes à porter; le quartier Saint-Marc, habité par la noblesse du pays, un lieu d'ennui et de rancune dont vous ne sauriez trop vous méfier; et la ville neuve, le quartier qui se bâtit en ce moment encore autour de la sous-préfecture, le seul possible, le seul convenable... Moi, j'avais commis la sottise de descendre dans le quartier Saint-Marc, où je pensais que mes relations devaient m'appeler. Ah! bien oui, je n'ai trouvé que des 'douairières sèches comme des échalas et des marquis conservés sur de la paille. Tout le monde pleure le temps où Berthe filait. Pas la moindre réunion, pas un bout de fête; une conspiration sourde contre l'heureuse paix dans laquelle nous vivons.... J'ai manqué me compromettre, ma parole d'honneur. Péqueur s'est moqué de moi.... monsieur Péqueur des Saulaies, notre sous-préfet, vous le connaissez?... Alors j'ai passé le cours Sauvaire, j'ai pris un appartement là, sur la place. Voyez-vous, à Plassans, le peuple n'existe pas, la noblesse est indécrottable; il n'y a de tolérable que quelques parvenus, des gens charmants qui font beaucoup de frais pour les hommes en place. Notre petit monde de fonctionnaires est très-heureux. Nous vivons entre nous, à notre guise, sans nous soucier des habitants, comme si nous avions planté notre tente en pays conquis.

Il eut un rire de satisfaction, s'allongeant davantage, présentant ses semelles à la flamme; puis, il prit un verre de punch sur le plateau d'un domestique qui passait, but lentement, tout en continuant à regarder l'abbé Faujas du coin de l'oeil. Celui-ci sentit que la politesse exigeait qu'il trouvât une phrase.

—Cette maison paraît fort agréable, dit-il en se tournant à demi vers le salon vert, où les conversations s'animaient.

—Oui, oui, répondit M. de Condamin, qui s'arrêtait de temps à autre pour avaler une petite gorgée de punch; les Rougon nous font oublier Paris. On ne se croirait jamais à Plassans, ici. C'est le seul salon où l'on s'amuse, parce que c'est le seul où toutes les opinions se coudoient.. Péqueur a également des réunions fort aimables ... Ça doit leur coûter bon, aux Rougon, et ils ne touchent pas des frais de bureau comme Péqueur; mais ils ont mieux que ça, ils ont les poches des contribuables.

Cette plaisanterie l'enchanta. Il posa sur la cheminée le verre vide qu'il tenait à la main; et, se rapprochant, se penchant:

—Ce qu'il y a d'amusant, ce sont les comédies continuelles qui se jouent. Si vous connaissiez les personnages!... Vous voyez madame Rastoil là-bas, au milieu de ses deux filles, cette dame de quarante-cinq ans environ, celle qui a cette tête de brebis bêlante ....Eh bien!

avez-vous remarqué le battement de ses paupières, lorsque Delangre est venu s'asseoir en face d'elle? ce monsieur qui a l'air d'un polichinelle, ici, à gauche.... Ils se sont connus intimement, il y a quelque dix ans. On dit qu'une des deux demoiselles est de lui, mais on ne sait plus bien laquelle.... Le plus drôle est que Delangre, vers la même époque, a eu de petits ennuis avec sa femme; on raconte que sa fille est d'un peintre que tout Plassans connaît.

L'abbé Faujas avait cru devoir prendre une mine grave pour recevoir de pareilles confidences; il fermait complètement les paupières; il semblait ne plus entendre. M. de Condamin reprit, comme pour se justifier:

—Si je me permets de parler ainsi de Delangre, c'est que je le connais beaucoup. Il est diantrement fort, ce diable d'homme! Je crois que son père était maçon. Il y a une quinzaine d'années, il plaidait les petits procès dont les autres avocats ne voulaient pas. Madame Rastoil l'a positivement tiré de la misère; elle lui envoyait jusqu'à du bois l'hiver, pour qu'il eût bien chaud. C'est par elle qu'il a gagné ses premières causes.... Remarquez que Delangre avait alors l'habileté de ne montrer aucune opinion politique. Aussi, en 52, lorsqu'on a cherché un maire, a-t-on immédiatement songé à lui; lui seul pouvait accepter une pareille situation sans effrayer aucun des trois quartiers de la ville. Depuis ce temps, tout lui a réussi. Il a le plus bel avenir. Le malheur est qu'il ne s'entend guère avec Péqueur; ils discutent toujours ensemble sur des bêtises.

Il s'arrêta, en voyant revenir le grand jeune homme avec lequel il causait un instant auparavant.

—Monsieur Guillaume Porquier, dit-il en le présentant à l'abbé, le fils du docteur Porquier.

Puis, lorsque Guillaume se fut assis, il lui demanda en ricanant:

—Eh bien! qu'avez-vous vu de beau, là, à côté?

—Rien assurément, répondit le jeune homme d'un ton plaisant. J'ai vu les Paloque. Madame Rougon tâche toujours de les mettre derrière un rideau, pour éviter des malheurs. Une femme grosse qui les a aperçus un jour, sur le cours, a failli avorter.... Paloque ne quitte pas des yeux le président Rastoil, espérant sans doute le tuer d'une peur rentrée. Vous savez que ce monstre de Paloque compte mourir président.

Tous deux s'égayèrent. La laideur des Paloque était un sujet d'éternelles moqueries, dans le petit monde des fonctionnaires. Le fils Porquier continua, en baissant la voix:

—J'ai vu aussi monsieur de Bourdeu. Ne trouvez-vous pas que le personnage a encore maigri, depuis l'élection du marquis de Lagrifoul? Jamais Bourdeu ne se consolera de n'être plus préfet; il a mis sa rancune d'orléaniste au service des légitimistes, dans l'espoir que cela le mènerait droit à la Chambre, où il rattraperait la préfecture tant regrettée... Aussi est-il horriblement blessé de ce qu'on lui a préféré le marquis, un sot, un âne bâté, qui ne sait pas trois mots de politique; tandis que lui, Bourdeu, est très-fort, tout à fait fort.

—Il est assommant, Bourdeu, avec sa redingote boutonnée et son chapeau plat de doctrinaire, dit M. de Condamin en haussant les épaules. Si on les laissait aller, ces gens-là feraient de la France une Sorbonne d'avocats et de diplomates, où l'on s'ennuierait ferme, je vous assure ... Ah! je voulais vous dire, Guillaume; on m'a parlé de vous, il paraît que vous menez une jolie vie.

—Moi! s'écria le jeune homme en riant.

—Vous-même, mon brave; et remarquez que je tiens les choses de votre père. Il est désolé, il vous accuse de jouer, de passer la nuit au cercle et ailleurs ... Est-il vrai que vous ayez découvert un café borgne, derrière les prisons, où vous allez, avec toute une bande de chenapans, faire un train d'enfer? On m'a même raconté....

M. de Condamin, voyant entrer deux dames, continua tout bas à l'oreille de Guillaume, qui faisait des signes affirmatifs, en pouffant de rire. Celui-ci, pour ajouter sans doute quelques détails, se pencha à son tour. Et tous deux, se rapprochant, les yeux allumés, se régalèrent longtemps de cette anecdote, qu'on ne pouvait risquer devant les dames.

Cependant, l'abbé Faujas était resté là. Il n'écoutait plus; il suivait les mouvements de M. Delangre, qui s'agitait fort dans le salon vert, prodiguant les amabilités. Ce spectacle l'absorbait au point qu'il ne vit pas l'abbé Bourrette l'appelant de la main. L'abbé dut venir le toucher au bras, en le priant de le suivre. Il le mena jusque dans la pièce où l'on jouait, avec les précautions d'un homme qui aquelque chose de délicat à dire.

—Mon ami, murmura-t-il, quand ils furent seuls dans un coin, vous êtes excusable, c'est la première fois que vous venez ici; mais je dois vous avertir, vous vous êtes compromis beaucoup en causant si longtemps avec les personnes que vous quittez.

Et, comme l'abbé Faujas le regardait, très-surpris:

—Ces personnes ne sont pas bien vues.... Certes, je n'entends pas les juger, je ne veux entrer dans aucune médisance. Par amitié pour vous, je vous avertis, voilà tout.

Il voulait s'éloigner, mais l'autre le retint, en lui disant vivement:

—Vous m'inquiétez, cher monsieur Bourrette; expliquez-vous, je vous en prie. Il me semble que, sans médire, vous pouvez me fournir des éclaircissements.

—Eh bien! reprit le vieux prêtre après une hésitation, le jeune homme, le fils du docteur Porquier, fait la désolation de son honorable père et donne les plus mauvais exemples à la jeunesse studieuse de Plassans. Il n'a laissé que des dettes à Paris, il met ici la ville sens dessus dessous.... Quant à monsieur de Condamin.... Il s'arrêta de nouveau, embarrassé par les choses énormes qu'il avait raconter; puis, baissant les paupières:

—Monsieur de Condamin est leste en paroles, et je crains qu'il n'ait pas de sens moral. Il ne ménage personne, il scandalise toutes les âmes honnêtes.... Enfin, je ne sais trop comment vous apprendre cela, il aurait fait, dit-on, un mariage peu honorable. Vous voyez cette jeune femme qui n'a pas trente ans, celle qui est si entourée. Eh bien! il nous l'a ramenée un jour à Plassans, on ne sait trop d'où: Dès le lendemain de son arrivée, elle était toute-puissante ici. C'est elle qui a fait décorer son mari et le docteur Porquier. Elle a des amis, à Paris.... Je vous en prie, ne répétez point ces choses. Madame de Condamin est très-aimable, très-charitable. Je vais quelquefois chez elle, je serais désolé qu'elle me crût son ennemi. Si elle a des fautes à se faire pardonner, notre devoir, n'est-ce pas? est de l'aider à revenir au bien. Quant au mari, entre nous, c'est un vilain homme. Soyez froid avec lui.

L'abbé Faujas regardait le digne Bourrette dans les yeux. Il venait, de remarquer que madame Rougon suivait de loin leur entretien, d'un air préoccupé.

—Est-ce que ce n'est pas madame Rougon qui vous a prié de me donner un bon avis? demanda-t-il brusquement au vieux prêtre.

—Tiens! comment savez-vous cela? s'écria celui-ci, très-étonné. Elle m'avait prié de ne pas parler d'elle; mais, puisque vous avez deviné … C'est une bonne personne, qui serait bien chagrine de voir un prêtre faire mauvaise figure chez elle. Elle est malheureusement forcée de recevoir toutes sortes de gens. L'abbé Faujas remercia, en promettant d'être prudent. Les joueurs, autour d'eux, n'avaient pas levé la tête. Il rentra dans le grand salon, où il se sentit de nouveau dans un milieu hostile; il constata même plus de froideur, plus de mépris muet. Les jupes s'écartaient sur son passage, comme s'il avait dû les salir; les habits noirs se détournaient, avec de légers ricanements. Lui, garda une sérénité superbe. Ayant cru entendre prononcer avec affectation le mot de Besançon, dans le coin de la pièce où trônait madame de Condamin, il marcha droit au groupe formé autour d'elle; mais, à son approche, la conversation tomba net, et tous les yeux le dévisagèrent, luisant d'une curiosité méchante. On parlait sûrement de lui, on racontait quelque vilaine histoire. Alors, comme il se tenait debout, derrière les demoiselles Bastoil, qui ne l'avaient point aperçu, il entendit la plus jeune demander à l'autre:

—Qu'a-t-il donc fait, à Besançon, ce prêtre dont tout le monde parle?

—Je ne sais trop, répondit l'aînée. Je crois qu'il a failli étrangler son curé dans une querelle. Papa dit aussi qu'il s'est mêlé d'une grande affaire industrielle qui a mal tourné.

—Mais il est là, n'est-ce pas? dans le petit salon…. On vient de le voir rire avec monsieur de Condamin.

—Alors, s'il rit avec monsieur de Condanin, on a raison de se méfier de lui.

Ce bavardage des deux demoiselles mit une sueur aux tempes de l'abbé Faujas. Il ne sourcilla pas; sa bouche s'amincit, ses joues prirent une teinte terreuse. Maintenant, il entendait le salon entier parler du curé qu'il avait étranglé, des affaires véreuses dont il s'était mêlé. En face de lui, M. Delangre et le docteur Porquier restaient sévères; M. de Bourdeu avait une moue de dédain, en causant bas avec une dame; M. Maffre, le juge de paix, le regardait en dessous, dévotement, le flairant de loin, avant de se décider à mordre; et, à l'autre bout de la pièce, le ménage Paloque, les deux monstres, allongeaient leurs visages couturés par le fiel, où s'allumait la joie mauvaise de toutes les cruautés colportées à voix basse. L'abbé Faujas recula lentement, en voyant madame Rastoil, debout à quelques pas, revenir s'asseoir entre ses deux filles, comme pour les mettre sous son aile et les protéger de son contact. Il s'accouda au piano qu'il trouva derrière lui, il demeura là, le front haut, la face dure et muette comme une face de Pierre. Décidément, il y avait complot, on le traitait en paria.

Dans son immobilité, le prêtre dont les regards fouillaient le salon, sous ses paupières à demi closes, eut un geste aussitôt réprimé. Il venait d'apercevoir, derrière une véritable barricade de jupes, l'abbé Fenil, allongé dans un fauteuil, souriant discrètement. Leurs yeux s'étant rencontrés, ils se regardèrent pendant quelques secondes, de l'air terrible de deux duellistes engageant un combat à mort. Puis, il se fit un bruit d'étoffe, et le grand vicaire disparut de nouveau dans les dentelles des dames.

Cependant, Félicité avait manoeuvré habilement pour s'approcher du piano. Elle y installa l'aînée des demoiselles Rastoil, qui chantait agréablement la romance. Puis, lorsqu'elle put parler sans être entendue, attirant l'abbé Faujas dans l'embrasure d'une fenêtre:

—Qu'avez-vous donc fait à l'abbé Fenil? lui demanda-t-elle.

Ils continuèrent à voix très-basse. Le prêtre d'abord avait feint la surprise; mais, lorsque madame Rougon eut murmuré quelques paroles qu'elle accompagnait de haussements d'épaules, il parut se livrer, il causa. Ils souriaient, tous les deux, semblaient échanger des politesses, tandis que l'éclat de leurs yeux démentait cette banalité jouée. Le piano se tut, et il fallut que l'aînée des demoiselles Rastoil chantât la *Colombe du soldat*, qui avait alors un grand succès.

—Votre début est tout à fait malheureux, murmurait Félicité; vous vous êtes rendu impossible, je vous conseille de ne pas revenir ici de quelque temps.... Il faut vous faire aimer, entendez-vous? Les coups de force vous perdraient. L'abbé Faujas restait songeur.

—Vous dites que ces vilaines histoires ont dû être racontées par l'abbé Fenil? demanda-t-il.

—Oh! il est trop fin pour se mettre ainsi en avant; il aura soufflé ces choses dans l'oreille de ses pénitentes. Je ne sais s'il vous a deviné, mais il a peur de vous, cela est certain; il va vous combattre par toutes les armes imaginables.... Le pis est qu'il confesse les personnes le plus comme il faut de la ville. C'est lui qui a fait nommer le marquis de Lagrifoul.

—J'ai eu tort de venir à cette soirée, laissa échapper le prêtre.

Félicité pinça les lèvres. Elle reprit vivement:

—Vous avez eu tort de vous compromettre avec un homme tel que ce Condamin. Moi, j'ai fait pour le mieux. Lorsque la personne que vous savez m'a écrit de Paris, j'ai cru vous être utile en vous invitant. Je m'imaginais que vous sauriez vous faire ici des amis. C'était un premier pas. Mais, au lieu de chercher à plaire, vous lâchez tout le monde contre vous.... Tenez, excusez ma franchise, je trouve que vous tournez le dos au succès. Vous n'avez commis que des fautes, en allant vous loger chez mon gendre, en vous claquemurant chez vous, en portant une soutane qui fait la joie des gamins dans les rues.

L'abbé Faujas ne put retenir un geste d'impatience. Il se contenta de répondre:

—Je profiterai de vos bons conseils. Seulement, ne m'aidez pas, cela gâterait tout.

—Oui, cette tactique est prudente, dit la vieille dame. Ne rentrez dans ce salon que triomphant.... Un dernier mot, cher monsieur. La personne de Paris tient beaucoup à votre succès, et c'est pourquoi je m'intéresse à vous. Eh bien! croyez-moi, ne vous faites pas terrible; soyez aimable, plaisez aux femmes. Retenez bien ceci, plaisez aux femmes, si vous voulez que Plassans soit à vous.

L'aînée des demoiselles Rastoil achevait sa romance, en plaquant un dernier accord. On applaudit discrètement. Madame Rougon avait quitté l'abbé Faujas pour féliciter la chanteuse. Elle se tint ensuite au milieu du salon, donnant des poignées de main aux invités qui commençaient à se retirer. Il était onze heures. L'abbé fut très-contrarié, lorsqu'il s'aperçut que le digne Bourrette avait profité de la musique pour disparaître. Il comptait s'en aller avec lui, ce qui devait lui ménager une sortie convenable. Maintenant, s'il partait seul, c'était un échec absolu; on raconterait le lendemain dans la ville qu'on l'avait jeté à la porte. Il se réfugia de nouveau dans l'embrasure d'une fenêtre, épiant une occasion, cherchant un moyen de faire une retraite honorable.

Cependant, le salon se vidait, il n'y avait plus que quelques dames. Alors, il remarqua une personne fort simplement mise. C'était madame Mouret, rajeunie par des bandeaux légèrement ondulés. Elle le surprit beaucoup par son tranquille visage, où deux grands yeux noirs semblaient dormir. Il ne l'avait pas aperçue de la soirée; elle était sans doute restée dans son coin, sans bouger, contrariée de perdre ainsi le temps, les mains sur les genoux, à ne rien faire. Comme il l'examinait, elle se leva pour prendre congé de sa mère.

Celle-ci goûtait une de ses joies les plus aiguës, à voir le beau monde de Plassans s'en aller avec des révérences, la remerciant de son punch, de son salon vert, des heures agréables qu'il venait de passer chez elle; et elle pensait qu'autrefois le beau monde lui marchait sur la chair, selon sa rude expression, tandis que, à cette heure, les plus riches ne trouvaient pas de sourires assez tendres pour cette chère madame Rougon. —Ah! madame, murmurait le juge de paix Maffre, on oublie ici la marche des heures.

—Vous seule savez recevoir, dans ce pays de loups, chuchotait la jolie madame de Condamin.

—Nous vous attendons à dîner demain, disait M. Delangre; mais à la fortune du pot, nous ne faisons pas de façons comme vous.

Marthe dut traverser cette ovation pour arriver près de sa mère. Elle l'embrassa, et se retirait, lorsque Félicité la retint, cherchant quelqu'un des yeux, autour d'elle. Puis, ayant aperçu l'abbé Faujas:

—Monsieur l'abbé, dit-elle en riant, êtes-vous un homme galant?

L'abbé s'inclina.

—Alors, ayez donc l'obligeance d'accompagner ma fille, vous qui demeurez dans la maison; cela ne vous dérangera pas, et il y a un bout de ruelle noire qui n'est vraiment pas rassurant.

Marthe, de son air paisible, assurait qu'elle n'était pas une petite fille, qu'elle n'avait pas peur; mais sa mère ayant insisté, disant qu'elle serait plus tranquille, elle accepta les bons soins de l'abbé. Et, comme celui-ci s'en allait avec elle, Félicité, qui les avait accompagnés jusqu'au palier, répéta à l'oreille du prêtre avec un sourire:

—Rappelez-vous ce que j'ai dit…. Plaisez aux femmes, si vous voulez que Plassans soit à vous.

VII

Le soir même, Mouret, qui ne dormait pas, pressa Marthe de questions, voulant connaître les événements de la soirée. Elle répondit que tout s'était passé comme à l'habitude, qu'elle n'avait rien remarqué d'extraordinaire. Elle ajouta simplement que l'abbé Faujas l'avait accompagnée, en causant avec elle de choses insignifiantes. Mouret fut très-contrarié de ce qu'il appelait «l'indolence» de sa femme.

—On pourrait bien s'assassiner chez ta mère, dit-il en s'enfonçant la tête dans l'oreiller d'un air furieux; ce n'est certainement pas toi qui m'en apporterais la nouvelle.

Le lendemain, lorsqu'il rentra pour le dîner, il cria à Marthe, du plus loin qu'il l'aperçut:

—Je le savais bien, tu as des yeux pour ne pas voir, ma bonne … Ah! que je te reconnais là! Rester la soirée entière dans un salon, sans seulement te douter de ce qu'on a dit et fait autour de toi!… Mais toute la ville en cause, entends-tu! Je n'ai pu faire un pas sans rencontrer quelqu'un qui m'en parlât.

—De quoi donc, mon ami? demanda Marthe étonnée.

—Du beau succès de l'abbé Faujas, pardieu! On l'a mis à la porte du salon vert.

—Mais non, je t'assure; je n'ai rien vu de semblable.

—Eh! je te l'ai dit, tu ne vois rien!... Sais-tu ce qu'il a fait à Besançon, l'abbé? Il a étranglé un curé ou il a commis des faux. On ne peut pas affirmer au juste ... N'importe, il paraît qu'on l'a joliment arrangé. Il était vert. C'est un homme fini.

Marthe avait baissé la tête, laissant son mari triompher de l'échec du prêtre. Mouret était enchanté.

—Je garde ma première idée, continua-t-il; ta mère doit manigancer quelque chose avec lui. On m'a raconté qu'elle s'était montrée très-aimable. C'est elle, n'est-ce pas, qui a prié l'abbé de t'accompagner? Pourquoi ne m'as-tu pas dit cela?

Elle haussa doucement les épaules, sans répondre.

—Tu es étonnante, vraiment! s'écria-t-il. Tous ces détails-là ont beaucoup d'importance .... Ainsi, madame Paloque, que je viens de rencontrer, m'a dit qu'elle était restée avec plusieurs dames, pour voir comment l'abbé sortirait. Ta mère s'est servie de toi pour protéger la retraite du calottin, tu ne comprends donc pas!... Voyons, tâche de te souvenir; que t'a-t-il dit, en te ramenant ici?

Il s'était assis devant sa femme, il la tenait sous l'interrogation aiguë de ses petits yeux.

—Mon Dieu, répondit-elle patiemment, il m'a dit des choses sans importance, des choses comme tout le monde peut en dire ... Il a parlé du froid, qui était très-vif; de la tranquillité de la ville pendant la nuit; puis, je crois, de l'agréable soirée qu'il venait de passer.

—Ah! le tartufe!... Et il ne t'a pas questionnée sur ta mère, sur les gens qu'elle reçoit?

—Non. D'ailleurs, le chemin n'est pas long, de la rue de la Banne ici; nous n'avons pas mis trois minutes. Il marchait à côté de moi, sans me donner le bras; il faisait de si grandes enjambées, que j'étais presque forcée de courir ... Je ne sais ce qu'on a, à s'acharner ainsi après lui. Il n'a pas l'air heureux. Il grelottait, le pauvre homme, dans sa vieille soutane.

Mouret n'était pas méchant.

—Ça, c'est vrai, murmura-t-il; il ne doit pas avoir chaud, depuis qu'il gèle.

—Puis, continua Marthe, nous n'avons pas à nous plaindre de lui: il paye exactement, il ne fait pas de tapage.... Où trouverais-tu un aussi bon locataire?

—Nulle part, je le sais.... Ce que j'en disais, tout à l'heure, c'était pour te montrer combien peu tu fais attention, quand tu vas quelque part. Autrement, je connais trop la clique que ta mère reçoit, pour m'arrêter à ce qui sort du fameux salon vert. Toujours des cancans, des menteries, des histoires bonnes à faire battre les montagnes. L'abbé n'a sans doute étranglé personne, pas plus qu'il ne doit avoir fait banqueroute.... Je le disais à madame Paloque: «Avant de déshabiller les autres, on ferait bien de laver son propre linge sale.» Tant mieux, si elle a pris cela pour elle!

Mouret mentait, il n'avait pas dit cela à madame Paloque. Mais la douceur de Marthe lui faisait quelque honte de la joie qu'il venait de témoigner, au sujet des malheurs de l'abbé. Les jours suivants, il se mit nettement du côté du prêtre. Ayant rencontré plusieurs personnages qu'il détestait, M. de Bourdeu, M. Delangre, le docteur Porquier, leur fit un magnifique éloge de l'abbé Faujas, pour ne pas dire comme eux, pour les contrarier et les étonner. C'était, à l'entendre, un homme tout à fait remarquable, d'un grand courage, d'une grande simplicité dans la pauvreté. Il fallait qu'il y eût vraiment des gens bien méchants. Et il glissait des allusions sur les personnes que recevaient les Rougon, un tas d'hypocrites, de cafards, de sots vaniteux, qui craignaient l'éclat de la véritable vertu. Au bout de quelque temps, il avait fait absolument sienne la querelle de l'abbé, il se servait de lui pour assommer la bande des Rastoil et la bande de la sous-préfecture.

—Si cela n'est pas pitoyable! disait-il parfois à sa femme, oubliant que Marthe avait entendu un autre langage dans sa bouche; voir des gens qui ont volé leur fortune on ne sait où, s'acharner ainsi après un pauvre homme qui n'a pas seulement vingt francs pour s'acheter une charretée de bois!... Non, vois-tu, ces choses-là me révoltent. Moi, que diable! je puis me porter garant pour lui. Je sais ce qu'il fait, je sais comment il est, puisqu'il habite chez moi. Aussi je ne leur mâche pas la vérité, je les traite comme ils le méritent, lorsque je les rencontre.... Et je ne m'en tiendrai pas là. Je veux que l'abbé devienne mon ami. Je veux le promener à mon bras, sur le cours, pour montrer que je ne crains pas d'être vu avec lui, tout honnête homme et tout riche que je suis.... D'abord, je te recommande d'être très-aimable pour ces pauvres gens.

Marthe souriait discrètement. Elle était heureuse des bonnes dispositions de son mari à l'égard de leurs locataires. Rose reçut l'ordre de se montrer complaisante. Le matin, quand il pleuvait, elle pouvait s'offrir pour faire les commissions de madame Faujas. Mais celle-ci refusa toujours l'aide de la cuisinière. Cependant, elle n'avait plus la raideur muette des premiers temps. Un matin, ayant rencontré Marthe, qui descendait du grenier où l'on conservait les fruits, elle causa un instant, elle s'humanisa même jusqu'à accepter deux superbes poires. Ce furent ces deux poires qui devinrent l'occasion d'une liaison plus étroite.

L'abbé Faujas, de son côté, ne filait plus si rapidement le long de la rampe. Le frôlement de sa soutane sur les marches avertissait Mouret, qui, presque chaque jour maintenant, se trouvait au bas de l'escalier, heureux de faire, comme il le disait, un bout de chemin avec lui. Il l'avait remercié du petit service rendu à sa femme, tout en le questionnant habilement pour savoir s'il retournerait chez les Rougon. L'abbé s'était mis à sourire; il avouait sans embarras ne pas être fait pour le monde. Mouret fut charmé; s'imaginant entrer pour quelque chose dans la détermination de son locataire. Alors, il rêva de l'enlever complètement au salon vert, de le garder pour lui. Aussi, le soir où Marthe lui raconta que madame Faujas avait accepté deux poires, vit-il là une heureuse circonstance qui allait faciliter ses projets.

—Est-ce que réellement ils n'allument pas de feu, au second, par le froid qu'il fait? demanda-t-il devant Rose.

—Dame! monsieur, répondit la cuisinière, qui comprit que la question s'adressait à elle, ça serait difficile, puisque je n'ai jamais vu apporter le moindre fagot. A moins qu'ils ne brûlent leurs quatre chaises ou que madame Faujas ne monte du bois dans son panier.

—Vous avez tort de rire, Rose, dit Marthe. Ces malheureux doivent grelotter, dans ces grandes chambres.

—Je crois bien, reprit Mouret: il y a eu dix degrés, la nuit dernière, et l'on craint pour les oliviers. Notre pot à eau a gelé, en haut…. Ici, la pièce est petite; on a chaud tout de suite.

En effet, la salle à manger était soigneusement garnie de bourrelets, de façon que pas un souffle d'air ne passait par les fentes des boiseries. Un grand poêle de faïence entretenait là une chaleur de baignoire. L'hiver, les enfants lisaient ou jouaient autour de la table; tandis que Mouret, en attendant l'heure du coucher, forçait sa femme à faire un piquet, ce qui était un véritable supplice pour elle. Longtemps elle avait refusé de toucher aux cartes, disant qu'elle ne savait aucun jeu; mais il lui avait appris le piquet, et dès lors elle s'était résignée.

—Tu ne sais pas, continua-t-il, il faut inviter les Faujas à venir passer la soirée ici. Comme cela, ils se chaufferont au moins pendant deux ou trois heures. Puis, ça nous fera une compagnie, nous nous ennuierons moins…. Invite-les, toi; ils n'oseront pas refuser.

Le lendemain, Marthe, ayant rencontré madame Faujas dans le vestibule, fit l'invitation. La vieille dame accepta sur-le-champ, au nom de son fils, sans le moindre embarras.

—C'est bien étonnant qu'elle n'ait pas fait de grimaces, dit Mouret. Je croyais qu'il aurait fallu les prier davantage. L'abbé commence à comprendre qu'il a tort de vivre en loup.

Le soir, Mouret voulut que la table fût desservie de bonne heure. Il avait sorti une bouteille de vin cuit et fait acheter une assiettée de petits gâteaux. Bien qu'il ne fût pas large, il tenait à montrer qu'il n'y avait pas que les Rougon qui sussent faire les choses. Les gens du second descendirent, vers huit heures. L'abbé Faujas avait une soutane neuve. Cela surprit Mouret si fort, qu'il ne put que balbutier quelques mots, en réponse aux compliments du prêtre.

—Vraiment, monsieur l'abbé; tout l'honneur est pour nous…. Voyons, mes enfants, donnez donc des chaises.

On s'assit autour de la table. Il faisait trop chaud, Mouret ayant bourré le poêle outre mesure, pour prouver qu'il ne regardait pas à une bûche de plus. L'abbé Faujas se montra très-doux; il caressa Désirée, interrogea les deux garçons sur leurs études. Marthe, qui tricotait des bas, levait par instants les yeux, étonnée des inflexions souples de cette voix étrangère, qu'elle n'était pas habituée à entendre dans la paix lourde de la salle à manger. Elle regardait en face le visage fort du prêtre, ses traits carrés; puis, elle baissait de nouveau la tête, sans chercher à cacher l'intérêt qu'elle prenait à cet homme si robuste et si tendre, qu'elle savait très-pauvre. Mouret, maladroitement dévorait la soutane neuve du regard; il ne put s'empêcher de dire avec un rire sournois:

—Monsieur l'abbé, vous avez eu tort de faire toilette pour venir ici. Nous sommes sans façon, vous le savez bien.

Marthe rougit. Mais le prêtre raconta gaiement qu'il avait acheté cette soutane dans la journée. Il la gardait pour faire plaisir à sa mère, qui le trouvait plus beau qu'un roi, ainsi vêtu de neuf.

—N'est-ce pas, mère?

Madame Faujas fit un signe affirmatif, sans quitter son fils des yeux. Elle s'était assise en face de lui, elle le regardait sous la clarté crue de la lampe, d'un air d'extase.

Puis, on causa de toutes sortes de choses. Il semblait que l'abbé Faujas eût perdu sa froideur triste. Il restait grave, mais d'une gravité obligeante, pleine de bonhomie. Il écouta Mouret, lui répondit sur les sujets les plus insignifiants, parut s'intéresser à ses commérages. Celui-ci en était venu à lui expliquer la façon dont il vivait:

—Ainsi, finit-il par dire, nous passons la soirée comme vous le voyez là; jamais plus d'embarras. Nous n'invitons personne, parce qu'on est toujours mieux en famille. Chaque soir, je fais un piquet avec ma femme. C'est une vieille habitude, j'aurais de la peine à m'endormir autrement.

—Mais nous ne voulons pas vous déranger, s'écria l'abbé Faujas. Je vous prie en grâce de ne pas vous gêner pour nous.

—Non, non, que diable! je ne suis pas un maniaque; je n'en mourrai pas, pour une fois.

Le prêtre insista. Voyant que Marthe se défendait avec plus de vivacité encore que son mari, il se tourna vers sa mère, qui restait silencieuse, les deux mains croisées devant elle.

—Mère, lui dit-il, faites donc un piquet avec monsieur Mouret. Elle le regarda attentivement dans les yeux. Mouret continuait à s'agiter, refusant, déclarant qu'il ne voulait pas troubler la soirée; mais, quand le prêtre lui eut dit que sa mère était d'une jolie force, il faiblit, il murmura:

—Vraiment?... Alors, si madame le veut absolument, si cela ne contrarie personne....

—Allons, mère, faites une partie, répéta l'abbé Faujas d'une voix plus nette.

—Certainement, répondit-elle enfin, ça me fera plaisir.... Seulement, il faut que je change de place.

—Pardieu! ce n'est pas difficile, reprit Mouret enchanté. Vous allez changer de place avec votre fils.... Monsieur l'abbé, ayez donc l'obligeance de vous mettre à côté de ma femme; madame va s'asseoir là, à côté de moi.... Vous voyez, c'est parfait, maintenant.

Le prêtre, qui s'était d'abord assis en face de Marthe, de l'autre côté de la table, se trouva ainsi poussé auprès d'elle. Ils furent même comme isolés à un bout, les joueurs ayant rapproché leurs chaises pour engager la lutte. Octave et Serge venaient de monter dans leur chambre. Désirée, comme à son habitude, dormait sur la table. Quand dix heures sonnèrent, Mouret, qui avait perdu une première partie, ne voulut absolument pas aller se coucher; il exigea une revanche. Madame Faujas consulta son fils d'un regard; puis, de son air tranquille, elle se mit à battre les cartes. Cependant, l'abbé échangeait à peine quelques mots avec Marthe. Ce premier soir, il parla de choses indifférentes, du ménage, du prix des vivres à Plassans, des soucis que les enfants causent. Marthe répondait obligeamment, levant de temps à autre son regard clair, donnant à la conversation un peu de sa lenteur sage.

Il était près d'onze heures, lorsque Mouret jeta ses cartes avec quelque dépit.

—Allons, j'ai encore perdu, dit-il. Je n'ai pas eu une belle carte de la soirée. Demain, j'aurai peut-être plus de chance.... A demain, n'est-ce pas, madame?

Et comme l'abbé Faujas s'excusait, disant qu'ils ne voulaient pas abuser, qu'ils ne pouvaient les déranger ainsi chaque soir:

—Mais vous ne nous dérangez pas! s'écria-t-il; vous nous faites plaisir…. D'ailleurs, que diable! je perds, madame ne peut me refuser une partie.

Quand ils eurent accepté et qu'ils furent remontés, Mouret bougonna, se défendit d'avoir perdu. Il était furieux.

—La vieille est moins forte que moi, j'en suis sûr, dit-il à sa femme. Seulement elle a des yeux! C'est à croire qu'elle triche, ma parole d'honneur!… Demain, il faudra voir.

Dès lors, chaque jour, régulièrement, les Faujas descendirent passer la soirée avec les Mouret. Il s'était engagé une bataille formidable entre la vieille dame et son propriétaire. Elle semblait se jouer de lui, le laisser gagner juste assez pour ne pas le décourager; ce qui l'entretenait dans une rage sourde, d'autant plus qu'il se piquait de jouer fort joliment le piquet. Lui, rêvait de la battre pendant des semaines entières, sans lui laisser prendre une partie. Elle, gardait un sang-froid merveilleux; son visage carré de paysanne restait muet, ses grosses mains abattaient les cartes avec une force et une régularité de machine. Dès huit heures, ils s'asseyaient tous deux à leur bout de table, s'enfonçant dans leur jeu, ne bougeant plus.

A l'autre bout, aux deux côtés du poêle, l'abbé Faujas et Marthe étaient comme seuls. L'abbé avait un mépris d'homme et de prêtre pour la femme; il l'écartait, ainsi qu'un obstacle honteux, indigne des forts. Malgré lui, ce mépris perçait souvent dans une parole plus rude. Et Marthe, alors, prise d'une anxiété étrange, levait les yeux, avec une de ces peurs brusques qui font regarder derrière soi si quelque ennemi caché ne va pas lever le bras. D'autres fois, au milieu d'un rire, elle s'arrêtait brusquement, en apercevant sa soutane; elle s'arrêtait, embarrassée, étonnée de parler ainsi avec un homme qui n'était pas comme les autres. L'intimité fut longue à s'établir entre eux.

Jamais l'abbé Faujas n'interrogea nettement Marthe sur son mari, ses enfants, sa maison. Peu à peu, il n'en pénétra pas moins dans les plus minces détails de leur histoire et de leur existence actuelle. Chaque soir, pendant que Mouret et madame Faujas se battaient rageusement, il apprenait quelque fait nouveau. Une fois, il fit la remarque que les deux époux se ressemblaient étonnamment.

—Oui, répondit Marthe avec un sourire; quand nous avions vingt ans, on nous prenait pour le frère et la sœur. C'est même un peu ce qui a décidé notre mariage; on plaisantait, on nous mettait toujours à côté l'un de l'autre, on nous disait que nous ferions un joli couple. La ressemblance était si frappante, que le digne monsieur Compan, qui pourtant nous connaissait, hésitait à nous marier.

—Mais vous êtes cousin et cousine? demanda le prêtre.

—En effet, dit-elle en rougissant légèrement, mon mari est un Macquart, moi je suis une Rougon.

Elle se tut un instant, gênée, devinant que le prêtre connaissait l'histoire de sa famille, célèbre à Plassans. Les Macquart étaient une branche bâtarde des Rougon.

—Le plus singulier, reprit-elle pour cacher son embarras, c'est que nous ressemblons tous les deux à notre grand'mère. La mère de mon mari lui a transmis cette ressemblance, tandis que, chez moi, elle s'est reproduite à distance. On dirait qu'elle a sauté par-dessus mon père.

Alors l'abbé cita un exemple semblable dans sa famille. Il avait une sœur qui était, paraissait-il, le vivant portrait du grand-père de sa mère. La ressemblance, dans ce cas, avait sauté deux générations, Et sa sœur rappelait en tout le bon-homme par son caractère, les habitudes, jusqu'aux gestes et au son de la voix.

—C'est comme moi, dit Marthe, j'entendais dire, quand j'étais petite: «C'est tante Dide' tout craché.» La pauvre femme est aujourd'hui aux Tulettes; elle n'avait jamais eu la tête bien forte.... Avec l'âge, je suis devenue tout à fait calme, je me suis mieux portée; mais, je me souviens, à vingt ans, je n'étais guère solide, j'avais des vertiges, des idées baroques. Tenez, je ris encore, quand je pense quelle étrange gamine je faisais.

—Et votre mari?

—Oh! lui tient de son père, un ouvrier chapelier, une nature sage et méthodique.... Nous nous ressemblions de visage; mais pour le dedans, c'était autre chose.... A la longue, nous sommes devenus tout à fait semblables. Nous étions si tranquilles, dans nos magasins de Marseille! J'ai passé là quinze années qui m'ont appris à être heureuse, chez moi, au milieu de mes enfants.

L'abbé Faujas, chaque fois qu'il la mettait sur ce sujet, sentait en elle une légère amertume. Elle était certainement heureuse, comme elle le disait; mais il croyait deviner d'anciens combats dans cette nature nerveuse, apaisée aux approches de la quarantaine. Et il s'imaginait ce drame, cette femme et ce mari, parents de visage, que toutes leurs connaissances jugeaient faits l'un pour l'autre, tandis que, au fond de leur être, le levain de la bâtardise, la querelle des sangs mêlés et toujours révoltés, irritaient l'antagonisme de deux tempéraments différents. Puis, il s'expliquait les détentes fatales d'une vie réglée, l'usure des caractères par les soucis quotidiens du commerce, l'assoupissement de ces deux natures dans cette fortune gagnée en quinze années, mangée modestement au fond d'un quartier désert de petite ville. Aujourd'hui, bien qu'ils fussent encore jeunes tous les deux, il ne semblait plus y avoir en eux que des cendres. L'abbé essaya habilement de savoir si Marthe était résignée. Il la trouvait très-raisonnable.

—Non, disait-elle, je me plais chez moi; mes enfants me suffisent. Je n'ai jamais été très-gaie. Je m'ennuyais un peu, voilà tout; il m'aurait fallu une occupation d'esprit que je n'ai pas trouvée ... Mais à quoi bon? Je me serais peut-être cassé la tête. Je ne pouvais seulement pas lire un roman, sans avoir des migraines affreuses; pendant trois nuits, tous les personnages me dansaient dans la cervelle.... Il n'y a que la couture qui ne m'a jamais fatiguée. Je reste chez moi, pour éviter tous ces bruits du dehors, ces commérages, ces niaiseries qui me fatiguent.

Elle s'arrêtait parfois, regardait Désirée endormie sur la table, souriant dans son sommeil de son sourire d'innocente.

—Pauvre enfant! murmurait-elle, elle ne peut pas même coudre, elle a des vertiges tout de suite.... Elle n'aime que les bêtes. Quand elle va passer un mois chez sa nourrice, elle vit dans la basse-cour, et elle me revient les joues roses, toute bien portante.

Et elle reparlait souvent des Tulettes, avec une peur sourde de la folie. L'abbé Faujas sentit ainsi un étrange effarement, au fond de cette maison si paisible. Marthe aimait certainement son mari d'une bonne amitié; seulement, il entrait dans son affection une crainte des plaisanteries de Mouret, de ses taquineries continuelles. Elle était aussi blessée de son égoïsme, de l'abandon où il la laissait; elle lui gardait une vague rancune de la paix qu'il avait faite autour d'elle, de ce bonheur dont elle se disait heureuse. Quand elle parlait de son mari, elle répétait:

—Il est très-bon pour nous.... Vous devez l'entendre crier quelquefois; c'est qu'il aime l'ordre en toutes choses, voyez-vous, jusqu'à en être ridicule, souvent; il se fâcha pour un pot de fleurs dérangé dans le jardin, pour un jouet qui traîne sur le parquet ... Autrement, il a bien raison de n'en faire qu'à sa tête. Je sais qu'on lui en veut, parce qu'il a amassé quelque argent, et qu'il continue à faire, de temps à autre, de bons coups, tout en se moquant des bavardages.... On le plaisante aussi à cause de moi. On dit qu'il est avare, qu'il me tient à la maison, qu'il me refuse jusqu'à des bottines. Ce n'est pas vrai. Je suis absolument libre. Sans doute, il préfère me trouver ici, quand il rentre, au lieu de me savoir toujours par les rues, à me promener ou à rendre des visites. D'ailleurs, il connaît mes goûts. Qu'irais-je chercher au dehors?

Lorsqu'elle défendait Mouret contre les bavardages de Plassans, elle mettait dans ses paroles une vivacité soudaine, comme si elle avait eu le besoin de le défendre également contre des accusations secrètes qui montaient d'elle-même; et elle revenait avec une inquiétude nerveuse à cette vie du dehors. Elle semblait se réfugier dans l'étroite salle à manger, dans le vieux jardin aux grands buis, prise de la peur de l'inconnu, doutant de ses forces, redoutant quelque catastrophe. Puis, elle souriait de cette épouvante d'enfant; elle haussait les épaules, se remettait lentement à tricoter son bas ou à raccommoder quelque vieille chemise. Alors, l'abbé Faujas n'avait plus devant lui qu'une bourgeoise froide, au teint reposé, aux yeux pâles, qui mettait dans la maison une odeur de linge frais et de bouquet cueilli à l'ombre.

Deux mois se passèrent ainsi. L'abbé Faujas et sa mère étaient entrés dans les habitudes des Mouret. Le soir, chacun avait sa place marquée autour de la table; la lampe était à la même place, les mêmes mots des joueurs tombaient dans les mêmes silences, dans les mêmes paroles adoucies du prêtre et de Marthe. Mouret, lorsque madame Faujas ne l'avait pas trop brutalement battu, trouvait ses locataires «des gens très comme il faut» Toute sa curiosité de bourgeois inoccupé s'était calmée dans le souci des parties de la soirée; il n'épiait plus l'abbé, disant que maintenant il le connaissait bien, qu'il le tenait pour un brave homme.

—Eh! laissez-moi donc tranquille! criait-il à ceux qui attaquaient l'abbé Faujas devant lui. Vous faites un tas d'histoires, vous allez chercher midi à quatorze heures, lorsqu'il est si aisé d'expliquer les choses simplement.... Que diable! je le sais sur le bout du doigt. Il me fait l'amitié de venir passer toutes ses soirées avec nous.... Ah! ce n'est pas un homme qui se prodigue, je comprends qu'on lui en veuille et qu'on l'accuse de fierté.

Mouret jouissait d'être le seul dans Plassans qui pût se vanter de connaître l'abbé Faujas; il abusait même un peu de cet avantage. Chaque fois qu'il rencontrait madame Rougon, il triomphait, il lui donnait à entendre qu'il lui avait volé son invité. Celle-ci se contentait de sourire finement. Avec ses intimes, Mouret poussait les confidences plus loin: il murmurait que ces diables de prêtres ne peuvent rien faire de la même façon que les autres hommes; il racontait alors des petits détails, la façon dont l'abbé buvait, dont il parlait aux femmes, dont il tenait les genoux écartés sans jamais croiser les jambes; légères anecdotes où il mettait son effarement inquiet de libre-penseur en face de cette mystérieuse soutane tombant jusqu'aux talons de son hôte.

Les soirées se succédant, on était arrivé aux premiers jours de février. Dans leur tête-à-tête, il semblait que l'abbé Faujas évitât soigneusement de causer religion avec Marthe. Elle lui avait dit une fois, presque gaiement:

—Non, monsieur l'abbé, je ne suis pas dévote, je ne vais pas souvent à l'église.... Que voulez-vous? À Marseille, j'étais toujours très-occupée; maintenant, j'ai la paresse de sortir. Puis, je dois vous l'avouer, je n'ai pas été élevée dans des idées religieuses. Ma mère disait que le bon Dieu venait chez nous.

Le prêtre s'était incliné sans répondre, voulant faire entendre par là qu'il préférait ne pas causer de ces choses, en de telles circonstances. Cependant, un soir, il traça le tableau du secours inespéré que les âmes souffrantes trouvent dans la religion. Il était question d'une pauvre femme que des revers de toute sorte venaient de conduire au suicide.

—Elle a eu tort de désespérer, dit le prêtre de sa voix profonde. Elle ignorait sans doute les consolations de la prière. J'en ai vu souvent venir à nous, pleurantes, brisées, et elles s'en allaient avec une résignation vainement cherchée ailleurs, une joie de vivre. C'est qu'elles s'étaient agenouillées, qu'elles avaient goûté le bonheur de s'humilier dans un coin perdu de l'église. Elles revenaient, elles oubliaient tout, elles étaient à Dieu.

Marthe avait écouté d'un air rêveur ces paroles, dont les derniers mots s'alanguirent sur un ton de félicité extra-humaine.

—Oui, ce doit être un bonheur, murmura-t-elle comme se parlant à elle-même; j'y ai songé parfois, mais j'ai toujours eu peur.

L'abbé ne touchait que très-rarement à de tels sujets; au contraire, il parlait souvent charité. Marthe était très-bonne; les larmes montaient à ses yeux, au récit de la moindre infortune. Lui, paraissait se plaire, à la voir ainsi frisonnante de pitié; il avait chaque soir quelque nouvelle histoire touchante, il la brisait d'une compassion continue qui la faisait s'abandonner. Elle laissait tomber son ouvrage, joignait les mains, la face toute douloureuse, le regardant, pendant qu'il entrait dans des détails navrants sur les gens qui meurent de faim, sur les malheureux que la misère pousse aux méchantes actions. Alors elle lui appartenait, il aurait fait d'elle ce qu'il aurait voulu. Et souvent, à l'autre bout de la salle, une querelle éclatait, entre Mouret et madame Faujas, sur un quatorze de rois annoncé à tort ou sur une carte reprise dans un écart.

Ce fut vers le milieu de février qu'une déplorable aventure vint consterner Plassans. On découvrit qu'une bande de toutes jeunes filles, presque des enfants, avaient glissé à la débauche en galopinant dans les rues; et l'affaire n'était pas seulement entre gamins du même âge, on disait que des personnages bien posés allaient se trouver compromis. Pendant huit jours, Marthe fut très-frappée de cette histoire, qui faisait un bruit énorme; elle connaissait une des malheureuses, une blondine qu'elle avait souvent caressée et qui était la nièce de sa cuisinière Rose; elle ne pouvait plus penser à cette pauvre petite, disait-elle, sans avoir un frisson par tout le corps.

—Il est fâcheux, lui dit un soir l'abbé Faujas, qu'il n'y ait pas à Plassans une maison pieuse, sur le modèle de celle qui existe à Besançon.

Et pressé de questions par Marthe, il lui dit ce qu'était cette maison pieuse. Il s'agissait d'une sorte de crèche pour les filles d'ouvriers, pour celles qui ont de huit à quinze ans, et que les parents sont obligés de laisser seules au logis, en se rendant à leur ouvrage. On les occupait, dans la journée, à des travaux de couture; puis, le soir, on les rendait aux parents, lorsque ceux-ci rentraient chez eux. De cette façon, les pauvres enfants grandissaient loin du vice, au milieu des meilleurs exemples. Marthe trouva l'idée généreuse. Peu à peu, elle en fut envahie au point qu'elle ne parlait plus que de la nécessité de créer à Plassans une maison semblable.

—On la placerait sous le patronage de la Vierge, insinuait l'abbé Faujas. Mais que de difficultés à vaincre! Vous ne savez pas les peines que coûte la moindre bonne oeuvre. Il faudrait, pour conduire à bien une telle oeuvre, un coeur maternel, chaud, tout dévoué.

Marthe baissait la tête, regardait Désirée endormie à son côté, sentait des larmes au bord de ses paupières. Elle s'informait des démarches à faire, des frais d'établissement, des dépenses annuelles.

—Voulez-vous m'aider? demanda-t-elle un soir brusquement au prêtre.

L'abbé Faujas, gravement, lui prit une main, qu'il garda un instant dans la sienne, en murmurant qu'elle avait une des plus belles âmes qu'il eût encore rencontrées. Il acceptait, mais il comptait absolument sur elle; lui, pouvait bien peu. C'était elle qui trouverait dans la ville des dames pour former un comité, qui réunirait les souscriptions, qui se chargerait, en un mot, des détails si délicats, si laborieux d'un appel à la charité publique. Et il lui donna un rendez-vous, dès le lendemain, à Saint-Saturnin, pour la mettre en rapport avec l'architecte du diocèse, qui pourrait, beaucoup mieux que lui, la renseigner sur les dépenses.

Ce soir-là, en se couchant, Mouret était fort gai. Il n'avait pas laissé prendre une partie à madame Faujas.

—Tu as l'air tout heureux, ma bonne, dit-il à sa femme. Hein! tu as vu comme je lui ai flanqué sa quinte par terre? Elle en était retournée, la vieille!

Et, comme Marthe sortait d'une armoire une robe de soie, il lui demanda avec surprise si elle comptait sortir le lendemain. Il n'avait rien entendu, en bas.

—Oui, répondit-elle, j'ai des courses; j'ai un rendez-vous à l'église, avec l'abbé Faujas, pour des choses que je te dirai.

Il resta planté devant elle, stupéfait, la regardant, pour voir si elle ne se moquait pas du lui. Puis, sans se fâcher, de son air goguenard:

—Tiens, tiens, murmura-t-il, je n'avais pas vu ça. Voilà que tu donnes dans la calotte, maintenant.

VIII

Marthe, le lendemain, alla d'abord chez sa mère. Elle lui expliqua la bonne oeuvre dont elle rêvait. Comme la vieille dame hochait la tête en souriant, elle se fâcha presque; elle lui fit entendre qu'elle avait peu de charité.

—C'est une idée de l'abbé Faujas, ça, dit brusquement Félicité.

—En effet, murmura Marthe, surprise: nous en avons longuement causé ensemble. Comment le savez-vous?

Madame Rougon eut un léger haussement d'épaules, sans répondre plus nettement. Elle reprit avec vivacité:

—Eh bien, ma chérie, tu as raison! il faut t'occuper, et ce que tu as trouvé là est très-bien. Ça me chagrine vraiment de te voir toujours enfermée dans cette maison retirée, qui sent la mort. Seulement, ne compte pas sur moi, je ne veux être pour rien dans ton affaire. On dirait que c'est moi qui fais tout, que nous nous sommes entendues pour imposer nos idées à la ville. Je désire, au contraire, que tu aies tout le bénéfice de ta bonne pensée. Je t'aiderai de mes conseils, si tu y consens, mais pas davantage.

—J'avais pourtant compté sur vous pour faire partie du comité fondateur, dit Marthe, que la pensée d'être seule, dans une si grosse aventure, effrayait un peu.

—Non, non, ma présence gâterait les choses, je t'assure. Dis au contraire bien haut que je ne puis être du comité, que je t'ai refusé, en prétextant des occupations. Laisse entendre même que je n'ai pas foi dans ton projet.... Cela décidera ces dames, tu verras.... Elles seront enchantées d'être d'une bonne oeuvre dont je ne serai pas. Vois madame Rastoil, madame de Condamin, madame Delangre; vois également madame Paloque, mais la dernière; elle sera flattée, elle te servira plus que toutes les autres.... Et si tu te trouvais embarrassée, viens me consulter.

Elle reconduisit sa fille jusque sur l'escalier. Puis, la regardant en face, avec son sourire pointu de vieille:

—Il se porte bien, ce cher abbé? demanda-t-elle.

—Très-bien, répondit Marthe tranquillement. Je vais à Saint-Saturnin, où je dois voir l'architecte du diocèse.

Marthe et le prêtre avaient pensé que les choses étaient encore trop en l'air pour déranger l'architecte. Ils comptaient se ménager simplement une rencontre avec ce dernier, qui se rendait chaque jour à Saint-Saturnin, où l'on réparait justement une chapelle. Ils pourraient l'y consulter comme par hasard. Marthe, ayant traversé l'église, aperçut l'abbé Faujas et M. Lieutaud, causant sur un échafaudage, d'où ils se hâtèrent de descendre. Une des épaules de l'abbé était toute blanche de plâtre; il s'intéressait aux travaux.

A cette heure de l'après-midi, il n'y avait pas une dévote, la nef et les bas-côtés étaient déserts, encombrés d'une débandade de chaises que deux bedeaux rangeaient bruyamment. Des maçons s'appelaient du haut des échelles, au milieu d'un bruit de truelles grattant les murs. Saint-Saturnin n'avait rien de religieux, si bien que Marthe ne s'était pas même signée. Elle s'assit devant la chapelle en réparation, entre l'abbé Faujas et M. Lieutaud, comme elle l'aurait fait dans le cabinet de travail de celui-ci, si elle était allée prendre son avis chez lui.

L'entretien dura une bonne demi-heure. L'architecte se montra très-complaisant; son opinion fut qu'il ne fallait pas bâtir un local pour l'oeuvre de la Vierge, ainsi que l'abbé appelait l'établissement projeté. Cela reviendrait bien trop cher. Il était préférable d'acheter une bâtisse toute faite, qu'on approprierait aux besoins de l'oeuvre. Et il indiqua même, dans le faubourg, un ancien pensionnat, où s'était ensuite établi un marchand de fourrages, et qui était à vendre. Avec quelques milliers de francs, il se faisait fort de transformer complètement cette ruine; il promettait même des merveilles, une entrée élégante, de vastes salles, une cour plantée d'arbres. Peu à peu, Marthe et le prêtre avaient élevé la voix, ils discutaient les détails sous la voûte sonore de la nef, tandis que M. Lieutaud, du bout de sa canne, égratignait les dalles, pour leur donner une idée de la façade.

—Alors, c'est convenu, monsieur, dit Marthe en prenant congé de l'architecte; vous ferez un petit devis, de façon que nous sachions à quoi nous en tenir.... Et veuillez nous garder le secret, n'est-ce pas?

L'abbé Faujas voulut l'accompagner jusqu'à la petite porte de l'église. Comme ils passaient ensemble devant le maître-autel, et qu'elle continuait à s'entretenir vivement avec lui, elle fut toute surprise de ne plus le trouver à son côté; elle le chercha, elle l'aperçut, plié en deux, en face de la grande croix cachée dans son étui de mousseline. Ce prêtre, qui s'inclinait ainsi, couvert de plâtre, lui causa une singulière sensation. Elle se rappela où elle était, regardant autour d'elle d'un air inquiet, étouffant le bruit de ses pas. A la porte, l'abbé, devenu très-grave, lui tendit silencieusement son doigt mouillé d'eau bénite. Elle se signa, toute troublée Le double battant rembourré retomba derrière elle doucement, avec un soupir étouffé.

De là, Marthe alla chez madame de Condamin. Elle était heureuse de marcher au grand air, dans les rues; les quelques courses qui lui restaient à faire, lui semblaient une partie de plaisir. Madame de Condamin la reçut avec des étonnements d'amitié. Cette chère madame Mouret venait si rarement! Lorsqu'elle sut de quoi il s'agissait, elle se déclara enchantée, prête à tous les dévouements. Elle était vêtue d'une délicieuse robe mauve à noeuds de ruban gris-perle, dans un boudoir où elle jouait à la Parisienne exilée en province.

—Que vous avez bien fait de compter sur moi! dit-elle en serrant les mains de Marthe. Ces pauvres filles, qui leur viendra donc en aide, si ce n'est nous autres, qu'on accuse de leur donner le mauvais exemple du luxe.... Puis c'est affreux de penser que l'enfance est exposée à toutes ces vilaines choses. J'en ai été malade.... Disposez absolument de moi.

Et quand Marthe lui eut appris que sa mère ne pouvait faire partie du comité, elle redoubla encore de bon vouloir.

—C'est bien fâcheux qu'elle ait tant d'occupations, reprit-elle avec une pointe d'ironie; elle nous aurait été d'un grand secours.... Mais que voulez-vous? nous ferons ce que nous pourrons. J'ai quelques amis. J'irai voir Monseigneur; je remuerai ciel et terre, s'il le faut.... Nous réussirons, je vous le promets.

Elle ne voulut écouter aucun détail d'aménagement ni de dépense. On trouverait toujours l'argent nécessaire. Elle entendait que l'oeuvre fît honneur au comité, que tout y fût beau et confortable. Elle ajouta en riant qu'elle perdait la tête au milieu des chiffres, qu'elle se chargeait particulièrement des premières démarches, de la conduite générale du projet. Cette chère madame Mouret n'était pas habituée à solliciter; elle l'accompagnerait dans ses courses, elle pourrait même lui en épargner plusieurs. Au bout d'un quart d'heure, l'oeuvre fut sa chose propre, et c'était elle qui donnait des instructions à Marthe. Celle-ci allait se retirer, lorsque M. de Condamin entra; elle resta, gênée, n'osant plus parler de l'objet de sa visite, devant le conservateur des eaux et forêts, qui était, disait-on, compromis dans l'affaire de ces pauvres filles, dont la honte occupait la ville.

Ce fut madame de Condamin qui expliqua la grande idée à son mari, qui se montra parfait de tranquillité et de bons sentiments. Il trouva la chose excessivement morale.

—C'est une idée qui ne pouvait venir qu'à une mère, dit-il gravement, sans qu'il fût possible de deviner s'il ne se moquait pas; Plassans vous devra de bonnes moeurs, madame.

—Je vous avoue que j'ai simplement ramassé l'idée, répondit Marthe, gênée par ces éloges; elle m'a été inspirée par une personne que j'estime beaucoup.

—Quelle personne? demanda curieusement madame de Condamin.

—Monsieur l'abbé Faujas.

Et Marthe, avec une grande simplicité, dit tout le bien qu'elle pensait du prêtre. Elle ne fit d'ailleurs aucune allusion aux mauvais bruits qui avaient couru; elle le donna comme un homme digne de tous les respects, auquel elle était heureuse d'ouvrir sa maison. Madame de Condamin écoutait en faisant de petits signes de tête.

—Je l'ai toujours dit, s'écria-t-elle, l'abbé Faujas est un prêtre très-distingué ... Si vous saviez comme il y a de méchantes gens! Mais depuis que vous le recevez, on n'ose plus parler. Cela a coupé court à toutes les mauvaises suppositions…. Alors, vous dites que l'idée est de lui? Il faudra le décider à se mettre en avant. Jusque-là, il est entendu que nous serons discrètes…. Je vous assure, je l'ai toujours aimé et défendu, ce prêtre….

—J'ai causé avec lui, il m'a semblé tout à fait bon enfant, interrompit le conservateur des eaux et forêts.

Mais sa femme le fit taire d'un geste; elle le traitait en valet, souvent. Dans le mariage louche que l'on reprochait à M. de Condamin, il était arrivé que lui seul portait la honte; la jeune femme qu'il avait amenée on ne savait d'où, s'était fait pardonner et aimer de toute la ville, par une bonne grâce, par une beauté aimable, auxquelles les provinciaux sont plus sensibles qu'on ne le pense. Il comprit qu'il était de trop dans cet entretien vertueux.

—Je vous laisse avec le bon Dieu, dit-il d'un air légèrement ironique. Je vais fumer un cigare … Octavie, n'oublie pas de t'habiller de bonne heure; nous allons à la sous-préfecture, ce soir.

Quand il ne fut plus là, les deux femmes causèrent encore un instant, revenant sur ce qu'elles avaient déjà dit, s'apitoyant sur les pauvres jeunes filles qui tournent mal, s'excitant de plus en plus à les mettre à l'abri de toutes les séductions. Madame de Condamin parlait très-éloquemment contre la débauche.

—Eh bien! c'est convenu, dit-elle en serrant une dernière fois la main de Marthe, je suis à vous au premier appel … Si vous allez voir madame Rastoil et madame Delangre, dites-leur que je me charge de tout; elles n'auront qu'à nous apporter leurs noms … Mon idée est bonne, n'est-ce pas? Nous ne nous en écarterons pas d'une ligne … Mes compliments à l'abbé Faujas.

Marthe se rendit immédiatement chez madame Delangre, puis chez madame Rastoil. Elle les trouva polies, mais plus froides que madame de Condamin. Toutes deux discutèrent le côté pécuniaire du projet; il faudrait beaucoup d'argent, jamais la charité publique ne fournirait les sommes nécessaires, on risquait d'aboutir à quelque dénoûment ridicule. Marthe les rassura, leur donna des chiffres. Alors, elles voulurent savoir quelles dames avaient déjà consenti à faire partie du comité. Le nom de madame de Condamin les laissa muettes. Puis, quand elles surent que madame Rougon s'était excusée, elles se firent plus aimables.

Madame Delangre avait reçu Marthe dans le cabinet de son mari. C'était une petite femme pâle, d'une douceur de servante, dont les débordements étaient restés légendaires à Plassans.

— Mon Dieu, murmura-t-elle enfin, je ne demande pas mieux. Ce serait une école de vertu pour la jeunesse ouvrière. On sauverait bien de faibles âmes. Je ne puis refuser, car je sens que je vous serai très-utile par mon mari que ses fonctions de maire mettent en continuel rapport avec tous les gens influents. Seulement je vous demande jusqu'à demain pour vous donner une réponse définitive. Notre situation nous engage à beaucoup de prudence, et je veux consulter monsieur Delangre.

Chez madame Rastoil, Marthe trouva une femme tout aussi molle, très-prude, cherchant des mots purs pour parler des malheureuses qui oublient leurs devoirs. Elle était grasse, celle-ci, et elle brodait une aube très-riche, entre ses deux filles. Elle les avait fait sortir, dès les premiers mots.

— Je vous remercie d'avoir songé à moi, dit-elle; mais, vraiment, je suis bien embarrassée. Je fais partie déjà de plusieurs comités, je ne sais si j'aurais le temps ... J'avais eu la même pensée que vous; seulement, mon projet était plus large, plus complet peut-être. Il y a un grand mois que je me promets d'en aller parler à Monseigneur, sans jamais trouver une minute. Enfin, nous pourrons unir nos efforts. Je vous dirai ma façon de voir, car je crois que vous êtes dans l'erreur sur beaucoup de points ... Puisqu'il le faut, je me dévouerai encore. Mon mari me le disait hier: «Vraiment vous n'êtes plus à vos affaires, vous êtes toute à celles des autres.»

Marthe la regardait curieusement, en songeant à son ancienne liaison avec M. Delangre, dont on faisait encore des gorges chaudes dans les cafés du cours Sauvaire. La femme du maire et la femme du président avaient accueilli le nom de l'abbé Faujas avec une grande circonspection; la seconde surtout. Marthe s'était même un peu piquée de cette méfiance, au sujet d'une personne dont elle répondait; aussi avait-elle insisté sur les belles qualités de l'abbé, ce qui avait obligé les deux femmes à convenir du mérite de ce prêtre, vivant dans la retraite et soutenant sa mère.

En sortant de chez madame Rastoil, Marthe n'eut qu'à traverser la chaussée pour se rendre chez madame Paloque, qui demeurait de l'autre côté de la rue Balande. Il était sept heures; mais elle désirait se débarrasser de cette dernière course, quitte à faire attendre Mouret et à être grondée par lui. Les Paloque allaient se mettre à table, dans une salle à manger froide, où se sentait la gêne de province, une gêne propre, soigneusement cachée. Madame Paloque se hâta de couvrir la soupe qu'elle allait servir, contrariée d'être ainsi trouvée à table. Elle fut très-polie, presque humble, inquiète au fond d'une visite qu'elle n'attendait guère. Son mari, le juge, resta devant son assiette vide, les mains sur les genoux.

—Des petites coquines! s'écria-t-il, lorsque Marthe eut parlé des filles du vieux quartier. J'ai eu de jolis détails, aujourd'hui, au palais. Ce sont elles qui ont provoqué à la débauche des gens très-honorables ... Vous avez tort, madame, de vous intéresser à cette vermine-là.

—D'ailleurs, dit à son tour madame Paloque, j'ai grand'peur de ne vous être d'aucune utilité. Je ne connais personne. Mon mari se ferait plutôt couper une main que de solliciter la moindre chose. Nous nous sommes mis à l'écart, par dégoût de toutes les injustices que nous avons vues. Nous vivons modestement ici, bien heureux qu'on nous oublie ... Tenez, on offrirait de l'avancement à mon mari qu'il refuserait, maintenant. N'est-ce pas, mon ami?

Le juge branla la tête d'un air d'assentiment. Tous deux échangeaient un mince sourire, et Marthe resta embarrassée, en face de ces deux affreux visages, couturés, livides de bile, qui s'entendaient si bien dans cette comédie d'une résignation menteuse. Elle se rappela heureusement les conseils de sa mère.

—J'avais cependant compté sur vous, dit-elle en se faisant très-aimable. Nous aurons toutes ces dames, madame Delangre, madame Rastoil, madame de Condamin; mais, entre nous, ces dames ne donneront guère que leurs noms. J'aurais voulu trouver une personne très-respectable, très-dévouée, qui prît la chose plus à coeur, et j'avais pensé que vous voudriez bien être cette personne ... Songez quelle reconnaissance Plassans nous devra, si nous menons à bien un tel projet!

—Certainement, certainement, murmura madame Paloque, ravie de ces bonnes paroles.

— Puis, vous avez tort de vous croire sans aucun pouvoir. On sait que monsieur Paloque est très-bien vu à la sous-préfecture. Entre nous, on lui réserve la succession de monsieur Rastoil. Ne vous défendez pas; vos mérites sont connus, vous avez beau vous cacher. Et, tenez, voilà une excellente occasion pour madame Paloque de sortir un peu de l'ombre où elle se tient, de faire voir quelle femme de tête et de coeur il y a en elle.

Le juge s'agitait beaucoup. Il regardait sa femme de ses yeux clignotants.

— Madame Paloque n'a pas refusé, dit-il. — Non, sans doute, reprit celle-ci. Puisque vous avez véritablement besoin de moi, cela suffit. Je vais peut-être commettre encore une bêtise, me donner bien du mal, pour ne jamais en être récompensée. Demandez à monsieur Paloque tout le bien que nous avons fait, sans rien dire. Vous voyez où cela nous a menés... N'importe, on ne peut pas se changer, n'est-ce pas? Nous serons des dupes jusqu'à la fin ... Comptez sur moi, chère madame.

Les Paloque se levèrent, et Marthe prit congé d'eux, en les remerciant de leur dévouement. Comme elle restait un instant sur le palier, pour retirer le volant de sa robe pris entre la rampe et les marches, elle les entendit causer vivement, derrière la porte.

— Ils viennent te chercher parce qu'ils ont besoin de toi, disait le juge d'une voix aigre. Tu seras leur bête de somme.

— Parbleu! répondait sa femme; mais si tu crois qu'ils ne payeront pas ça avec le reste!

Lorsque Marthe rentra enfin chez elle, il était près de huit heures. Mouret l'attendait depuis une grande demi-heure pour se mettre à table. Elle redoutait quelque scène affreuse. Mais, lorsqu'elle fut désabillée et qu'elle descendit, elle trouva son mari assis à califourchon sur une chaise retournée, jouant tranquillement la retraite du bout des doigts sur la nappe. Il fut terrible de moquerie, de taquineries de toutes sortes.

— Moi, dit-il, je croyais que tu coucherais dans un confessionnal, cette nuit ... Maintenant que tu vas à l'église, il faudra m'avertir, pour que je soupe dehors, quand tu seras invitée par les curés.

Pendant tout le dîner il trouva des plaisanteries de ce goût. Marthe souffrait beaucoup plus que s'il l'avait querellée. À deux ou trois reprises elle l'implora du regard, elle le supplia de la laisser tranquille. Mais cela ne fit que fouetter sa verve. Octave et Désirée riaient. Serge se taisait, prenant le parti de sa mère. Au dessert, Rose vint dire, tout effarée, que M. Delangre était là, et qu'il demandait à parler à madame.

—Ah! tu es aussi avec les autorités? ricana Mouret de son air goguenard.

Marthe alla recevoir le maire au salon. Celui-ci, très-aimable, presque galant, lui dit qu'il n'avait pas voulu attendre le lendemain pour la féliciter de son idée généreuse. Madame Delangre était un peu timide; elle avait eu tort de ne pas accepter sur-le-champ, et il venait répondre en son nom qu'elle serait très-flattée de faire partie du comité des dames patronnesses de l'oeuvre de la Vierge. Quant à lui, il entendait contribuer le plus possible à la réussite d'un projet si utile, si moral.

Marthe le reconduisit jusqu'à la porte de la rue. Là, pendant que Rose levait la lampe pour éclairer le trottoir, le maire ajouta:

—Dites à monsieur l'abbé Faujas que je serais très-heureux de causer avec lui, s'il voulait prendre la peine de passer chez moi. Puisqu'il a vu un établissement de ce genre à Besançon, il pourrait me donner des renseignements précieux. Je veux que la ville paye au moins le local. Au revoir, chère dame; tous mes compliments à monsieur Mouret, que je ne veux pas déranger.

A huit heures, quand l'abbé Faujas descendit avec sa mère, Mouret se contenta de lui dire en riant:

—Vous m'avez donc pris ma femme, aujourd'hui? Ne me la gâtez pas trop au moins, n'en faites pas une sainte.

Puis, il s'enfonça dans les cartes; il avait à prendre sur madame Faujas une terrible revanche, grossie par trois jours de perte. Marthe fut libre de raconter ses démarches au prêtre. Elle avait une joie d'enfant, encore toute vibrante de cette après-midi passée hors de chez elle. L'abbé lui fit répéter certains détails; il promit d'aller chez M. Delangre, bien qu'il eût préféré rester complètement dans l'ombre.

—Vous avez eu tort de me nommer tout de suite, lui dit-il rudement en la voyant si émue, si abandonnée devant lui. Mais vous êtes comme toutes les femmes, les meilleures causes se gâtent dans vos mains.

Elle le regarda, surprise de cette sortie brutale, reculant, éprouvant cette sensation d'épouvante qu'elle ressentait parfois encore en face de sa soutane. Il lui semblait que des mains de fer se pesaient sur ses épaules et la pliaient. Pour tout prêtre, la femme, c'est l'ennemie. Lorsqu'il la vit révoltée sous cette correction trop sévère, il se radoucit, murmurant:

—Je ne pense qu'au succès de votre noble projet ... J'ai peur d'en compromettre le succès, si je m'en occupe. Vous savez qu'on ne m'aime guère dans la ville.

Marthe, en voyant son humilité, l'assura qu'il se trompait, que toutes ces dames avaient parlé de lui dans les meilleurs termes. On savait qu'il soutenait sa mère, qu'il menait une vie retirée, digne de tous les éloges. Puis, jusqu'à onze heures, ils causèrent du grand projet, revenant sur les moindres détails. Ce fut une soirée charmante.

Mouret avait saisi quelques mots, entre deux coups de carte.

—Alors, dit-il, lorsqu'on alla se coucher, vous supprimez le vice à vous deux ... C'est une belle invention.

Trois jours plus tard, le comité des dames patronnesses se trouvait constitué. Ces dames ayant nommé Marthe présidente, celle-ci, sur les recommandations de sa mère, qu'elle consultait en secret, s'était empressée de désigner madame Paloque comme trésorière. Toutes deux se donnaient beaucoup de mal, rédigeant des circulaires, s'occupant de mille détails intérieurs. Pendant ce temps, madame de Condamin allait de la sous-préfecture à l'évêché, et de l'évêché chez les personnages influents, expliquant avec sa bonne grâce «l'heureux projet qu'elle avait conçu», promenant des toilettes adorables, récoltant des aumônes et des promesses d'appui; de son côté, madame Rastoil, dévotement, racontait aux prêtres qu'elle recevait le mardi, comment lui était venue la pensée de sauver du vice tant de malheureuses enfants, tout en se contentant de charger l'abbé Bourrette de faire des démarches auprès des soeurs de Saint-

Joseph, pour obtenir qu'elles voulussent bien des servir l'établissement projeté; tandis que madame Delangre faisait au petit monde des fonctionnaires la confidence que la ville devrait cet établissement à son mari, à la gracieuseté duquel le comité était déjà redevable d'une salle de la mairie, où il se réunissait et se concertait à l'aise. Plassans était tout remué par ce vacarme pieux. Bientôt il n'y fut plus question que de l'oeuvre de la Vierge. Il y eut alors une explosion d'éloges, les intimes de chaque dame patronnesse se mettant de la partie, chaque cercle travaillant au succès de l'entreprise. Des listes de souscription, qui coururent dans les trois quartiers, furent couvertes en une semaine. Comme la *Gazette de Plassans* publiait ces listes, avec le chiffre des versements, l'amour-propre s'éveilla, les familles les plus en vue rivalisèrent entre elles de générosité.

Cependant, au milieu du tapage, le nom de l'abbé Faujas revenait souvent. Bien que chaque dame patronnesse réclamât l'idée première comme sienne, on croyait savoir que l'abbé avait apporté cette idée fameuse de Besançon. M. Delangre le déclara nettement au conseil municipal, dans la séance où fut voté l'achat de l'immeuble désigné par l'architecte du diocèse comme très-propre à l'installation de l'oeuvre de la Vierge. La veille, le maire avait eu avec le prêtre un très-long entretien, et ils s'étaient séparés en échangeant de longues poignées demain. Le secrétaire de la mairie les avait même entendus se traiter de «cher monsieur». Cela opéra une révolution en faveur de l'abbé. Il eut, dès lors, des partisans qui le défendirent contre les attaques de ses ennemis.

Les Mouret, d'ailleurs, étaient devenus l'honorabilité de l'abbé Faujas. Patronné par Marthe, désigné comme le promoteur d'une bonne oeuvre dont il refusait modestement la paternité, il n'avait plus, dans les rues, cette allure humble qui lui faisait raser les murs. Il étalait sa soutane neuve au soleil, marchait au milieu de la chaussée. De la rue Balande à Saint-Saturnin, il lui fallait déjà répondre à un grand nombre de coups de chapeau. Un dimanche, madame de Condamin l'avait arrêté à la sortie des vêpres, sur la place de l'Évêché, où elle s'était entretenue avec lui pendant une bonne demi-heure.

—Eh bien! monsieur l'abbé, lui disait Mouret en riant, vous voilà en odeur de sainteté, maintenant ... Et dire que j'étais le seul à vous défendre, il n'y a pas six mois!... Cependant, à votre place, je me méfierais. Vous avez toujours l'évêché contre vous.

Le prêtre haussait légèrement les épaules. Il n'ignorait pas que l'hostilité qu'il rencontrait encore venait du clergé. L'abbé Fenil tenait monseigneur Rousselot tremblant sous la rudesse de sa volonté. Vers la fin du mois de mars, comme le grand vicaire alla faire un petit voyage, l'abbé Faujas parut profiter de celle absence pour rendre plusieurs visites à l'évêque. L'abbé Surin, le secrétaire particulier, racontait que «ce diable d'homme» restait enfermé pendant des heures entières avec monseigneur, et que celui-ci était d'une humeur atroce, après ces longs entretiens. Lorsque l'abbé Fenil revint, l'abbé Faujas cessa ses visites, s'effaçant de nouveau devant lui. Mais l'évêque resta inquiet; il fut évident que quelque catastrophe s'était produite dans son bien-être de prélat insouciant. À un dîner qu'il donna à son clergé, il fut particulièrement aimable pour l'abbé Faujas, qui n'était pourtant toujours qu'un humble vicaire de Saint-Saturnin. Les lèvres minces de l'abbé Fenil se pinçaient davantage; ses pénitentes lui donnaient des colères contenues, en lui demandant obligeamment des nouvelles de sa santé.

Alors, l'abbé Faujas entra en pleine sérénité. Il continuait sa vie sévère; seulement, il prenait une aisance aimable. Ce fut un mardi soir qu'il triompha définitivement. Il était chez lui, à une fenêtre, jouissant des premières tiédeurs du printemps, lorsque la société de M. Péqueur de Saulaies descendit au jardin et le salua de loin; il y avait là madame de Condamin, qui poussa la familiarité jusqu'à agiter son mouchoir. Mais au même moment, de l'autre côté, la société de M. Rastoil s'asseyait devant la cascade, sur des sièges rustiques. M. Delangre, appuyé à la terrasse de la sous-préfecture, guettait ce qui se passait chez le juge, par-dessus le jardin des Mouret, grâce à la pente des terrains.

—Vous verrez qu'ils ne daigneront pas même l'apercevoir, murmura-t-il.

Il se trompait. L'abbé Fenil, ayant tourné la tête, comme par hasard, ôta son chapeau. Alors tous les prêtres qui étaient là en firent autant, et l'abbé Faujas rendit le salut. Puis, après avoir lentement promené son regard, à droite et à gauche, sur les deux sociétés, il quitta la fenêtre, il ferma ses rideaux blancs d'une discrétion religieuse.

IX

Le mois d'avril fut très-doux. Le soir, après le dîner, les enfants quittaient la salle à manger, pour aller jouer dans le jardin. Comme on étouffait au fond de l'étroite pièce, Marthe et le prêtre finirent, eux aussi, par descendre sur la terrasse. Ils s'asseyaient à quelques pas de la fenêtre, grande ouverte, en dehors du rayon cru dont la lampe rayait les grands buis. Là, ils parlaient, dans la nuit tombante, des mille soins de l'oeuvre de la Vierge. Cette continuelle préoccupation de charité mettait dans leur causerie une douceur de plus. En face d'eux, entre les énormes poiriers de M. Rastoil et les marronniers noirs de la sous-préfecture, un large morceau de ciel montait. Les enfants couraient sous les tonnelles, à l'autre bout du jardin; tandis que de courtes querelles, dans la salle à manger, haussaient brusquement les voix de Mouret et de madame Faujas, restés seuls, s'acharnant au jeu.

Et parfois Marthe, attendrie, pénétrée d'une langueur qui ralentissait les paroles sur ses lèvres, s'arrêtait, en voyant la fusée d'or de quelque étoile filante. Elle souriait, la tête un peu renversée, regardant le ciel.

—Encore une âme du purgatoire qui entre au paradis, murmurait-elle.

Puis, le prêtre restant silencieux, elle ajoutait:

—Ce sont de charmantes croyances, toutes ces naïvetés ... On devrait rester petite fille, monsieur l'abbé.

Maintenant, le soir, elle ne raccommodait plus le linge de la famille, il aurait fallu allumer une lampe sur la terrasse, et elle préférait cette ombre, cette nuit tiède, au fond de laquelle elle se trouvait bien. D'ailleurs, elle sortait presque tous les jours, ce qui la fatiguait beaucoup. Après le dîner, elle n'avait pas même le courage de prendre une aiguille. Il fallut que Rose se mît à raccommoder le linge, Mouret s'étant plaint que toutes ses chaussettes étaient percées.

A la vérité, Marthe était très-occupée. Outre les séances du comité, qu'elle présidait, elle avait une foule de soucis, les visites à faire, les surveillances à exercer. Elle se déchargeait bien sur madame Paloque des écritures et des menus soins; mais elle éprouvait une telle fièvre de voir enfin l'oeuvre fonctionner, qu'elle allait au faubourg jusqu'à trois fois par semaine, pour s'assurer du zèle des ouvriers. Comme les choses lui semblaient toujours marcher trop lentement, elle accourait à Saint-Saturnin, en quête de l'architecte, le grondant, le suppliant de ne pas abandonner ses hommes, jalouse même des travaux qu'il exécutait là, trouvant que la réparation de la chapelle avançait beaucoup plus vite. M. Lieutaud souriait, en lui affirmant que tout serait terminé l'époque convenue.

L'abbé Faujas déclarait, lui aussi, que rien ne marchait. Il la poussait à ne pas laisser une minute de répit à l'architecte. Alors, Marthe finit par venir tous les jours à Saint-Saturnin. Elle y entrait, la tête pleine de chiffres, préoccupée de murs à abattre et à reconstruire. Le froid de l'église la calmait un peu. Elle prenait de l'eau bénite, se signait machinalement, pour faire comme tout le monde. Cependant, les bedeaux finissaient par la connaître et la saluaient; elle-même se familiarisait avec les différentes chapelles, la sacristie, où elle allait parfois chercher l'abbé Faujas, les grands corridors, les petites cours du cloître, qu'on lui faisait traverser. Au bout d'un mois, Saint-Saturnin n'avait plus un coin qu'elle ignorât. Parfois, il lui fallait attendre l'architecte; elle s'asseyait, dans une chapelle écartée, se reposant de sa course trop rapide, repassant au fond de sa mémoire les mille recommandations qu'elle se promettait de faire à M. Lieutaud; puis, ce grand silence frissonnant qui l'enveloppait, cette ombre religieuse des vitraux, la jetaient dans une sorte de rêverie vague et très-douce. Elle commençait à aimer les hautes voûtes, la nudité solennelle des murs, des autels garnis de leurs housses, des chaises rangées régulièrement à la file. C'était, dès que la double porte rembourrée retombait mollement derrière elle, comme une sensation de repos suprême, d'oubli des tracasseries du monde, d'anéantissement de tout son être dans la paix de la terre.

—C'est à Saint-Saturnin qu'il fait bon! laissa-t-elle échapper un soir devant son mari, après une chaude journée d'orage.

—Veux-tu que nous allions y coucher? dit Mouret en riant.

Marthe fut blessée. Cette pensée du bien-être purement physique qu'elle éprouvait dans l'église, la choqua comme une chose inconvenante. Elle n'alla plus à Saint-Saturnin qu'avec un léger trouble, s'efforçant de rester indifférente, d'entrer là, de même qu'elle entrait dans les grandes salles de la mairie, et malgré elle remuée jusqu'aux entrailles par un frisson. Elle en souffrait, elle revenait volontiers à cette souffrance. L'abbé Faujas semblait ne pas s'apercevoir du lent réveil qui l'animait chaque jour davantage. Il restait pour elle un homme affairé, obligeant, laissant le ciel de côté. Jamais le prêtre ne perçait. Parfois, pourtant, elle le dérangeait d'un enterrement; il venait en surplis, causait un instant entre deux piliers, apportant avec lui une vague odeur d'encens et de cire. C'était souvent pour un mémoire de maçon, une exigence du menuisier. Il indiquait des chiffres précis, et s'en allait accompagner son mort, tandis qu'elle demeurait là, s'attardait dans la nef vide, où un bedeau éteignait les cierges. Quand l'abbé Faujas, traversant l'église avec elle, s'inclinait devant le maître-autel, elle avait pris l'habitude de s'incliner de même, d'abord par simple convenance; puis, ce salut était devenu machinal, et elle saluait même lorsqu'elle se trouvait seule. Jusque-là, cette révérence était toute sa dévotion. Deux ou trois fois, elle vint sans savoir, des jours de grande cérémonie; mais en entendant le bruit des orgues, en voyant l'église pleine, elle s'était sauvée, prise de peur, n'osant franchir la porte.

—Eh bien! lui demandait souvent Mouret avec son ricanement, à quand ta première communion?

Il continuait à la cribler de ses plaisanteries. Elle ne répondait jamais; elle arrêtait sur lui des yeux fixes, où une flamme courte s'allumait, lorsqu'il allait trop loin. Peu à peu, il devint plus amer, il n'eut plus le coeur à se moquer. Puis, au bout d'un mois, il se fâcha.

—Est-ce qu'il y a du bon sens à se fourrer avec la prêtraille! grondait-il, les jours où il ne trouvait pas son dîner prêt. Tu es toujours dehors maintenant, on ne peut pas te garder une heure à la maison ... Ça me serait encore égal, si tout n'en souffrait pas ici. Mais je n'ai plus de linge raccommodé, la table n'est seulement pas mise à sept heures, on ne peut plus venir à bout de Rose, la maison est au pillage.

Et il ramassait un torchon qui traînait, serrait une bouteille de vin oubliée, essuyait la poussière des meubles du bout des doigts, fouettant sa colère de plus en plus, criant:

—Je n'ai plus qu'à prendre un balai, n'est-ce pas, et à passer un tablier de cuisine!... Tu tolérerais cela, ma parole d'honneur! tu me laisserais faire le ménage, sans seulement t'en apercevoir. Sais-tu que j'ai passé deux heures ce matin à mettre cette armoire en ordre? Non, ma bonne, ça ne peut pas continuer ainsi.

D'autres fois, la querelle éclatait à propos des enfants. Mouret, en rentrant, avait trouvé Désirée «faite comme un petit cochon», toute seule dans le jardin, à plat-ventre devant un trou de fourmis, pour voir ce que les fourmis faisaient dans la terre.

—C'est bien heureux que tu ne couches pas dehors! criait-il à sa femme, dès qu'il l'apercevait. Viens donc voir ta fille. Je n'ai pas voulu qu'elle changeât de robe, pour que tu jouisses de ce beau spectacle.

La petite fille pleurait à chaudes larmes, pendant que son père la tournait sur tous les sens.

—Hein! est-elle jolie?... Voilà comment s'arrangent les enfants, quand on les laisse seuls. Ce n'est pas sa faute, à cette innocente. Tu ne voulais pas la quitter cinq minutes, tu disais qu'elle mettrait le feu ... Oui, elle mettra le feu, tout brûlera, et ce sera bien fait.

Puis, quand Rose avait emmené Désirée, il continuait pendant des heures:

—Tu vis pour les enfants des autres, maintenant. Tu ne peux plus prendre soin des tiens. Ça s'explique ... Ah! tu es bien bête! t'éreinter pour un tas de gueuses qui se moquent de toi, qui ont des rendez-vous dans tous les coins des remparts! Va donc te promener, un soir, du côté du Mail, tu les verras avec leur jupon sur la tête, ces coquines que tu mets sous la protection de la Vierge.... Il reprenait haleine, il continuait:

—Veille au moins sur Désirée, avant d'aller ramasser des filles dans le ruisseau. Elle a des trous comme le poing dans sa robe. Un de ces jours, nous la trouverons avec quelque membre cassé, dans le jardin ... Je ne te parle pas d'Octave ni de Serge, bien que j'aimerais te savoir à la maison, lorsqu'ils rentrent du collège. Ils ont des inventions diaboliques. Hier, ils ont fendu deux dalles de la terrasse en tirant des pétards ... Je te dis que, si tu ne te tiens pas chez toi, nous trouverons la maison par terre, un de ces jours. Marthe s'excusait en quelques paroles. Elle avait dû sortir. Mouret, avec son bon sens taquin, disait vrai: la maison tournait mal. Ce coin tranquille, où le soleil se couchait si heureusement, devenait criard, abandonné, empli de la débandade des enfants, des méchantes humeurs du père, des lassitudes indifférentes de la mère. A table, le soir, tout ce monde mangeait mal et se querellait. Rose n'en faisait qu'à sa tête. D'ailleurs, la cuisinière donnait raison à madame.

Les choses allèrent à ce point que Mouret, ayant rencontré sa belle-mère, se plaignit amèrement de Marthe, bien qu'il sentît le plaisir qu'il faisait à la vieille dame, en lui racontant les ennuis de son ménage.

— Vous m'étonnez beaucoup, dit Félicité avec un sourire. Marthe paraissait vous craindre; je la trouvais même trop faible, trop obéissante. Une femme ne doit pas trembler devant son mari.

— Eh oui! s'écria Mouret désespéré. Pour éviter une querelle, elle serait rentrée sous terre. Un seul regard suffisait; elle faisait tout ce que je voulais ... Maintenant, pas du tout; j'ai beau crier, elle n'en agit pas moins à sa guise. Elle ne répond pas, c'est vrai; elle ne me tient pas tête, mais ça viendra....

Félicité répondit hypocritement:

— Si vous voulez, je parlerai à Marthe. Seulement, cela pourrait la blesser. Ces sortes de choses doivent rester entre mari et femme ... Je ne suis pas inquiète: vous saurez bien retrouver cette paix dont vous étiez si fier.

Mouret hochait la tête, les yeux à terre. Il reprit:

— Non, non, je me connais; je crie, mais ça n'avance à rien. Je suis faible comme un enfant, au fond ... On a tort de croire que j'ai toujours conduit ma femme à la baguette. Si elle a souvent fait ça que j'ai voulu, c'était parce qu'elle s'en moquait, que cela lui était indifférent de faire une chose ou une autre. Avec son air doux, elle est très-entêtée... Enfin je tâcherai de la bien prendre.

Puis, relevant la tête:

—J'aurais mieux fait de ne pas vous raconter tout ça; n'en parlez à personne, n'est-ce pas?

Le lendemain, Marthe étant allée voir sa mère, celle-ci prit un air pincé, en lui disant:

—Tu as tort, ma fille, de te mal conduire à l'égard de ton mari... Je l'ai vu hier, il est exaspéré. Je sais bien qu'il a beaucoup de ridicules, mais ce n'est pas une raison pour délaisser ton ménage.

Marthe regarda fixement sa mère.

—Ah! il se plaint de moi, dit-elle d'une voix brève. Il devrait se taire au moins; moi, je ne me plains pas de lui.

Et elle parla d'autre chose; mais madame Rougon la ramena à son mari, en lui demandant des nouvelles de l'abbé Faujas.

—Dis-moi, peut-être que Mouret ne l'aime guère, l'abbé, et qu'il te boude à cause de lui?

Marthe resta toute surprise.

—Quelle idée! murmura-t-elle. Pourquoi voulez-vous que mon mari n'aime pas l'abbé Faujas? Du moins, il ne m'a jamais rien dit qui puisse me faire supposer cela. Il ne vous a rien dit non plus, n'est-ce pas?... Non, vous vous trompez. Il irait les chercher dans leur chambre, si la mère ne descendait pas faire sa partie.

En effet, Mouret n'ouvrait pas la bouche sur l'abbé Faujas. Il le plaisantait un peu rudement parfois. Il le mêlait aux taquineries dont il torturait sa femme, à propos de la religion. Mais c'était tout.

Un matin, il cria à Marthe, en se faisant la barbe:

—Dis donc, ma bonne, si tu vas jamais à confesse, prends donc l'abbé pour directeur. Tes péchés resteront entre nous, au moins.

L'abbé Faujas confessait les mardis et les vendredis. Ces jours-là, Marthe évitait de se rendre à Saint-Saturnin, elle disait qu'elle ne voulait pas le déranger; mais elle obéissait plus encore à cette sorte de pudeur effrayée qui la gênait, lorsqu'elle le trouvait en surplis, apportant dans la mousseline les odeurs discrètes de la sacristie. Un vendredi, elle alla avec madame de Condamin voir où en étaient les travaux de l'oeuvre de la Vierge. Les ouvriers achevaient la façade. Madame de Condamin se récria, trouvant la décoration mesquine, sans caractère; il aurait fallu deux légères colonnes avec une ogive, quelque chose de jeune et de religieux à la fois, un bout d'architecture qui fît honneur au comité des dames patronnesses. Marthe, hésitante, peu à peu ébranlée, finit par avouer que ce serait bien pauvre en effet. Puis, comme l'autre la poussait, elle promit de parler le jour même à M. Lieutaud. Avant de rentrer, pour tenir parole, elle passa par la cathédrale. Il était quatre heures, l'architecte venait de partir. Quand elle demanda l'abbé Faujas, un sacristain lui répondit qu'il confessait dans la chapelle Sainte-Aurélie. Alors seulement elle se souvint du jour, elle murmura qu'elle ne pouvait attendre. Mais en se retirant, lorsqu'elle passa devant la chapelle Sainte-Aurélie, elle pensa que l'abbé l'avait peut-être vue. La vérité était qu'elle se sentait prise d'une faiblesse singulière. Elle s'assit en dehors de la chapelle, contre la grille. Elle resta là.

Le ciel était gris, l'église s'emplissait d'un lent crépuscule. Dans les bas-côtés, déjà noirs, luisaient l'étoile d'une veilleuse, le pied doré d'un chandelier, la robe d'argent d'une Vierge; et, enfilant la grande nef, un rayon pâle se mourait sur le chêne poli des bancs et des stalles. Marthe n'avait point encore éprouvé là un tel abandon d'elle-même; ses jambes lui semblaient comme cassées; ses mains étaient si lourdes, qu'elle les joignait sur ses genoux, pour ne pas avoir la peine de les porter. Elle se laissait aller à un sommeil, dans lequel elle continuait de voir et d'entendre, mais d'une façon très-douce. Les légers bruits qui roulaient sous la voûte, la chute d'une chaise, le pas attardé d'une dévote, l'attendrissaient, prenaient une sonorité musicale qui la charmait jusqu'au coeur; tandis que les derniers reflets du jour, les ombres, montant le long des piliers comme des housses de serge, prenaient pour elle des délicatesses de soie changeante, tout un évanouissement exquis qui la gagnait, au fond duquel elle sentait son être se fondre et mourir. Puis, tout s'éteignit autour d'elle. Elle fut parfaitement heureuse dans quelque chose d'innomé.

Le bruit d'une voix la tira de cette extase.

—Je suis bien fâché, disait l'abbé Faujas. Je vous avais aperçue, mais je ne pouvais quitter....

Alors, elle parut s'éveiller en sursaut. Elle le regarda. Il était en surplis, debout, dans le jour mourant. Sa dernière pénitente venait de partir, et l'église vide s'enfonçait plus solennelle.

—Vous aviez à me parler? demanda-t-il.

Elle fit un effort, chercha à se souvenir.

—Oui, murmura-t-elle, je ne sais plus ... Ah! c'est la façade que madame de Condamin trouve trop mesquine. Il faudrait deux colonnes, au lieu de cette porte plate qui ne dit rien. On mettrait une ogive avec des vitraux. Ce serait très-joli ... Vous comprenez, n'est-ce pas?

Il la contemplait d'un air profond, les mains nouées sur son surplis, la dominant, baissant vers elle sa face grave; et elle, toujours assise, n'ayant pas la force de se mettre debout, balbutiait davantage, comme surprise dans un sommeil de sa volonté, qu'elle ne pouvait secouer.

—Ce serait encore de la dépense, c'est vrai ... On pourrait se contenter de colonnes en pierre tendre, avec une simple moulure ... Nous en parlerons au maître maçon, si vous voulez; il nous dira les prix. Seulement il serait bon de lui régler auparavant son dernier mémoire. C'est deux mille cent et quelques francs, je crois. Nous avons les fonds, madame Paloque me l'a dit ce matin ... Tout cela peut s'arranger, monsieur l'abbé.

Elle avait baissé la tête, comme oppressée par le regard qu'elle sentait sur elle. Quand elle la releva et qu'elle rencontra les yeux du prêtre, elle joignit les mains avec le geste d'un enfant qui demande grâce, elle éclata en sanglots. Le prêtre la laissa pleurer, toujours debout, silencieux. Alors, elle tomba à genoux devant lui, pleurant dans ses mains fermées, dont elle se couvrait le visage.

—Je vous en prie, relevez-vous, dit doucement l'abbé Faujas; c'est devant Dieu que vous vous agenouillerez.

Il l'aida à se relever, il s'assit à côté d'elle. Puis, à voix basse, ils causèrent longuement. La nuit était tout à fait venue, les veilleuses piquaient de leurs pointes d'or les profondeurs noires de l'église.

Seul, le murmure de leurs voix mettait un frisson devant la chapelle Sainte-Aurélie. On entendait la parole abondante du prêtre couler longuement, sans arrêt, après chaque réponse faible et brisée de Marthe. Quand ils se levèrent enfin, il parut refuser une grâce qu'elle réclamait avec instance, il la mena du côté de la porte, élevant le ton: —Non, je ne puis, je vous assure, dit-il; il est préférable que vous preniez l'abbé Bourrette.

—J'aurais pourtant grand besoin de vos conseils, murmura Marthe suppliante. Il me semble qu'avec vous tout me deviendrait facile.

—Vous vous trompez, reprit-il d'une voix plus rude. J'ai peur, au contraire, que ma direction ne vous soit mauvaise, dans les commencements. L'abbé Bourrette est le prêtre qu'il vous faut, croyez-moi ... Plus tard, je vous donnerai peut-être une autre réponse.

Marthe obéit. Le lendemain, les dévotes de Saint-Saturnin furent grandement surprises en voyant madame Mouret venir s'agenouiller devant le confessionnal de l'abbé Bourrette. Deux jours après, il n'était bruit dans Plassans que de cette conversion. Le nom de l'abbé Faujas fut prononcé avec de fins sourires, par certaines gens; mais, en somme, l'impression fut excellente, toute au profit de l'abbé. Madame Rastoil complimenta madame Mouret, en plein comité; madame Delangre voulut voir là une première bénédiction de Dieu, récompensant les dames patronnesses de leur bonne oeuvre, en touchant le coeur de la seule d'entre elles qui ne pratiquât pas; tandis que madame de Condamin dit à Marthe, en la prenant à l'écart:

—Allez, ma chère, vous avez eu raison; cela est nécessaire pour une femme. Puis, vraiment, dès qu'on sort un peu, il faut bien aller à l'église.

On s'étonna seulement du choix de l'abbé Bourrette. Le digne homme ne confessait guère que les petites filles. Ces dames le trouvaient «si peu amusant!» Au jeudi des Rougon, comme Marthe n'était pas encore arrivée, on en causa dans un coin du salon vert, et ce fut madame Paloque qui, de sa langue de vipère, trouva le dernier mot de ces commérages.

—L'abbé Faujas a bien fait de ne pas la garder pour lui, dit-elle avec une moue qui la rendit plus affreuse; l'abbé Bourrette sauve tout et n'a rien de choquant.

Quand Marthe arriva, ce jour-là, sa mère alla à sa rencontre, mettant quelque affectation à l'embrasser tendrement devant le monde. Elle s'était elle-même réconciliée avec Dieu, au lendemain du coup d'État. Il lui sembla que l'abbé Faujas pouvait se hasarder désormais dans le salon vert; mais il se fit excuser, en parlant de ses occupations, de son amour de la solitude. Elle crut comprendre qu'il se ménageait une rentrée triomphale pour l'hiver suivant. D'ailleurs, les succès de l'abbé grandissaient. Dans les premiers mois, il n'avait eu pour pénitentes que les dévotes du marché aux herbes qui se tient derrière la cathédrale, des marchandes de salades, dont il écoutait tranquillement le patois, sans toujours les comprendre; taudis que, maintenant, surtout depuis le bruit occasionné par l'oeuvre de la Vierge, il voyait, les mardis et les vendredis, tout un cercle de bourgeoises en robes de soie agenouillées autour du son confessionnal. Lorsque Marthe eut naïvement raconté qu'il n'avait pas voulu d'elle, madame de Condamin fit un coup de tête; elle quitta son directeur, le premier vicaire de Saint-Saturnin, que cet abandon désespéra, et passa bruyamment à l'abbé Faujas. Un tel éclat posa définitivement ce dernier dans la société de Plassans.

Quand Mouret apprit que sa femme allait à confesse, il lui dit simplement:

—Tu fais donc quelque chose de mal à présent, que tu éprouves le besoin de raconter les affaires à une soutane?

D'ailleurs, au milieu de toute cette agitation pieuse, il parut s'isoler, se renfermer davantage dans ses habitudes, dans sa vie étroite. Sa femme lui avait reproché de s'être plaint.

—Tu as raison, j'ai eu tort, avait-il répondu. Il ne faut pas faire plaisir aux autres, en leur racontant ses ennuis…. Je te promets de ne pas donner à ta mère cette joie une seconde fois. J'ai réfléchi. La maison peut bien me tomber sur la tête, du diable si je pleurniche devant quelqu'un!

Et, depuis ce moment, en effet, il avait eu le respect de son ménage, ne querellant sa femme devant personne, se disant comme autrefois le plus heureux des hommes. Cet effort de bon sens lui coûta peu, il entrait dans le calcul constant de son bien-être. Il exagéra même son rôle de bourgeois méthodique, satisfait de vivre. Marthe ne sentait ses impatiences qu'à ses piétinements plus vifs. Il la respectait des semaines entières, criblant ses enfants et Rose de ses moqueries, criant contre eux, du matin au soir, pour les moindres peccadilles. S'il la blessait, c'était le plus souvent par des méchancetés qu'elle seule pouvait comprendre. Il n'était qu'économe, il devint avare.

—Il n'y a pas de bon sens, grondait-il, à dépenser de l'argent comme nous le faisons. Je parie que tu donnes tout à tes petites gueuses. C'est bien assez déjà de perdre ton temps ... Écoute, ma bonne, je te remettrai cent francs par mois pour la nourriture. Si tu veux faire absolument des aumônes à des filles qui ne le méritent pas, tu prendras l'argent sur ta toilette.

Il tint bon: il refusa, le mois suivant, une paire de bottines à Marthe, sous prétexte que cela dérangerait ses comptes et qu'il l'avait prévenue. Un soir, pourtant, sa femme le trouva pleurant à chaudes larmes, dans leur chambre à coucher. Toute sa bonté s'émut; elle le prit entre les bras, le supplia de lui confier son chagrin. Mais lui se dégagea brutalement, dit qu'il ne pleurait pas, qu'il avait la migraine, et que c'était cela qui lui donnait les yeux rouges.

—Est-ce que tu crois, cria-t-il, que je suis une bête comme toi, pour sangloter!

Elle fut blessée. Le lendemain, il affecta une grande gaieté. Puis, à quelques jours de là, après le dîner, comme l'abbé Faujas et sa mère étaient descendus, il refusa de faire sa partie de piquet. Il n'avait pas la tête au jeu, disait-il. Les jours suivants, il trouva d'autres prétextes, si bien que les parties cessèrent. Tout le monde descendait sur la terrasse, Mouret s'asseyait en face de sa femme et de l'abbé, causant, cherchant les occasions de prendre la parole, qu'il gardait le plus longtemps possible; tandis que madame Faujas, à quelques pas, se tenait dans l'ombre, muette, immobile, les mains sur les genoux, pareille à une de ces figures légendaires gardant un trésor avec la fidélité rogue d'une chienne accroupie.

—Hein! la belle soirée, disait Mouret chaque soir. Il fait meilleur ici que dans la salle à manger. Vous aviez bien raison de venir prendre le frais ... Tiens! une étoile filante! avez-vous vu, monsieur l'abbé? Je me suis laissé dire que c'est saint Pierre qui allume sa pipe, là-haut.

Il riait. Marthe restait grave, gênée par les plaisanteries dont il gâtait le large ciel qui s'étendait devant elle, entre les poiriers de M. Rastoil et les marronniers de la sous-préfecture. Il affectait parfois d'ignorer qu'elle pratiquait, maintenant; il prenait l'abbé à partie, en lui déclarant qu'il comptait sur lui pour faire le salut de toute la maison. D'autres fois, il ne commençait pas une phrase sans dire sur un ton de bonne humeur: «A présent que ma femme va à confesse....» Puis, lorsqu'il était las de cet éternel sujet, il écoutait ce qu'on disait dans les jardins voisins; il reconnaissait les voix légères qui s'élevaient, portées par l'air tranquille de la nuit, pendant que les derniers bruits de Plassans s'éteignaient, au loin.

—Ça, murmurait-il, l'oreille tendue du côté de la sous-préfecture, ce sont les voix de monsieur de Condamin et du docteur Porquier. Ils doivent se moquer des Paloque ... Avez-vous entendu le fausset de monsieur Delangre, qui a dit: «Mesdames, vous devriez rentrer; l'air devient frais.» Vous ne trouvez pas qu'il a toujours l'air d'avoir avalé un mirliton, le petit Delangre?

Et il se tournait du côté du jardin des Rastoil.

—Il n'y a personne chez eux, reprenait-il; je n'entends rien ... Ah! si, les grandes dindes de filles sont devant la cascade. On dirait que l'aînée mâche des cailloux en parlant. Tous les soirs, elles en ont pour une bonne heure à jaboter. Si elles se confient les déclarations qu'on leur fait, ça ne doit pourtant pas être long ... Eh! ils y sont tous. Voilà l'abbé Surin, qui a une voix de flûte, et l'abbé Fénil, qui pourrait servir de crécelle, le vendredi saint. Dans ce jardin, ils s'entassent quelquefois une vingtaine, sans remuer seulement un doigt. Je crois qu'ils se mettent là pour écouter ce que nous disons.

A tous ces bavardages, l'abbé Faujas et Marthe répondaient par de courtes phrases, lorsqu'il les interrogeait directement. D'ordinaire, le visage levé, les yeux perdus, ils étaient ensemble, ailleurs, plus loin, plus haut. Un soir, Mouret s'endormit. Alors, lentement, ils se mirent à causer; ils baissaient la voix, ils approchaient leurs têtes. Et, à quelques pas, madame Faujas, les mains sur les genoux, les oreilles élargies, les yeux ouverts, sans entendre, sans voir, semblait les garder.

X

L'été se passa. L'abbé Faujas ne semblait nullement pressé de tirer les bénéfices de sa popularité naissante. Il continua à s'enfermer chez les Mouret, heureux de la solitude du jardin, où il avait fini par descendre même dans la journée. Il lisait son bréviaire sous la tonnelle du fond, marchait lentement, la tête baissée, tout le long du mur de clôture. Parfois, il fermait le livre, il ralentissait encore le pas, comme absorbé dans une rêverie profonde; et Mouret, qui l'épiait, finissait par être pris d'une impatience sourde, à voir, pendant des heures, cette figure noire aller et venir, derrière ses arbres fruitiers.

—On n'est plus chez soi, murmurit-il. Je ne puis lever les yeux, maintenant, sans apercevoir cette soutane ... Il est comme les corbeaux, ce gaillard-là; il a un oeil rond qui semble guetter et attendre quelque chose. Je ne me fie pas à ses grands airs de désintéressement.

Vers les premiers jours de septembre seulement, le local de l'oeuvre de la Vierge fut prêt. Les travaux s'éternisent en province. Il faut dire que les dames patronnesses, à deux deprises, avaient bouleversé les plans de M. Lieutaud par des idées à elles. Lorsque le comité prit possession de rétablissement, elles récompensèrent l'architecte de sa complaisance par les éloges les plus aimables. Tout leur parut convenable: vastes salles, dégagements excellents, cour plantée d'arbres et ornée de deux petites fontaines. Madame de Condamin fut charmée de la façade, une de ses idées. Au-dessus de la porte, sur une plaque de marbre noir, les mots: *Oeuvre de la Vierge*, étaient gravés en lettres d'or.

L'inauguration donna lieu à une fête très-touchante. L'évêque en personne, avec le chapitre, vint installer les soeurs de Saint-Joseph, qui étaient autorisées à desservir l'établissement. On avait réuni une cinquantaine de filles du huit à quinze ans, ramassées dans les rues du vieux quartier. Les parents, pour les faire admettre, avaient eu simplement à déclarer que leurs occupations les forçaient à s'absenter de chez eux la journée entière. M. Delangre prononça un discours très-applaudi; il expliqua longuement, en style noble, cette crèche d'un nouveau genre; il l'appela «l'école des bonnes moeurs et du travail, où de jeunes et intéressantes créatures allaient échapper aux tentations mauvaises.» On remarqua beaucoup, vers la fin du discours, une délicate allusion au véritable auteur de l'oeuvre, à l'abbé Faujas. Il était là, mêlé aux autres prêtres. Il resta paisible, avec sa belle face grave, lorsque tous les yeux se tournèrent vers lui. Marthe avait rougi, sur l'estrade où elle siégeait, au milieu des dames patronnesses.

Quand la cérémonie fut terminée, l'évêque voulut visiter la maison dans ses moindres détails. Malgré la mauvaise humeur évidente de l'abbé Fenil, il fit appeler l'abbé Faujas, dont les grands yeux noirs ne l'avaient pas quitté un seul instant, et le pria de vouloir bien l'accompagner, en ajoutant tout haut, avec un sourire, qu'il ne pouvait certainement choisir un guide mieux renseigné. Le mot courut parmi les assistants qui se retiraient; le soir, tout Plassans commentait l'attitude de monseigneur.

Le comité des dames patronnesses s'était réservé une salle dans la maison. Elles y offrirent une collation à l'évêque, qui accepta un biscuit et deux doigts de malaga, en trouvant le moyen d'être aimable pour chacune d'elles. Cela termina heureusement cette fête pieuse; car il y avait eu, avant et pendant la cérémonie, des froissements d'amour-propre entre ces dames, que les louanges délicates de monseigneur Rousselot remirent en belle humeur. Lorsqu'elles se retrouvèrent seules, elles déclarèrent que tout s'était très-bien passé; elles ne tarissaient pas sur la bonne grâce du prélat. Seule, madame Paloque resta blême. L'évêque, dans sa distribution de compliments, l'avait oubliée.

—Tu avais raison, dit-elle rageusement à son mari, lorsqu'elle rentra, j'ai été le chien, dans leurs bêtises! Une belle idée, que de mettre ensemble ces gamines corrompues!... Enfin, je leur ai donné tout mon temps, et ce grand innocent d'évêque qui tremble devant son clergé, n'a pas seulement trouvé un merci pour moi!... Comme si madame de Condamin avait fait quelque chose! Elle est bien trop occupée à montrer ses toilettes, cette ancienne ... Nous savons ce que nous savons, n'est-ce pas? on finira par nous faire raconter des histoires que tout le monde ne trouvera pas drôles. Nous n'avons rien à cacher, nous autres.... Et madame Delangre, et madame Rastoil! ce serait facile de les faire rougir jusqu'au blanc des jeux. Est-ce qu'elles ont seulement bougé de leurs salons? est-ce qu'elles ont pris la moitié de la peine que j'ai eue? Et cette madame Mouret, qui avait l'air de mener la barque, et qui n'était occupée qu'à se pendre à la soutane de son abbé Faujas! Encore une hypocrite, celle-là, qui va nous en faire voir de belles.... Eh bien! toutes, toutes ont eu un mot charmant; moi, rien. Je suis le chien ... Ça ne peut pas durer, vois-tu, Paloque. Le chien finira par mordre.

A partir de ce jour, madame Paloque se montra beaucoup moins complaisante. Elle ne tint plus les écritures que très-irégulièrement, elle refusa les besognes qui lui déplaisaient, à ce point que les dames patronnesses parlèrent de prendre un employé. Marthe conta ces ennuis à l'abbé Faujas, auquel elle demanda s'il n'avait pas un bon sujet à lui recommander.

—Ne cherchez personne, lui répondit-il: j'aurai peut- être quelqu'un ... Laissez-moi deux ou trois jours.

Depuis quelque temps, il recevait des lettres fréquentes, timbrées de Besançon. Elles étaient toutes de la même écriture, une grosse écriture laide. Rose, qui les lui montait, prétendait qu'il se fâchait, rien qu'à voir les enveloppes.

—Sa figure devient toute chose, disait-elle. Bien sûr qu'il n'aime guère la personne qui lui écrit si souvent.

L'ancienne curiosité de Mouret se réveilla un instant, à propos de cette correspondance. Un jour, il monta lui-même une des lettres, avec un aimable sourire, en s'excusant, en disant que Rose n'était pas là. L'abbé se méfiait sans doute, car il fit l'homme enchanté, comme s'il avait attendu cette lettre impatiemment. Mais Mouret ne se laissa pas prendre à cette comédie; il resta sur le palier, collant son oreille contre la serrure.

—Encore de ta soeur, n'est-ce pas? disait la voix rude de madame Faujas. Qu'a-t-elle donc à te poursuivre comme ça?

Il y eut un silence; puis, un papier fut froissé violemment, et la voix de l'abbé gronda:

—Parbleu! toujours la même chanson. Elle veut venir nous retrouver et nous amener son mari, pour qu'on le lui place. Elle croit que nous nageons dans l'or ... J'ai peur qu ils ne fassent un coup de tête, qu'ils ne nous tombent ici, un beau matin. —Non, non, nous n'avons pas besoin d'eux, entends-tu, Ovide! reprit la voix de la mère. Ils ne t'ont jamais aimé, ils ont toujours été jaloux de toi ... Trouche est un garnement, et Olympe, une sans-coeur. Tu verrais qu'ils voudraient tout le profit pour eux. Ils te compromettraient, ils te dérangeraient dans tes affaires.

Mouret entendait mal, très-ému par la vilaine action qu'il commettait. Il crut qu'on touchait à la porte, il se sauva. D'ailleurs, il n'eut garde de se vanter de cette expédition. Ce fut quelques jours plus tard, en sa présence, sur la terrasse, que l'abbé Faujas rendit une réponse définitive à Marthe.

—J'ai un employé à vous proposer, dit-il de son grand air tranquille; c'est un de mes parents, mon beau-frère, qui va arriver de Besançon dans quelques jours.

Mouret tendit l'oreille. Marthe parut charmée.

—Ah! tant mieux! s'écria-t-elle. J'étais bien embarrassée pour faire un bon choix. Vous comprenez, il faut un homme d'une moralité parfaite, avec toutes ces jeunes filles ... Mais du moment qu'il s'agit d'un de vos parents....

—Oui, reprit le prêtre. Ma soeur avait un petit commerce de lingerie,
à Besançon; elle a dû liquider pour des raisons de santé; maintenant, elle désire nous rejoindre, les médecins lui ayant ordonné l'air du Midi ... Ma mère est bien heureuse.

—Sans doute, dit Marthe, vous ne vous étiez peut-être jamais quittés, cela va vous paraître bon, de vous retrouver en famille ... Et vous ne savez pas ce qu'il faut faire? Il y a deux chambres dont vous ne vous servez pas, en haut. Pourquoi votre soeur et son mari ne logeraient-ils pas là?... Ils n'ont point d'enfants?

—Non, ils ne sont que tous les deux ... J'avais en effet pensé un instant à leur donner ces deux chambres; seulement, j'ai eu peur de vous contrarier, en introduisant tout ce monde chez vous. —Mais nullement, je vous assure; vous êtes des gens paisibles....

Elle s'arrêta. Mouret tirait violemment un coin de sa robe. Il ne voulait pas de la famille de l'abbé dans sa maison, il se rappelait la belle façon dont madame Faujas traitait sa fille et son gendre.

—Les chambres sont bien petites, dit-il à son tour; monsieur l'abbé serait gêné ... Il vaudrait mieux, pour tout le monde, que la soeur de monsieur l'abbé louât à côté; il y a justement un logement libre, dans la maison des Paloque, en face.

La conversation tomba net. Le prêtre ne répondit rien, regarda en l'air. Marthe le crut blessé et souffrit beaucoup de la brutalité de son mari. Aussi, au bout d'un instant, ne put-elle supporter davantage ce silence embarrassé.

—C'est convenu, reprit-elle, sans chercher à renouer plus habilement la conversation; Rose aidera votre mère à nettoyer les deux chambres... Mon mari ne songeait qu'à vos commodités personnelles; mais, du moment que vous le désirez, ce n'est pas nous qui vous empêcherons de disposer de l'appartement à voire guise.

Quand Mouret fut seul avec sa femme, il s'emporta.

—Je ne te comprends pas, vraiment. Lorsque j'ai loué à l'abbé, tu boudais, tu ne voulais pas laisser entrer un chat chez toi; maintenant, l'abbé t'amènerait toute sa famille, toute la séquelle, jusqu'aux arrière-petits-cousins, que tu lui dirais merci ... Je t'ai pourtant assez tirée par la robe. Tu ne le sentais donc pas? C'était bien clair, je ne voulais pas de ces gens ... Ce ne sont pas d'honnêtes gens.

—Comment peux-tu le savoir? s'écria Marthe, que l'injustice irritait. Qui te l'a dit?

—Eh! l'abbé Faujas lui-même ... Oui, je l'ai entendu, un jour; il causait avec sa mère.

Elle le regarda fixement. Alors il rougit un peu, il balbutia: —Enfin, je le sais, cela suffit ... La soeur est une sans-coeur, et le mari, un garnement. Tu as beau prendre tes airs de reine offensée: ce sont leurs paroles, je n'invente rien. Tu comprends, je n'ai pas besoin de cette clique chez moi. La vieille était la première à ne pas vouloir entendre parler de sa fille. Maintenant, l'abbé dit autrement. J'ignore ce qui a pu le retourner. Quelque nouvelle cachotterie de sa part. Il doit avoir besoin d'eux.

Marthe haussa les épaules et le laissa crier. Il donna ordre à Rose de ne pas nettoyer les chambres; mais Rose n'obéissait plus qu'à madame. Pendant cinq jours, sa colère s'usa en paroles amères, en récriminations terribles. Quand l'abbé Faujas était là, il se contentait de bouder, il n'osait l'attaquer en face. Puis, comme toujours, il se fit une raison. Il ne trouva plus que des moqueries contre ces gens qui allaient venir. Il serra davantage les cordons de sa bourse, s'isola encore, s'enfonça tout à fait dans le cercle égoïste où il tournait. Quand les Trouche se présentèrent, un soir d'octobre, il murmura simplement:

—Diable! ils ne sentent pas bon, ils ont de fichues mines.

L'abbé Faujas parut peu désireux de laisser voir sa soeur et son beau-frère, le jour de leur arrivée. La mère s'était postée sur le seuil de la porte. Dès qu'elle les aperçut débouchant de la place de la Sous-Préfecture, elle guetta, jetant des coups d'oeil inquiets derrière elle, dans le corridor et dans la cuisine. Mais elle joua de malheur. Comme les Trouche entraient, Marthe, qui allait sortir, monta du jardin, suivie des enfants.

—Ah! voilà toute la famille, dit-elle avec un sourire obligeant.

Madame Faujas, si maîtresse d'elle-même d'ordinaire, se troubla légèrement, balbutiant un mot de réponse. Pendant quelques minutes, on resta là, face à face, au milieu du vestibule, à s'examiner. Mouret avait prestement enjambé les marches du perron. Rose s'était plantée sur le seuil de sa cuisine.

—Vous devez être bien heureuse? reprit Marthe, en s'adressant à madame Faujas.

Puis, ayant conscience de l'embarras qui tenait tout le monde muet, voulant se montrer aimable pour les nouveaux venus, elle se tourna vers Trouche, en ajoutant:

—Vous êtes arrivés par le train de cinq heures, n'est-ce pas?... Et combien y a-t-il de Besançon ici?

—Dix-sept heures de chemin de fer, répondit Trouche, en montrant sa bouche vide de dents. En troisième, je vous réponds que c'est raide ... On a le ventre rudement secoué.

Il se mit à rire, avec un singulier bruit de mâchoires. Madame Faujus lui jeta un coup d'oeil terrible. Alors, machinalement, il essaya de remettre un bouton crevé de sa redingote graisseuse, ramenant sur ses cuisses, sans doute pour cacher des taches, deux cartons à chapeau qu'il portait, l'un vert, l'autre jaune. Son cou rougeâtre avait un gloussement continu, sous un lambeau de cravate noire tordue, ne laissant passer qu'un bout de chemise sale. Sa face, toute couturée, suant le vice, était comme allumée par deux petits yeux noirs, qui roulaient sans cesse sur les gens, sur les choses, d'un air de convoitise et d'effarement; des yeux de voleur étudiant la maison où il reviendra, la nuit, faire un coup.

Mouret crut que Trouche regardait les serrures.

—C'est qu'il a des yeux à prendre des empreintes, ce gaillard-là, pensa-t-il.

Cependant, Olympe comprit que son mari venait de dire une bêtise. C'était une grande femme mince, blonde, fanée, à la figure plate et ingrate. Elle portait une petite caisse de bois blanc et un gros paquet noué dans une nappe. —Nous avions emporté des oreillers, dit-elle en montrant d'un regard le gros paquet. On n'est pas mal, en troisième, avec des oreillers. On est aussi bien qu'en première.... Dame! c'est une fière économie. On a beau avoir de l'argent, c'est inutile de le jeter par les fenêtres, n'est-ce pas, madame?

—Certainement, répondit Marthe, un peu surprise des personnages.

Olympe s'avança, se mit en pleine lumière, entrant en conversation, d'un ton engageant.

—C'est comme les habits; moi, je mets tout ce que j'ai de plus mauvais, quand je pars en voyage. J'ai dit à Honoré: «Va, ta vieille redingotte est bien assez bonne.» Il a aussi son pantalon de travail, un pantalon qu'il est las de traîner ... Vous voyez, j'ai choisi ma plus vilaine robe; elle a même des trous, je crois. Ce châle me vient de maman; je repassais dessus, à la maison. Et mon bonnet donc! un vieux bonnet dont je ne me servais plus que pour aller au lavoir … Tout ça, c'est encore trop bon pour la poussière, n'est-ce pas, madame?

—Certainement, certainement, répéta Marthe, qui tâchait de sourire.

A ce moment, une voix irritée se fit entendre au haut de l'escalier, jetant cette brève exclamation:

—Eh bien, mère?

Mouret, levant la tête, aperçut l'abbé Faujas, appuyé à la rampe du second étage, le visage terrible, se penchant, au risque de tomber, pour mieux voir ce qui se passait dans le vestibule. Il avait entendu le bruit des voix, il devait être là depuis un instant, à s'impatienter.

—Eh bien, mère? cria-t-il de nouveau.

—Oui, oui, nous montons, répondit madame Faujas, que l'accent furieux de son fils parut faire trembler.

Et, se tournant vers les Trouche: —Allons, mes enfants, il faut monter … Laissons madame aller à ses affaires.

Mais les Trouche semblèrent ne pas entendre. Ils étaient bien dans le vestibule; ils regardaient autour d'eux, d'un air ravi, comme si on leur eût fait cadeau de la maison.

—C'est très-gentil, très-gentil, murmura Olympe, n'est-ce pas, Honoré? D'après les lettres d'Ovide, nous ne pensions pas que cela fût si gentil. Je te le disais: «Il faut aller là-bas, nous serons mieux, je me porterai mieux….» Hein! j'avais raison.

—Oui, oui, on doit être très à son aise, dit Trouche entre ses dents … Et le jardin est assez grand, je crois.

Puis, s'adressant à Mouret:

—Monsieur, est-ce que vous permettez à vos locataires de se promener dans le jardin?

Mouret n'eut pas le temps de répondre. L'abbé Faujas, qui était descendu, cria d'une voix tonnante:

—Eh bien, Trouche? eh bien, Olympe?

Ils se tournèrent. Lorsqu'ils le virent debout sur une marche, formidable de colère, ils se firent tout petits, ils le suivirent, en baissant l'échine. Lui, monta devant eux, sans ajouter une parole, sans même paraître s'apercevoir que les Mouret étaient là, qui regardaient ce singulier défilé. Madame Faujas, pour arranger les choses, sourit à Marthe, en fermant le cortège. Mais, quand celle-ci fut sortie, et que Mouret se trouva seul, il resta un instant dans le vestibule. En haut, au second étage, les portes claquaient avec violence. Il y eut des éclats de voix, puis un silence de mort régna.

—Est-ce qu'il les a mis au cachot? dit-il en riant. N'importe, c'est une sale famille.

Dès le lendemain, Trouche, habillé convenablement, tout en noir, rasé, ses rares cheveux ramenés soigneusement sur les tempes, fut présenté par l'abbé Faujas à Marthe et aux dames patronnesses. Il avait quarante-cinq ans, possédait une fort belle écriture, disait avoir tenu longtemps les livres dans une maison de commerce. Ces dames l'installèrent immédiatement. Il devait représenter le comité, s'occuper des détails matériels, de dix à quatre heures, dans un bureau qui se trouvait au premier étage de l'oeuvre de la Vierge. Ses appointements étaient de quinze cents francs.

—Tu vois qu'ils sont très-tranquilles, ces braves gens, dit Marthe à son mari, au bout de quelques jours.

En effet, les Trouche ne faisaient pas plus de bruit que les Faujas. A deux ou trois reprises, Rose prétendait bien avoir entendu des querelles entre la mère et la fille; mais aussitôt la voix grave de l'abbé s'élevait, mettant la paix. Trouche, régulièrement, partait à dix heures moins un quart et rentrait à quatre heures un quart; le soir, il ne sortait jamais. Olympe, parfois, allait faire les commissions avec madame Faujas; personne ne l'avait encore vue descendre seule.

La fenêtre de la chambre où les Trouche couchaient, donnait sur le jardin; elle était la dernière, à droite, en face des arbres de la sous-préfecture. De grands rideaux de calicot rouge, bordés d'une bande jaune, pendaient derrière les vitres, tranchant sur la façade, à côté des rideaux blancs du prêtre. D'ailleurs, la fenêtre restait constamment fermée. Un soir, comme l'abbé Faujas était avec sa mère, sur la terrasse, en compagnie des Mouret, une petite toux involontaire se fit entendre. L'abbé, levant vivement la tête, d'un air irrité, aperçut les ombres d'Olympe et de son mari qui se penchaient, accoudé, immobiles. Il demeura un instant, les yeux en l'air, coupant la conversation qu'il avait avec Marthe. Les Trouche disparurent. On entendit le grincement étouffé de l'espagnolette.

—Mère, dit le prêtre, tu devrais monter; j'ai peur que tu ne prennes mal. Madame Faujas souhaita le bonsoir à la compagnie. Lorsqu'elle se fut retirée, Marthe reprit l'entretien, en demandant de sa voix obligeante:

—Est-ce que votre soeur est plus malade? Il y a huit jours que je ne l'ai vue.

—Elle a grand besoin de repos, répondit sèchement le prêtre.

Mais elle insista par bonté.

—Elle se renferme trop, l'air lui ferait du bien…. Ces soirées d'octobre sont encore tièdes … Pourquoi ne descend-elle jamais au jardin? Elle n'y a pas mis les pieds. Vous savez pourtant que le jardin est à votre entière disposition.

Il s'excusa en mâchant de sourdes paroles; tandis que Mouret, pour l'embarrasser davantage, se faisait plus aimable que sa femme.

—Eh! c'est ce je disais, ce matin. La soeur de monsieur l'abbé pourrait bien venir coudre au soleil, l'après-midi, au lieu de rester 'claquemurée, en haut. On croirait qu'elle n'ose pas même paraître à la fenêtre. Est-ce que nous lui faisons peur, par hasard? Nous ne sommes pourtant pas si terribles que cela … C'est comme monsieur Trouche, il monte l'escalier quatre à quatre. Dites-leur donc de venir, de temps à autre, passer une soirée avec nous. Ils doivent s'ennuyer à périr, tout seuls, dans leur chambre.

L'abbé, ce soir-là, n'était pas d'humeur à tolérer les moqueries de son propriétaire. Il le regarda en face, et très-carrément:

—Je vous remercie, mais il est peu probable qu'ils acceptent. Ils sont las, le soir, ils se couchent. D'ailleurs, c'est ce qu'ils ont de mieux à faire.

—A leur aise, mon cher monsieur, répondit Mouret, piqué du ton rude de l'abbé.

Et, quand il fut seul avec Marthe:

—Ah ça! est-ce qu'il croit qu'il me fera prendre des vessies pour des lanternes, l'abbé! C'est clair, il tremble que les gueux qu'il a recueillis chez lui ne lui jouent quelque mauvais tour.... Tu as vu, ce soir, comme il a fait le pion, lorsqu'il les a aperçus à la fenêtre. Ils étaient là à nous espionner. Tout cela finira mal.

Marthe vivait dans une grande douceur. Elle n'entendait plus les criailleries de Mouret. Les approches de la foi étaient pour elle une jouissance exquise; elle glissait à la dévotion, lentement, sans secousse; elle s'y berçait, s'y endormait. L'abbé Faujas évitait toujours de lui parler de Dieu; il restait son ami, ne la charmait que par sa gravité, par cette vague odeur d'encens qui se dégageait de sa soutane. A deux ou trois reprises, seule avec lui, elle avait de nouveau éclaté en sanglots nerveux, sans savoir pourquoi, ayant du bonheur à pleurer ainsi. Chaque fois, il s'était contenté de lui prendre les mains, silencieux, la calmant de son regard tranquille et puissant. Quand elle voulait lui parler de ses tristesses sans cause, de ses secrètes joies, de ses besoins d'être guidée, il la faisait taire en souriant; il disait que ces choses ne le regardaient point, qu'il fallait parler à l'abbé Bourrette. Alors elle gardait tout en elle, elle demeurait frissonnante. Et lui, prenait une hauteur plus grande, se mettait hors de sa portée, comme un dieu aux pieds duquel elle finissait par agenouiller son âme.

Les grosses occupations de Marthe, maintenant, étaient les messes et les exercices religieux auxquels elle assistait. Elle se trouvait bien, dans la vaste nef de Saint-Saturnin; elle y goûtait plus parfaitement ce repos tout physique qu'elle cherchait. Quand elle était là, elle oubliait tout, c'était comme une fenêtre immense ouverte sur une autre vie, une vie large, infinie, pleine d'une émotion qui l'emplissait et lui suffisait. Mais elle avait encore peur de l'église; elle y venait avec une pudeur inquiète, une honte qui instinctivement lui faisait jeter un regard derrière elle, lorsqu'elle poussait la porte, pour voir si personne n'était là, à la regarder entrer. Puis, elle s'abandonnait, tout s'attendrissait, jusqu'à cette voix grasse de l'abbé Bourrette qui, après l'avoir confessée, la tenait parfois agenouillée encore pendant quelques minutes, à lui parler des dîners de madame Rastoil ou de la dernière soirée des Rougon.

Marthe, souvent, rentrait accablée. La religion la brisait. Rose était devenue toute-puissante au logis. Elle bousculait Mouret, le grondait, parce qu'il salissait trop de linge, le faisait manger quand le dîner était prêt. Elle entreprit même de travailler à son salut.

—Madame a bien raison de vivre en chrétienne, lui disait-elle. Vous serez damné, vous, monsieur, et ce sera bien fait, parce qu'au fond vous n'êtes pas bon; non, vous n'êtes pas bon!... Vous devriez la conduire à la messe, dimanche prochain.

Mouret haussait les épaules. Il laissait les choses aller, se mettant lui-même au ménage, donnant un coup de balai, quand la salle à manger lui paraissait trop sale. Les enfants l'inquiétaient davantage. Pendant les vacances, la mère n'étant presque jamais là, Désirée et Octave, qui avait encore échoué aux examens du baccalauréat, bouleversèrent la maison; Serge fut souffrant, garda le lit, resta des journées entières à lire dans sa chambre. Il était devenu le préféré de l'abbé Faujas, qui lui prêtait des livres. Mouret passa deux mois abominables, ne sachant comment guider ce petit monde; Octave particulièrement le rendait fou. Il ne voulut pas attendre la rentrée, il décida que l'enfant ne retournerait plus au collège, qu'on le placerait dans une maison de commerce de Marseille.

—Puisque tu ne veux plus veiller sur eux, dit-il à Marthe, il faut bien que je les case quelque part ... Moi, je suis à bout, je préfère les flanquer à la porte. Tant pis, si tu en souffres!... D'abord, Octave est insupportable. Jamais il ne sera bachelier. Il vaut mieux lui apprendre tout de suite à gagner sa vie que de le laisser flâner avec un tas de gueux. On ne rencontre que lui, dans la ville.

Marthe fut très-émue; elle s'éveilla comme d'un rêve, en apprenant qu'un de ses enfants allait se séparer d'elle. Pendant huit jours, elle obtint que le départ serait différé. Elle resta même davantage à la maison, elle reprit sa vie active d'autrefois. Puis, elle s'alanguit de nouveau; et, le jour où Octave l'embrassa, en lui apprenant qu'il partait le soir pour Marseille, elle fut sans force, elle se contenta de lui donner de bons conseils.

Mouret, quand il revint du chemin de fer, avait le coeur gros. Il chercha sa femme, la trouva dans le jardin, sous une tonnelle où elle pleurait. Là, il se soulagea.

—En voilà un de moins! cria-t-il. Ça doit te faire plaisir. Tu pourras rôder dans les églises à ton aise ... Va, sois tranquille, les deux autres ne resteront pas longtemps. Je garde Serge, parce qu'il est très-doux, et que je le trouve un peu jeune pour aller faire son droit; mais, s'il te gêne, tu le diras, je t'en débarrasserai aussi ... Quant à Désirée, elle ira chez sa nourrice.

Marthe continuait à pleurer silencieusement.

—Que veux-tu? on ne peut pas être dehors et chez soi. Tu as choisi le dehors, tes enfants ne sont plus rien pour toi, c'est logique ... D'ailleurs maintenant, n'est-ce pas? il faut faire de la place pour tout ce monde qui vit dans notre maison. Elle n'est plus assez grande, notre maison. Ce sera heureux, si l'on ne nous met pas à la porte nous-mêmes.

Il avait levé la tête, il examinait les fenêtres du second étage.
Puis, baissant la voix:

—Ne pleure donc pas comme une bête; on te regarde. Tu n'aperçois pas cette paire d'yeux entre les rideaux rouges? Ce sont les yeux de la soeur de l'abbé, je les connais bien. On est sûr de les trouver là, pendant toute la journée ... Vois-tu, l'abbé est peut-être un brave homme; mais ces Trouche, je les sens accroupis derrière leurs rideaux comme des loups à l'affût. Je parie que si l'abbé ne les empêchait pas, ils descendraient la nuit par la fenêtre pour me voler mes poires ... Essuie tes yeux, ma bonne; sois sûre qu'ils se régalent de nos querelles. Ce n'est pas une raison, parce qu'ils sont la cause du départ de l'enfant, pour leur montrer le mal que ce départ nous fait à tous les deux.

Sa voix s'attendrissait, il était près lui-même de sangloter. Marthe, navrée, touchée au coeur par ses dernières paroles, allait se jeter dans ses bras. Mais ils eurent peur d'être vus, ils sentirent comme un obstacle entre eux. Alors, ils se séparèrent; tandis que les yeux d'Olympe luisaient toujours, entre les deux rideaux rouges.

XI

Un matin, l'abbé Bourrette arriva, la face bouleversée. Il aperçut Marthe sur le perron, il vint lui serrer les mains, en balbutiant:

— Ce pauvre Compan, c'est fini, il se meurt.... Je vais monter, il faut que je voie Faujas tout de suite.

Et quand Marthe lui eut montré le prêtre, qui, selon son habitude, se promenait au fond du jardin, en lisant son bréviaire, il courut à lui, fléchissant sur ses jambes courtes. Il voulut parler, lui apprendre la fâcheuse nouvelle; mais la douleur l'étrangla, il ne put que se jeter à son cou, la gorge pleine de sanglots.

— Eh bien! qu'ont-ils donc, les deux abbés? demanda Mouret, qui se hâta de sortir de la salle à manger.

— Il paraît que le curé de Saint-Saturnin est à la mort, répondit Marthe très-émue.

Mouret fit une moue de surprise. Il rentra, murmurant:

— Bah! ce brave Bourrette se consolera demain, lorsqu'on le nommera curé, en remplacement de l'autre. ... Il compte sur la place; il me l'a dit.

Cependant, l'abbé Faujas s'était dégagé de l'étreinte du vieux prêtre. Il reçut la mauvaise nouvelle avec gravité et ferma posément son bréviaire.

— Compan veut vous voir, bégayait l'abbé Bourrette; il ne passera pas la matinée.... Ah! c'était un ami bien cher. Nous avions fait nos études ensemble.... Il veut vous dire adieu; il m'a répété toute la nuit que vous seul aviez du courage dans le diocèse. Depuis plus d'un an qu'il languissait, pas un prêtre de Plassans n'osait aller lui serrer la main. Et vous qui le connaissiez à peine, vous lui donniez toutes les semaines une après-midi. Il pleurait tout à l'heure, en parlant de vous. ... Il faut vous hâter, mon ami.

L'abbé Faujas monta un instant à son appartement, pendant que l'abbé Bourrette piétinait d'impatience et de désespoir dans le vestibule; enfin, au bout d'un quart d'heure, tous deux partirent. Le vieux prêtre s'essuyait le front, roulait sur le pavé, en laissant échapper des phrases décousues.

—Il serait mort sans une prière, comme un chien, si sa soeur n'était venue me prévenir, hier soir, vers onze heures. Elle a bien fait, la chère demoiselle. ... Il ne voulait compromettre aucun de nous, il n'aurait pas même reçu les derniers sacrements. ... Oui, mon ami, il était en train de mourir dans un coin, seul, abandonné, lui qui a eu une si belle intelligence et qui n'a vécu que pour le bien.

Il se tut; puis, au bout d'un silence, d'une voix changée:

—Croyez-vous que Fenil me pardonne ça? Non, jamais, n'est-ce pas?... Lorsque Compan m'a vu arriver avec les saintes huiles, il ne voulait pas, il me criait de m'en aller. Eh bien, c'est fait! Je ne serai jamais curé. J'aime mieux ça. Je n'aurai pas laissé mourir Compan comme un chien.... Il y avait trente ans qu'il était en guerre avec Fenil. Quand il s'est mis au lit, il me l'a dit: «Allons, c'est Fenil qui l'emporte; maintenant que je suis par terre, il va m'assommer....» Ah! ce pauvre Compan, lui que j'ai vu si fier, si énergique, à Saint-Saturnin!... Le petit Eusèbe, l'enfant de choeur que j'ai emmené pour sonner le viatique, est resté tout embarrassé, lorsqu'il a vu où nous allions; il regardait derrière lui, à chaque coup de sonnette, comme s'il avait craint que Fenil put l'entendre.

L'abbé Faujas, marchant vite, la tête basse, l'air préoccupé, continuait à garder le silence; il semblait ne pas écouter son compagnon.

—Monseigneur est-il prévenu? demanda-t-il brusquement.

Mais l'abbé Bourrette, à son tour, paraissait songeur. Il ne répondit pas; puis, en arrivant devant la porte de l'abbé Compan, il murmura:

—Dites-lui que nous venons de rencontrer Fenil et qu'il nous a salués. Cela lui fera plaisir. ... Il croira que je suis curé.

Ils montèrent silencieusement. La soeur du moribond vint leur ouvrir. En voyant les deux prêtres, elle éclata en sanglots, balbutiant au milieu de ses larmes:

—Tout est fini. Il vient de passer entre mes bras... j'étais seule. Il a regardé autour de lui en mourant, il a murmuré «J'ai donc la peste, qu'on m'a abandonné...» Ah! mes sieurs, il est mort avec des larmes plein les yeux.

Ils entrèrent dans la petite chambre où le curé Compan, la tête sur un oreiller, paraissait dormir. Ses yeux étaient restés ouverts, et cette face blanche, profondément triste, pleurait encore; les larmes coulaient le long des joues. Alors, l'abbé Bourrette tomba à genoux, sanglotant, priant, le front contre les couvertures qui pendaient. L'abbé Faujas resta debout, regardant le pauvre mort; puis, après s'être agenouillé un instant, il sortit discrètement. L'abbé Bourrette, perdu dans sa douleur, ne l'entendit même pas refermer la porte.

L'abbé Faujas alla droit à l'évêché. Dans l'antichambre de monseigneur
Rousselot, il rencontra l'abbé Surin, chargé de papiers.

—Est-ce que vous désiriez parler à monseigneur? lui demanda le secrétaire avec son éternel sourire. Vous tomberiez mal. Monseigneur est tellement occupé qu'il a fait condamner sa porte.

—C'est pour une affaire très-pressante, dit tranquillement l'abbé Faujas. Ou peut toujours le prévenir, lui faire savoir que je suis là. J'attendrai, s'il le faut.

—Je crains que ce ne soit inutile. Monseigneur a plusieurs personnes avec lui. Revenez demain, cela vaudra mieux.

Mais l'abbé prenait une chaise, lorsque l'évêque ouvrit la porte de son cabinet. Il parut très-contrarié en apercevant le visiteur, qu'il feignit d'abord de ne pas reconnaître.

—Mon enfant, dit-il à Surin, quand vous aurez classé ces papiers, vous reviendrez tout de suite; j'ai une lettre à vous dicter.

Puis, se tournant vers le prêtre, qui se tenait respectueusement debout:

—Ah! c'est vous, monsieur Faujas? J'ai bien du plaisir à vous voir. ... Vous avez quelque chose à me dire peut-être? Entrez, entrez dans mon cabinet; vous ne me dérangez jamais.

Le cabinet de monseigneur Rousselot était une vaste pièce, un peu sombre, où un grand feu de bois brûlait continuellement, été comme hiver. Le tapis, les rideaux très-épais, étouffaient l'air. Il semblait qu'on entrât dans une eau tiède. L'évêque vivait là, frileusement, dans un fauteuil, en douairière retirée du monde, ayant horreur du bruit, se déchargeant sur l'abbé Fenil du soin de son diocèse. Il adorait les littératures anciennes. On racontait qu'il traduisait Horace en secret; les petits vers de l'Anthologie grecque l'enthousiasmaient également, et il lui échappait des citations scabreuses, qu'il goûtait avec une naïveté de lettré insensible aux pudeurs du vulgaire.

—Vous voyez, je n'ai personne, dit-il en s'installant devant le feu; mais je suis un peu souffrant, j'avais fait défendre ma porte. Vous pouvez parler, je me mets à votre disposition.

Il y avait, dans son amabilité ordinaire, une vague inquiétude, une sorte de soumission résignée. Quand l'abbé Faujas lui eut appris la mort du curé Compan, il se leva, effaré, irrité:

—Comment! s'écria-t-il, mon brave Compan est mort, et je n'ai pu lui dire adieu!... Personne ne m'a averti!... Ah! tenez, mon ami, vous aviez raison, lorsque vous me faisiez entendre que je n'étais plus le maître ici; on abuse de ma bonté.

—Monseigneur, dit l'abbé Faujas, sait combien je lui suis dévoué; je n'attends qu'un signe de lui. L'évêque hocha la tête, murmurant:

—Oui, oui, je me rappelle ce que vous m'avez offert; vous êtes un excellent coeur. Seulement quel vacarme, si je rompais avec Fenil! j'aurais les oreilles cassées pendant huit jours. Et pourtant si j'étais bien sûr que vous me débarrassiez d'un coup du personnage, si je n'avais pas peur qu'au bout d'une semaine il revînt vous mettre un pied sur la gorge....

L'abbé Faujas ne put réprimer un sourire. Des larmes montèrent aux yeux de l'évêque.

—J'ai peur, c'est vrai, reprit-il en se laissant tomber de nouveau dans son fauteuil; j'en suis à ce point. C'est ce malheureux qui a tué Compan et qui m'a fait cacher son agonie, pour que je ne puisse aller lui fermer les yeux; il a des inventions terribles.... Mais, voyez-vous, j'aime mieux vivre en paix. Fenil est très-actif, il me rend de grands services dans le diocèse. Quand je ne serai plus là, les choses s'arrangeront peut-être plus sagement.

Il se calmait, il retrouvait son sourire.

—D'ailleurs, tout va bien en ce moment, je ne vois aucune difficulté…. On peut attendre.

L'abbé Faujas s'assit, et tranquillement:

—Sans doute…. Pourtant il va falloir que vous nommiez un curé à Saint-Saturnin, en remplacement de monsieur l'abbé Compan.

Monseigneur Rousselot porta ses mains à ses tempes, d'un air désespéré.

—Mon Dieu! vous avez raison, balbutia-t-il. Je ne pensais plus à cela…. Le brave Compan ne sait pas dans quel souci il me met, en mourant si brusquement, sans que je sois prévenu. Je vous avais promis la place, n'est-ce pas?

L'abbé s'inclina.

—Eh bien! mon ami, vous allez me sauver; vous me laisserez reprendre ma parole. Vous savez combien Fenil vous déteste; le succès de l'oeuvre de la Vierge l'a rendu tout à fait furieux; il jure qu'il vous empêchera de conquérir Plassans. Vous voyez que je vous parle à coeur ouvert. Or, ces jours derniers, comme on causait de la cure de Saint-Saturnin, j'ai prononcé votre nom. Fenil est entré dans une colère affreuse, et j'ai dû jurer que je donnerais la cure à un de ses protégés, l'abbé Chardon, que vous connaissez, un homme très-digne d'ailleurs…. Mon ami, faites cela pour moi, renoncez à cette idée. Je vous donnerai tel dédommagement qu'il vous plaira.

Le prêtre resta grave. Après un silence, comme s'il s'était consulté:

—Vous n'ignorez pas, monseigneur, dit-il, que je n'ai aucune ambition personnelle; je désire vivre dans la retraite, ce serait pour moi une grande joie de renoncer à cette cure. Seulement je ne suis pas mon maître, je tiens à satisfaire les protecteurs qui s'intéressent à moi…. Pour vous-même, monseigneur, réfléchissez avant de prendre une détermination que vous pourriez regretter plus tard.

Bien que l'abbé Faujas eût parlé très-humblement, l'évêque sentit la menace cachée que contenaient ces paroles. Il se leva, fit quelques pas, en proie à une perplexité pleine d'angoisse. Puis, levant les mains:

—Allons, voilà du tourment pour longtemps.... J'aurais voulu éviter toutes ces explications; mais, puisque vous insistez, il faut parler franchement.... Eh bien! cher monsieur, l'abbé Fenil vous reproche beaucoup de choses. Comme je crois vous l'avoir déjà dit, il a dû écrire à Besançon, d'où il aura appris les fâcheuses histoires que vous savez.... Certes, vous m'avez expliqué tout cela, je connais vos mérites, votre vie de repentir et de retraite; mais que voulez-vous? le grand vicaire a des armes contre vous, il en use terriblement. Souvent je ne sais comment vous défendre.... Quand le ministre m'a prié de vous accepter dans mon diocèse, je ne lui ai pas caché que votre situation serait difficile. Il s'est montré plus pressant, il m'a dit que cela vous regardait, et j'ai fini par consentir. Seulement, il ne faut pas aujourd'hui me demander l'impossible.

L'abbé Faujas n'avait pas baissé la tête; il la releva même, il regarda l'évêque en face, disant de sa voix brève:

—Vous m'avez donné votre parole, monseigneur.

—Certainement, certainement.... Le pauvre Compan baissait tous les jours, vous êtes venu me confier certaines choses; alors, j'ai promis, je ne le nie pas.... Écoutez, je veux vous tout dire, pour que vous ne puissiez m'accuser de tourner comme une girouette. Vous prétendiez que le ministre désirait vivement votre nomination à la cure de Saint-Saturnin. Eh bien! j'ai écrit, je me suis informé, un de mes amis est allé au ministère. On lui a presque ri au nez, on lui a dit qu'on ne vous connaissait même pas. Le ministre se défend absolument d'être votre protecteur, entendez-vous! Si vous le souhaitez, je vais vous faire lire une lettre où il se montre bien sévère à votre égard.

Et il tendait le bras pour fouiller dans un tiroir; mais l'abbé Faujas s'était mis debout, sans le quitter des yeux, avec un sourire où perçait une pointe d'ironie et de pitié.

—Ah! monseigneur, monseigneur! murmura-t-il. Puis, au bout d'un silence, comme ne voulant pas s'expliquer davantage:

—Je vous rends votre parole, monseigneur, reprit-il. Croyez que, dans tout ceci, je travaillais plus encore pour vous que pour moi. Plus tard, quand il ne sera plus temps, vous vous souviendrez de mes avertissements. Il se dirigeait vers la porte; mais l'évêque le retint, le ramena, en murmurant d'un air inquiet:

—Voyons, que voulez-vous dire? Expliquez-vous, cher monsieur Faujas.

Je sais bien qu'on me boude à Paris, depuis l'élection du marquis de Lagrifoul. On me connaît vraiment bien peu, si l'on s'imagine que j'ai
trempé là dedans; je ne sors pas de ce cabinet deux fois par mois.... Alors vous croyez qu'on m'accuse d'avoir fait nommer le marquis?

—Oui, je le crains, dit nettement le prêtre.

—Eh! c'est absurde, je n'ai jamais mis le nez dans la politique, je vis avec mes chers livres. C'est Fenil qui a tout fait. Je lui ai dit vingt fois qu'il finirait par me causer des embarras à Paris.

Il s'arrêta, rougit légèrement d'avoir laissé échapper ces dernières paroles. L'abbé Faujas s'assit de nouveau devant lui, et d'une voix profonde:

—Monseigneur, vous venez de condamner votre grand vicaire.... Je ne vous ai point dit autre chose. Ne continuez pas à faire cause commune avec lui, ou il vous causera des soucis très-graves. J'ai des amis à Paris, quoi que vous puissiez croire. Je sais que l'élection du marquis de Lagrifoul a fortement indisposé le gouvernement contre vous. A tort ou à raison, on vous croit la cause unique du mouvement d'opposition qui se manifeste à Plassans, où le ministre, pour des motifs particuliers, tient absolument à obtenir la majorité. Si, aux élections prochaines, le candidat légitimiste passait encore, ce serait extrêmement fâcheux, je craindrais pour votre tranquilité.

—Mais c'est abominable! s'écria le malheureux évêque, en s'agitant dans son fauteuil; je ne puis pas empêcher la candidat légitimiste dépasser, moi! Est-ce que j'ai la moindre influence, est-ce que je me suis jamais mêlé de ces choses?... Ah! tenez, il y a des jours où j'ai envie d'aller m'enfermer au fond d'un couvent. J'emporterais ma bibliothèque, je vivrais bien tranquille.... C'est Fenil qui devrait être évêque à ma place. Si j'écoutais Fenil, je me mettrais tout à fait en travers du gouvernement, je n'écouterais que Rome, j'enverrais promener Paris. Mais ce n'est pas mon tempérament, je veux mourir tranquille.... Alors, vous dites que le ministre est furieux contre moi?

Le prêtre ne répondit pas; deux plis qui se creusaient aux coins de sa bouche, donnaient à sa face un mépris muet.

—Mon Dieu, continua l'évêque; si je pensais lui être agréable en vous nommant curé de Saint-Saturnin, je tâcherais d'arranger cela.... Seulement, je vous assure, vous vous trompez; vous êtes peu en odeur de sainteté.

L'abbé Faujas eut un geste brusque. Il se livra, dans une courte impatience:

—Eh! dit-il, oubliez-vous que des infamies courent sur mon compte et que je suis arrivé à Plassans avec une soutane percé! Lorsqu'on envoie un homme perdu à un poste dangereux, on le renie jusqu'au jour du triomphe.... Aidez-moi à réussir, monseigneur, vous verrez que j'ai des amis à Paris.

Puis, comme l'évêque, surpris de cette figure d'aventurier énergique qui venait de se dresser devant lui, continuait à le regarder silencieusement, il redevint souple; il reprit:

—Ce sont des suppositions, je veux dire que j'ai beaucoup à me faire pardonner. Mes amis, attendent pour vous remercier, que ma situation soit complètement assise.

Monseigneur Rousselot resta muet un instant encore. C'était une nature très-fine, ayant appris le vice humain dans les livres. Il avait conscience de sa grande faiblesse, il en était même un peu honteux; mais il se consolait, en jugeant les hommes pour ce qu'ils valaient. Dans sa vie d'épicurien lettré, il y avait, par instants, une profonde moquerie des ambitieux qui l'entouraient en se disputant les lambeaux de son pouvoir.

—Allons, dit-il en souriant, vous êtes un homme tenace, cher monsieur Faujas. Puisque je vous ai fait une promesse, je la tiendrai.... Il y a six mois, je l'avoue, j'aurais eu peur de soulever tout Plassans contre moi; mais vous avez su vous faire aimer, les dames de la ville me parlent souvent de vous avec de grands éloges. En vous donnant la cure de Saint-Saturnin, je paye la dette de l'oeuvre de la Vierge.

L'évêque avait retrouvé son amabilité enjouée, ses manières exquises de prélat charmant. L'abbé Surin, à ce moment, passa sa jolie tête dans l'entre-bâillement de la porte.

— Non, mon enfant, dit l'évêque, je ne vous dicterai pas cette lettre…. Je n'ai plus besoin de vous. Vous pouvez vous retirer.

— Monsieur l'abbé Fenil est là, murmura le jeune prêtre.

— Ah! bien, qu'il attende.

Monseigneur Rousselot avait eu un léger tressaillement, mais il fit un geste de décision presque plaisant, il regarda l'abbé Faujas d'un air d'intelligence.

— Tenez, sortez par ici, lui dit-il en ouvrant une porte cachée sous une portière.

Il l'arrêta sur le seuil, il continua à le regarder en riant.

— Fenil va être furieux…. Vous me promettez de me défendre contre lui, s'il crie trop fort? Je vous le mets sur les bras, je vous en avertis. Je compte bien aussi que vous ne laisserez pas réélire le marquis de Lagrifoul…. Dame! c'est sur vous que je m'appuie maintenant, cher monsieur Faujas.

Il le salua du bout de sa main blanche, puis rentra nonchalamment dans la tiédeur de son cabinet. L'abbé était resté courbé, surpris de l'aisance toute féminine avec laquelle monseigneur Rousselot changeait de maître et se livrait au plus fort. Alors seulement il sentit que l'évêque venait de se moquer de lui, comme il devait se moquer de l'abbé Fenil, du fauteuil moelleux où il traduisait Horace.

Le jeudi suivant, vers dix heures, au moment où la belle société de Plassans s'écrasait dans le salon vert des Rougon, l'abbé Faujas parut sur le seuil. Il était superbe, grand, rose, vêtu d'une soutane fine qui luisait comme un satin. Il resta grave avec un léger sourire, à peine un pli aimable des lèvres, tout juste ce qu'il fallait pour éclairer sa face austère d'un rayon de bonhomie.

—Ah! c'est ce cher curé! cria gaiement madame de Condamin.

Mais la maîtresse de la maison se précipita; elle prit dans ses deux mains une des mains de l'abbé, l'amenant au milieu du salon, le cajolant du regard, avec un doux balancement de tête.

—Quelle surprise, quelle bonne surprise! répéta-t-elle. Voilà un siècle qu'on ne vous a vu. Il faut donc que le bonheur tombe chez vous, pour que vous vous souveniez de vos amis? Lui, saluait avec aisance. Autour de lui, c'était une ovation flatteuse, un chuchotement de femmes ravies. Madame Delangre et madame Rastoil n'attendirent pas qu'il vînt les saluer; elles s'avancèrent pour le complimenter de sa nomination qui était officielle depuis le matin. Le maire, le juge de paix, jusqu'à monsieur de Bourdeu, lui donnèrent des poignées de main vigoureuses.

—Hein! quel gaillard! murmura M. de Condamin à l'oreille du docteur Porquier; il ira loin. Je l'ai flairé dès le premier jour.... Vous savez qu'ils mentent comme des arracheurs de dents, la vieille Rougon et lui, avec leurs simagrées. Je l'ai vu se glisser ici plus de dix fois, à la nuit tombante. Ils doivent tremper dans de jolies histoires, tous les deux!

Mais le docteur Porquier eût une peur atroce que M. de Condamin ne le compromît; il se hâta de le quitter pour serrer, comme les autres, la main de l'abbé Faujas, bien qu'il ne lui eût jamais adressé la parole.

Cette entrée triomphale fut le grand événement de la soirée. L'abbé s'étant assis, un triple cercle de jupes l'entoura. Il causa avec une charmante bonhomie, parla de toutes choses, évitant soigneusement de répondre aux allusions. Félicité l'ayant questionné directement, il se contenta de dire qu'il n'habiterait pas la cure, qu'il préférait le logement où il vivait si tranquille, depuis près de trois ans. Marthe était là, parmi les dames, très-réservée, ainsi qu'à son ordinaire. Elle avait simplement souri à l'abbé, le regardant de loin, un peu pâle, l'air las et inquiet. Mais, lorsqu'il eut fait connaître son intention de ne pas quitter la rue Balande, elle rougit beaucoup, elle se leva pour passer dans le petit salon, comme suffoquée par la chaleur. Madame Paloque, auprès de laquelle M. de Condamin était allé s'asseoir, ricana en lui disant assez haut pour être entendue: —C'est propre, n'est-ce pas?... Elle devrait au moins ne pas lui donner des rendez-vous ici, puisqu'ils ont toute la journée chez eux.

Seul, M. de Condamin se mit à rire. Les autres personnes prirent un air froid. Madame Paloque, comprenant qu'elle venait de se faire du tort, essaya de tourner la chose en plaisanterie. Cependant, dans les coins, on causait de l'abbé Fenil. La grande curiosité était de savoir s'il allait venir. M. de Bourdeu, un des amis du grand vicaire, raconta doctement qu'il était souffrant. La nouvelle de cette indisposition fut accueillie par des sourires discrets. Tout le monde était au courant de la révolution qui avait eu lieu à l'évêché. L'abbé Surin donnait à ces dames des détails très-curieux, sur l'horrible scène survenue entre monseigneur et le grand vicaire. Ce dernier, battu par monseigneur, faisait raconter qu'une attaque de goutte le clouait chez lui. Mais ce n'était pas là un dénoûment, et l'abbé Surin ajoutait que «l'on en verrait bien d'autres.» Cela se répétait à l'oreille avec de petites exclamations, des hochements de tête, des moues de surprise et de doute. Pour l'instant, du moins, c'était l'abbé Faujas qui l'emportait. Aussi les belles dévotes se chauffaient-elles doucement à ce soleil levant.

Vers le milieu de la soirée, l'abbé Bourrette entra. Les conversations se turent, on le regarda curieusement. Personne n'ignorait que, la veille encore, il comptait sur la cure de Saint-Saturnin; il avait suppléé l'abbé Compan pendant sa longue maladie; la place était à lui. Il resta un instant sur le seuil sans remarquer le mouvement que son arrivée produisait, un peu essoufflé, les paupières battantes. Puis, ayant aperçu l'abbé Faujas, il se précipita, lui serra les deux mains avec effusion, en s'écriant:

—Ah! mon bon ami, laissez-moi vous féliciter.... Je viens de chez vous, où j'ai appris par votre mère que vous étiez ici.... Je suis bien heureux de vous rencontrer.

L'abbé Faujas s'était levé, gêné, malgré son grand sang-froid, surpris par ces tendresses qu'il n'attendait point.

—Oui, murmura-t-il, j'ai dû accepter, malgré mon peu de mérite.... J'avais d'abord refusé, citant à monseigneur des prêtres plus dignes, vous citant vous-même....

L'abbé Bourrette cligna les yeux; et, l'emmenant à l'écart, baissant la voix:

—Monseigneur m'a tout conté.... Il paraît que Fenil ne voulait absolument pas entendre parler de moi. Il aurait mis le feu au diocèse, si j'avais été nommé: ce sont ses propres paroles. Mon crime est d'avoir fermé les yeux à ce pauvre Compan.... Et il exigeait, comme vous le savez, la nomination de l'abbé Chardon. Un homme pieux sans doute, mais d'une insuffisance notoire. Le grand vicaire comptait régner sous son nom à Saint-Saturnin.... C'est alors que monseigneur vous a donné la place pour lui échapper et lui faire pièce. Cela me venge. Je suis enchanté, mon cher ami.... Est-ce que vous connaissiez l'histoire?

—Non, pas dans les détails.

—Eh bien! les choses se sont passées ainsi, je vous l'affirme. Je tiens les faits de la bouche même de monseigneur.... Entre nous, il m'a laissé entrevoir un beau dédommagement. Le second grand vicaire, l'abbé Vial, a depuis longtemps le désir d'aller se fixer à Rome; la place serait libre, vous entendez. Enfin, silence sur tout ceci.... Je ne donnerais pas ma journée pour beaucoup d'argent.

Et il continuait à serrer les mains de l'abbé Faujas, tandis que sa large face jubilait d'aise. Autour d'eux, les dames se regardaient d'un air étonné, avec des sourires. Mais la joie du bonhomme était si franche, qu'elle finit par se communiquer à tout le salon vert, où l'ovation faite au nouveau curé prit un caractère plus intime et plus attendri. Les jupes se rapprochèrent; on parla des orgues de la cathédrale, qui avaient besoin d'être réparées; madame de Condamin promit un reposoir superbe pour la procession de la prochaine Fête-Dieu.

L'abbé Bourrette prenait sa part du triomphe, lorsque madame Paloque, allongeant sa face de monstre, lui toucha l'épaule, en lui murmurant à l'oreille:

—Alors, monsieur l'abbé, demain, vous ne confesserez pas dans la chapelle Saint-Michel?

Le prêtre, depuis qu'il suppléait l'abbé Compan, avait pris le confessionnal de la chapelle Saint-Michel, le plus grand, le plus commode de l'église, qui était réservé particulièrement au curé. Il ne comprit pas d'abord; il cligna les yeux, en regardant madame Paloque.

—Je vous demande, reprit-elle, si vous reprendrez demain votre ancien confessionnal dans la chapelle des Saints-Anges.

Il devint un peu pâle et garda le silence un instant encore. Il baissait les yeux sur le tapis, éprouvant une légère douleur à la nuque, comme s'il venait d'être frappé par derrière. Puis, sentant que madame Paloque restait là, à le dévisager:

—Certainement, balbutia-t-il, je reprends mon ancien confessionnal.... Venez à la chapelle des Saints-Anges, la dernière à gauche, du côté du cloître.... Elle est très-humide. Couvrez-vous bien, chère dame, couvrez-vous bien.

Il avait des larmes au bord des paupières. Il s'était pris de tendresse pour le beau confessionnal de la chapelle Saint-Michel, où le soleil entrait, l'après-midi, juste à l'heure de la confession. Jusque-là, il n'avait éprouvé aucun regret à remettre la cathédrale aux mains de l'abbé Faujas; mais ce petit fait, ce déménagement d'une chapelle à une autre, lui parut horriblement pénible; il lui sembla que le but de toute sa vie était manqué. Madame Paloque fit remarquer à voix haute qu'il était devenu triste tout d'un coup; mais lui, se défendit, essaya de sourire encore. Il quitta le salon de bonne heure.

L'abbé Faujas resta un des derniers. Rougon était venu le complimenter, causant gravement, assis tous deux aux deux coins d'un canapé. Ils parlaient de la nécessité des sentiments religieux dans un État sagement administré; tandis que chaque dame qui se retirait, avait devant eux une longue révérence.

—Monsieur l'abbé, dit gracieusement Félicité, vous savez que vous êtes le cavalier de ma fille.

Il se leva. Marthe l'attendait, près de la porte. La nuit était très noire. Dans la rue, il furent comme aveuglés par l'obscurité. Ils traversèrent la place de la Sous-Préfecture, sans prononcer une parole; mais, rue Balande, devant la maison, Marthe lui toucha le bras, au moment où il allait mettre la clef dans la serrure.

—Je suis bien heureuse du bonheur qui vous arrive, lui dit-elle d'une voix très-émue.... Soyez bon, aujourd'hui, faites-moi la grâce que vous m'avez refusée jusqu'à présent. Je vous assure, l'abbé Bourrette ne m'entend pas. Vous seul pouvez me diriger et me sauver.

Il l'écarta d'un geste. Puis, quand il eut ouvert la porte et allumé la petite lampe que Rose laissait au bas de l'escalier, il monta, en lui disant doucement:

—Vous m'avez promis d'être raisonnable.... Je songerai à ce que vous demandez. Nous en causerons.

Elle lui aurait baisé les mains. Elle n'entra chez elle que lorsqu'elle l'eût entendu refermer sa porte, à l'étage supérieur. Et, pendant qu'elle se déshabillait et qu'elle se couchait, elle n'écouta pas Mouret, à moitié endormi, qui lui racontait longuement les cancans qui couraient la ville. Il était allé à son cercle, le cercle du Commerce, où il mettait rarement les pieds. —L'abbé Faujas a roulé l'abbé Bourrette, répétait-il pour la dixième fois, en tournant lentement la tête sur l'oreiller. Cet abbé Bourrette, quel pauvre homme! N'importe, c'est amusant de voir les calotins se manger entre eux. L'autre jour, tu te souviens, lorsqu'ils s'embrassaient, au fond du jardin, est-ce qu'on n'aurait pas dit deux frères? Ah! bien, oui, ils se volent jusqu'à leurs dévotes.... Pourquoi ne réponds-tu pas, ma bonne? Tu crois que ce n'est pas vrai?... Non, tu dors, n'est-ce pas? Alors bonsoir, à demain.

Il se rendormit, mâchant des lambeaux de phrases. Marthe, les yeux grands ouverts, regardait en l'air, suivait au plafond, éclairé par la veilleuse, le frôlement des pantoufles de l'abbé Faujas, qui se mettait au lit.

XII

Quand l'été revint, l'abbé et sa mère descendirent de nouveau chaque soir prendre le frais sur la terrasse. Mouret devenait morose. Il refusait les parties de piquet que la vieille dame lui offrait; il restait là, à se dandiner, sur une chaise. Comme il bâillait, sans même chercher à cacher son ennui, Marthe lui disait:

—Mon ami, pourquoi ne vas-tu pas à ton cercle?

Il y allait plus souvent qu'autrefois. Lorsqu'il rentrait, il retrouvait sa femme et l'abbé à la même place, sur la terrasse; tandis que madame Faujas, à quelques pas, avait toujours son attitude de gardienne muette et aveugle.

Dans la ville, lorsqu'on parlait à Mouret du nouveau curé, il continuait à en faire le plus grand éloge. C'était décidément un homme supérieur. Lui, Mouret, n'avait jamais douté de ses belles facultés. Jamais madame Paloque ne put tirer de lui un mot d'aigreur, malgré la méchanceté qu'elle mettait à lui demander des nouvelles de sa femme, au beau milieu d'une phrase sur l'abbé Faujas. La vieille madame Rougon ne réussissait pas mieux à lire les chagrins secrets qu'elle croyait deviner sous sa bonhomie; elle le dévisageait en souriant finement, lui tendait des pièges; mais ce bavard incorrigible, par la langue duquel toute la ville passait, était maintenant pris d'une pudeur, lorsqu'il s'agissait des choses de son ménage.

—Ton mari a donc fini par être raisonnable? demanda un jour Félicité à sa fille. Il te laisse libre.

Marthe la regarda d'un air de surprise.

—J'ai toujours été libre, dit-elle.

—Chère enfant, tu ne veux pas l'accuser.... Tu m'avais dit qu'il voyait l'abbé Faujas d'un mauvais oeil.

—Mais non, je vous assure. C'est vous, au contraire, qui vous vous étiez imaginé cela.... Mon mari est au mieux avec monsieur l'abbé Faujas. Ils n'ont aucune raison pour être mal ensemble.

Marthe s'étonnait de la persistance que tout le monde mettait à vouloir que son mari et l'abbé ne fussent pas bons amis. Souvent, au comité de l'oeuvre de la Vierge, ces dames lui posaient des questions qui l'impatientaient. La vérité était qu'elle se trouvait très-heureuse, très-calme; jamais la maison de la rue Balande ne lui avait paru plus tiède. L'abbé Faujas lui ayant laissé entendre qu'il se chargerait de sa conscience, lorsqu'il jugerait que l'abbé Bourrette deviendrait insuffisant, elle vivait dans cette espérance, avec des joies naïves de première communiante à laquelle on a promis des images de sainteté, si elle est sage. Elle croyait, par instants, redevenir enfant; elle avait des fraîcheurs de sensation, des puérilités de désir, qui l'attendrissaient. Au printemps, Mouret, qui taillait ses grands buis, la surprit, les yeux baignés de larmes, sous la tonnelle du fond, au milieu des jeunes pousses, dans l'air chaud.

—Qu'as-tu donc, ma bonne? lui demanda-t-il avec inquiétude.

—Rien, je t'assure, lui dit-elle en souriant. Je suis contente, bien contente.

Il haussa les épaules, tout en donnant de délicats coups de ciseaux pour bien égaliser la ligne des buis; il mettait un grand amour-propre, chaque année, à avoir les buis les plus corrects du quartier. Marthe, qui avait essuyé ses yeux, pleura de nouveau, à grosses larmes chaudes, serrée à la gorge, touchée jusqu'au coeur par l'odeur de toute cette verdure coupée. Elle avait alors quarante ans, et c'était sa jeunesse qui pleurait.

Cependant, l'abbé Faujas, depuis qu'il était curé de Saint-Saturnin, avait une dignité douce, qui semblait le grandir encore. Il portait son bréviaire et son chapeau magistralement. A la cathédrale, il s'était révélé par des coups de force qui lui assurèrent le respect du clergé. L'abbé Fenil, vaincu de nouveau sur deux ou trois questions de détail, paraissait laisser la place libre à son adversaire. Mais celui-ci ne commettait pas la sottise de triompher brutalement. Il avait une fierté à lui, d'une souplesse et d'une humilité surprenantes. Il sentait parfaitement que Plassans était loin de lui appartenir encore. Ainsi, s'il s'arrêtait parfois dans la rue pour serrer la main de M. Delangre, il échangeait simplement de courts saluts avec M. de Bourdeu, M. Maffre et les autres invités du président Rastoil. Toute une partie de la société de la ville gardait à son égard une grande méfiance. On l'accusait d'avoir des opinions politiques fort louches. Il fallait qu'il s'expliquât, qu'il se déclarât pour un parti. Mais lui, souriait, disait qu'il était du parti des honnêtes gens, ce qui le dispensait de répondre plus nettement. D'ailleurs, il ne montrait aucune hâte, il continuait de rester à l'écart, attendant que les portes s'ouvrissent d'elles-mêmes.

—Non, mon ami, plus tard, nous verrons, disait il à l'abbé Bourrette, qui le pressait de faire une visite à M. Rastoil. Et l'on sut qu'il avait refusé deux invitations à dîner de la sous-préfecture. Il ne fréquentait toujours que les Mouret. Il restait là, comme en observation, entre les deux camps ennemis. Le mardi, lorsque les deux sociétés étaient réunies dans les jardins, à droite et à gauche, il se mettait à la fenêtre, regardait le soleil se coucher au loin, derrière les forêts de la Seille; puis, avant de se retirer, il baissait les yeux, il répondait d'une façon également aimable aux saluts des Rastoil et aux saints de la sous-préfecture. C'étaient là tous les rapports qu'il eût encore avec les voisins.

Un mardi pourtant, il descendit au jardin. Le jardin de Mouret lui appartenait maintenant. Il ne se contentait plus de se réserver la tonnelle du fond, aux heures de son bréviaire; toutes les allées, toutes les plates-bandes, étaient à lui; sa soutane tachait de noir toutes les verdures. Ce mardi-là, il fit le tour, salua M. Maffre et madame Rastoil, qu'il aperçut en contre-bas; puis, il vint passer sous la terrasse de la sous-préfecture, où se trouvait accoudé M. de Condamin, en compagnie du docteur Porquier. Ces messieurs l'ayant salué, il remontait l'allée, lorsque le docteur l'appela.

—Monsieur l'abbé, un mot, je vous prie?

Et il lui demanda à quelle heure il pourrait le voir, le lendemain. C'était la première fois qu'une des deux sociétés adressait ainsi la parole au prêtre, d'un jardin à l'autre. Le docteur était dans un grand souci: son garnement de fils venait d'être surpris, avec une bande d'autres vauriens, dans une maison suspecte, derrière les prisons. Le pis était qu'on accusait Guillaume d'être le chef de la bande et d'avoir corrompu les fils Maffre, beaucoup plus jeunes que lui.

—Bah! dit M. de Condamin avec son rire sceptique, il faut bien que jeunesse se passe. Voilà une belle affaire! Toute la ville est en révolution, parce que ces jeunes gens jouaient au baccarat et qu'on a trouvé une dame avec eux.

Le docteur se montra très-choqué.

—Je veux vous demander conseil, dit-il en s'adressant au prêtre. Monsieur Maffre est venu comme un furieux chez moi; il m'a fait les plus sanglants reproches, en criant que c'est ma faute, que j'ai mal élevé mon fils.... Ma position est vraiment bien pénible. On devrait pourtant mieux me connaître. J'ai soixante ans de vie sans tache derrière moi.

Et il continua à gémir, disant les sacrifices qu'il avait faits pour son fils, parlant de sa clientèle, qu'il craignait de perdre. L'abbé Faujas, debout au milieu de l'allée, levait la tête, écoutait gravement.

—Je ne demande pas mieux que de vous être utile, dit-il avec obligeance. Je verrai monsieur Maffre, je lui ferai comprendre qu'une juste indignation l'a emporté trop loin; je vais même le prier de m'accorder rendez-vous pour demain. Il est là, à côté.

Il traversa le jardin, se pencha vers M. Maffre, qui, en effet, était toujours là, en compagnie de madame Rastoil. Mais, quand le juge de paix sut que le curé désirait avoir un entretien avec lui, il ne voulut pas qu'il se dérangeât, il se mit à sa disposition, en lui disant qu'il aurait l'honneur de lui rendre visite le lendemain.

—Ah! monsieur le curé, ajouta madame Rastoil, mes compliments pour votre prône de dimanche. Toutes ces dames étaient bien émues, je vous assure.

Il salua, il traversa de nouveau le jardin, pour venir rassurer le docteur Porquier. Puis, lentement, il se promena jusqu'à la nuit dans les allées, sans se mêler davantage aux conversations, écoutant les rires des deux sociétés, à droite et à gauche.

Le lendemain, lorsque M. Maffre se présenta, l'abbé Faujas surveillait les travaux de deux ouvriers qui réparaient le bassin. Il avait témoigné le désir de voir le jet d'eau marcher; ce bassin sans eau était triste, disait-il. Mouret ne voulait pas, prétendait qu'il pouvait arriver des accidents; mais Marthe avait arrangé les choses, en décidant qu'on entourerait le bassin d'un grillage.

—Monsieur le curé, cria Rose, il y a là monsieur le juge de paix qui vous demande.

L'abbé Faujas se hâta. Il voulait faire monter M. Maffre au second, à son appartement; mais Rose avait déjà ouvert la porte du salon.

—Entrez donc, disait-elle. Est-ce que vous n'êtes pas chez vous ici! Il est inutile de faire monter deux étages à monsieur le juge de paix.... Seulement, si vous m'aviez prévenue ce matin, j'aurais épousseté le salon.

Comme elle refermait la porte sur eux, après avoir ouvert les volets, Mouret l'appela dans la salle à manger.

—C'est ça, Rose, dit-il, tu lui donneras mon dîner, ce soir, à ton curé, et, s'il n'a pas assez de couvertures en haut, tu l'apporteras dans mon lit, n'est-ce pas?

La cuisinière échangea un regard d'intelligence avec Marthe, qui travaillait devant la fenêtre, en attendant que le soleil eût quitté la terrasse. Puis, haussant les épaules:

—Tenez, monsieur, murmurait-elle, vous n'avez jamais eu bon coeur.

Et elle s'en alla. Marthe continua à travailler sans lever la tête. Depuis quelques jours, elle s'était remise au travail avec une sorte de fièvre. Elle brodait une nappe d'autel; c'était un cadeau pour la cathédrale. Ces dames voulaient donner un autel tout entier. Mesdames Rastoil et Delangre s'étaient chargées des candélabres, madame de Condamin faisait venir de Paris un superbe christ d'argent.

Cependant, dans le salon, l'abbé Faujas adressait de douces remontrances à M. Maffre, en lui disant que le docteur Porquier était un homme religieux, d'une grande honorabilité, et qu'il souffrait, le premier de la déplorable conduite de son fils. Le juge de paix l'écoutait béatement; sa face épaisse, ses gros yeux à fleur de tête, prenaient un air d'extase, à certains mots pieux que le prêtre prononçait d'une façon plus pénétrante. Il convint qu'il s'était montré un peu vif, il dit être prêt à toutes les excuses, du moment que monsieur le curé pensait qu'il avait péché.

—Et vos fils? demanda l'abbé; il faudra me les envoyer, je leur parlerai.

M. Maffre secoua la tête avec un léger ricanement.

—N'ayez pas peur, monsieur le curé: les gredins ne recommenceront pas…. Il y a trois jours qu'ils sont enfermés dans leur chambre, au pain et à l'eau. Voyez-vous, quand j'ai appris l'affaire, si j'avais eu un bâton, je le leur aurais cassé sur l'échine.

L'abbé le regarda, en se souvenant que Mouret l'accusait d'avoir tué sa femme par sa dureté et son avarice; puis, avec un geste de protestation:

— Non, non, dit-il; ce n'est pas ainsi qu'il faut prendre les jeunes gens. Votre aîné, Ambroise, a une vingtaine d'années, et le cadet va sur ses dix-huit ans, n'est-ce pas? Songez que ce ne sont plus des bambins; il faut leur tolérer quelques amusements.

Le juge de paix restait muet de surprise.

— Alors vous les laisseriez fumer, vous leur permettriez d'aller au café? murmura-t-il.

— Sans doute, reprit le prêtre en souriant. Je vous répète que les jeunes gens doivent pouvoir se réunir pour causer ensemble, fumer des cigarettes, jouer même une partie de billard ou d'échecs.... Ils se permettront tout, si vous ne leur tolérez rien.... Seulement, vous devez bien penser, que je ne les enverrais pas dans tous les cafés. Je voudrais pour eux un établissement particulier, un cercle, comme j'en ai vu dans plusieurs villes. Et il développa tout un plan. M. Maffre, peu à peu, comprenait, hochait la tête, disant:

— Parfait, parfait.... Ce serait le digne pendant de l'oeuvre de la Vierge. Ah! monsieur le curé, il faut mettre à exécution un si beau projet.

— Eh bien, conclut le prêtre en le reconduisant jusque dans la rue, puisque l'idée vous semble bonne, dites-en un mot à vos amis. Je verrai monsieur Delangre, je lui en parlerai également.... Dimanche, après les vêpres, nous pourrions nous réunir à la cathédrale, pour prendre une décision.

Le dimanche, M. Maffre amena M. Rastoil. Ils trouvèrent l'abbé Faujas et M. Delangre dans une petite pièce attenante à la sacristie. Ces messieurs se montraient très-enthousiastes. En principe, la création d'un cercle de jeunes gens fut résolue; seulement, on batailla quelque temps sur le nom que ce cercle porterait. M. Maffre voulait absolument qu'on le nommât le cercle de Jésus.

— Eh! non, finit par s'écrier le prêtre impatienté; vous n'aurez personne, on se moquera des rares adhérents. Comprenez donc qu'il ne s'agit pas de mettre quand même la religion dans l'affaire; au contraire, je compte bien laisser la religion à la porte. Nous voulons distraire honnêtement la jeunesse, la gagner à notre cause, rien de plus.

Le juge de paix regardait le président d'un air si étonné, si anxieux, que M. Delangre dut baisser le nez pour cacher un sourire. Il tira sournoisement la soutane de l'abbé. Celui-ci, se calmant, reprit avec plus de douceur:

—J'imagine que vous ne doutez pas de moi, messieurs. Laissez-moi, je vous en prie, la conduite de cette affaire. Je propose de choisir un nom tout simple, par exemple celui-ci: le cercle de la Jeunesse, qui dit bien ce qu'il veut dire.

M. Rastoil et M. Maffre s'inclinèrent, bien que cela leur parût un peu fade. Ils parlèrent ensuite de nommer monsieur le curé président d'un comité provisoire.

—Je crois, murmura M. Delangre en jetant un coup d'oeil à l'abbé Faujas, que cela n'entre pas dans les idées de monsieur le curé.

—Sans doute, je refuse, dit l'abbé en haussant légèrement les épaules; ma soutane effrayerait les timides, les tièdes. Nous n'aurions que les jeunes gens pieux, et ce n'est pas pour ceux-là que nous ouvrons le cercle. Nous désirons ramener à nous les égarés; en un mot, faire des disciples, n'est-ce pas?

—Évidemment, répondit le président.

—Eh bien! il est préférable que nous nous tenions dans l'ombre, moi surtout. Voici ce que je vous propose. Votre fils, monsieur Rastoil, et le vôtre, monsieur Delangre, vont seuls se mettre en avant. Ce seront eux qui auront eu l'idée du cercle. Envoyez-les-moi demain, je m'entendrai tout au long avec eux. J'ai déjà un local en vue, avec un projet de statuts tout prêt.... Quant à vos deux fils, monsieur Maffre, ils seront naturellement inscrits en tête de la liste des adhérents.

Le président parut flatté du rôle destiné à son fils. Aussi les choses furent-elles ainsi convenues, malgré la résistance du juge de paix, qui avait espéré tirer quelque gloire de la fondation du cercle. Dès le lendemain, Séverin Rastoil et Lucien Delangre se mirent en rapport avec l'abbé Faujas. Séverin était un grand jeune homme de vingt-cinq ans, le crâne mal fait, la cervelle obtuse, qui venait d'être reçu avocat, grâce à la position occupée par son père; celui-ci rêvait anxieusement d'en faire un substitut, désespérant de lui voir se créer une clientèle. Lucien, au contraire, petit de taille, l'oeil vif, la tête futée, plaidait avec l'aplomb d'un vieux praticien, bien que plus jeune d'une année; la *Gazette de Plassans* l'annonçait comme une lumière future du barreau. Ce fut surtout à ce dernier que l'abbé donna les instructions les plus minutieuses; le fils du président faisait les courses, crevait d'importance. En trois semaines, le cercle de la Jeunesse fut créé et installé.

Il y avait alors, sous l'église des Minimes, située au bout du cours Sauvaire, de vastes offices et un ancien réfectoire du couvent, dont on ne se servait plus. C'était là le local que l'abbé Faujas avait en vue. Le clergé de la paroisse le céda très-volontiers. Un matin, le comité provisoire du cercle de la Jeunesse ayant mis les ouvriers dans ces sortes de caves, les bourgeois de Plassans restèrent stupéfaits en constatant qu'on installait un café sous l'église. Dès le cinquième jour, le doute ne fut plus permis. Il s'agissait bel et bien d'un café. On apportait des divans, des tables de marbre, des chaises, deux billards, trois caisses de vaisselle et de verrerie. Une porte fut percée, à l'extrémité du bâtiment, le plus loin possible du portail des Minimes; de grands rideaux rouges, des rideaux de restaurant, pendaient derrière la porte vitrée, que l'on poussait, après avoir descendu cinq marches de pierre. Là se trouvait d'abord une grande salle; puis, à droite, s'ouvraient une salle plus étroite et un salon de lecture; enfin, dans une pièce carrée, au fond, on avait placé les deux billards. Ils étaient juste sous le maître-autel.

— Ah! mes pauvres petits, dit un jour Guillaume Porquier aux fils Maffre, qu'il rencontra sur le cours, on va donc vous faire servir la messe, maintenant, entre deux parties de bezigue.

Ambroise et Alphonse le supplièrent de ne plus leur parler en plein jour, parce que leur père les avait menacés de les engager dans la marine, s'ils le fréquentaient encore. La vérité était que, le premier étonnement passé, le cercle de la Jeunesse obtenait un grand succès. Monseigneur Rousselot en avait accepté la présidence honoraire; il y vint même un soir, en compagnie de son secrétaire, l'abbé Surin; ils burent chacun un verre de sirop de groseille, dans le petit salon; et l'on garda avec respect, sur un dressoir, le verre dont s'était servi monseigneur. On raconte encore cette anecdote avec émotion à Plassans. Cela détermina l'adhésion de tous les jeunes gens de la société. Il fut très-mauvais genre de ne pas faire partie du cercle de la Jeunesse.

Cependant, Guillaume Porquier rôdait autour du cercle, avec des rires de jeune loup rêvant d'entrer dans la bergerie. Les fils Maffre, malgré la peur affreuse qu'ils avaient de leur père, adoraient ce grand garçon éhonté, qui leur racontait des histoires de Paris, et leur ménageait des parties fines, dans les campagnes des environs. Aussi finirent-ils par lui donner un rendez-vous chaque samedi, à neuf heures, sur un banc de la promenade du Mail. Ils s'échappaient du cercle, bavardaient jusqu'à onze heures, cachés dans l'ombre noire des platanes. Guillaume revenait avec insistance aux soirées qu'ils passaient sous l'église des Minimes.

—Vous êtes encore bons, vous autres, disait-il, de vous laisser mener par le bout du nez.... C'est le bedeau, n'est-ce pas, qui vous sert des verres d'eau sucrée, comme s'il vous donnait la communion?

—Mais non, tu te trompes, je t'assure, affirmait Ambroise. On se croirait absolument dans un des cafés du Cours, le café de France ou le café des Voyageurs.... On boit de la bière, du punch, du madère, ce qu'on veut enfin, tout ce qu'on boit ailleurs.

Guillaume continuait à ricaner.

—N'importe, murmurait-il; moi, je ne voudrais pas boire de toutes leurs saletés; j'aurais trop peur qu'ils n'eussent mis dedans quelque drogue pour me faire aller à confesse. Je parle que vous jouez la consommation à la main chaude ou à pigeon-vole?

Les fils Maffre riaient beaucoup de ces plaisanteries. Ils le détrompaient pourtant, lui racontaient que les cartes elles-mêmes étaient permises. Ça ne sentait pas du tout l'église. Et l'on était très-bien, les divans étaient bons, il y avait des glaces partout.

—Voyons, reprenait Guillaume, vous ne me ferez pas croire qu'on n'entend pas les orgues, lorsqu'il y a une cérémonie, le soir, aux

Minimes…. J'avalerais mon café de travers, rien que de savoir qu'on baptise, qu'on marie et qu'on enterre au-dessus de ma demi-tasse.

—Ça, c'est un peu vrai, disait Alphonse; l'autre jour, pendant que je faisais une partie de billard avec Séverin, dans la journée, nous avons parfaitement entendu qu'on enterrait quelqu'un. C'était la petite du boucher qui est au coin de la rue de la Banne…. Ce Séverin est bête comme tout; il croyait me faire peur, en me racontant que l'enterrement allait me tomber sur la tête.

—Ah bien, il est joli, voire cercle! s'écriait Guillaume. Je n'y mettrais pas les pieds pour tout l'or du monde. Autant vaut-il prendre son café dans une sacristie.

Guillaume se trouvait très-blessé de ne pas faire partie du cercle de la Jeunesse. Son père lui avait défendu de se présenter, craignant qu'il ne fût pas admis. Mais l'irritation qu'il éprouvait devint trop forte; il lança une demande, sans avertir personne. Cela fit toute une grosse affaire. La commission chargée de se prononcer sur les admissions comptait alors les fils Maffre parmi ses membres. Lucien Delangre était président, et Séverin Rastoil, secrétaire. L'embarras de ces jeunes gens fut terrible. Tout en n'osant appuyer la demande, ils ne voulaient pas être désagréables au docteur Porquier, cet homme si digne, si bien cravaté, qui avait l'absolue confiance des dames de la société. Ambroise et Alphonse conjurèrent Guillaume de ne pas pousser les choses plus loin, en lui donnant à entendre qu'il n'avait aucune chance.

—Laissez donc! leur répondit-il; vous êtes des lâches tous les deux…. Est-ce que vous croyez que je tiens à entrer dans votre confrérie? C'est une farce que je fais. Je veux voir si vous aurez le courage de voter contre moi…. Je rirai bien, le jour où ces 'cagots me fermeront la porte au nez. Quant à vous, mes petits, vous pourrez aller vous amuser où vous voudrez; je ne vous reparlerai de la vie.

Les fils Maffre, consternés, supplièrent Lucien Delangre d'arranger les choses de façon à éviter un éclat. Lucien soumit la difficulté à son conseiller ordinaire, l'abbé Faujas, pour lequel il s'était pris d'une admiration de disciple. L'abbé, toutes les après-midi, de cinq à six heures, venait au cercle de la Jeunesse. Il traversait la grande salle d'un air affable, saluant, s'arrêtant parfois, debout devant une table, à causer quelques minutes avec un groupe de jeunes gens.

Jamais il n'acceptait rien, pas même un verre d'eau pure. Puis, il entrait dans le salon de lecture, s'asseyait devant la grande table couverte d'un tapis vert, lisait attentivement tous les journaux que recevait le cercle, les feuilles légitimistes de Paris et des départements voisins. Parfois, il prenait une note rapide, sur un petit carnet. Après quoi, il se retirait discrètement, souriant de nouveau aux habitués, leur donnant des poignées de main. Certains jours pourtant, il demeurait plus longtemps, s'intéressait à une partie d'échecs, parlait avec gaieté de toutes choses. Les jeunes gens, qui l'aimaient beaucoup, disaient de lui:

—Quand il cause, on ne croirait jamais que c'est un prêtre.

Lorsque le fils du maire lui eût parlé de l'embarras où la demande de Guillaume mettait la commission, l'abbé Faujas promit de s'interposer. En effet, dès le lendemain, il vit le docteur Porquier, auquel il conta l'affaire. Le docteur fut atterré. Son fils voulait donc le faire mourir de chagrin, en déshonorant ses cheveux blancs. Et que résoudre, à cette heure? Si la demande était retirée, la honte n'en serait pas moins grande. Le prêtre lui conseilla d'exiler Guillaume, pendant deux ou trois mois, dans une propriété qu'il possédait à quelques lieues; lui, se chargeait du reste. Le dénoûment fut des plus simples. Dès que Guillaume fut parti, la commission mit la demande de côté, en déclarant que rien ne pressait et qu'un décision serait prise ultérieurement.

Le docteur Porquier apprit cette solution par Lucien Delangre, une après-midi, comme il se trouvait dans le jardin de la sous-préfecture.
Il courut à la terrasse. C'était l'heure du bréviaire de l'abbé
Faujas; il était là, sous la tonnelle des Mouret.

—Ah! monsieur le curé, que de remercîments! dit le docteur en se penchant. Je serais bien heureux de vous serrer la main.

—C'est un peu haut, répondit le prêtre, qui regardait le mur avec un sourire.

Mais le docteur Porquier était un homme plein d'effusion, que les obstacles ne décourageaient pas.

—Attendez, s'écria-t-il. Si vous le permettez, monsieur le curé, je vais faire le tour.

Et il disparut. L'abbé, toujours souriant, se dirigea lentement vers la petite porte qui s'ouvrait sur l'impasse des Chevillottes. Le docteur donnait déjà contre le bois de petits coups discrets.

—C'est que cette porte est condamnée, murmura le prêtre.... Il y a un des clous qui est cassé.... Si l'on avait un outil, ça ne serait pas difficile d'enlever l'autre.

Il regarda autour de lui, aperçut une bêche. Alors, d'un léger effort, il ouvrit la porte, dont il avait tiré les verroux. Puis, il sortit dans l'impasse des Chevillottes, où le docteur Porquier l'accabla de bonnes paroles. Comme ils se promenaient en causant le long de l'impasse, M. Maffre, qui se trouvait justement dans le jardin de M. Rastoil, ouvrit de son côté la petite porte cachée derrière la cascade. Et ces messieurs rirent beaucoup de se trouver, ainsi tous les trois dans cette ruelle déserte.

Ils restèrent là un instant. Lorsqu'ils prirent congé de l'abbé, le juge de paix et le docteur allongèrent la tête dans le jardin des Mouret, regardant curieusement autour d'eux.

Cependant, Mouret, qui mettait des tuteurs à des pieds de tomates, les aperçut en levant les yeux. Il resta muet de surprise.

—Eh bien! les voilà chez moi maintenant, murmura-t-il. Il ne manque plus que le curé amène ici les deux bandes! XIII

Serge avait alors dix-neuf ans. Il occupait au second étage, une petite chambre, en face de l'appartement du prêtre, où il vivait presque cloîtré, lisant beaucoup.

—Il faudra que je jette tes bouquins au feu, lui disait Mouret avec colère. Tu verras que tu finiras par te mettre au lit.

En effet, le jeune homme était d'un tempérament si nerveux, qu'il avait, à la moindre imprudence, des indispositions de fille, des bobos qui le retenaient dans sa chambre pendant deux ou trois jours. Rose le noyait alors de tisane, et lorsque Mouret montait pour le secouer un peu, comme il le disait, si la cuisinière était là, elle mettait son maître à la porte, en lui criant:

—Laissez-le donc tranquille, ce mignon! vous voyez bien que vous le tuez avec vos brutalités.... Allez, il ne tient guère de vous, il est tout le portrait de sa mère. Vous ne les comprendrez jamais, ni l'un ni l'autre.

Serge souriait. Son père, en le voyant si délicat, hésitait, depuis sa sortie du collège, à l'envoyer faire son droit à Paris. Il ne voulait pas entendre parler d'une Faculté de province; Paris, selon lui, était nécessaire à un garçon qui voulait aller loin. Il mettait dans son fils une grande ambition, disant que de plus bêtes—ses cousins Rougon, par exemple,—avaient fait un joli chemin. Chaque fois que le jeune homme lui semblait gaillard, il fixait son départ aux premiers jours du mois suivant; puis, la malle n'était jamais prête, le jeune homme toussait un peu, le départ se trouvait de nouveau renvoyé.

Marthe, avec sa douceur indifférente, se contentait de murmurer chaque fois:

—Il n'a pas encore vingt ans. Ce n'est guère prudent d'envoyer un enfant si jeune à Paris.... D'ailleurs il ne perd pas son temps ici. Tu trouves toi-même qu'il travaille trop.

Serge accompagnait sa mère à la messe. Il était d'esprit religieux, très-tendre et très-grave. Le docteur Porquier lui ayant recommandé beaucoup d'exercice, il s'était pris de passion pour la botanique, faisant des excursions, passant ensuite ses après-midi à dessécher les herbes qu'il avait cueillies, à les coller, à les classer, à les étiqueter. Ce fut alors que l'abbé Faujas devint son grand ami. L'abbé avait herborisé autrefois; il lui donna certains conseils pratiques dont le jeune homme se montra très-reconnaissant. Ils se prêtèrent quelques livres, ils allèrent un jour ensemble à la recherche d'une plante que le prêtre disait devoir pousser dans le pays. Quand Serge était souffrant, chaque matin, il recevait la visite de son voisin, qui causait longuement au chevet de son lit. Les autres jours, lorsqu'il se retrouvait sur pied, c'était lui qui frappait à la porte de l'abbé Faujas, dès qu'il l'entendait marcher dans sa chambre. Ils n'étaient séparés que par l'étroit palier, ils finissaient par vivre l'un chez l'autre.

Souvent Mouret s'emportait encore, malgré la tranquillité impassible de Marthe et les yeux irrités de Rose. —Qu'est-ce qu'il peut faire là-haut, ce garnement? grondait-il. Je passe des journées entières sans seulement l'apercevoir. Il ne sort plus de chez le curé; ils sont toujours à causer dans les coins... D'abord il va partir pour Paris. Il est fort comme un Turc. Tous ces bobos-là sont des frimes pour se faire dorloter. Vous avez beau me regarder toutes les deux, je ne veux pas que le curé fasse un cagot du petit.

Alors, il guetta son fils. Lorsqu'il le croyait chez l'abbé, il l'appelait rudement.

—J'aimerais mieux qu'il allât voir les femmes! cria-t-il un jour exaspéré.

—Oh! monsieur, dit Rose, c'est abominable, des idées pareilles.

—Oui, les femmes! Et je l'y mènerai moi-même, si vous me poussez à bout avec votre prêtraille!

Serge fit naturellement partie du cercle de la Jeunesse. Il y allait peu, d'ailleurs, préférant sa solitude. Sans la présence de l'abbé Faujas, avec lequel il s'y rencontrait parfois, il n'y aurait sans doute jamais mis les pieds. L'abbé, dans le salon de lecture, lui apprit à jouer aux échecs. Mouret, qui sut que «le petit» se retrouvait avec le curé, même au café, jura qu'il le conduirait au chemin de fer, dès le lundi suivant. La malle était faite, et sérieusement cette fois, lorsque Serge, qui avait voulu passer une dernière matinée en pleins champs, rentra, trempé par une averse brusque. Il dut se mettre au lit, les dents claquant de fièvre. Pendant trois semaines, il fut entre la vie et la mort. La convalescence dura deux grands mois. Les premiers jours surtout, il était si faible, qu'il restait la tête soulevée sur des oreillers, les bras étendus le long des draps, pareil à une figure de cire.

—C'est votre faute, monsieur, criait la cuisinière à Mouret. Si l'enfant meurt, vous aurez ça sur la conscience. Tant que son fils fut en danger, Mouret, assombri, les yeux rouges de larmes, rôda silencieusement dans la maison. Il montait rarement, piétinait dans le vestibule, à attendre le médecin à sa sortie. Quand il sut que Serge était sauvé, il se glissa dans la chambre, offrant ses services. Mais Rose le mit à la porte. On n'avait pas besoin de lui; l'enfant n'était pas encore assez fort pour supporter ses brutalités; il ferait bien mieux d'aller à ses affaires, que d'encombrer ainsi le plancher. Alors, Mouret resta tout seul au rez-de-chaussée, plus triste et plus désoeuvré; il n'avait de goût à rien, disait-il. Quand il traversait le vestibule, il entendait souvent, au second, la voix de l'abbé Faujas, qui passait les après-midi entières au chevet de Serge convalescent.

—Comment va-t-il aujourd'hui, monsieur le curé? demandait Mouret au prêtre timidement, lorsque ce dernier descendait au jardin.

—Assez bien; ce sera long, il faut de grands ménagements.

Et il lisait tranquillement son bréviaire, tandis que le père, un sécateur à la main, le suivait dans les allées, cherchant à renouer la conversation, pour avoir des nouvelles plus détaillées sur «le petit». Lorsque la convalescence s'avança, il remarqua que le prêtre ne quittait plus la chambre de Serge. Étant monté à plusieurs reprises, pendant que les femmes n'étaient pas là, il l'avait toujours trouvé assis auprès du jeune homme, causant doucement avec lui, lui rendant les petits services de sucrer sa tisane, de relever ses couvertures, de lui donner les objets qu'il désirait. Et c'était dans la maison tout un murmure adouci, des paroles échangées à voix basse entre Marthe et Rose, un recueillement particulier qui transformait le second étage en un coin de couvent. Mouret sentait comme une odeur d'encens chez lui; il lui semblait parfois, au balbutiement des voix, qu'on disait la messe, en haut.

—Que font-ils donc? pensait-il. Le petit est sauvé, pourtant; ils ne lui donnent pas l'extrême-onction.

Serge lui-même l'inquiétait. Il ressemblait à une fille, dans ses linges blancs. Ses yeux s'étaient agrandis; son sourire était une extase douce des lèvres, qu'il gardait même au milieu des plus cruelles souffrances. Mouret n'osait plus parler de Paris, tant le cher malade lui paraissait féminin et pudique.

Une après-midi, il était monté en étouffant le bruit de ses pas. Par la porte entre-bâillée, il aperçut Serge au soleil, dans un fauteuil. Le jeune homme pleurait, les yeux au ciel, tandis que sa mère, devant lui, sanglotait également. Ils se tournèrent tous les deux, au bruit de la porte, sans essuyer leurs larmes. Et, tout de suite, de sa voix faible de convalescent:

—Mon père, dit Serge, j'ai une grâce à vous demander. Ma mère prétend que vous vous fâcherez, que vous me refuserez une autorisation qui me comblerait de joie.... Je voudrais entrer au séminaire.

Il avait joint les mains avec une sorte de dévotion fiévreuse.

—Toi! toi! murmura Mouret.

Et il regarda Marthe qui détournait la tête. Il n'ajouta rien, alla à la fenêtre, revint s'asseoir au pied du lit, machinalement, comme assommé sous le coup.

—Mon père, reprit Serge au bout d'un long silence, j'ai vu Dieu, si près de la mort; j'ai juré d'être à lui. Je vous assure que toute ma joie est là. Croyez-moi, ne me désolez point.

Mouret, la face morne, les yeux à terre, ne prononçait toujours pas une parole. Il fit un geste de suprême découragement, en murmurant:

—Si j'avais le moindre courage, je mettrais deux chemises dans un mouchoir et je m'en irais. Puis, il se leva, vint battre contre les vitres du bout des doigts. Comme Serge allait l'implorer de nouveau:

—Non, non; c'est entendu, dit-il simplement. Fais-toi curé, mon garçon.

Et il sortit. Le lendemain, sans avertir personne, il partit pour Marseille, où il passa huit jours avec son fils Octave. Mais il revint soucieux, vieilli. Octave lui donnait peu de consolation. Il l'avait trouvé menant joyeuse vie, criblé de dettes, cachant des maîtresses dans ses armoires; d'ailleurs, il n'ouvrit pas les lèvres sur ces choses. Il devenait tout à fait sédentaire, ne faisait plus un seul de ces bons coups, un de ces achats de récolte sur pied, dont il était si glorieux autrefois. Rose remarqua qu'il affectait un silence presque absolu, qu'il évitait même de saluer l'abbé Faujas.

—Savez-vous que vous n'êtes guère poli? lui dit-elle un jour hardiment; monsieur le curé vient de passer, et vous lui avez tourné le dos.... Si c'est à cause de l'enfant que vous faites ça, vous avez bien tort. Monsieur le curé ne voulait pas qu'il entrât au séminaire; il l'a assez chapitré là-dessus; je l'ai entendu.... Ah! la maison est gaie maintenant; vous ne causez plus, même avec madame; quand vous vous mettez à table, on dirait un enterrement.... Moi, je commence à en avoir assez, monsieur.

Mouret quittait la pièce, mais la cuisinière le poursuivait dans le jardin.

—Est-ce que vous ne devriez pas être heureux de voir l'enfant sur ses pieds? Il a mangé une côtelette hier, le chérubin, et avec bon appétit encore.... Ça vous est bien égal, n'est-ce pas? Vous vouliez en faire un païen comme vous.... Allez, vous avez trop besoin de prières; c'est le bon Dieu qui veut notre salut à tous. A votre place, je pleurerais de joie, en pensant que ce pauvre petit coeur va prier pour moi. Mais vous êtes de pierre, vous, monsieur... Et comme il sera gentil, le mignon, en soutane! Alors, Mouret montait au premier étage. Là, il s'enfermait dans une chambre, qu'il appelait son bureau, une grande pièce nue, meublée d'une table et de deux chaises. Cette pièce devint son refuge, aux heures où la cuisinière le traquait. Il s'y ennuyait, redescendait au jardin, qu'il cultivait avec une 'sollicitude plus grande. Marthe ne semblait pas avoir conscience des bouderies de son mari; il restait parfois une semaine silencieux, sans qu'elle s'inquiétât ni se fâchât. Elle se détachait chaque jour davantage de ce qui l'entourait; elle crut même, tant la maison lui parut paisible, lorsqu'elle n'entendit plus, à toute heure, la voix grondeuse de Mouret, que celui-ci s'était raisonné, qu'il s'était arrangé comme elle un coin de bonheur. Cela la tranquillisa, l'autorisa à s'enfoncer plus avant dans son rêve. Quand il la regardait, les yeux troubles, ne la reconnaissant plus, elle lui souriait, elle ne voyait pas les larmes qui lui gonflaient les paupières.

Le jour où Serge, complètement guéri, entra au séminaire, Mouret resta seul à la maison avec Désirée. Maintenant, il la gardait souvent. Cette grande enfant, qui touchait à sa seizième année, aurait pu tomber dans le bassin, ou mettre le feu à la maison, en jouant avec des allumettes, comme une gamine de six ans. Lorsque Marthe rentra, elle trouva les portes ouvertes, les pièces vides. La maison lui sembla toute nue. Elle descendit sur la terrasse, et aperçut, au fond d'une allée, son mari qui jouait avec la jeune fille. Il était assis par terre, sur le sable; il emplissait gravement, à l'aide d'une petite pelle de bois, un chariot que Désirée tenait par une ficelle.

—Hue! hue! criait l'enfant.

—Mais attends donc, disait patiemment le bonhomme; il n'est pas plein.... Puisque tu veux faire le cheval, il faut attendre qu'il soit plein.

Alors, elle battit des pieds en faisant le cheval qui s'impatiente; puis, ne pouvant rester en place, elle partit, riant aux éclats. Le chariot sautait, se vidait. Quand elle eut fait le tour du jardin, elle revint, criant:

—Remplis-le, remplis-le encore!

Mouret le remplit de nouveau, à petites pelletées. Marthe était restée sur la terrasse, regardant, émue, mal à l'aise; ces portes ouvertes, cet homme jouant avec cette enfant, au fond de la maison vide, l'attristaient, sans qu'elle eût une conscience nette de ce qui se passait en elle. Elle monta se déshabiller, entendant Rose, qui était rentrée également, dire du haut du perron:

—Mon Dieu! que monsieur est bête!

Selon l'expression de ses amis du cours Sauvaire, des petits rentiers avec lesquels il faisait tous les jours son tour de promenade, Mouret «était touché». Ses cheveux avaient grisonné en quelques mois, il fléchissait sur les jambes, il n'était plus le terrible moqueur que toute la ville redoutait. On crut un instant qu'il s'était lancé dans des spéculations hasardeuses et qu'il pliait sous quelque grosse perte d'argent.

Madame Paloque, accoudée à la fenêtre de sa salle à manger, qui donnait sur la rue Balande, disait même «qu'il filait un vilain coton», chaque fois qu'elle le voyait sortir. Et si l'abbé Faujas traversait la rue, quelques minutes plus tard, elle prenait plaisir à s'écrier, surtout lorsqu'elle avait du monde chez elle:

—Voyez donc monsieur le curé; en voilà un qui engraisse!... S'il mangeait dans la même assiette que monsieur Mouret, on croirait qu'il ne lui laisse que les os.

Elle riait, et l'on riait avec elle. L'abbé Faujas, en effet, devenait superbe, toujours ganté de noir, la soutane luisante. Il avait un sourire particulier, un plissement ironique des lèvres, lorsque madame de Condamin le complimentait sur sa bonne mine. Ces dames l'aimaient bien mis, vêtu d'une façon cossue et douillette. Lui, devait rêver la lutte à poings fermés, les bras nus, sans souci du haillon. Mais, lorsqu'il se négligeait, le moindre reproche de la vieille madame Rougon le tirait de son abandon; il souriait, il allait acheter des bas de soie, un chapeau, une ceinture neuve. Il usait beaucoup, son grand corps faisait tout craquer.

Depuis la fondation de l'oeuvre de la Vierge, toutes les femmes étaient pour lui; elles le défendaient contre les vilaines histoires qui couraient encore parfois, sans qu'on pût en deviner nettement la source. Elles le trouvaient bien un peu rude par moments; mais cette brutalité ne leur déplaisait pas, surtout dans le confessionnal, où elles aimaient à sentir cette main de fer s'abattre sur leur nuque.

—Ma chère, dit un jour madame de Condamin à Marthe, il m'a grondée hier. Je crois qu'il m'aurait battue, s'il n'y avait pas eu une planche entre nous.... Ah! il n'est pas toujours commode!

Et elle eut un petit rire, jouissant encore de cette querelle avec son directeur. Il faut dire que madame de Condamin avait cru remarquer la pâleur de Marthe, quand elle lui faisait certaines confidences sur la façon dont l'abbé Faujas confessait; elle devinait sa jalousie, elle prenait un méchant plaisir à la torturer, en redoublant de détails intimes.

Lorsque l'abbé Faujas eut créé le cercle de la Jeunesse, il se fit bon enfant; ce fut comme une nouvelle incarnation. Sous l'effort de la volonté, sa nature sévère se pliait ainsi qu'une cire molle. Il laissa conter la part qu'il avait prise à l'ouverture du cercle, il devint l'ami de tous les jeunes gens de la ville, se surveillant davantage, sachant que les collégiens échappés n'ont pas le goût des femmes pour les brutalités. Il faillit se fâcher avec le fils Rastoil, dont il menaça de tirer les oreilles, à propos d'une altercation sur le règlement intérieur du cercle; mais, avec un empire surprenant sur lui-même, il lui tendit la main presque aussitôt, s'humiliant, mettant les assistants de son côté par sa bonne grâce à offrir des excuses «à cette grande bête de Saturnin,» comme on le nommait.

Si l'abbé avait conquis les femmes et les enfants, il restait sur un pied de simple politesse avec les pères et les maris. Les personnages graves continuaient à se méfier de lui, en le voyant rester à l'écart de tout groupe politique. A la sous-préfecture, M. Péqueur des Saulaies le discutait vivement; tandis que M. Delangre, sans le défendre d'une façon nette, disait avec de fins sourires qu'il fallait attendre pour le juger. Chez M. Rastoil, il était devenu un véritable trouble-ménage. Séverin et sa mère ne cessaient de fatiguer le président des éloges du prêtre.

—Bien! bien! il a toutes les qualités que vous voudrez, criait le malheureux. C'est convenu, laissez-moi tranquille. Je l'ai fait inviter à dîner; il n'est pas venu. Je ne puis pourtant pas aller le prendre par le bras pour l'amener.

—Mais, mon ami, disait madame Rastoil, quand tu le rencontres, tu le salues à peine. C'est cela qui a dû le froisser.

—Sans doute, ajoutait Séverin; il s'aperçoit bien que vous n'êtes pas avec lui comme vous devriez être.

M. Rastoil haussait les épaules. Lorsque M. de Bourdeu était là, tous deux accusaient l'abbé Faujas de pencher vers la sous-préfecture. Madame Rastoil faisait remarquer qu'il n'y dînait pas, qu'il n'y avait même jamais mis les pieds.

—Certainement, répondait le président, je ne l'accuse pas d'être bonapartiste.... Je dis qu'il penche, voilà tout. Il a eu des rapports avec monsieur Delangre.

—Eh! vous aussi, s'écriait Séverin, vous avez eu des rapports avec le maire! On y est bien forcé, dans certaines circonstances.... Dites que vous ne pouvez pas souffrir l'abbé Faujas, cela vaudra mieux. Et tout le monde se boudait dans la maison Rastoil pendant des journées entières. L'abbé Fenil n'y venait plus que rarement, se disant cloué chez lui par la goutte. D'ailleurs, à deux reprises, mis en demeure de se prononcer sur le curé de Saint-Saturnin, il avait fait son éloge, en quelques paroles brèves. L'abbé Surin et l'abbé Bourrette, ainsi que M. Maffre, étaient toujours du même avis que la maîtresse de la maison. L'opposition venait donc uniquement du président, soutenu par M. de Bourdeu, tous deux déclarant gravement ne pouvoir compromettre leur situation politique en accueillant un homme qui cachait ses opinions.

Séverin, par taquinerie, inventa alors d'aller frapper à la petite porte de l'impasse des Chevillottes, lorsqu'il voulait dire quelque chose au prêtre. Peu à peu, l'impasse devint un terrain neutre. Le docteur Porquier, qui avait le premier usé de ce chemin, le fils Delangre, le juge de paix, indistinctement, y vinrent causer avec l'abbé Faujas. Parfois, pendant toute une après-midi, les petites portes des deux jardins, ainsi que la porte charretière de la sous-préfecture, restaient grandes ouvertes. L'abbé était là, au fond de ce cul-de-sac, appuyé au mur, souriant, donnant des poignées de main aux personnes des deux sociétés qui voulaient bien le venir saluer. Mais M. Péqueur des Saulaies affectait de ne pas vouloir mettre les pieds hors du jardin de la sous-préfecture; tandis que M. Rastoil et M. de Bourdeu, s'obstinant également à ne point se montrer dans l'impasse, restaient assis sous les arbres, devant la cascade. Rarement la petite cour du prêtre envahissait la tonnelle des Mouret. De temps à autre, seulement, une tête s'allongeait, jetait un coup d'oeil, disparaissait.

D'ailleurs, l'abbé Faujas ne se gênait point; il ne surveillait guère avec inquiétude que la fenêtre des Trouche, où luisaient à toute heure les yeux d'Olympe. Les Trouche se tenaient là en embuscade, derrière les rideaux rouges, rongés par une envie rageuse de descendre, eux aussi, de goûter aux fruits, de causer avec le beau monde. Ils tapaient les persiennes, s'accoudaient un instant, se retiraient, furieux, sous les regards dompteurs du prêtre; puis, ils revenaient, à pas de loup, coller leurs faces blêmes, à un coin des vitres, espionnant chacun de ses mouvements, torturés de le voir jouir si à l'aise de ce paradis qu'il leur défendait.

—C'est trop bête! dit un jour Olympe à son mari; il nous mettrait dans une armoire, s'il pouvait, pour garder tout le plaisir.... Nous allons descendre, si tu veux. Nous verrons ce qu'il dira.

Trouche venait de rentrer de son bureau. Il changea de faux-col, épousseta ses souliers, voulant être tout à fait bien. Olympe mit une robe claire. Puis, ils descendirent bravement dans le jardin, marchant à petits pas le long des grands buis, s'arrêtant devant les fleurs. Justement, l'abbé Faujas tournait le dos, causant avec M. Maffre, sur le seuil de la petite porte de l'impasse. Lorsqu'il entendit crier le sable, les Trouche étaient derrière son dos, sous la tonnelle. Il se tourna, s'arrêta net au milieu d'une phrase, stupéfait de les trouver là. M. Maffre, qui ne les connaissait pas, les regardait curieusement.

—Un bien joli temps, n'est-ce pas, messieurs? dit Olympe, qui avait pâli sous le regard de son frère.

L'abbé, brusquement, entraîna le juge de paix dans l'impasse, où il se débarrassa de lui.

—Il est furieux, murmura Olympe. Tant pis! il faut rester. Si nous remontons, il croira que nous avons peur.... J'en ai assez. Tu vas voir comme je vais lui parler.

Et elle fit asseoir Trouche sur une des chaises que Rose avait apportées, quelques instants auparavant. Quand l'abbé rentra, il les aperçut tranquillement installés. Il poussa les verrous de la petite porte, s'assura d'un coup d'oeil que les feuilles les cachaient suffisamment; puis s'approchant, à voix étouffée:

—Vous oubliez nos conventions, dit-il: vous m'aviez promis de rester chez vous.

—Il fait trop chaud, là-haut, répondit Olympe. Nous ne commettons pas un crime, en venant respirer le frais ici.

Le prêtre allait s'emporter; mais sa soeur, toute blême de l'effort qu'elle faisait en lui résistant, ajouta d'un ton singulier:

—Ne crie pas; il y a du monde à côté, tu pourrais te faire du tort.

Les Trouche eurent un petit rire. Il les regarda, il se prit le front, d'un geste silencieux et terrible.

—Assieds-toi, dit Olympe. Tu veux une explication, n'est-ce pas? Eh bien, la voici.... Nous sommes las de nous claquemurer. Toi, tu vis ici comme un coq en pâte; la maison est à toi, le jardin est à toi. C'est tant mieux, ça nous fait plaisir de voir que tes affaires marchent bien; mais il ne faut pas pour cela nous traiter en va-nu-pieds. Jamais tu n'as eu l'attention de me monter une grappe de raisin; tu nous as donné la plus vilaine chambre; tu nous caches, tu as honte de nous, tu nous enfermes, comme si nous avions la peste.... Comprends-tu, ça ne peut plus durer!

—Je ne suis pas le maître, dit l'abbé Faujas. Adressez-vous à monsieur Mouret, si vous voulez dévaster la propriété.

Les Trouche échangèrent un nouveau sourire.

— Nous ne te demandons pas tes affaires, poursuivit Olympe; nous savons ce que nous savons, cela suffit.... Tout ceci prouve que tu as un mauvais coeur. Crois-tu que, si nous étions dans la position, nous ne te dirions pas de prendre ta part?

— Mais enfin que voulez-vous de moi? demanda l'abbé. Est-ce que vous vous imaginez que je nage dans l'or? Vous connaissez ma chambre, je suis plus mal meublé que vous. Je ne puis pourtant pas vous donner cette maison, qui ne m'appartient pas.

Olympe haussa les épaules; elle fit taire son mari qui allait répondre, et tranquillement:

— Chacun entend la vie à sa façon. Tu aurais des millions que tu n'achèterais pas une descente de lit; tu dépenserais ton argent à quelque grande affaire bête. Nous autres, nous aimons à être à notre aise chez nous.... Ose donc dire que, si tu voulais les plus beaux meubles de la maison, et le linge, et les provisions, et tout, tu ne l'aurais pas ce soir?.... Eh bien, un bon frère, dans ce cas-là, aurait déjà songé à ses parents; il ne les laisserait pas dans la crotte, comme tu nous y laisses.

L'abbé Faujas regarda profondément les Trouche. Ils se dandinaient tous les deux sur leurs chaises.

— Vous êtes ingrats, leur dit-il au bout d'un silence. J'ai déjà fait beaucoup pour vous. Si vous mangez du pain aujourd'hui, c'est à moi que vous le devez; car j'ai encore tes lettres, Olympe, ces lettres où tu me suppliais de vous sauver de la misère, en vous faisant venir à Plassans. Maintenant que vous voilà auprès de moi, avec votre vie assurée, ce sont de nouvelles exigences....

— Bah! interrompit brutalement Trouche, si vous nous avez fait venir, c'était que vous aviez besoin de nous. Je suis payé pour ne croire aux beaux sentiments de personne... Je laissais parler ma femme tout à l'heure; mais les femmes n'arrivent jamais au fait.... En deux mots, mon cher ami, vous avez tort de nous tenir en cage, comme des dogues fidèles, qu'on sort seulement les jours de danger. Nous nous ennuyons, nous finirons par faire des bêtises. Laissez-nous un peu de liberté, que diable! Puisque la maison n'est pas à vous et que vous dédaignez les douceurs, qu'est-ce que cela peut vous faire, si nous dous installons à notre guise? Nous ne mangerons pas les murs, peut-être! —Sans doute, insista Olympe; on deviendrait enragé, toujours sous clef... Nous serons bien gentils pour toi. Tu sais que mon mari n'attend qu'un signe.... Va ton chemin, compte sur nous; mais nous voulons notre part.... N'est-ce pas, c'est entendu?

L'abbé Faujas avait baissé la tête; il resta un moment silencieux; puis, se levant:

—Écoutez, dit-il, sans répondre directement, si vous devenez jamais un empêchement pour moi, je vous jure que je vous renvoie dans un coin crever sur la paille.

Et il remonta, les laissant sous la tonnelle. A partir de ce moment, les Trouche descendirent presque chaque jour au jardin; mais ils y mettaient quelque discrétion, ils évitaient de s'y trouver aux heures où le prêtre causait avec les sociétés des jardins voisins.

La semaine suivante, Olympe se plaignit tellement de la chambre qu'elle occupait, que Marthe, obligeamment, lui offrit celle de Serge, restée libre. Les Trouche gardèrent les deux pièces. Ils couchèrent dans l'ancienne chambre du jeune homme, dont pas un meuble d'ailleurs ne fut enlevé, et ils firent de l'autre pièce une sorte de salon, pour lequel Rose leur trouva dans le grenier un ancien meuble de velours. Olympe, ravie, se commanda un peignoir rose chez la meilleure couturière de Plassans.

Mouret, oubliant un soir que Marthe lui avait demandé de prêter la chambre de Serge, fut tout surpris d'y trouver les Trouche. Il montait pour prendre un couteau que le jeune homme avait dû laisser au fond de quelque tiroir. Justement, Trouche taillait avec ce couteau une canne de poirier, qu'il venait de couper dans le jardin. Alors, Mouret redescendit, en s'excusant.

XIV

À la procession générale de la Fête-Dieu, sur la place de la Sous-Préfecture, lorsque Mgr Rousselot descendit les marches du magnifique reposoir dressé par les soins de madame de Condamin, contre la porte même du petit hôtel qu'elle habitait, on remarqua avec surprise dans l'assistance que le prélat tournait brusquement le dos à l'abbé Faujas.

—Tiens! dit madame Rougon, qui se trouvait à la fenêtre de son salon, il y a donc de la brouille?

—Vous ne le saviez pas? répondit madame Paloque, accoudée à côté de la vieille dame; on en parle depuis hier. L'abbé Fenil est rentré en grâce.

M. de Condamin, debout derrière ces dames, se mit à rire. Il s'était sauvé de chez lui, en disant que «ça puait l'église.»

—Ah bien! murmura-t-il, si vous vous arrêtez à ces histoires!... L'évêque est une girouette, qui tourne dès que le Faujas ou le Fenil souffle sur lui; aujourd'hui l'un, demain l'autre. Ils se sont fâchés et remis plus de dix fois. Vous verrez qu'avant trois jours ce sera le Faujas qui sera l'enfant gâté.

—Je ne crois pas, reprit madame Paloque; cette fois, c'est sérieux... Il paraît que l'abbé Faujas attire de gros désagréments à monseigneur. Il aurait fait anciennement des sermons qui ont beaucoup déplu à Rome. Je ne puis pas vous expliquer ça tout au long, moi. Enfin je sais que monseigneur a reçu de Rome des lettres de reproches, dans lesquelles on lui dit de se tenir sur ses gardes.... On prétend que l'abbé Faujas est un agent politique.

—Qui prétend cela? demanda madame Rougon, en clignant les yeux comme pour suivre la procession, qui s'allongeait dans la rue de la Banne.

—Je l'ai entendu dire, je ne sais plus, dit la femme du juge d'un air indifférent.

Et elle se retira, assurant qu'on devait mieux voir de la fenêtre d'à côté. M. de Condamin prit sa place auprès de madame Rougon, à laquelle il dit à l'oreille:

—Je l'ai vue entrer déjà deux fois chez l'abbé Fenil; elle complote certainement quelque chose avec lui.... L'abbé Faujas a dû marcher sur cette vipère, et elle cherche à le mordre.... Si elle n'était pas si laide, je lui rendrais le service de l'avertir que jamais son mari ne sera président.

—Pourquoi? je ne comprends pas, murmura la vieille dame d'un air naïf.

M. de Condamin la regarda curieusement; puis il se mit à rire.

Les deux derniers gendarmes de la procession venaient de disparaître au coin du cours Sauvaire. Alors, les quelques personnes que madame Rougon avaient invitées à venir voir bénir le reposoir, rentrèrent dans le salon, causant un instant de la bonne grâce de monseigneur, des bannières neuves des congrégations, surtout des jeunes filles de l'oeuvre de la Vierge, dont le passage venait d'être très-remarqué. Les dames ne tarissaient pas, et le nom de l'abbé Faujas était prononcé à chaque instant avec de vifs éloges.

—C'est un saint, décidément, dit en ricanant madame Paloque à M. de
Condamin, qui était allé s'asseoir près d'elle.

Puis, se penchant:

—Je n'ai pas pu parler librement devant la mère... On cause beaucoup trop de l'abbé Faujas et de madame Mouret. Ces vilains bruits ont dû arriver aux oreilles de monseigneur.

M. de Condamin se contenta de répondre:

—Madame Mouret est une femme charmante, très-désirable encore malgré ses quarante ans.

—Oh! charmante, charmante, murmura madame Paloque, dont un flot de bile verdit la face.

— Tout à fait charmante, insista le conservateur des eaux et forêts; elle est à l'âge des grandes passions et des grands bonheurs.... Vous vous jugez très-mal entre femmes.

Et il quitta le salon, heureux de la rage contenue de madame Paloque. La ville, en effet, s'occupait passionnément de la lutte continue que l'abbé Faujas soutenait contre l'abbé Fenil, pour conquérir sur lui Mgr Rousselot. C'était un combat de chaque heure, un assaut de servantes-maîtresses se disputant les tendresses d'un vieillard. L'évêque souriait finement; il avait trouvé une sorte d'équilibre entre ces deux volontés contraires, il les battait l'un par l'autre, s'amusait de les voir à terre tour à tour, quitte à toujours accepter les soins du plus fort, pour avoir la paix. Quant aux médisances qu'on lui rapportait sur ses favoris, elles le laissaient plein d'indulgence; ils les savait capables de s'accuser mutuellement d'assassinat.

— Vois-tu, mon enfant, disait-il à l'abbé Surin, dans ses heures de confidences, ils sont pires tous les deux.... Je crois que Paris l'emportera et que Rome sera battue; mais je n'en suis pas assez sûr, je les laisse se détruire, en attendant. Quand l'un aura achevé l'autre, nous le saurons bien.... Tiens, lis-moi la troisième ode d'Horace: il y a là un vers que je crains d'avoir mal traduit.

Le mardi qui suivit la procession générale, le temps était superbe. Des rires venaient du jardin des Rastoil et du jardin de la sous-préfecture. Il y avait là, des deux côtés, nombreuse société sous les arbres. Dans le jardin des Mouret, l'abbé Faujas, à son habitude, lisait son bréviaire, en se promenant doucement le long des grands buis. Depuis quelques jours, il tenait la porte de l'impasse fermée; il coquettait avec les voisins, semblait se cacher pour qu'on le désirât. Peut-être avait-il remarqué un léger refroidissement, à la suite de sa dernière brouille avec monseigneur et des histoires abominables que ses ennemis faisaient courir.

Vers cinq heures, comme le soleil baissait, l'abbé Surin proposa aux demoiselles Rastoil une partie de volant. Il était de première force. Malgré l'approche de la trentaine, Angéline et Aurélie adoraient les petits jeux; leur mère leur aurait encore fait porter des robes courtes, si elle avait osé. Quand la bonne eut apporté les raquettes, l'abbé Surin, qui cherchait des yeux une place dans le jardin, tout ensoleillé par les derniers rayons, eut une idée que ces demoiselles approuvèrent vivement.

—Si nous allions nous mettre dans l'impasse des Chevillottes? dit-il, nous serions à l'ombre des marronniers; puis, nous aurions bien plus de recul.

Ils sortirent, et la partie la plus agréable du monde s'engagea. Les deux demoiselles commencèrent. Ce fut Angéline qui manqua la première le volant. L'abbé Surin l'ayant remplacée tint la raquette avec une adresse et une ampleur vraiment magistrales. Il avait ramené sa soutane entre ses jambes; il bondissait en avant, en arrière, sur les côtes, ramassait le volant au ras du sol, le saisissait d'un revers à des hauteurs surprenantes, le lançait roide comme une balle ou lui faisait décrire des courbes élégantes, calculées avec une science parfaite. D'ordinaire, il préférait les mauvais joueurs, qui, en jetant le volant au hasard, sans aucun rhythme, selon son expression, l'obligeaient à déployer toute la souplesse de son jeu. Mademoiselle Aurélie était d'une jolie force; elle poussait un cri d'hirondelle à chaque coup de raquette, riant comme une folle quand le volant s'en allait droit sur le nez du jeune abbé; puis, elle se ramassait dans ses jupes pour l'attendre ou reculait par petits sauts, avec un bruit terrible d'étoffe froissée, lorsqu'il lui faisait la niche de taper plus fort. Enfin, le volant étant venu se planter dans ses cheveux, elle faillit tomber à la renverse, ce qui les égaya beaucoup tous les trois. Angéline prit la place. Dans le jardin des Mouret, chaque fois que l'abbé Faujas levait les yeux de son bréviaire, il apercevait le vol blanc du volant au-dessus de la muraille, pareil à un gros papillon.

—Monsieur le curé, êtes-vous là? cria Angéline, en venant frapper à la petite porte; notre volant est entré chez vous.

L'abbé, ayant ramassé le volant tombé à ses pieds, se décida à ouvrir.

—Ah! merci, monsieur le curé, dit Aurélie, qui tenait déjà la raquette. Il n'y a qu'Angéline pour un coup pareil…. L'autre jour, papa nous regardait; elle lui a envoyé ça dans l'oreille, et si fort, qu'il en est resté sourd jusqu'au lendemain.

Les rires éclatèrent de nouveau. L'abbé Surin, rose comme une fille, s'essuyait délicatement le front, à petites tapes, avec un fin mouchoir. Il rejetait ses cheveux blonds derrière les oreilles, les yeux luisants, la taille souple, se servant de sa raquette comme d'un éventail. Dans le feu du plaisir, son rabat avait légèrement tourné. — Monsieur le curé, dit-il en se remettant en position, vous allez juger les coups.

L'abbé Faujas, son bréviaire sous le bras, souriant d'un air paternel, resta sur le seuil de la petite porte. Cependant, par la porte charretière de la sous-préfecture entr'ouverte, le prêtre avait dû apercevoir M. Péqueur des Saulaies assis devant la pièce d'eau, au milieu de ses familiers. Il ne tourna pourtant pas la tête; il marquait les points, complimentait l'abbé Surin, consolait les demoiselles Rastoil.

—Dites donc, Péqueur, vint murmurer plaisamment M. de Condamin à l'oreille du sous-préfet, vous avez tort de ne pas inviter ce petit abbé à vos soirées; il est bien agréable avec les dames, il doit valser à ravir.

Mais M. Péqueur des Saulaies, qui causait vivement avec M. Delangre, parut ne pas entendre. Il continua, s'adressant au maire:

—Vraiment, mon cher ami, je ne sais où vous voyez en lui les belles choses dont vous me parlez. L'abbé Faujas est au contraire très-compromettant. Son passé est fort louche, on colporte ici certaines choses... Je ne vois pas pourquoi je me mettrais aux genoux de ce curé-là, d'autant plus que le clergé de Plassans nous est hostile.... D'abord ça ne me servirait à rien.

M. Delangre et M. de Condamin, qui avaient échangé un regard, se contentèrent de hocher la tête, sans répondre.

—A rien du tout, reprit le sous-préfet. Vous n'avez pas besoin de faire les mystérieux. Tenez, j'ai écrit à Paris, moi. J'avais la tête cassée; je voulais avoir le coeur net sur le Faujas, que vous semblez traiter en prince déguisé. Eh bien, savez-vous ce qu'on m'a répondu? On m'a répondu qu'on ne le connaissait pas, qu'on n'avait rien à me dire, que je devais, d'ailleurs, éviter avec soin de me mêler des affaires du clergé.... On est déjà assez mécontent à Paris, depuis que cet imbécile de Lagrifoul a passé. Je suis prudent, vous comprenez.

Le maire échangea un nouveau regard avec le conservateur des eaux et forêts. Il haussa même légèrement les épaules devant les moustaches correctes de M. Péqueur des Saulaies.

—Écoutez-moi bien, lui dit-il au bout d'un silence; vous voulez être préfet, n'est-ce pas?

Le sous-préfet sourit en se dandinant sur sa chaise.

—Alors, allez donner tout de suite une poignée de main à l'abbé Faujas, qui vous attend là-bas en regardant jouer au volant.

M. Péqueur des Saulaies resta muet, très-surpris, ne comprenant pas. Il leva les yeux sur M. de Condamin, auquel il demanda avec une certaine inquiétude:

—Est-ce aussi votre avis?

—Mais sans doute; allez lui donner une poignée de main, répondit le conservateur des eaux et forêts.

Puis, il ajouta avec une pointe de moquerie:

—Interrogez ma femme, en qui vous avez toute confiance.

Madame de Condamin arrivait. Elle avait une délicieuse toilette rose et grise. Quand on lui eut parlé de l'abbé:

—Ah! vous avez tort de manquer de religion, dit-elle gracieusement au sous-préfet; c'est à peine si l'on vous voit à l'église, les jours de cérémonies officielles. Vraiment, cela me fait trop de chagrin; il faut que je vous convertisse. Que voulez-vous qu'on pense du gouvernement que vous représentez, si vous n'êtes pas bien avec le bon Dieu?... Laissez-nous, messieurs; je vais confesser monsieur Péqueur.

Elle s'était assise, plaisantant, souriant.

—Octavie, murmura le sous-préfet, lorsqu'ils furent seuls, ne vous moquez pas de moi. Vous n'étiez pas dévote, à Paris, rue du Helder. Vous savez que je me tiens à quatre, pour ne pas éclater, quand je vous vois donner le pain bénit, à Saint-Saturnin.

—Vous n'êtes point sérieux, mon cher, répondit-elle sur le même ton; cela vous jouera quelque mauvais tour. Réellement, vous m'inquiétez, je vous ai connu plus intelligent. Êtes-vous assez aveugle pour ne pas voir que vous branlez dans le manche? Comprenez donc que si l'on ne vous a point encore fait sauter, c'est qu'on ne veut pas donner l'éveil au légitimistes de Plassans. Le jour où ils verront arriver un autre sous-préfet, ils se méfieront; tandis qu'avec vous, ils s'endorment, ils se croient certains de la victoire, aux prochaines élections. Ce n'est pas flatteur, je le sais, d'autant plus que j'ai la certitude absolue qu'on agit sans vous... Entendez-vous? mon cher, vous êtes perdu, si vous ne devinez certaines choses.

Il la regardait avec une véritable épouvante.

—Est-ce que «le grand homme» vous a écrit? demanda-t-il, faisant allusion à un personnage qu'ils désignaient ainsi entre eux.

—Non, il a rompu entièrement avec moi. Je ne suis pas une sotte, j'ai compris la première la nécessité de cette séparation. D'ailleurs, je n'ai pas à me plaindre: il s'est montré très-bon, il m'a mariée, il m'a donné d'excellents conseils, dont je me trouve bien.... Mais j'ai gardé des amis à Paris. Je vous jure que vous n'avez que juste le temps de vous raccrocher aux branches. Ne faites plus le païen, allez vite donner une poignée de main à l'abbé Faujas... Vous comprendrez plus tard, si vous ne devinez pas aujourd'hui.

M. Péqueur des Saulaies restait le nez baissé, un peu honteux de la leçon. Il était très-fat, il montra ses dents blanches, chercha à se tirer du ridicule, en murmurant tendrement: —Si vous aviez voulu, Octavie, nous aurions gouverné Plassans à nous deux. Je vous avais offert de reprendre cette vie si douce....

—Décidément, vous êtes un sot, interrompit-elle d'une voix fâchée. Vous m'agacez avec votre «Octavie». Je suis madame de Condamin pour tout le monde, mon cher.... Vous ne comprenez donc rien? J'ai trente mille francs de rente; je règne sur toute une sous-préfecture; je vais partout, je suis partout respectée, saluée, aimée. Ceux qui soupçonneraient le passé, n'auraient que plus d'amabilité pour moi.... Qu'est-ce que je ferais de vous, bon Dieu! Vous me gêneriez. Je suis une honnête femme, mon cher.

Elle s'était levée. Elle s'approcha du docteur Porquier, qui, selon son habitude, venait après ses visites passer une heure dans le jardin de la sous-préfecture, pour entretenir sa belle clientèle.

—Oh! docteur, j'ai une migraine, mais une migraine! dit-elle avec des mines charmantes. Ça me tient là, dans le sourcil gauche.

—C'est le côté du coeur, madame, répondit galamment le docteur.

Madame de Condamin sourit, sans pousser plus loin la consultation. Madame Paloque se pencha à l'oreille de son mari, qu'elle amenait chaque jour, afin de te recommander constamment à l'influence du sous-préfet:

—Il ne les guérit pas autrement, murmura-t-elle.

Cependant, M. Péqueur des Saulaies, après avoir rejoint M. de Condamin et M. Delangre, manoeuvrait habilement pour les conduire du côté de la porte charretière. Quand il n'en fut plus qu'à quelques pas, il s'arrêta, comme intéressé par la partie de volant qui continuait dans l'impasse. L'abbé Surin, les cheveux au vent, les manches de la soutane retroussées, montrant ses poignets blancs et minces comme ceux d'une femme, venait de reculer la distance, en plaçant mademoiselle Aurélie à vingt pas. Il se sentait regardé, il se surpassait vraiment. Mademoiselle Aurélie était, elle aussi, dans un de ses bons jours, au contact d'un tel maître. Le volant, lancé du poignet décrivait une courbe molle, très-allongée; et cela avec une telle régularité, qu'il semblait tomber de lui-même sur les raquettes, voler de l'une à l'autre, du même vol souple, sans que les joueurs bougeassent de place. L'abbé Surin, la taille un peu renversée, développait les grâces de son buste.

—Très-bien, très-bien! cria le sous-préfet ravi. Ah! monsieur l'abbé, je vous fais mes compliments.

Puis, se tournant vers madame de Condamin, le docteur Porquier et les
Paloque:

—Venez donc, je n'ai jamais rien vu de pareil.... Vous permettez que nous vous admirions, monsieur l'abbé?

Toute la société de la sous-préfecture forma alors un groupe, au fond de l'impasse. L'abbé Faujas n'avait pas bougé; il répondit, par un léger signe de tête aux saluts de M. Delangre et de M. de

Condamin. Il marquait toujours les points. Quand Aurélie manqua le volant, il dit avec bonhomie:

—Cela vous fait trois cent dix points, depuis qu'on a changé la distance; votre soeur n'en a que quarante-sept.

Tout en ayant l'air de suivre le volant avec un vif intérêt, il jetait de rapides coups d'oeil sur la porte du jardin des Rastoil, restée grande ouverte. M. Maffre seul s'y était montré jusque-là. Il fut appelé de l'intérieur du jardin.

—Qu'ont-ils donc à rire si fort? lui demanda M. Rastoil, qui causait avec M. de Bourdeu, devant la table rustique.

—C'est le secrétaire de monseigneur qui joue, répondit M. Maffre. Il fait des choses étonnantes, tout le quartier le regarde.... Monsieur le curé, qui est là, en est émerveillé.

M. de Bourdeu prit une large prise, en murmurant: —Ah! monsieur l'abbé Faujas est là?

Il rencontra le regard de M. Rastoil. Tous deux semblèrent gênés.

—On m'a raconté, hasarda le président, que l'abbé est rentré en faveur auprès de monseigneur.

—Oui, ce matin même, dit M. Maffre. Oh! une réconciliation complète. J'ai eu des détails très-touchants. Monseigneur a pleuré.... Vraiment, l'abbé Fenil a eu quelques torts.

—Je vous croyais l'ami du grand vicaire, fit remarquer M. de Bourdeu.

—Sans doute, mais je suis aussi l'ami de monsieur le curé, répliqua vivement le juge de paix. Dieu merci! il est d'une piété qui défie les calomnies. N'est-on pas allé jusqu'à attaquer sa moralité? C'est une honte!

L'ancien préfet regarda de nouveau le président d'un air singulier.

—Et n'a-t-on pas cherché à compromettre monsieur le curé dans les affaires politiques! continua M. Maffre. On disait qu'il venait tout bouleverser ici, donner des places à droite et à gauche, faire triompher la clique de Paris. On n'aurait pas plus mal parlé d'un chef de brigands.... Un tas de mensonges, enfin!

M. de Bourdeu, du bout de sa canne, dessinait un profil sur le sable de l'allée.

—Oui, j'ai entendu parler de ces choses, dit-il négligemment; il est bien peu croyable qu'un ministre de la religion accepte un tel rôle.... D'ailleurs, pour l'honneur de Plassans, je veux croire qu'il échouerait complètement. Il n'y a ici personne à acheter.

—Des cancans! s'écria le président, en haussant les épaules. Est-ce qu'on retourne une ville comme une vieille veste? Paris peut nous envoyer tous ses mouchards, Plassans restera légitimiste. Voyez le petit Péqueur? Nous n'en avons fait qu'une bouchée.... Il faut que le monde soit bien bête! On s'imagine alors que des personnages mystérieux parcourent les provinces, offrant des places. Je vous avoue que je serais bien curieux de voir un de ces messieurs.

Il se fâchait. M. Maffre, inquiet, crut devoir se défendre.

—Permettez, interrompit-il, je n'ai pas affirmé que monsieur l'abbé Faujas fût un agent bonapartiste; au contraire, j'ai trouvé cette accusation absurde.

—Eh! il n'est plus question de l'abbé Faujas; je parle en général. On ne se vend pas comme cela, que diable!... L'abbé Faujas est au-dessus de tous les soupçons.

Il y eut un silence. M. de Bourdeu achevait le profil, sur le sable, par une grande barbe en pointe.

—L'abbé Faujas n'a pas d'opinion politique, dit-il de sa voix sèche.

—Évidemment, reprit M. Rastoil; nous lui reprochions son indifférence; mais, aujourd'hui, je l'approuve. Avec tous ces bavardages, la religion se trouverait compromise.... Vous le savez comme moi, Bourdeu, on ne peut l'accuser de la moindre démarche louche. Jamais on ne l'a vu à la sous-préfecture, n'est-ce pas? Il est resté très-dignement à sa place.... S'il était bonapartiste, il ne s'en cacherait pas, parbleu!

—Sans doute.

—Ajoutez qu'il mène une vie exemplaire. Ma femme et mon fils m'ont donné sur son compte des détails qui m'ont vivement ému.

A ce moment, les rires redoublèrent, dans l'impasse. La voix de l'abbé Faujas s'éleva, complimentant mademoiselle Aurélie sur un coup de raquette vraiment remarquable. M. Rastoil, qui s'était interrompu, reprit avec un sourire:

—Vous entendez? Qu'ont-ils donc à s'amuser ainsi? Cela donne envie d'être jeune.

Puis, de sa voix grave: —Oui, ma femme et mon fils m'ont fait aimer l'abbé Faujas. Nous regrettons vivement que sa discrétion l'empêche d'être des nôtres.

M. de Bourdeu approuvait de la tête, lorsque des applaudissements s'élevèrent dans l'impasse. Il y eut un tohu-bohu de piétinements, de rires, de cris, toute une bouffée de gaieté d'écoliers en récréation. M. Rastoil quitta son siège rustique.

—Ma foi! dit-il avec bonhomie, allons voir; je finis par avoir des démangeaisons dans les jambes.

Les deux autres le suivirent. Tous trois restèrent devant la petite porte. C'était la première fois que le président et l'ancien préfet s'aventuraient jusque-là. Quand ils aperçurent, au fond de l'impasse, le groupe formé par la société de la sous-préfecture, ils prirent des mines graves. M. Péqueur des Saulaies de son côté, se redressa, se campa dans une attitude officielle; tandis que madame de Condamin, très-rieuse, se glissait le long des murs, emplissant l'impasse du frôlement de sa toilette rose. Les deux sociétés s'épiaient par des coups d'oeil de côté, ne voulant céder la place ni l'une ni l'autre; et, entre elles, l'abbé Faujas, toujours sur la porte des Mouret, tenant son bréviaire sous le bras, s'égayait doucement, sans paraître le moins du monde comprendre la délicatesse de la situation.

Cependant, tous les assistants retenaient leur haleine. L'abbé Surin, voyant grossir son public, voulut enlever les applaudissements par un dernier tour d'adresse. Il s'ingénia, se proposa des difficultés, se tournant, jouant sans regarder venir le volant, le devinant en quelque sorte, le renvoyant à mademoiselle Aurélie, par-dessus sa tête, avec une précision mathématique. Il était très-rouge, suant, décoiffé; son rabat, qui avait complètement tourné, lui pendait maintenant sur l'épaule droite. Mais il restait vainqueur, l'air riant, charmant toujours. Les deux sociétés s'oubliaient à l'admirer; madame de Condamin réprimait les bravos, qui éclataient trop tôt, en agitant son mouchoir de dentelle. Alors, le jeune abbé, raffinant encore, se mit à faire de petits sauts sur lui-même, à droite, à gauche, les calculant de façon à recevoir chaque fois le volant dans une nouvelle position. C'était le grand exercice final. Il accélérait le mouvement, lorsque, en sautant, le pied lui manqua; il faillit tomber sur la poitrine de madame de Condamin, qui avait tendu les bras en poussant un cri. Les assistants, le croyant blessé, se précipitèrent; mais lui, chancelant, se rattrapant à terre sur les genoux et sur les mains, se releva d'un bond suprême, ramassa, renvoya à mademoiselle Aurélie le volant, qui n'avait pas encore touché le sol. Et la raquette haute, il triompha,

—Bravo! bravo! cria M. Péqueur des Saulaies en s'approchant.

—Bravo! le coup est superbe! répéta M. Rastoil, qui s'avança également.

La partie fut interrompue. Les deux sociétés avaient envahi l'impasse; elles se mêlaient, entouraient l'abbé Surin, qui, hors d'haleine, s'appuyait au mur, à côté de l'abbé Faujas. Tout le monde parlait à la fois.

—J'ai cru qu'il avait la tête cassée en deux, disait le docteur Porquier à M. Maffre d'une voix pleine d'émotion.

—Vraiment, tous ces jeux finissent mal, murmura M. de Bourdeu en s'adressant à M. Delangre et aux Paloque, tout en acceptant une poignée de main de M. de Condamin, qu'il évitait dans les rues, pour ne pas avoir à le saluer.

Madame de Condamin allait du sous-préfet au président, les mettait en face l'un de l'autre, répétait:

—Mon Dieu! je suis plus malade que lui, j'ai cru que nous allions tomber tous les deux. Vous avez vu, c'est une grosse pierre. —Elle est là, tenez, dit M. Rastoil; il a dû la rencontrer sous son talon.

—C'est cette pierre ronde, vous croyez? demanda M. Péqueur des Saulaies en ramassant le caillou.

Jamais ils ne s'étaient parlé en dehors des cérémonies officielles. Tous deux se mirent à examiner la pierre; ils se la passaient, se faisaient remarquer qu'elle était tranchante et qu'elle aurait pu couper le soulier de l'abbé. Madame de Condamin, entre eux, leur souriait, leur assurait qu'elle commençait à se remettre.

—Monsieur l'abbé se trouve mal! s'écrièrent les demoiselles Rastoil.

L'abbé Surin, en effet, était devenu très-pâle, en entendant parler du danger qu'il avait couru. Il fléchissait, lorsque l'abbé Faujas, qui s'était tenu à l'écart, le prit entre ses bras puissants et le porta dans le jardin des Mouret, où il l'assit sur une chaise. Les deux sociétés envahirent la tonnelle. Là, le jeune abbé s'évanouit complètement.

—Rose, de l'eau, du vinaigre! cria l'abbé Faujas en s'élançant vers le perron.

Mouret, qui était dans la salle à manger, parut à la fenêtre; mais, en voyant tout ce monde au fond de son jardin, il recula comme pris de peur; il se cacha, ne se montra plus. Cependant, Rose arrivait avec toute une pharmacie. Elle se hâtait, elle grognait:

—Si madame était là, au moins; elle est au séminaire, pour le petit... Je suis toute seule, je ne peux pas faire l'impossible, n'est-ce pas?... Allez, ce n'est pas monsieur qui bougerait. On pourrait mourir avec lui. Il est dans la salle à manger, à se cacher comme un sournois. Non, un verre d'eau, il ne vous le donnerait pas; il vous laisserait crever.

Tout en mâchant ces paroles, elle était arrivée devant l'abbé Surin évanoui. —Oh! le Jésus! dit-elle avec une tendresse apitoyée de commère.

L'abbé Surin, les yeux fermés, la face pâle entre ses longs cheveux blonds, ressemblait à un de ces martyrs aimables qui se pâment sur les images de sainteté. L'aînée des demoiselles Rastoil lui soutenait la tête, renversée mollement, découvrant le cou blanc et délicat. On s'empressa. Madame de Condamin, à légers coups, lui tamponna les tempes avec un linge trempé dans de l'eau vinaigrée. Les deux sociétés attendaient, anxieuses. Enfin il ouvrit les yeux, mais il les referma. Il s'évanouit encore deux fois.

—Vous m'avez fait une belle peur! lui dit poliment le docteur Porquier, qui avait gardé sa main dans la sienne.

L'abbé restait assis, confus, remerciant, assurant que ce n'était rien. Puis, il vit qu'on lui avait déboutonné sa soutane et qu'il avait le cou nu; il sourit, il remit son rabat. Et, comme on lui conseillait de se tenir tranquille, il voulut montrer qu'il était solide; il retourna dans l'impasse avec les demoiselles Rastoil, pour finir la partie.

—Vous êtes très-bien ici, dit M. Rastoil à l'abbé Faujas, qu'il n'avait pas quitté.

—L'air est excellent sur cette côte, ajouta M. Péqueur des Saulaies de son air charmant.

Les deux sociétés regardaient curieusement la maison des Mouret.

—Si ces dames et ces messieurs, dit Rose, veulent rester un instant dans le jardin.... Monsieur le curé est chez lui.... Attendez, je vais aller chercher des chaises.

Et elle fit trois voyages, malgré les protestations. Alors, après s'être regardées un instant, les deux sociétés s'assirent par politesse. Le sous-préfet s'était mis à la droite de l'abbé Faujas, tandis que le président se plaçait à sa gauche. La conversation fut très-amicale.

—Vous n'êtes pas un voisin tapageur, monsieur le curé, répétait gracieusement M. Péqueur des Saulaies. Vous ne sauriez croire le plaisir que j'ai à vous apercevoir, tous les jours, aux mêmes heures, dans ce petit paradis. Cela me repose de mes tracas.

—Un bon voisin, c'est chose si rare! reprenait M. Rastoil.

—Sans doute, interrompait M. de Bourdeu; monsieur le curé a mis ici une heureuse tranquillité de cloître. Pendant que l'abbé Faujas souriait et saluait, M. de Condamin, qui ne s'était pas assis, vint se pencher à l'oreille de M. Delangre, en murmurant:

—Voilà Rastoil qui rêve une place de substitut pour son flandrin de fils.

M. Delangre lui lança un regard terrible, tremblant à l'idée que ce buvard incorrigible pouvait tout gâter; ce qui n'empêcha pas le conservateur des eaux et forêts d'ajouter:

—Et Bourdeu qui croit déjà avoir rattrapé sa préfecture!

Mais madame de Condamin venait de produire une sensation, en disant d'un air fin:

—Ce que j'aime dans ce jardin, c'est ce charme intime qui semble en faire un petit coin fermé à toutes les misères de ce monde. Caïn et Abel s'y seraient réconciliés.

Et elle avait souligné sa phrase en l'accompagnant de deux coups d'oeil, à droite et à gauche, vers les jardins voisins. M. Maffre et le docteur Porquier hochèrent la tête d'un air d'approbation; tandis que les Paloque s'interrogeaient, inquiets, ne comprenant pas, craignant de se compromettre d'un côté ou d'un autre, s'ils ouvraient la bouche.

Au bout d'un quart d'heure, M. Rastoil se leva.

—Ma femme ne va plus savoir où nous sommes passés, murmura-t-il.

Tout le monde s'était mis debout, un peu embarrassé pour prendre congé. Mais l'abbé Faujas tendit les mains: —Mon paradis reste ouvert, dit-il de son air le plus souriant.

Alors, le président promit de rendre, de temps à autre, une visite à monsieur le curé. Le sous-préfet s'engagea de même, avec plus d'effusion. Et les deux sociétés restèrent encore là cinq grandes minutes à se complimenter, pendant que, dans l'impasse, les rires des demoiselles Rastoil et de l'abbé Surin s'élevaient de nouveau. La partie avait repris tout son feu; le volant allait et venait, d'un vol régulier, au-dessus de la muraille.

XV

Un vendredi, madame Paloque, qui entrait à Saint-Saturnin, fut toute surprise d'apercevoir Marthe agenouillée devant la chapelle Saint-Michel. L'abbé Faujas confessait.

— Tiens! pensa-t-elle, est-ce qu'elle aurait fini par toucher le coeur de l'abbé? Il faut que je reste. Si madame de Condamin venait, ce serait drôle.

Elle prit une chaise, un peu en arrière, s'agenouillant à demi, la face entre les mains, comme abîmée dans une prière ardente; elle écarta les doigts, elle regarda. L'église était très-sombre. Marthe, la tête tombée sur son livre de messe, semblait dormir; elle faisait une masse noire contre la blancheur d'un pilier; et, de tout son être, ses épaules seules vivaient, soulevées par de gros soupirs. Elle était si profondément abattue, qu'elle laissait passer son tour, à chaque nouvelle pénitente que l'abbé Faujas expédiait. L'abbé attendait une minute, s'impatientait, frappait de petits coups secs contre le bois du confessionnal. Alors, une des femmes qui se trouvaient là, voyant que Marthe ne bougeait pas, se décidait à prendre sa place. La chapelle se vidait, Marthe restait immobile et pâmée. — Elle est joliment prise, se dit la Paloque; c'est indécent, de s'étaler comme ça dans une église.... Ah! voici madame de Condamin.

En effet, madame de Condamin entrait. Elle s'arrêta un instant devant le bénitier, ôtant son gant, se signant d'un geste joli. Sa robe de soie eut un murmure dans l'étroit chemin ménagé entre les chaises. Quand elle s'agenouilla, elle emplit la haute voûte du frisson de ses jupes. Elle avait son air affable, elle souriait aux ténèbres de l'église. Bientôt, il ne resta plus qu'elle et Marthe. L'abbé se fâchait, tapait plus fort contre le bois du confessionnal.

— Madame, c'est à vous, je suis la dernière, murmura obligeamment madame de Condamin, en se penchant vers Marthe, qu'elle n'avait pas reconnue.

Celle-ci tourna la face, une face nerveusement amincie, pâle d'une émotion extraordinaire; elle ne parut pas comprendre. Elle sortait comme d'un sommeil extatique, les paupières battantes.

—Eh bien, mesdames, eh bien? dit l'abbé, qui entr'ouvrit la porte du confessionnal.

Madame de Condamin se leva, souriante, obéissant à l'appel du prêtre. Mais, l'ayant reconnue, Marthe entra brusquement dans la chapelle; puis, elle tomba de nouveau sur les genoux, demeura là, à trois pas.

La Paloque s'amusait beaucoup; elle espérait que les deux femmes allaient se prendre aux cheveux. Marthe devait tout entendre, car madame de Condamin avait une voix de flûte; elle bavardait ses péchés, elle animait le confessionnal d'un commérage adorable. A un moment, elle eut même un rire, un petit rire étouffé, qui fit lever la face souffrante de Marthe. D'ailleurs elle eut promptement fini. Elle s'en allait, lorsqu'elle revint, se courbant, causant toujours, mais sans s'agenouiller.

—Cette grande diablesse se moque de madame Mouret et de l'abbé, pensait la femme du juge; elle est trop fine pour déranger sa vie.

Enfin, madame de Condamin se retira. Marthe la suivit des yeux, paraissant attendre qu'elle ne fût plus là. Alors, elle s'appuya au confessionnal, se laissa aller, heurta rudement le bois de ses genoux. Madame Paloque s'était rapprochée, allongeant le cou; mais elle ne vit que la robe sombre de la pénitente qui débordait et s'étalait. Pendant près d'une demi-heure, rien ne bougea. Elle crut un moment surprendre des sanglots étouffés dans le silence frissonnant, que coupait parfois un craquement sec du confessionnal. Cet espionnage finissait par l'ennuyer; elle ne restait que pour dévisager Marthe à sa sortie.

L'abbé Faujas quitta le confessionnal le premier, fermant la porte d'une main irritée. Madame Mouret demeura longtemps encore, immobile, courbée, dans l'étroite caisse. Quand elle se retira, la voilette baissée, elle paraissait brisée. Elle oublia de se signer.

—Il y a de la brouille, l'abbé n'a pas été gentil, murmura la Paloque, qui la suivit jusque sur la place de l'Archevêché.

Elle s'arrêta, hésita un instant; puis, après s'être assurée que personne ne l'épiait, elle fila sournoisement dans la maison qu'occupait l'abbé Fenil, à un des angles de la place.

Maintenant, Marthe vivait à Saint-Saturnin. Elle remplissait ses devoirs religieux avec une grande ferveur. Même l'abbé Faujas la grondait souvent de la passion qu'elle mettait dans la pratique. Il ne lui permettait de communier qu'une fois par mois, réglait ses heures d'exercices pieux, exigeait d'elle qu'elle ne s'enfermât pas dans la dévotion. Elle l'avait longtemps supplié, avant qu'il lui accordât d'assister chaque matin à une messe basse. Un jour, comme elle lui racontait qu'elle s'était couchée pendant une heure sur le carreau glacé de sa chambre, pour se punir d'une faute, il s'emporta, il lui dit que le confesseur avait seul le droit d'imposer des pénitences. Il la menait très-durement, la menaçait de la renvoyer à l'abbé Bourrette, si elle ne s'humiliait pas.

—J'ai eu tort de vous accepter, répétait-il souvent; je ne veux que des âmes obéissantes.

Elle était heureuse de ces coups. La main de fer qui la pliait, la main qui la retenait au bord de cette adoration continue, au fond de laquelle elle aurait voulu s'anéantir, la fouettait d'un désir sans cesse renaissant. Elle restait néophyte, elle ne descendait que peu à peu dans l'amour, arrêtée brusquement, devinant d'autres profondeurs, ayant le ravissement de ce lent voyage vers des joies qu'elle ignorait. Ce grand repos qu'elle avait d'abord goûté dans l'église, cet oubli du dehors et d'elle-même, se changeait en une jouissance active, en un bonheur qu'elle évoquait, qu'elle louchait. C'était le bonheur dont elle avait vaguement senti le désir depuis sa jeunesse, et qu'elle trouvait enfin à quarante ans; un bonheur qui lui suffisait, qui l'emplissait de ses belles années mortes, qui la faisait vivre en égoïste, occupée à toutes les sensations nouvelles s'éveillant en elle comme des caresses.

—Soyez bon, murmurait-elle à l'abbé Faujas; soyez bon, car j'ai besoin de bonté.

Et lorsqu'il était bon, elle l'aurait remercié à deux genoux. Il se montrait souple alors, lui parlait paternellement, lui expliquait qu'elle était trop vive d'imagination. Dieu, disait-il, n'aimait pas qu'on l'adorât ainsi, par coups de tête. Elle souriait, elle redevenait belle, et jeune, et rougissante. Elle promettait d'être sage. Puis, dans quelque coin noir, elle avait des actes de foi qui l'écrasaient sur les dalles; elle n'était plus agenouillée, elle glissait, presque assise à terre, balbutiant des paroles ardentes; et, quand les paroles se mouraient, elle continuait sa prière par un élan de tout son être, par un appel à ce baiser divin qui passait sur ses cheveux, sans se poser jamais.

Marthe, au logis, devint querelleuse. Jusque-là elle s'était traînée, indifférente, lasse, heureuse, lorsque son mari la laissait tranquille; mais, depuis qu'il passait les journées à la maison, ayant perdu son bavardage taquin, maigrissant et jaunissant, il l'impatientait.

—Il est toujours dans nos jambes, disait-elle à la cuisinière.

—Pardi! c'est par méchanceté, répondait celle-ci. Au fond, il n'est pas bon homme. Ce n'est pas d'aujourd'hui que je m'en aperçois. C'est comme la mine sournoise qu'il fait, lui qui aime tant à parler, croyez-vous qu'il ne joue pas la comédie pour nous apitoyer? Il enrage de bouder, mais il tient bon, afin qu'on le plaigne et qu'on en passe par ses volontés. Allez, madame, vous avez joliment raison de ne pas vous arrêter à ces simagrées-là.

Mouret tenait les deux femmes par l'argent. Il ne voulait point se disputer, de peur de troubler davantage sa vie. S'il ne grondait plus, tatillonnant, piétinant, il occupait encore les tristesses qui le prenaient en refusant une pièce de cent sous à Marthe ou à Rose. Il donnait par mois cent francs à cette dernière pour la nourriture; le vin, l'huile, les conserves étaient dans la maison. Mais il fallait quand même que la cuisinière arrivât au bout du mois, quitte à y mettre du sien. Quant à Marthe, elle n'avait rien; il la laissait absolument sans un sou. Elle en était réduite à s'entendre avec Rose, à tâcher d'économiser dix francs sur les cent francs du mois. Souvent elle n'avait pas de bottines à se mettre. Elle était obligée d'aller chez sa mère pour lui emprunter l'argent d'une robe ou d'un chapeau.

—Mais Mouret devient fou! criait madame Rougon; tu ne peux pourtant pas aller toute nue. Je lui parlerai.

—Je vous en supplie, ma mère, n'en faites rien, répondait-elle. Il vous déteste. Il me traiterait encore plus mal, s'il savait que je vous raconte ces choses.

Elle pleurait, elle ajoutait:

— Je l'ai longtemps défendu, mais aujourd'hui je n'ai plus la force de me taire.... Vous vous rappelez, lorsqu'il ne voulait pas que je misse seulement le pied dans la rue. Il m'enfermait, il usait de moi comme d'une chose. Maintenant, s'il se montre si dur, c'est qu'il voit bien que je lui ai échappé, et que je ne consentirai jamais plus à être sa bonne. C'est un homme sans religion, un égoïste, un mauvais coeur.

— Il ne te bat pas, au moins?

— Non, mais cela viendra. Il n'en est qu'à tout me refuser. Voilà cinq ans que je n'ai pas acheté de chemises. Hier, je lui montrais celles que j'ai; elles sont usées, et si pleines de reprises, que j'ai honte de les porter. Il les a regardées, les a tâtées, en disant qu'elles pouvaient parfaitement aller jusqu'à l'année prochaine... Je n'ai pas un centime à moi; il faut que je pleure pour une pièce de vingt sous. L'autre jour, j'ai dû emprunter deux sous à Rose pour acheter du fil. J'ai recousu mes gants, qui s'ouvraient de tous les côtés.

Et elle racontait vingt autres détails: les points qu'elle faisait elle-même à ses bottines avec du fil poissé; les rubans qu'elle lavait dans du thé, pour rafraîchir ses chapeaux; l'encre qu'elle étalait sur les plis limés de son unique robe de soie, afin d'en cacher l'usure. Madame Rougon s'apitoyait, l'encourageait à la révolte. Mouret était un monstre. Il poussait l'avarice, disait Rose, jusqu'à compter les poires du grenier et les morceaux de sucre des armoires, surveillant les conserves, mangeant lui-même les croûtes de pain de la veille.

Marthe souffrait surtout de ne pouvoir donner aux quêtes de Saint-Saturnin; elle cachait des pièces de dix sous dans des morceaux de papier, qu'elle gardait précieusement pour les grand'messes des dimanches. Maintenant, quand les dames patronnesses de l'oeuvre de la Vierge offraient quelque cadeau à la cathédrale, un saint-ciboire, une croix d'argent, une bannière, elle était toute honteuse; elle les évitait, feignant d'ignorer leur projet. Ces dames la plaignaient beaucoup. Elle aurait volé son mari, si elle avait trouvé la clef sur le secrétaire, tant le besoin d'orner cette église qu'elle aimait, la torturait. Une jalousie de femme trompée la prenait aux entrailles, lorsque l'abbé Faujas se servait d'un calice donné par madame de Condamin; tandis que, les jours où il disait la messe sur la nappe d'autel qu'elle avait brodée, elle éprouvait une joie profonde, priant avec des frissons, comme si quelque chose d'elle-même se trouvait sous les mains élargies du prêtre. Elle aurait voulu qu'une chapelle tout entière lui appartînt; elle rêvait d'y mettre une fortune, de s'y enfermer, de recevoir Dieu chez elle, pour elle seule.

Rose, qui recevait ses confidences, s'ingéniait pour lui procurer de l'argent. Cette année-là, elle fit disparaître les plus beaux fruits du jardin et les vendit; elle débarrassa également le grenier d'un tas de vieux meubles, si bien qu'elle finit par réunir une somme de trois cents francs, qu'elle remit triomphalement à Marthe. Celle-ci embrassa la vieille cuisinière.

—Ah! que tu es bonne! dit-elle en la tutoyant. Tu es sûre au moins qu'il n'a rien vu?... J'ai regardé, l'autre jour, rue des Orfèvres, des petites burettes d'argent ciselé, toutes mignonnes; elles sont de deux cents francs.... Tu vas me rendre un service, n'est-ce pas? Je ne veux pas les acheter moi-même, parce qu'on pourrait me voir entrer. Dis à ta soeur d'aller les prendre; elle les apportera à la nuit, elle te les remettra par la fenêtre de ta cuisine.

Cet achat des burettes fut pour elle toute une intrigue défendue, où elle goûta de vives jouissances. Elle les garda, pendant trois jours, au fond d'une armoire, cachées derrière des paquets de linge; et, lorsqu'elle les donna à l'abbé Faujas, dans la sacristie de Saint-Saturnin, elle tremblait, elle balbutiait. Lui, la gronda amicalement. Il n'aimait point les cadeaux; il parlait de l'argent avec le dédain d'un homme fort, qui n'a que des besoins de puissance et de domination. Pendant ses deux premières années de misère, même les jours où sa mère et lui vivaient de pain et d'eau, il n'avait jamais songé à emprunter dix francs aux Mouret.

Marthe trouva une cachette sûre pour les cent francs qui lui restaient. Elle devenait avare, elle aussi; elle calculait l'emploi de cet argent, achetait chaque matin une chose nouvelle. Comme elle restait très-hésitante, Rose lui apprit que madame Trouche voulait lui parler en particulier. Olympe, qui s'arrêtait pendant des heures dans la cuisine, était devenue l'amie intime de Rose, à laquelle elle empruntait souvent quarante sous, pour ne pas avoir à remonter les deux étages, les jours où elle disait avoir oublié son porte-monnaie.

—Montez la voir, ajouta la cuisinière; vous serez mieux pour causer.... Ce sont de braves gens, et qui aiment beaucoup monsieur le curé. Ils ont eu bien des tourments, allez. Ça fend le coeur, tout ce que madame Olympe m'a raconté.

Marthe trouva Olympe en larmes. Ils étaient trop bons, on avait toujours abusé d'eux; et elle entra dans des explications sur leurs affaires de Besançon, où la coquinerie d'un associé leur avait mis de lourdes dettes sur le dos. Le pis était que les créanciers se fâchaient. Elle venait de recevoir une lettre d'injures, dans laquelle on la menaçait d'écrire au maire et à l'évêque de Plassans.

-Je suis prête à tout souffrir, ajouta-t-elle en sanglotant; mais je donnerais ma tête, pour que mon frère ne fût pas compromis.... Il a déjà trop fait pour nous; je ne veux lui parler de rien, car il n'est pas riche, il se tourmenterait inutilement .... Mon Dieu! comment faire pour empêcher cet homme d'écrire? Ce serait à mourir de honte, si une pareille lettre arrivait à la mairie et à l'évêché. Oui, je connais mon frère, il en mourrait.

Alors, les larmes montèrent aussi aux yeux de Marthe. Elle était toute pâle, elle serrait les mains d'Olympe. Puis, sans que celle-ci lui eût rien demandé, elle offrit ses cent francs.

—C'est peu sans doute; mais, si cela pouvait conjurer le péril? demanda-t-elle avec anxiété.

—Cent francs, cent francs, répétait Olympe; non, non, il ne se contentera jamais de cent francs.

Marthe fut désespérée. Elle jurait qu'elle ne possédait pas davantage. Elle s'oublia jusqu'à parler des burettes. Si elle ne les avait pas achetées, elle aurait pu donner les trois cents francs. Les yeux de madame Trouche s'étaient allumés.

—Trois cents francs, c'est juste ce qu'il demande, dit-elle. Allez, vous auriez rendu un plus grand service à mon frère, en ne lui faisant pas ce cadeau, qui restera à l'église, d'ailleurs. Que de belles choses les dames de Besançon lui ont apportées! Aujourd'hui, il n'en est pas plus riche pour cela. Ne donnez plus rien, c'est une volerie. Consultez-moi. Il y a tant de misères cachées! Non, cent francs ne suffiront jamais.

Au bout d'une grande demi-heure de lamentations, lorsqu'elle vit que Marthe n'avait réellement que cent francs, elle finit cependant par les accepter.

—Je vais les envoyer pour faire patienter cet homme, murmura-t-elle, mais il ne nous laissera pas la paix longtemps.... Et surtout, je vous en supplie, ne parlez pas de cela à mon frère; vous le tueriez.... Il vaut mieux aussi que mon mari ignore nos petites affaires; il est si fier, qu'il ferait des bêtises pour s'acquitter envers vous. Entre femmes, on s'entend toujours. Marthe fut très-heureuse de ce prêt. Dès lors, elle eut un nouveau souci: écarter de l'abbé Faujas, sans qu'il s'en doutât, le danger qui le menaçait. Elle montait souvent chez les Trouche, passait là des heures, à chercher avec Olympe le moyen de payer les créances. Celle-ci lui avait raconté que de nombreux billets en souffrance étaient endossés par le prêtre, et que le scandale serait énorme, si jamais ces billets étaient envoyés à quelque huissier de Plassans. Le chiffre des créances était si gros, selon elle, que longtemps elle refusa de le dire, pleurant plus fort, lorsque Marthe la pressait. Un jour enfin, elle parla de vingt mille francs. Marthe resta glacée. Jamais elle ne trouverait vingt mille francs. Les yeux fixes, elle pensait qu'il lui faudrait attendre la mort de Mouret, pour disposer d'une pareille somme.

—Je dis vingt mille francs en gros, se hâta d'ajouter Olympe, que sa mine grave inquiéta; mais nous serions bien contents de pouvoir les payer en dix ans, par petits à-compte. Les créanciers attendraient tout le temps qu'on voudrait, s'ils savaient toucher régulièrement.... C'est bien fâcheux que nous ne trouvions pas une personne qui ait confiance en nous et qui nous fasse les quelques avances nécessaires.

C'était là le sujet habituel de leur conversation. Olympe parlait souvent aussi de l'abbé Faujas, qu'elle paraissait adorer. Elle racontait à Marthe des particularités intimes sur le prêtre: il craignait les chatouilles; il ne pouvait pas dormir sur le côté gauche; il avait une fraise à l'épaule droite, que rougissait en mai, comme un fruit naturel. Marthe souriait, ne se lassait jamais de ces détails; elle questionnait la jeune femme sur son enfance, sur celle de son frère. Puis, quand la question d'argent revenait, elle était comme folle de son impuissance; elle se laissait aller à se plaindre amèrement de

Mouret, qu'Olympe, enhardie, finit par ne plus nommer devant elle que «le vieux grigou». Parfois, lorsque Trouche rentrait de son bureau, les deux femmes étaient encore là, à causer; elles se taisaient, changeaient de conversation. Trouche gardait une attitude digne. Les dames patronnesses de l'oeuvre de la Vierge étaient très-contentes de lui. On ne le voyait dans aucun café de la ville.

Cependant, Marthe, pour venir en aide à Olympe, qui parlait certains jours de se jeter par la fenêtre, poussa Rose à porter chez un brocanteur du marché toutes les vieilleries inutiles jetées dans les coins. Les deux femmes furent d'abord timides; elles ne firent enlever, pendant l'absence de Mouret, que les chaises et les tables écloppées; puis, elles s'attaquèrent aux objets sérieux, vendirent des porcelaines, des bijoux, tout ce qui pouvait disparaître, sans produire un trop grand vide. Elles étaient sur une pente fatale; elles auraient fini par enlever les gros meubles et ne laisser que les quatre murs, si Mouret n'avait traité Rose un jour de voleuse, en la menaçant du commissaire.

—Moi, une voleuse! monsieur! s'était-elle écriée. Faites bien attention à ce que vous dites!... Parce que vous m'avez vue vendre une bague de madame. Elle était à moi, cette bague; madame me l'avait donnée, madame n'est pas'chienne comme vous... Vous n'avez pas honte, de laisser votre pauvre femme sans un sou! Elle n'a pas de souliers à se mettre. L'autre jour, j'ai payé la laitière.... Eh bien! oui, j'ai vendu sa bague. Après? Est-ce que sa bague n'est pas à elle? Elle peut bien en faire de l'argent, puisque vous lui refusez tout.... Je vendrais la maison, vous entendez? La maison tout entière. Cela me fait trop de peine de la voir aller nue comme saint Jean.

Mouret alors exerça une surveillance de toutes les heures; il ferma les armoires et prit les clefs. Quand Rose sortait, il lui regardait les mains d'un air défiant; il tâtait ses poches, s'il croyait remarquer quelque gonflement suspect sous sa jupe. Il racheta chez le brocanteur du marché certains objets qu'il posa à leur place, les essuyant, les soignant avec affection, devant Marthe, pour lui rappeler ce qu'il nommait «les vols de Rose». Jamais il ne la mettait directement en cause. Il la tortura surtout avec une carafe en cristal taillé, vendue pour vingt sous par la cuisinière. Celle-ci, qui avait prétendu l'avoir cassée, devait la lui apporter sur la table, à chaque repas. Un matin, au déjeuner, exaspérée, elle la laissa tomber devant lui.

—Maintenant, monsieur, elle est bien cassée, n'est-ce pas? dit-elle en lui riant au nez.

Et, comme il la chassait:

—Essayez donc!... Il y a vingt-cinq ans que je vous sers, monsieur. Madame s'en irait avec moi.

Marthe, poussée à bout, conseillée par Rose et par Olympe, se révolta enfin. Il lui fallait absolument cinq cents francs. Depuis huit jours, Olympe sanglotait, en prétendant que si elle n'avait pas cinq cents francs à la fin du mois, un des billets endossés par l'abbé Faujas «allait être publié dans un journal de Plassans». Ce billet publié, cette menace effrayante qu'elle ne s'expliquait pas nettement, épouvanta Marthe et la décida à tout oser. Le soir, en se couchant, elle demanda les cinq cents francs à Mouret; puis, comme il la regardait ahuri, elle parla de ses quinze années d'abnégation, des quinze années passées par elle à Marseille, derrière un comptoir, la plume à l'oreille, ainsi qu'un commis.

—Nous avons gagné l'argent ensemble, dit-elle; il est à nous deux. Je veux cinq cents francs.

Mouret sortit de son mutisme avec une violence extrême. Tout son emportement bavard reparut.

—Cinq cents francs! cria-t-il. Est-ce pour ton curé?... Je fais l'imbécile, maintenant, je me tais, parce que j'en aurais trop à dire. Mais il ne faut pas croire que vous vous moquerez de moi jusqu'à la fin.... Cinq cents francs! Pourquoi pas la maison! Il est vrai qu'elle est à lui, la maison! Et il veut l'argent, n'est-ce pas? Il t'a dit de me demander l'argent?... Quand je pense que je suis chez moi comme dans un bois! On finira par me voler mon mouchoir dans ma poche. Je parie que, si je montais fouiller sa chambre, je trouverais toutes mes pauvres affaires au fond de ses tiroirs. Il me manque trois caleçons, sept paires de chaussettes, quatre ou cinq chemises; j'ai fait le compte hier. Plus rien n'est à moi, tout disparaît, tout s'en va.... Non, pas un sou, pas un sou, entends-tu!

—Je veux cinq cents francs, la moitié de l'argent m'appartient, répéta-t-elle tranquillement.

Pendant une heure, Mouret tempêta, se fouettant, se lassant à crier vingt fois le même reproche. Il ne reconnaissait plus sa femme; elle l'aimait avant l'arrivée du curé, elle l'écoutait, elle prenait les intérêts de la maison, il fallait vraiment que les gens qui la poussaient contre lui fussent de bien méchantes gens. Puis, sa voix s'embarrassa; il se laissa aller dans un fauteuil, rompu, aussi faible qu'un enfant.

—Donne-moi la clef du secrétaire? demanda Marthe.

Il se releva, mit ses dernières forces dans un cri suprême.

—Tu veux tout prendre, n'est-ce pas? laisser tes enfants sur la paille, ne pas nous garder un morceau de pain?... Eh bien! prends tout, appelle Rose pour qu'elle emplisse son tablier. Tiens, voici la clef.

Et il jeta la clef, que Marthe cacha sous son oreiller. Elle était toute pâle de cette querelle, la première querelle violente qu'elle eût avec son mari. Elle se coucha; lui, passa la nuit dans le fauteuil. Vers le matin, elle l'entendit sangloter. Elle lui aurait rendu la clef, s'il n'était descendu au jardin comme un fou, bien qu'il fît encore nuit noire.

La paix parut se rétablir. La clef du secrétaire restait pendue à un clou, près de la glace. Marthe, qui n'était pas habituée à voir de grosses sommes à la fois, avait une sorte de peur de l'argent. Elle se montra d'abord très-discrète, honteuse, chaque fois qu'elle ouvrait le tiroir, où Mouret gardait toujours en espèces une dizaine de mille francs pour ses achats de vin. Elle prenait strictement ce dont elle avait besoin. Olympe, d'ailleurs, lui donnait d'excellents conseils: puisqu'elle avait la clef maintenant, elle devait se montrer économe. Même, en la voyant toute tremblante devant «le magot», elle cessa pendant quelque temps de lui parler des dettes de Besançon.

Mouret retomba dans son silence morne. Il avait reçu un nouveau coup, plus violent encore que le premier, lors de l'entrée de Serge au séminaire. Ses amis du cours Sauvaire, les petits rentiers qui faisaient régulièrement un tour de promenade, de quatre à six heures, commençaient à s'inquiéter sérieusement, lorsqu'ils le voyaient arriver, les bras ballants, l'air hébété, répondant à peine, comme envahi par un mal incurable.

— Il baisse, il baisse, murmuraient-ils. A quarante-quatre ans, c'est inconcevable. La tête finira par déménager.

Il semblait ne plus entendre les allusions qu'on risquait méchamment devant lui. Si on le questionnait d'une façon directe sur l'abbé Faujas, il rougissait légèrement, en répondant que c'était un bon locataire, qu'il payait son terme avec une grande exactitude. Derrière son dos, les petits rentiers ricanaient, assis sur quelque banc du cours, au soleil.

— Il n'a que ce qu'il mérite, après tout, disait un ancien marchand d'amandes. Vous vous rappelez comme il était chaud pour le curé; c'est lui qui allait faire son éloge aux quatre coins de Plassans. Aujourd'hui, quand on le remet sur ce sujet-là, il a une drôle de mine.

Ces messieurs répétaient alors certains cancans scandaleux qu'ils se confiaient à l'oreille, d'un bout du banc à l'autre.

— N'importe, reprenait à demi-voix un maître tanneur retiré, Mouret n'est pas crâne; moi, je flanquerais le curé à la porte.

Et tous déclaraient, en effet, que Mouret n'était pas crâne, lui qui s'était tant moqué des maris que leurs femmes menaient par le bout du nez.

Dans la ville, ces calomnies, malgré la persistance que certaines personnes semblaient mettre à les répandre, ne dépassaient pas un certain monde d'oisifs et de bavards. Si l'abbé, refusant d'aller occuper la maison curiale, était resté chez les Mouret, ce ne pouvait être, comme il le disait lui-même, que par tendresse pour ce beau jardin, où il lisait si tranquillement son bréviaire. Sa haute piété, sa vie rigide, son dédain des coquetteries que les prêtres se permettent, le mettaient au-dessus de tous les soupçons. Les membres du cercle de la Jeunesse accusaient l'abbé Fenil de chercher à le perdre. Toute la ville neuve, d'ailleurs, lui appartenait. Il n'avait plus contre lui que le quartier Saint-Marc, dont les nobles habitants se tenaient sur la réserve, lorsqu'ils le rencontraient dans les salons de Mgr Rousselot. Cependant, il hochait la tête, les jours où la vieille madame Rougon lui disait qu'il pouvait tout oser.

—Rien n'est solide encore, murmurait-il; je ne tiens personne. Il ne faudrait qu'une paille pour faire crouler l'édifice.

Marthe l'inquiétait depuis quelque temps. Il se sentait impuissant à calmer cette fièvre de dévotion qui la brûlait. Elle lui échappait, désobéissait, se jetait plus avant qu'il n'aurait voulu. Cette femme si utile, cette patronne respectée, pouvait le perdre. Il y avait en elle une flamme intérieure qui brisait sa taille, lui bistrait la peau, lui meurtrissait les yeux. C'était comme un mal grandissant, un affolement de l'être entier, gagnant de proche en proche le cerveau et le coeur. Sa face se noyait d'extase, ses mains se tendaient avec des tremblements nerveux. Une toux sèche parfois la secouait de la tête aux pieds, sans qu'elle parût en sentir le déchirement. Et lui, se faisait plus dur, repoussait cet amour qui s'offrait, lui défendait de venir à Saint-Saturnin.

—L'église est glacée, disait-il; vous toussez trop. Je ne veux pas que vous aggraviez votre mal.

Elle assurait que ce n'était rien, une simple irritation de la gorge. Puis, elle pliait, elle acceptait cette défense d'aller à l'église, comme un châtiment mérité, qui lui fermait la porte du ciel. Elle sanglotait, se croyait damnée, traînait des journées vides; et malgré elle, comme une femme qui retourne à la tendresse défendue, lorsque arrivait le vendredi, elle se glissait humblement dans la chapelle Saint-Michel, venait appuyer son front brûlant contre le bois du confessionnal. Elle ne parlait pas, elle restait là, écrasée; tandis que l'abbé Faujas, irrité, la traitait brutalement en fille indigne. Il la renvoyait. Alors, elle s'en allait, soulagée, heureuse.

Le prêtre eut peur des ténèbres de la chapelle Saint-Michel. Il fit intervenir le docteur Porquier, qui décida Marthe à se confesser dans le petit oratoire de l'oeuvre de la Vierge, au faubourg. L'abbé Faujas promit de l'y attendre toutes les quinzaines, le samedi. Cet oratoire, établi dans une grande pièce blanchie à la chaux, avec quatre immenses fenêtres, était d'une gaieté sur laquelle il comptait pour calmer l'imagination, surexcitée de sa pénitente. Là, il la dominerait, il en ferait une esclave soumise, sans avoir à craindre un scandale possible. D'ailleurs, pour couper court à tous les mauvais bruits, il voulut que sa mère accompagnât Marthe. Pendant qu'il confessait cette dernière, madame Faujas restait à la porte. La vieille dame, n'aimant pas à perdre son temps, apportait un bas, qu'elle tricotait.

—Ma chère enfant, lui disait-elle souvent, lorsqu'elles revenaient ensemble à la rue Balande, j'ai encore entendu Ovide parler bien fort aujourd'hui. Vous ne pouvez donc pas le contenter? vous ne l'aimez donc pas? Ah! que je voudrais être à votre place, pour lui baiser les pieds.... Je finirai par vous détester, si vous ne savez que lui faire du chagrin.

Marthe baissait la tête. Elle avait une grande honte devant madame Faujas. Elle ne l'aimait pas, la jalousait, en la trouvant toujours entre elle et le prêtre. Puis, elle souffrait sous les regards noirs de la vieille dame, qu'elle rencontrait sans cesse, pleins de recommandations étranges et inquiétantes.

Le mauvais état de la santé de Marthe suffit pour expliquer ses rendez-vous avec l'abbé Faujas, dans l'oratoire de l'oeuvre de la Vierge. Le docteur Porquier assurait qu'elle suivait simplement là une de ses ordonnances. Ce mot fit beaucoup rire les promeneurs du cours.

—N'importe, dit madame Paloque à son mari, un jour qu'elle regardait Marthe descendre la rue Balande, en compagnie de madame Faujas, je serais bien curieuse d'être dans un petit coin, pour voir ce que le curé fait avec son amoureuse.... Elle est amusante, lorsqu'elle parle de son gros rhume! Comme si un gros rhume empêchait de se confesser dans une église! J'ai été enrhumée, moi; je ne suis pas allée pour cela me cacher dans les chapelles avec les abbés.

—Tu as tort de t'occuper des affaires de l'abbé Faujas, répondit le juge. On m'a averti. C'est un homme qu'il faut ménager; tu es trop rancunière, tu nous empêcheras d'arriver.

—Tiens! reprit-elle aigrement, ils m'ont marché sur le ventre; ils auront de mes nouvelles.... Ton abbé Faujas est un grand imbécile. Est-ce que tu crois que l'abbé Fenil ne serait pas reconnaissant, si je surprenais le curé et sa belle se disant des douceurs! Va, il payerait bien cher un pareil scandale.... Laisse-moi faire, tu n'entends rien à ces choses-là.

Quinze jours plus tard, le samedi, madame Paloque guetta la sortie de Marthe. Elle était tout habillée derrière ses rideaux, cachant sa figure de monstre, surveillant la rue par un trou de la mousseline. Quand les deux femmes eurent disparu au coin de la rue Taravelle, elle ricana, la bouche fendue. Elle ne se pressa pas, mit des gants, s'en alla tout doucement par la place de la Sous-Préfecture, faisant le grand tour, s'attardant sur le pavé pointu. En passant devant le petit hôtel de madame de Condamin, elle eut un instant l'idée de monter la prendre; mais celle-ci aurait peut-être des scrupules. Somme toute, il valait mieux se passer d'un témoin et conduire l'expédition rondement.

—Je leur ai laissé le temps d'arriver aux gros péchés, je crois que je puis me présenter maintenant, pensa-t-elle, au bout d'un quart d'heure de promenade.

Alors, elle hâta le pas. Elle venait souvent à l'oeuvre de la Vierge pour s'entendre avec Trouche sur des détails de comptabilité. Ce jour-là, au lieu d'entrer dans le cabinet de remployé, elle longea le corridor, redescendit, alla directement à l'oratoire. Devant la porte, sur une chaise, madame Faujas tricotait tranquillement. La femme du juge avait prévu cet obstacle; elle arriva droit dans la porte, de l'air brusque d'une personne affairée. Mais, avant même qu'elle eût allongé le bras pour tourner le bouton, la vieille dame, qui s'était levée, l'avait jetée de côté avec une vigueur extraordinaire.

—Où allez-vous? lui demanda-t-elle de sa voix rude de paysanne.

—Je vais où j'ai besoin, répondit madame Paloque, le bras meurtri, la face toute convulsée de colère. Vous êtes une insolente et une brutale…. Laissez-moi passer. Je suis trésorière de l'oeuvre de la Vierge, j'ai le droit d'entrer partout ici.

Madame Faujas, debout, appuyée contre la porte, avait rajusté ses lunettes sur son nez. Elle se remit à son tricot avec le plus beau sang-froid du monde.

—Non, dit-elle carrément, vous n'entrerez pas.

—Ah!… Et pourquoi, je vous prie?

—Parce que je ne veux pas.

La femme du juge sentit que son coup était manqué; la bile l'étouffait. Elle devint effrayante, répétant, bégayant:

—Je ne vous connais pas, je ne sais pas ce que vous faites là, je pourrais crier et vous faire arrêter; car vous m'avez battue. Il faut qu'il se passe de bien vilaines choses, derrière cette porte, pour que vous soyez chargée d'empêcher les gens de la maison d'entrer. Je suis de la maison, entendez-vous? ... Laissez-moi passer, ou je vais appeler tout le monde.

—Appelez qui vous voudrez, répondit la vieille dame en haussant les épaules. Je vous ai dit que vous n'entreriez pas; je ne veux pas, c'est clair ... Est-ce que je sais si vous êtes de la maison? D'ailleurs, vous en seriez, que cela serait tout comme. Personne ne peut entrer.... C'est mon affaire.

Alors, madame Paloque perdit toute mesure; elle éleva le ton, elle cria:

—Je n'ai pas besoin d'entrer. Ça me suffit. Je suis édifiée. Vous êtes la mère de l'abbé Faujas, n'est-ce pas? Eh bien! c'est du propre, vous faites là un joli métier!... Certes non, je n'entrerai pas; je ne veux pas me mêler de toutes ces saletés.

Madame Faujas, posant son tricot sur la chaise, la regardait à travers ses lunettes avec des yeux luisants, un peu courbée, les mains en avant, comme près de se jeter sur elle, pour la faire taire. Elle allait s'élancer, lorsque la porte, s'ouvrit brusquement et que l'abbé Faujas parut sur le seuil. Il était en surplis, l'air sévère. —Eh bien! mère, demanda-t-il, que se passe-t-il donc?

La vieille dame baissa la tête, recula comme un dogue qui se met derrière les jambes de son maître.

—C'est vous, chère madame Paloque, continua le prêtre. Vous désiriez me parler?

La femme du juge, par un effort suprême de volonté, s'était faite souriante. Elle répondit d'un ton terriblement aimable, avec une raillerie aiguë:

—Comment! vous étiez là, monsieur le curé? Ah! si je l'avais su, je n'aurais point insisté. Je voulais voir la nappe de notre autel, qui ne doit plus être en bon état. Vous savez, je suis la bonne ménagère, ici; je veille aux petits détails. Mais du moment que vous êtes occupé, je ne veux pas vous déranger. Faites, faites vos affaires, la maison est à vous. Madame n'avait qu'un mot à dire, je l'aurais laissée veiller à votre tranquillité.

Madame Faujas laissa échapper un grondement. Un regard de son fils la calma.

—Entrez, je vous en prie, reprit-il; vous ne me dérangez nullement. Je confessais madame Mouret, qui est un peu souffrante.... Entrez donc. La nappe de l'autel pourrait être changée, en effet.

—Non, non, je reviendrai, répéta-t-elle; je suis confuse de vous avoir interrompu. Continuez, continuez, monsieur le curé.

Elle entra cependant. Pendant qu'elle regardait avec Marthe la nappe de l'autel, le prêtre gronda sa mère, à voix basse:

—Pourquoi l'avez-vous arrêtée, mère? Je ne vous ai pas dit de garder la porte.

Elle regardait fixement devant elle, de son air de bête têtue.

—Elle m'aurait passé sur le ventre avant d'entrer, murmura-t-elle.
—Mais pourquoi?

—Parce que... Écoute, Ovide, ne te fâche pas; tu sais que tu me tues, lorsque tu te fâches.... Tu m'avais dit d'accompagner la propriétaire ici, n'est-ce pas? Eh bien! j'ai cru que tu avais besoin de moi, à cause des curieux. Alors je me suis assise là. Va, je te réponds que vous étiez libres de faire ce que vous auriez voulu; personne n'y aurait mis le nez.

Il comprit, il lui saisit les mains, la secouant, lui disant:

—Comment, mère, c'est vous qui avez pu supposer...?

—Eh! je n'ai rien supposé, répondit-elle avec une insouciance sublime. Tu es maître de faire ce qu'il te plaît, et tout ce que tu fais est bien fait, vois-tu; tu es mon enfant.... J'irais voler pour toi, c'est clair.

Mais lui, n'écoutait plus. Il avait lâché les mains de sa mère, il la regardait, comme perdu dans les réflexions qui rendaient sa face plus austère et plus dure.

—Non, jamais, jamais, dit-il avec un orgueil âpre. Vous vous trompez, mère.... Les hommes chastes sont les seuls forts.

XVI

A dix-sept ans, Désirée riait toujours de son rire d'innocente. Elle était devenue une grande belle enfant, toute grasse, avec des bras et des épaules de femme faite. Elle poussait comme une forte plante, heureuse de croître, insouciante du malheur qui vidait et assombrissait la maison.

—Tu ne ris pas, disait-elle à son père. Veux-tu jouer à la corde? C'est ça qui est amusant!

Elle s'était emparée de tout un carré du jardin; elle bêchait, plantait des légumes, arrosait. Les gros travaux étaient sa joie. Puis, elle avait voulu avoir des poules, qui lui mangeaient ses légumes, des poules qu'elle grondait avec des tendresses de mère. A ces jeux, dans la terre, au milieu des bêtes, elle se salissait, terriblement.

—C'est un vrai torchon! criait Rose. D'abord, je ne veux plus qu'elle entre dans ma cuisine, elle met de la boue partout.... Allez, madame, vous êtes bien bonne de la pomponner; à votre place, je la laisserais patauger à son aise.

Marthe, dans l'envahissement de son être, ne veilla même plus à ce que Désirée changeât de linge. L'enfant gardait parfois la même chemise pendant trois semaines; ses bas, qui tombaient sur ses souliers éculés, n'avaient plus de talons; ses jupes lamentables pendaient comme des loques de mendiante. Mouret, un jour, dut prendre une aiguille; la robe fendue par derrière, du haut en bas, montrait sa peau. Elle riait d'être à moitié nue, les cheveux tombés sur les épaules, les mains noires, la figure toute barbouillée.

Marthe finit par avoir une sorte de dégoût. Lorsqu'elle revenait de la messe, gardant dans ses cheveux les vagues parfums de l'église, elle était choquée de l'odeur puissante de terre que sa fille portait sur elle. Elle la renvoyait au jardin, dès la fin du déjeuner; elle ne pouvait la tolérer à côté d'elle, inquiétée par cette santé robuste, ce rire clair qui s'amusait de tout.

—Mon Dieu! que cette enfant est fatigante! murmurait-elle parfois, d'un air de lassitude énervée.

Mouret, l'entendant se plaindre, lui dit dans un mouvement de colère:

—Si elle te gêne, on peut la mettre à la porte, comme les deux autres.

—Ma foi! je serais bien tranquille, si elle n'était plus là, répondit-elle nettement.

Vers la fin de l'été, une après-midi, Mouret s'effraya de ne plus entendre Désirée, qui faisait, quelques minutes auparavant, un tapage affreux dans le fond du jardin. Il courut, il la trouva par terre, tombée d'une échelle sur laquelle elle était montée pour cueillir des figues; les buis avaient heureusement amorti sa chute. Mouret, épouvanté, la prit dans ses bras, en appelant au secours. Il la croyait morte; mais elle revint à elle, assura qu'elle ne s'était pas fait de mal, et voulut remonter sur l'échelle.

Cependant, Marthe avait descendu le perron. Quand elle entendit Désirée rire, elle se fâcha. —Cette enfant me fera mourir, dit-elle; elle ne sait qu'inventer pour me donner des secousses. Je suis sûre qu'elle s'est jetée par terre exprès. Ce n'est plus tenable. Je m'enfermerai dans ma chambre, je partirai le matin pour ne rentrer que le soir... Oui, ris donc, grande bête! Est-ce possible d'avoir mis au monde une pareille bête! Va, tu me coûteras cher.

—Ça, c'est sûr, ajouta Rose qui était accourue de la cuisine, c'est un gros embarras, et il n'y a pas de danger qu'on puisse jamais la marier.

Mouret, frappé au coeur, les écoutait, les regardait. Il ne répondit rien, il resta au fond du jardin avec la jeune fille. Jusqu'à la tombée de la nuit, ils parurent causer doucement ensemble. Le lendemain, Marthe et Rose devaient s'absenter toute la matinée; elles allaient, à une lieue de Plassans, entendre la messe dans une chapelle dédiée à saint Janvier, où toutes les dévotes de la ville se rendaient ce jour-là en pèlerinage. Lorsqu'elles rentrèrent, la cuisinière se hâta da servir un déjeuner froid. Marthe mangeait depuis quelques minutes, lorsqu'elle s'aperçut que sa fille n'était pas à table.

—Désirée n'a donc pas faim? demanda-t-elle; pourquoi ne déjeune-t-elle pas avec nous?

—Désirée n'est plus ici, dit Mouret, qui laissait les morceaux sur son assiette; je l'ai menée ce matin à Saint-Eutrope, chez sa nourrice.

Elle posa sa fourchette, un peu pâle, surprise et blessée.

—Tu aurais pu me consulter, reprit-elle.

Mais lui, continua, sans répondre directement:

—Elle est bien chez sa nourrice. Cette brave femme, qui l'aime beaucoup, veillera sur elle... De cette façon, l'enfant ne te tourmentera plus, tout le monde sera content.

Et, comme elle restait muette, il ajouta: —Si la maison ne te semble pas assez tranquille, tu me le diras, et je m'en irai.

Elle se leva à demi, une lueur passa dans ses yeux. Il venait de la frapper si cruellement, qu'elle avança la main, comme pour lui jeter la bouteille à la tête. Dans cette nature si longtemps soumise, des colères inconnues soufflaient; une haine grandissait contre cet homme qui rôdait sans cesse autour d'elle, pareil à un remords. Elle se remit à manger avec affectation, sans parler davantage de sa fille. Mouret avait plié sa serviette; il restait assis devant elle, écoutant le bruit de sa fourchette, jetant de lents regards autour de cette salle à manger, si joyeuse autrefois du tapage des enfants, si vide et si triste aujourd'hui. La pièce lui semblait glacée. Des larmes lui montaient aux yeux, lorsque Marthe appela Rose pour le dessert.

—Vous avez bon appétit, n'est-ce pas, madame? dit celle-ci en apportant une assiette de fruits. C'est que nous avons joliment marché!... Si monsieur, au lieu de faire le païen, était venu avec nous, il ne vous aurait pas laissé manger le reste du gigot à vous toute seule.

Elle changea les assiettes, bavardant toujours.

—Elle est bien jolie, la chapelle de Saint-Janvier, mais elle est trop petite.... Vous avez vu les dames qui sont arrivées en retard; elles ont dû s'agenouiller dehors, sur l'herbe, en plein soleil.... Ce que je ne comprends pas, c'est que madame de Condamin soit venue en voiture; il n'y a plus de mérite alors, à faire le pèlerinage.... Nous avons passé une bonne matinée tout de même, n'est-ce pas, madame?

—Oui, une bonne matinée, répéta Marthe. L'abbé Mousseau, qui a prêché, a été très-touchant.

Lorsque Rose s'aperçut à son tour de l'absence de Désirée, et qu'elle connut le départ de l'enfant, elle s'écria:

—Ma foi, monsieur a eu une bonne idée!... Elle me prenait toutes mes casseroles pour arroser ses salades.... On va pouvoir respirer un peu.

—Sans doute, dit Marthe qui entamait une poire.

Mouret étouffait. Il quitta la salle à manger, sans écouter Rose, qui lui criait que le café allait être prêt tout de suite. Marthe, restée seule dans la salle à manger, acheva tranquillement sa poire.

Madame Faujas descendait, lorsque la cuisinière apporta le café.

—Entrez donc, lui dit cette dernière; vous tiendrez compagnie à madame, et vous prendrez la tasse de monsieur, qui s'est sauvé comme un fou.

La vieille dame s'assit à la place de Mouret.

—Je croyais que vous ne preniez jamais de café, fit-elle remarquer en se sucrant.

—Oui, autrefois, répondit Rose, lorsque monsieur tenait la bourse....
Maintenant, madame serait bien bête de se priver de ce qu'elle aime.

Elles causèrent une bonne heure. Marthe, attendrie, finit par conter ses chagrins à madame Faujas; son mari venait de lui faire une scène affreuse, à propos de sa fille, qu'il avait conduite chez sa nourrice, dans un coup de tête. Et elle se défendait; elle assurait qu'elle aimait beaucoup l'enfant, qu'elle irait la chercher un jour.

—Elle était un peu bruyante, insinua madame Faujas. Je vous ai plainte bien souvent.... Mon fils aurait renoncé à venir lire son bréviaire dans le jardin; elle lui cassait la tête.

A partir de ce jour, les repas de Marthe et de Mouret furent silencieux. L'automne était très-humide; la salle à manger restait mélancolique, avec les deux couverts isolés, séparés par toute la largeur de la grande table. L'ombre emplissait les coins, le froid tombait du plafond. Ou aurait dit un enterrement, selon l'expression de Rose.

—Ah bien! disait-elle souvent en apportant les plats, il ne faut pas faire tant de bruit.... De ce train-là, il n'y a pas de danger que vous vous écorchiez la langue.... Soyez donc plus gai, monsieur; vous avez l'air de suivre un mort. Vous finirez par mettre madame au lit. Ce n'est pas bon pour la santé, de manger sans parler.

Quand vinrent les premiers froids, Rose, qui cherchait à obliger madame Faujas, lui offrit son fourneau pour faire la cuisine. Cela commença par des bouillottes d'eau que la vieille dame descendit faire chauffer; elle n'avait pas de feu, et l'abbé était pressé de se raser. Elle emprunta ensuite des fers à repasser, se servit de quelques casseroles, demanda ta rôtissoire pour mettre un gigot à la broche; puis, comme elle n'avait pas, en haut, une cheminée disposée d'une façon convenable, elle finit par accepter les offres de Rose, qui alluma un feu de sarments, à rôtir un mouton tout entier.

—Ne vous gênez donc pas, répétait-elle en tournant elle-même le gigot. La cuisine est grande, n'est-ce pas? Il y a bien de la place pour deux.... Je ne sais pas comment vous avez pu tenir jusqu'à présent, à faire votre cuisine par terre, devant la cheminée de votre chambre, sur un méchant fourneau de tôle. Moi, j'aurais eu peur des coups de sang.... Aussi monsieur Mouret est ridicule; on ne loue pas un appartement sans cuisine. Il faut que vous soyez de braves gens, pas fiers, commodes à vivre.

Peu à peu, madame Faujas fit son déjeuner et son dîner dans la cuisine des Mouret. Les premiers temps, elle fournit son charbon, son huile, ses épices. Dans la suite, lorsqu'elle oublia quelque provision, la cuisinière ne voulut pas qu'elle remontât chez elle; elle la forçait de prendre dans l'armoire ce qui lui manquait.

—Tenez, le beurre est là. Ce n'est pas ce que vous allez prendre sur le bout de votre couteau, qui nous ruinera. Vous savez bien que tout est à votre disposition, ici.... Madame me gronderait, si vous ne vous mettiez pas à votre aise.

Alors, une grande intimité s'établit entre Rose et madame Faujas; la cuisinière était ravie d'avoir toujours là une personne qui consentît à l'écouter, pendant qu'elle tournait ses sauces. Elle s'entendait à merveille, d'ailleurs, avec la mère du prêtre, dont les robes d'indienne, le masque rude, la brutalité populacière, la mettaient presque sur un pied d'égalité. Pendant des heures, elles s'attardaient ensemble devant leurs fourneaux éteints. Madame Faujas eut bientôt un empire absolu dans la cuisine; elle gardait son attitude impénétrable, ne disait que ce qu'elle voulait bien dire, se faisait conter ce qu'elle désirait savoir. Elle décida du dîner des Mouret, goûta avant eux aux plats qu'elle leur envoyait; souvent même Rose faisait à part des friandises destinées particulièrement à l'abbé, des pommes au sucre, des gâteaux de riz, des beignets soufflés. Les provisions se mêlaient, les casseroles allaient à la débandade, les deux dîners se confondaient, à ce point que la cuisinière s'écriait en riant, au moment de servir:

—Dites, madame, est-ce que les oeufs sur le plat sont à vous? Je ne sais plus, moi!... Ma parole! il vaudrait mieux qu'on mangeât ensemble.

Ce fut le jour de la Toussaint que l'abbé Faujas déjeuna pour la première fois dans la salle à manger des Mouret. Il était très-pressé, il devait retourner à Saint-Saturnin. Marthe, pour qu'il perdît moins de temps, le fit asseoir devant la table, en lui disant que sa mère n'aurait pas deux étages à monter. Une semaine plus tard, l'habitude était prise, les Faujas descendaient à chaque repas, s'attablaient, allaient jusqu'au café. Les premiers jours, les deux cuisines restèrent différentes; puis, Rose trouva ça «très-bête», disant qu'elle pouvait bien faire de la cuisine pour quatre personnes, et qu'elle s'entendrait avec madame Faujas. —Ne me remerciez pas, ajouta-t-elle. C'est vous qui êtes bien gentils de descendre tenir compagnie à madame; vous allez apporter un peu de gaieté.... Je n'osais plus entrer dans la salle à manger; il me semblait que j'entrais chez un mort. C'était vide à faire peur.... Si monsieur boude à présent, tant pis pour lui! il boudera tout seul.

Le poêle ronflait, la pièce était toute tiède. Ce fut un hiver charmant. Jamais Rose n'avait mis le couvert avec du linge plus net; elle plaçait la chaise de monsieur le curé près du poêle, de façon qu'il eût le dos au feu. Elle soignait particulièrement son verre, son couteau, sa fourchette; elle veillait, dès que la nappe avait la moindre tache, à ce que la tache ne fût pas de son côté. Puis, c'étaient mille attentions délicates.

Quand elle lui ménageait un plat qu'il aimait, elle l'avertissait pour qu'il réservât son appétit. Parfois, au contraire, elle lui faisait une surprise; elle apportait le plat couvert, riait en dessous des regards interrogateurs, disait, d'un air de triomphe contenu:

—C'est pour monsieur le curé, une macreuse farcie aux olives, comme il les aime…. Madame, donnez un filet à monsieur le curé, n'est-ce pas? Le plat est pour lui.

Marthe servait. Elle insistait, avec des yeux suppliants, pour qu'il acceptât les bons morceaux. Elle commençait toujours par lui, fouillait le plat, tandis que Rose, penchée au-dessus d'elle, lui indiquait du doigt ce qu'elle croyait le meilleur. Et elles avaient même de courtes querelles sur l'excellence de telles ou telles parties d'un poulet ou d'un lapin. Rose poussait un coussin de tapisserie sous les pieds du prêtre. Marthe exigeait qu'il eût sa bouteille de bordeaux et son pain, un petit pain doré qu'elle commandait tous les jours chez le boulanger.

—Eh! rien n'est trop bon, répétait Rose, quand l'abbé les remerciait. Qui donc vivrait bien, si les braves coeurs comme vous n'avaient pas leurs aises? Laissez-nous faire, le bon Dieu payera votre dette.

Madame Faujas, assise à table en face de son fils, souriait de toutes ces cajoleries. Elle se prenait à aimer Marthe et Rose; elle trouvait, d'ailleurs, leur adoration naturelle, les regardait comme très-heureuses d'être ainsi à genoux devant son dieu. La tête carrée, mangeant lentement et beaucoup, en paysanne qui va loin en besogne, elle présidait réellement les repas, voyant tout sans perdre un coup de fourchette, veillant à ce que Marthe restât dans son rôle de servante, couvant son fils d'un regard de jouissance satisfaite. Elle ne parlait que pour dire en trois mots les goûts de l'abbé ou pour couper court aux refus polis qu'il hasardait encore. Parfois, elle haussait les épaules, lui poussait le pied. Est-ce que la table n'était pas à lui? Il pouvait bien manger le plat tout entier, si cela lui faisait plaisir; les autres se seraient contentés de mordre à leur pain sec en le regardant.

Quant à l'abbé Faujas, il restait indifférent aux soins tendres dont il était l'objet; très-frugal, mangeant vite, l'esprit occupé ailleurs, il ne s'apercevait souvent pas des gâteries qu'on lui réservait. Il avait cédé aux instances de sa mère, en acceptant la compagnie des Mouret; il ne goûtait, dans la salle à manger du rez-de-chaussée, que la joie d'être absolument débarrassé des soucis de la vie matérielle. Aussi gardait-il une tranquillité superbe, peu à peu habitué à voir ses moindres désirs devinés, ne s'étonnant plus, ne remerciant plus, régnant dédaigneusement entre la maîtresse de la maison et la cuisinière, qui épiaient avec anxiété les moindres plis de son visage grave.

Et Mouret, assis en face de sa femme, restait oublié. Il se tenait, les poignets au bord de la table, comme un enfant, en attendant que Marthe voulût bien songer à lui. Elle le servait le dernier, au hasard, maigrement. Rose, debout derrière elle, l'avertissait, lorsqu'elle se trompait et qu'elle tombait sur un bon morceau.

—Non, non, pas ce morceau-là.... Vous savez que monsieur aime la tête; il suce les petits os.

Mouret, diminué, mangeait avec des hontes de pique-assiette. Il sentait que madame Faujas le regardait lorsqu'il se coupait du pain. Il réfléchissait une grande minute, les yeux sur la bouteille, avant d'oser se servir à boire. Une fois, il se trompa, prit trois doigts du bordeaux de monsieur le curé. Ce fut une belle affaire! Pendant un mois, Rose lui reprocha ces trois doigts de vin. Quand elle faisait quelque plat de sucrerie, elle s'écriait:

—Je ne veux pas que monsieur y goûte.... Il ne m'a jamais fait un compliment. Une fois, il m'a dit que mon omelette au rhum était brûlée. Alors, je lui ai répondu: «Elles seront toujours brûlées pour vous.» Entendez-vous, madame, n'en donnez pas à monsieur.

Puis, c'étaient des taquineries. Elle lui passait les assiettes fêlées, lui mettait un pied de la table entre les jambes, laissait à son verre les peluches du torchon, posait le pain, le vin, le sel, à l'autre bout de lu table. Mouret seul aimait la moutarde; il allait lui-même chez l'épicier en acheter des pots, que la cuisinière faisait régulièrement disparaître, sous prétexte que «ça puait». La privation de moutarde suffisait à lui gâter ses repas. Ce qui le désespérait plus encore, ce qui le coupait absolument l'appétit, c'était d'avoir été chassé de sa place, de la place qu'il avait occupée de tout temps, devant la fenêtre, et qu'on donnait au prêtre comme étant la plus agréable. Maintenant, il faisait face à la porte; il lui semblait manger chez des étrangers, depuis qu'à chaque bouchée il ne pouvait jeter un coup d'oeil sur ses arbres fruitiers.

Marthe n'avait pas les aigreurs de Rose; elle le traitait en parent pauvre, qu'on tolère; elle finissait par ignorer qu'il fût là, ne lui adressant presque jamais la parole, agissant comme si l'abbé Faujas eût seul donné des ordres dans la maison. D'ailleurs, Mouret ne se révoltait pas; il échangeait quelques mots de politesse avec le prêtre, mangeait en silence, répondait par de lents regards aux attaques de la cuisinière. Puis, comme il avait toujours fini le premier, il pliait sa serviette méthodiquement, et se retirait, souvent avant le dessert.

Rose prétendait qu'il enrageait. Quand elle causait avec madame Faujas dans la cuisine, elle lui expliquait son maître tout au long.

—Je le connais bien, il ne m'a jamais bien effrayée... Avant que vous veniez ici, madame tremblait devant lui, parce qu'il était toujours à criailler, à faire l'homme terrible. Il nous embêtait tous d'une jolie manière, sans cesse sur notre dos, ne trouvant rien de bien, fourrant son nez partout, voulant montrer qu'il était le maître... Maintenant, il est doux comme un mouton, n'est-ce pas? C'est que madame a pris le dessus. Ah! s'il était brave, s'il ne craignait pas toute sorte d'ennuis, vous entendriez une jolie chanson. Mais il a trop peur de votre fils; oui, il a peur de monsieur le curé.... On dirait qu'il devient imbécile, par moments. Après tout, puisqu'il ne nous gêne plus, il peut bien être comme il lui plaît, n'est-ce pas, madame?

Madame Faujas répondait que M. Mouret lui paraissait un trèsdigne homme; il avait le seul tort de ne pas être religieux. Mais il reviendrait certainement au bien, plus tard. Et la vieille dame s'emparait lentement du rez-de-chaussée, allant de la cuisine à la salle à manger, trottant dans le vestibule et dans le corridor. Mouret, quand il la rencontrait, se rappelait le jour de l'arrivée des Faujas, lorsque, vêtue d'une loque noire, ne lâchant pas le panier qu'elle tenait à deux mains, elle allongeait le cou dans chaque pièce, avec l'aisance tranquille d'une personne qui visite une maison à vendre. Depuis que les Faujas mangeaient au rez-de-chaussée, le second étage appartenait aux Trouche. Ils y devenaient bruyants; des bruits de meubles roulés, des piétinements, des éclats de voix, descendaient par les portes ouvertes et violemment refermées. Madame Faujas, en train de causer dans la cuisine, levait la tête d'un air inquiet. Rose, pour arranger les choses, disait que cette pauvre madame Trouche avait bien du mal. Une nuit, l'abbé, qui n'était point encore couché, entendit dans l'escalier un tapage étrange. Étant sorti avec son bougeoir, il aperçut Trouche abominablement gris, qui montait les marches sur les genoux. Il le souleva de son bras robuste, le jeta chez lui. Olympe, couchée, lisait tranquillement un roman, en buvant à petits coups un grog posé sur la table de nuit.

—Écoutez, dit l'abbé Faujas, livide de colère, vous ferez vos malles demain matin, et vous partirez.

—Tiens, pourquoi donc? demanda Olympe sans se troubler; nous sommes bien ici.

Mais le prêtre l'interrompit rudement.

—Tais-toi! Tu es une malheureuse, tu n'as jamais cherché qu'à me nuire. Notre mère avait raison, je n'aurais pas dû vous tirer de votre misère…. Voilà qu'il me faut ramasser ton mari dans l'escalier, maintenant! C'est une honte. Et pense au scandale, si on le voyait dans cet état…. Vous partirez demain.

Olympe s'était assise pour boire une gorgée de grog.

—Ah! non, par exemple! murmura-t-elle.

Trouche riait. Il avait l'ivresse gaie. Il était tombé dans un fauteuil, épanoui, ravi.

—Ne nous fâchons pas, bégaya-t-il. Ce n'est rien, un petit étourdissement, à cause de l'air, qui est très-vif. Avec ça, les rues sont drôles dans cette sacrée ville…. Je vais vous dire, Faujas, ce sont des jeunes gens très-convenables. Il y a là le fils du docteur Porquier. Vous connaissez bien, le docteur Porquier?… Alors, nous nous voyons dans un café, derrière les prisons. Il est tenu par une Arlésienne, une belle femme, une brune….

Le prêtre, les bras croisés, le regardait d'un air terrible. —Non, je vous assure, Faujas, vous avez tort de m'en vouloir…. Vous savez que je suis un homme bien élevé; je connais les convenances. Dans le jour, je ne prendrais pas un verre de sirop, de peur de vous compromettre… Enfin, depuis que je suis ici, je vais à mon bureau comme si j'allais à l'école, avec des tartines de confiture dans un panier; c'est même bête, ce métier-là. Je me trouve bête, oui, parole d'honneur; et si ce n'était pas pour vous rendre service... Mais, la nuit, on ne me voit pas, peut-être. Je puis me promener la nuit. Ça me fait du bien, je finirais par crever à rester sous clef. D'abord, il n'y a personne dans les rues, elles sont si drôles!...

—Ivrogne! dit le prêtre entre ses dents serrées.

—Vous ne faites pas la paix?... Tant pis! mon cher. Moi, je suis bon enfant; je n'aime pas les fichues mines. Si ça vous déplaît, je vous plante-là avec vos béguines. Il n'y a guère que la petite Condamin qui soit gentille, et encore l'Arlésienne est mieux... Vous avez beau rouler vos yeux, je n'ai pas besoin de vous. Tenez, voulez-vous que je vous prête cent francs?

Et il tira des billets de banque, qu'il étala sur ses genoux, en riant aux éclats; puis, il les fit voltiger, les passa sous le nez de l'abbé, les jeta en l'air. Olympe, d'un bond, se leva à moitié nue; elle ramassa les billets, qu'elle cacha sous le traversin, d'un air contrarié. Cependant, l'abbé Faujas regardait autour de lui, très-surpris; il voyait des bouteilles de liqueur rangées le long de la commode, un pâté presque entier sur la cheminée, des dragées dans une vieille boîte crevée. La chambre était remplie d'achats récents: des robes jetées sur les chaises; un paquet de dentelle déplié; une superbe redingote toute neuve, pendue à l'espagnolette de la fenêtre; une peau d'ours étalée devant le lit. A côté du grog, sur la table de nuit, une petite montre de femme, en or, luisait, dans une coupe de porcelaine.

—Qui donc ont-ils dévalisé? pensa le prêtre.

Alors, il se souvint d'avoir vu Olympe baisant les mains de Marthe.

—Mais, malheureux, s'écria-t-il, vous volez!

Trouche se leva. Sa femme l'envoya tomber sur le canapé.

—Tiens-toi tranquille, lui dit-elle; dors, tu en as besoin. Et, se tournant vers son frère:

—Il est une heure, tu peux nous laisser dormir, si tu n'as que des choses désagréables à nous dire... Mon mari a eu tort de se soûler, c'est vrai; mais ce n'est pas une raison pour le maltraiter....Nous avons eu déjà plusieurs explications; il faut que celle-ci soit la dernière, entends-tu? Ovide... Nous sommes frère et soeur, n'est-ce pas? Eh bien! je te l'ai dit, nous devons partager.... Tu te goberges en bas, tu te fais faire des petits plats, tu vis comme un bien-heureux entre la propriétaire et la cuisinière. Ça te regarde. Nous n'allons pas, nous autres, regarder dans ton assiette ni te retirer les morceaux de la bouche. Nous te laissons conduire ta barque comme tu l'entends. Alors, ne nous tourmente pas, accorde-nous la même liberté.... Il me semble que je suis bien raisonnable....

Et comme le prêtre faisait un geste:

—Oui, je comprends, continua-t-elle, tu as toujours peur que nous ne gâtions tes affaires.... La meilleure façon pour que nous ne les gâtions pas, c'est de ne point nous taquiner. Quand tu répéteras: «Ah! si j'avais su, je vous aurais laissés où vous étiez!» Tiens! tu n'es pas fort, malgré tes grands airs. Nous avons les mêmes intérêts que toi; nous sommes en famille, nous pouvons faire notre trou tous ensemble. Ce serait tout à fait gentil, si tu voulais.... Va te coucher. Je gronderai Trouche demain; je te l'enverrai, tu lui donneras tes ordres.

—Sans doute, murmura l'ivrogne, qui s'endormait. Faujas est drôle....
Je ne veux pas de la propriétaire, j'aime mieux ses écus.

Alors, Olympe se mit à rire effrontément, en regardant son frère. Elle s'était recouchée, s'arrangeant commodément, le dos contre l'oreiller. Le prêtre, un peu pâle, réfléchissait; puis, il s'en alla, sans dire un mot, tandis qu'elle reprenait son roman et que Trouche ronflait sur le canapé.

Le lendemain, Trouche dégrisé eut un long entretien avec l'abbé Faujas. Lorsqu'il revint auprès de sa femme, il lui apprit à quelles conditions la paix était faite.

—Écoute, mon chéri, lui dit-elle, contente-le, fais bien ce qu'il demande; tâche surtout de lui être utile, puisqu'il t'en donne les moyens.... J'ai l'air brave, quand il est là; mais, au fond, je sais qu'il nous mettrait à la rue, comme des chiens, si nous le poussions à bout. Et je ne veux pas m'en aller.... Es-tu sûr qu'il nous gardera?

—Oui, ne crains rien, répondit l'employé. Il a besoin de moi, il nous laissera faire notre pelote.

A partir de ce moment, Trouche sortit tous les soirs, vers neuf heures, lorsque les rues étaient désertes. Il racontait à sa femme qu'il allait dans le vieux quartier faire de la propagande pour l'abbé. D'ailleurs, Olympe n'était pas jalouse; elle riait, lorsqu'il lui rapportait quoique histoire risquée; elle préférait les chatteries solitaires, les petits verres pris toute seule, les gâteaux mangés en cachette, les longues soirées passées chaudement dans le lit, à dévorer un vieux fonds de cabinet de lecture, découvert par elle rue Canquoin. Trouche rentrait gris raisonnablement; il ôtait ses souliers dans le vestibule, pour monter l'escalier sans bruit. Quand il avait trop bu, quand il empoisonnait la pipe et l'eau-de-vie, sa femme ne le voulait pas à côté d'elle; elle le forçait à coucher sur le canapé. C'était alors une lutte sourde, silencieuse. Il revenait avec l'entêtement de l'ivresse, s'accrochait aux couvertures; mais il chancelait, glissait, tombait sur les mains, et elle finissait par le rouler comme une masse. S'il commençait à crier, elle le serrait à la gorge, le regardant fixement, murmurant:

—Ovide t'entend, Ovide va venir.

Il était alors pris de peur, ainsi qu'un enfant auquel on parle du loup; puis, il s'endormait en mâchant des excuses. D'ailleurs, dès le soleil levé, il faisait sa toilette d'homme grave, essuyait de son visage marbré les hontes de la nuit, mettait une certaine cravate qui, selon son expression, lui donnait «l'air calotin». Il passait devant les cafés en baissant les yeux. A l'oeuvre de la Vierge, on le respectait. Parfois, lorsque les jeunes filles jouaient dans la cour, il levait un coin du rideau, les regardait d'un air paterne, avec des flammes courtes qui flambaient sous ses paupières à demi baissées.

Les Trouche étaient encore tenus en respect par madame Faujas. La fille et la mère restaient en continuelle querelle, l'une se plaignant d'avoir toujours été sacrifiée à son frère, l'autre la traitant de mauvaise bête qu'elle aurait dû écraser au berceau. Mordant à la même proie, elles se surveillaient, sans lâcher le morceau, furieuses, inquiètes de savoir laquelle des deux taillerait la plus grosse part. Madame Faujas voulait toute la maison; elle en défendait jusqu'aux balayures contre les doigts crochus d'Olympe. Lorsqu'elle s'aperçut des grosses sommes que celle-ci tirait des poches de Marthe, elle devint terrible. Son fils ayant haussé les épaules en homme qui dédaigne ces misères, et qui se trouve forcé de fermer les yeux, elle eut à son tour une explication épouvantable avec sa fille, qu'elle appela voleuse, comme si elle eût pris l'argent dans sa propre poche.

—Hein? maman, c'est assez, n'est-ce pas? dit Olympe impatientée. Ce n'est pas votre bourse qui danse peut-être…. Moi, je n'emprunte encore que de l'argent, je ne me fais pas nourrir.

—Que veux-tu dire, méchante gale? balbutia madame Faujas, au comble de l'exaspération. Est-ce que nous ne payons pas nos repas? Demande à la cuisinière, elle le montrera notre livre de compte.

Olympe éclata de rire.

—Ah! très-joli! reprit-elle. Je le connais, le livre de compte. Vous payez les radis et le beurre, n'est-ce pas?… Tenez, maman, restez au rez-de-chaussée; je ne vais pas vous y déranger, moi. Mais ne montez plus me tourmenter, ou je crie. Vous savez qu'Ovide a défendu qu'on fît du bruit.

Madame Faujas redescendait en grondant. Cette menace de tapage la forçait à battre en retraite. Olympe, pour se moquer, chantonnait derrière son dos. Mais, lorsqu'elle allait au jardin, sa mère se vengeait, sans cesse sur ses talons, regardant ses mains, la guettant. Elle ne la tolérait ni dans la cuisine ni dans la salle à manger. Elle l'avait fâchée avec Rose, à propos d'une casserole prêtée et non rendue. Cependant, elle n'osait l'attaquer dans l'amitié de Marthe, de peur de quelque esclandre, dont l'abbé aurait souffert.

—Puisque tu es si peu soucieux de tes intérêts, dit-elle un jour à son fils, je saurai bien les défendre à ta place; n'aie pas peur, je serai prudente…. Si je n'étais pas là, vois-tu, ta soeur te retirerait le pain des mains.

Marthe n'avait pas conscience du drame qui se nouait autour d'elle. La maison lui semblait simplement plus vivante, depuis que tout ce monde emplissait le vestibule, l'escalier, les corridors. On eût dit le vacarme d'un hôtel garni, avec le bruit étouffé des querelles, les portes battantes, la vie sans gêne et personnelle de chaque locataire, la cuisine flambante, où Rose semblait avoir toute une table d'hôte à traiter. Puis, c'était une procession continuelle de fournisseurs.

Olympe, se soignant les mains, ne voulant plus laver la vaisselle, se faisait tout apporter du dehors, de chez un pâtissier de la rue de la Banne, qui préparait des repas pour la ville. Et Marthe souriait, se disait heureuse de ce branle de la maison entière; elle n'aimait plus rester seule, avait besoin d'occuper la fièvre dont elle était brûlée.

Cependant, Mouret, comme pour fuir ce vacarme, s'enfermait dans la pièce du premier étage, qu'il appelait son bureau; il avait vaincu sa répugnance de la solitude; il ne descendait presque plus au jardin, disparaissait souvent du matin au soir.

—Je voudrais bien savoir ce qu'il peut faire, là dedans, disait Rose à madame Faujas. On ne l'entend pas remuer. On le croirait mort. S'il se cache, n'est-ce pas? c'est qu'il n'a rien de propre à faire.

Quand l'été vint, la maison s'anima encore. L'abbé Faujas recevait les sociétés du sous-préfet et du président, au fond du jardin, sous la tonnelle. Rose, sur l'ordre de Marthe, avait acheté une douzaine de chaises rustiques, afin qu'on pût prendre le frais, sans toujours déménager les sièges de la salle à manger. L'habitude était prise. Chaque mardi, dans l'après-midi, les portes de l'impasse restaient ouvertes; ces messieurs et ces dames venaient saluer monsieur le curé, en voisins, coiffés de chapeaux de paille, chaussés de pantoufles, les redingotes déboutonnées, les jupes relevées par des épingles. Les visiteurs arrivaient un à un; puis, les deux sociétés finissaient par se trouver au complet, mêlées, confondues, s'égayant, commérant dans la plus grande intimité.

—Vous ne craignez pas, dit un jour M. de Bourdeu à M. Rastoil, que ces rencontres avec la bande de la sous-préfecture ne soient mal jugées?... Voici les élections générales qui approchent.

—Pourquoi seraient-elles mal jugées? répondit M. Rastoil. Nous n'allons pas à la sous-préfecture, nous sommes sur un terrain neutre.... Puis, mon cher ami, il n'y a aucune cérémonie là dedans. Je garde ma veste de toile. C'est de la vie privée. Personne n'a le droit de juger ce que je fais sur le derrière de ma maison.... Sur le devant, c'est autre chose; nous appartenons au public, sur le devant.... Nous ne nous saluons seulement pas, monsieur Péqueur et moi dans les rues.

—Monsieur Péqueur des Saulaies est un homme qui gagne beaucoup à être connu, hasarda l'ancien préfet, après un silence.

—Sans doute, répliqua le président, je suis enchanté d'avoir fait sa connaissance.... Et quel digne homme que l'abbé Faujas!... Non, certes, je ne crains pas les médisances, en allant saluer notre excellent voisin.

M. de Bourdeu, depuis qu'il était question des élections générales, devenait inquiet; il disait que les premières chaleurs le fatiguaient beaucoup. Souvent, il avait des scrupules, il témoignait des doutes à M. Rastoil, pour que celui-ci le rassurât. Jamais, d'ailleurs, on n'abordait la politique dans le jardin des Mouret. Une après-midi, M. de Bourdeu, après avoir vainement cherché une transition, s'écria, en s'adressant au docteur Porquier:

—Dites donc, docteur, avez-vous lu le *Moniteur*, ce matin? Le marquis a enfin parlé; il a prononcé treize mots, je les ai comptés.... Ce pauvre Lagrifoul! Il a eu un succès de fou rire.

L'abbé Faujas avait levé un doigt, d'un air de fine bonhomie.

—Pas de politique, messieurs, pas de politique! murmura-t-il. M. Péqueur des Saulaies causait avec M. Rastoil; ils feignirent tous deux de n'avoir rien entendu. Madame de Condamin eut un sourire. Elle continua, en interpellant l'abbé Surin:

—N'est-ce pas, monsieur l'abbé, que l'on empèse vos surplis avec une eau gommée très-faible?

—Oui, madame, avec de l'eau gommée, répondit le jeune prêtre. Il y a des blanchisseuses qui se servent d'empois cuit; mais ça coupe la mousseline, ça ne vaut rien.

—Eh bien! reprit la jeune femme, je ne puis pas obtenir de ma blanchisseuse qu'elle emploie de la gomme pour mes jupons.

Alors, l'abbé Surin lui donna obligeamment le nom et l'adresse de sa blanchisseuse, sur le revers d'une de ses cartes de visite. On causait ainsi de toilette, du temps, des récoltes, des événements de la semaine. On passait là une heure charmante. Des parties de raquettes, dans l'impasse, coupaient les conversations. L'abbé Bourrette venait très-souvent, racontant de son air ravi de petites histoires de sainteté, que M. Maffre écoutait jusqu'au bout. Une seule fois madame Delangre s'était rencontrée avec madame Rastoil, toutes deux très-polies, très-cérémonieuses, gardant dans leurs yeux éteints la flamme brusque de leur ancienne rivalité. M. Delangre ne se prodiguait pas. Quant aux Paloque, s'ils fréquentaient toujours la sous-préfecture, ils évitaient de se trouver là, lorsque M. Péqueur des Saulaies allait voisiner avec l'abbé Faujas; la femme du juge restait perplexe, depuis son expédition malheureuse à l'oratoire de l'oeuvre de la Vierge. Mais le personnage qui se montrait le plus assidu était certainement M. de Condamin, toujours admirablement ganté, venant là pour se moquer du monde, mentant, risquant des ordures avec un aplomb extraordinaire, s'amusant la semaine entière des intrigues qu'il avait flairées. Ce grand vieillard, si droit dans sa redingote pincée à la taille, avait la passion de la jeunesse; il se moquait des «vieux», s'isolait avec les demoiselles de la bande, pouffait de rire dans les coins.

—Par ici, la marmaille! disait-il avec un sourire; laissons les vieux ensemble.

Un jour, il avait failli battre l'abbé Surin dans une formidable partie de volant. La vérité était qu'il taquinait tout ce petit monde. Il avait surtout pris pour victime le fils Rastoil, garçon innocent auquel il contait des choses énormes. Il finit par l'accuser de faire la cour à sa femme, et il roulait des yeux terribles, qui donnaient des sueurs d'angoisse au malheureux Séverin. Le pis fut que celui-ci se crut réellement amoureux de madame de Condamin, devant laquelle il se plantait avec des mines attendries et effrayées, dont le mari s'amusait extrêmement.

Les demoiselles Rastoil, pour lesquelles le conservateur des eaux et forêts se montrait d'une galanterie de jeune veuf, étaient aussi le sujet de ses plaisanteries les plus cruelles. Bien qu'elles touchassent à la trentaine, il les poussait à des jeux d'enfant, leur parlait comme à des pensionnaires. Son grand régal était de les étudier, lorsque Lucien Delangre, le fils du maire, se trouvait là. Il prenait à part le docteur Porquier, un homme bon à tout entendre, il lui murmurait à l'oreille, en faisant allusion à l'ancienne liaison de M. Delangre avec madame Rastoil:

—Dites donc, Porquier, voilà un garçon bien embarrassé.... Est-ce Angéline, est-ce Aurélie qui est de Delangre?... Devine, si tu peux, et choisis, si tu l'oses.

Cependant, l'abbé Faujas était aimable pour tous les visiteurs, même pour ce terrible Condamin, si inquiétant. Il s'effaçait le plus possible, parlait peu, laissait les deux sociétés se fondre, semblait n'avoir que la joie discrète d'un maître de maison, heureux d'être un trait d'union entre des personnes distinguées, faites pour se comprendre. Marthe, à deux reprises, avait cru devoir mettre les visiteurs à leur aise, en se montrant. Mais elle souffrait de voir l'abbé au milieu de tout ce monde; elle attendait qu'il fût seul, elle le préférait, grave, marchant lentement, sous la paix de la tonnelle. Les Trouche, eux, le mardi, reprenaient leur espionnage envieux, derrière les rideaux; tandis que madame Faujas et Rose, du fond du vestibule, allongeaient la tête, admiraient avec des ravissements la bonne grâce que monsieur le curé mettait à recevoir les gens les mieux posés de Plassans.

—Allez, madame, disait la cuisinière, on voit bien tout de suite que c'est un homme distingué.... Tenez, le voilà qui salue le sous-préfet. Moi, j'aime mieux monsieur le curé, quoique le sous-préfet soit un joli homme.... Pourquoi donc n'allez-vous pas dans le jardin? Si j'étais à votre place, je mettrais une robe de soie, et j'irais. Vous êtes sa mère, après tout.

Mais la vieille paysanne haussait les épaules.

—Il n'a pas honte de moi, répondait-elle; mais j'aurais peur de le gêner.... J'aime mieux le regarder d'ici. Ça me fait davantage de plaisir.

—Ah! je comprends ça. Vous devez être bien fière!... Ce n'est pas comme monsieur Mouret, qui avait cloué la porte pour que personne n'entrât. Jamais une visite, pas un dîner à faire, le jardin vide à donner peur le soir. Nous vivions en loups. Il est vrai que monsieur Mouret n'aurait pas su recevoir; il avait une mine, quand il venait quelqu'un, par hasard.... Je vous demande un peu s'il ne devrait pas prendre exemple sur monsieur le curé. Au lieu de m'enfermer, je descendrais au jardin, je m'amuserais avec les autres; je tiendrais mon rang, enfin.... Non, il est là-haut, caché comme s'il craignait qu'on lui donnât la gale.... A propos, voulez-vous que nous montions voir ce qu'il fait, là-haut?

Un mardi, elles montèrent. Ce jour-là, les deux sociétés étaient très-bruyantes; les rires montaient dans la maison par les fenêtres ouvertes, pendant qu'un fournisseur, qui apportait aux Trouche un panier de vin, faisait au second étage un bruit de vaisselle cassée, en reprenant les bouteilles vides. Mouret était enfermé à double tour dans son bureau.

—La clef m'empêche de voir, dit Rose, après avoir mis un oeil à la serrure.

—Attendez, murmura madame Faujas.

Elle tourna délicatement le bout de la clef, qui dépassait un peu. Mouret était assis au milieu de la pièce, devant la grande table vide, couverte d'une épaisse couche de poussière, sans un livre, sans un papier; il se renversait contre le dossier de sa chaise, les bras ballants, la tête blanche et fixe, le regard perdu. Il ne bougeait pas.

Les deux femmes, silencieusement, l'examinèrent l'une après l'autre.

—Il m'a donné froid aux os, dit Rose en redescendant. Avez-vous remarqué ses yeux? Et quelle saleté! Il y a bien deux mois qu'il n'a posé une plume sur le bureau. Moi qui m'imaginais qu'il écrivait là dedans!... Quand on pense que la maison est si gaie, et qu'il s'amuse à faire le mort, tout seul!

XVII

La santé de Marthe causait des inquiétudes au docteur Porquier. Il gardait son sourire affable, la traitait en médecin de la belle société, pour lequel la maladie n'existait jamais, et qui donnait une consultation comme une couturière essaye une robe; mais certain pli de ses lèvres disait que «la chère madame» n'avait pas seulement une légère toux de sang, ainsi qu'il le lui persuadait. Dans les beaux jours, il lui conseilla de se distraire, de faire des promenades en voiture, sans se fatiguer pourtant. Alors, Marthe, qui était prise de plus en plus d'une angoisse vague, d'un besoin d'occuper ses impatiences nerveuses, organisa des promenades aux villages voisins. Deux fois par semaine, elle partait après le déjeuner, dans une vieille calèche repeinte, que lui louait un carrossier de Plassans; elle allait à deux ou trois lieues, de façon à être de retour vers six heures. Son rêve caressé était d'emmener avec elle l'abbé Faujas; elle n'avait même consenti à suivre l'ordonnance du docteur que dans cet espoir; mais l'abbé, sans refuser nettement, se prétendait toujours trop occupé. Elle devait se contenter de la compagnie d'Olympe ou de madame Faujas.

Une après-midi, comme elle passait avec Olympe au village des Tulettes, le long de la petite propriété de l'oncle Macquart, celui-ci l'ayant aperçue lui cria, du haut de sa terrasse plantée de deux mûriers:

—Et Mouret? Pourquoi Mouret n'est-il pas venu?

Elle dut s'arrêter un instant chez l'oncle, auquel il fallut expliquer longuement qu'elle était souffrante et qu'elle ne pouvait dîner avec lui. Il voulait absolument tuer un poulet.

—Ça ne fait rien, dit-il enfin. Je le tuerai tout de même. Tu l'emporteras.

Et il alla le tuer tout de suite. Quand il eut rapporté le poulet, il l'étendit sur la table de pierre, devant la maison, en murmurant d'un air ravi:

—Hein? est-il gras, ce gaillard-là!

L'oncle était justement en train de boire une bouteille de vin, sous ses mûriers, en compagnie d'un grand garçon maigre, tout habillé de gris. Il avait décidé les deux femmes à s'asseoir, apportant des chaises, faisant les honneurs de chez lui avec un ricanement de satisfaction. —Je suis bien ici, n'est-ce pas?... Mes mûriers sont joliment beaux. L'été, je fume ma pipe au frais. L'hiver, je m'asseois là-bas contre le mur, au soleil.... Tu vois mes légumes? Le poulailler est au fond. J'ai encore une pièce de terre derrière la maison, où il y a des pommes de terre et de la luzerne.... Ah! dame, je me fais vieux; c'est bien le temps que je jouisse un peu.

Il se frottait les mains, roulant doucement la tête, couvant sa propriété d'un regard attendri. Mais une pensée parut l'assombrir.

— Est-ce qu'il y a longtemps que tu as vu ton père? demanda-t-il brusquement. Rougon n'est pas gentil.... Là, à gauche, le champ de blé est à vendre. S'il avait voulu, nous l'aurions acheté. Un homme qui dort sur les pièces de cent sous, qu'est-ce que ça pouvait lui faire? une méchante somme de trois mille francs, je crois.... Il a refusé. La dernière fois, il m'a même fait dire par ta mère qu'il n'y était pas.... Tu verras, ça ne leur portera pas bonheur.

Et il répéta plusieurs fois, hochant la tête, retrouvant son rire mauvais:

— Non, ça ne leur portera pas bonheur.

Puis, il alla chercher des verres, voulant absolument faire goûter son vin aux deux femmes. C'était le petit vin de Saint-Eutrope, un vin qu'il avait découvert; il le buvait avec religion. Marthe trempa à peine ses lèvres. Olympe acheva de vider la bouteille. Elle accepta ensuite un verre de sirop. Le vin était bien fort, disait-elle.

— Et ton curé, qu'est-ce que tu en fais? demanda tout à coup l'oncle à sa nièce.

Marthe, surprise, choquée, le regarda sans répondre.

— On m'a dit qu'il te serrait de près, continua l'oncle bruyamment. Ces soutanes n'aiment qu'à godailler. Quand on m'a raconté ça, j'ai répondu que c'était bien fait pour Mouret. Je l'avais averti.... Ah! c'est moi qui te flanquerais le curé à la porte. Mouret n'a qu'à venir me demander conseil; je lui donnerai même un coup demain, s'il veut. Je n'ai jamais pu les souffrir, ces animaux-là.... J'en connais un, l'abbé Fenil, qui a une maison de l'autre côté de la route. Il n'est pas meilleur que les autres; mais il est malin comme un singe, il m'amuse. Je crois qu'il ne s'entend pas très-bien avec ton curé, n'est-ce pas?

Marthe était devenue toute pâle. — Madame est la soeur de monsieur l'abbé Faujas, dit-elle en montrant Olympe, qui écoutait curieusement.

— Ça ne touche pas madame, ce que je dis, reprit l'oncle sans se déconcerter. Madame n'est pas fâchée.... Elle va reprendre un peu de sirop. Olympe se laissa verser trois doigts de sirop. Mais Marthe, qui s'était levée, voulait partir. L'oncle la força à visiter sa propriété. Au bout du jardin, elle s'arrêta, regardant une grande maison blanche, bâtie sur la pente, à quelques centaines de mètres des Tulettes. Les cours intérieures ressemblaient aux préaux d'une prison; les étroites fenêtres, régulières, qui marquaient les façades de barres noires, donnaient au corps de logis central une nudité blafarde d'hôpital.

—C'est la maison des Aliénés, murmura l'oncle, qui avait suivi la direction des yeux de Marthe. Le garçon qui est là est un des gardiens. Nous sommes très-bien ensemble, il vient boire une bouteille de temps à autre.

Et se tournant vers l'homme vêtu de gris, qui achevait son verre sous les mûriers:

—Hé! Alexandre, cria-t-il, viens donc dire à ma nièce où est la fenêtre de notre pauvre vieille.

Alexandre s'avança obligeamment.

—Voyez-vous ces trois arbres? dit-il, le doigt tendu, comme s'il eût tracé un plan dans l'air. Eh bien, un peu au-dessus de celui de gauche, vous devez apercevoir une fontaine, dans le coin d'une cour.... Suivez les fenêtres du rez-de-chaussée, à droite: c'est la cinquième fenêtre.

Marthe restait silencieuse, les lèvres blanches, les yeux cloués malgré elle sur cette fenêtre qu'on lui montrait. L'oncle Macquart regardait aussi, mais avec une complaisance qui lui faisait cligner les yeux.

—Quelquefois, je la vois, reprit-il, le matin, lorsque le soleil est de l'autre côté. Elle se porte très-bien, n'est-ce pas, Alexandre? C'est ce que je leur dis toujours, lorsque je vais à Plassans.... Je suis bien placé ici pour veiller sur elle. On ne peut pas être mieux placé.

Il laissa échapper son ricanement de satisfaction.

—Vois-tu, ma fille, la tête n'est pas plus solide chez les Rougon que chez les Macquart. Quand je m'asseois à cette place, en face de cette grande coquine de maison, je me dis souvent que toute la clique y viendra peut-être un jour, puisque la maman y est.... Dieu merci! je n'ai pas peur pour moi, j'ai la caboche à sa place. Mais j'en connais qui ont un joli coup de marteau.... Eh bien, je serai là pour les recevoir, je les verrai de mon trou, je les recommanderai à Alexandre, bien qu'on n'ait pas toujours été gentil pour moi dans la famille.

Et il ajouta avec son effrayant sourire de loup rangé:

—C'est une fameuse chance pour vous tous que je sois aux Tulettes.

Marthe fut prise d'un tremblement. Bien qu'elle connût le goût de l'oncle pour les plaisanteries féroces et la joie qu'il goûtait à torturer les gens auxquels il portait des lapins, il lui sembla qu'il disait vrai, que toute la famille viendrait se loger là, dans ces files grises de cabanons. Elle ne voulut pas rester une minute de plus, malgré les instances de Macquart, qui parlait de déboucher une autre bouteille.

—Eh bien, et le poulet? cria-t-il, au moment où elle montait en voiture.

Il courut le chercher, il le lui mit sur les genoux.

—C'est pour Mouret, entends-tu? répétait-il avec une intention méchante; pour Mouret, pas pour un autre, n'est-ce pas? D'ailleurs, quand j'irai vous voir, je lui demanderai comment il l'a trouvé.

Il clignait les yeux, en regardant Olympe. Le cocher allait fouetter, lorsqu'il se cramponna de nouveau à la voiture, continuant:

—Va chez ton père, parle-lui du champ de blé.... Tiens, c'est le champ qui est là devant nous.... Rougon a tort. Nous sommes de trop vieux compères pour nous fâcher. Ça serait tant pis pour lui, il le sait bien.... Fais-lui comprendre qu'il a tort.

La calèche partit. Olympe, en se tournant, vit Macquart sous ses mûriers, ricanant avec Alexandre, débouchant cette seconde bouteille dont il avait parlé. Marthe recommanda expressément au cocher de ne plus passer aux Tulettes. D'ailleurs, elle se fatiguait de ces promenades; elles les fit de plus en plus rares, les abandonna tout à fait, lorsqu'elle comprit que jamais l'abbé Faujas ne consentirait à l'accompagner.

Toute une nouvelle femme grandissait en Marthe. Elle était affinée par la vie nerveuse qu'elle menait. Son épaisseur bourgeoise, cette paix lourde acquise par quinze années de somnolence derrière un comptoir, semblait se fondre dans la flamme de sa dévotion. Elle s'habillait mieux, causait chez les Rougon, le jeudi.

—Madame Mouret redevient jeune fille, disait madame de Condamin, émerveillée.

—Oui, murmurait le docteur Porquier en hochant la tête, elle descend la vie à reculons.

Marthe, plus mince, les joues rosées, les yeux superbes, ardents et noirs, eut alors pendant quelques mois une beauté singulière. La face rayonnait; une dépense extraordinaire de vie sortait de tout son être, l'enveloppait d'une vibration chaude. Il semblait que sa jeunesse oubliée brûlât en elle, à quarante ans, avec une splendeur d'incendie. Maintenant, lâchée dans la prière, emportée par un besoin de toutes les heures, elle désobéissait à l'abbé Faujas. Elle usait ses genoux sur les dalles de Saint-Saturnin, vivait dans les cantiques, dans les adorations, se soulageait en face des ostensoirs rayonnants, des chapelles flambantes, des autels et des prêtres luisants avec des lueurs d'astres sur le fond noir de la nef. Il y avait, chez elle, une sorte d'appétit physique de ces gloires, un appétit qui la torturait, qui lui creusait la poitrine, lui vidait le crâne, lorsqu'elle ne le contentait pas. Elle souffrait trop, elle se mourait, et il lui fallait venir prendre la nourriture de sa passion, se blottir dans les chuchotements des confessionnaux, se courber sous le frisson puissant des orgues, s'évanouir dans le spasme de la communion. Alors, elle ne sentait plus rien, son corps ne lui faisait plus mal. Elle était ravie à la terre, agonisant sans souffrance, devenant une pure flamme qui se consumait d'amour.

L'abbé Faujas redoublait de sévérité, la contenait encore en la rudoyant. Elle l'étonnait par ce réveil passionné, par cette ardeur à aimer et à mourir. Souvent, il la questionnait de nouveau sur son enfance. Il alla chez madame Rougon, resta quelque temps perplexe, mécontent de lui.

—La propriétaire se plaint de toi, lui disait sa mère? Pourquoi ne la laisses-tu pas aller à l'église quand ça lui plaît?... Tu as tort de la contrarier; elle est très-bonne pour nous.

—Elle se tue, murmurait le prêtre. Madame Faujas avait alors le haussement d'épaules qui lui était habituel.

—Ça la regarde. Chacun prend son plaisir où il le trouve. Il vaut mieux se tuer à prier qu'à se donner des indigestions, comme cette coquine d'Olympe.... Sois moins sévère pour madame Mouret. Ça finirait par rendre la maison impossible.

Un jour qu'elle lui donnait ces conseils, il dit d'une voix sombre:

—Mère, cette femme sera l'obstacle.

—Elle! s'écria la vieille paysanne, mais elle t'adore, Ovide!... Tu feras d'elle tout ce que tu voudras, lorsque tu ne la gronderas plus. Les jours de pluie, elle le porterait d'ici à la cathédrale, pour que tu ne te mouilles pas les pieds.

L'abbé Faujas comprit lui-même la nécessité de ne pas employer la rudesse davantage. Il redoutait un éclat. Peu à peu, il laissa une plus grande liberté à Marthe, lui permettant les retraites, les longs chapelets, les prières répétées devant chaque station du chemin de la croix; il lui permit même de venir deux fois par semaine, à son confessionnal de Saint-Saturnin. Marthe, n'entendant plus cette voix terrible qui l'accusait de sa piété comme d'un vice honteusement satisfait, pensa que Dieu lui avait fait grâce. Elle entra enfin dans les délices du paradis. Elle eut des attendrissements, des larmes intarissables qu'elle pleurait sans les sentir couler; crises nerveuses, d'où elle sortait affaiblie, évanouie, comme si toute sa vie s'en était allée le long de ses joues. Rose la portait alors sur son lit, où elle restait pendant des heures avec les lèvres minces, les yeux entr'ouverts d'une morte.

Une après-midi, la cuisinière, effrayée de son immobilité, crut qu'elle expirait. Elle ne songea pas à frapper à la porte de la pièce où Mouret était enfermé; elle monta au second étage, supplia l'abbé Faujas de descendre auprès de sa maîtresse. Quand il fut là, dans la chambre à coucher, elle courut chercher de l'éther, le laissant seul, en face de cette femme évanouie, jetée en travers du lit. Lui, se contenta de prendre les mains de Marthe entre les siennes. Alors, elle s'agita, répétant des mots sans suite. Puis, lorsqu'elle le reconnut, debout au seuil de l'alcôve, un flot de sang lui monta à la face, elle ramena sa tête sur l'oreiller, fit un geste comme pour tirer les couvertures à elle.

—Allez-vous mieux, ma chère enfant? lui demanda-t-il. Vous me donnez bien de l'inquiétude.

La gorge serrée, ne pouvant répondre, elle éclata en sanglots, elle laissa rouler sa tête entre les bras du prêtre.

—Je ne souffre pas, je suis trop heureuse, murmura-t-elle d'une voix faible comme un souffle. Laissez-moi pleurer, les larmes sont ma joie. Ah! que vous êtes bon d'être venu! Il y a longtemps que je vous attendais, que je vous appelais. Sa voix faiblissait de plus en plus, n'était plus qu'un murmure de prière ardente.

—Qui me donnera des ailes pour voler vers vous? Mon âme, éloignée de vous, impatiente d'être remplie de vous, languit sans vous, vous souhaite avec ardeur, et soupire après vous, ô mon Dieu, ô mon unique bien, ma consolation, ma douceur, mon trésor, mon bonheur et ma vie, mon Dieu et mon tout....

Elle souriait, en balbutiant ce lambeau de l'acte de désir. Elle joignait les mains, semblait voir la tête grave de l'abbé Faujas dans une auréole. Celui-ci avait toujours réussi à arrêter un aveu sur les lèvres de Marthe; il eut peur un instant, dégagea vivement ses bras. Et, se tenant debout:

—Soyez raisonnable, je le veux, dit-il avec autorité. Dieu refusera vos hommages, si vous ne les lui adressez pas dans le calme de votre raison.... Il s'agit de vous soigner en ce moment.

Rose revenait, désespérée de n'avoir pas trouvé de l'éther. Il l'installa auprès du lit, répétant à Marthe d'une voix douce:

—Ne vous tourmentez pas. Dieu sera touché de votre amour. Quand l'heure viendra, il descendra en vous, il vous emplira d'une éternelle félicité.

Quand il quitta la chambre, il laissa Marthe rayonnante, comme ressuscitée. A partir de ce jour, il la mania ainsi qu'une cire molle. Elle lui devint très-utile, dans certaines missions délicates auprès de madame de Condamin; elle fréquenta aussi assidûment madame Rastoil, sur un simple désir qu'il exprima. Elle était d'une obéissance absolue, ne cherchant pas à comprendre, répétant ce qu'il la priait de répéter. Il ne prenait même plus aucune précaution avec elle, lui faisait crûment sa leçon, se servait d'elle comme d'une pure machine. Elle aurait mendié dans les rues, s'il lui eu avait donné l'ordre. Et quand elle devenait inquiète, qu'elle tendait les mains vers lui, le coeur crevé, les lèvres gonflées de passion, il la jetait à terre d'un mot, il l'écrasait sous la volonté du ciel. Jamais elle n'osa parler. Il y avait entre elle et cet homme un mur de colère et de dégoût. Quand il sortait des courtes luttes qu'il avait à soutenir avec elle, il haussait les épaules, plein du mépris d'un lutteur arrêté par un enfant. Il se lavait, il se brossait, comme s'il eût touché malgré lui à une bête impure.

—Pourquoi ne te sers-tu pas de la douzaine de mouchoirs que madame Mouret t'a donnée? lui demandait sa mère. La pauvre femme serait si heureuse de les voir dans tes mains. Elle a passé un mois à les broder à ton chiffre.

Il avait un geste rude, il répondait:

—Non, usez-les, mère. Ce sont des mouchoirs de femme. Ils ont une odeur qui m'est insupportable.

Si Marthe pliait devant le prêtre, si elle n'était plus que sa chose, elle s'aigrissait chaque jour davantage, devenait querelleuse dans les mille petits soucis de la vie. Rose disait qu'elle ne l'avait jamais vue «si chipotière». Mais sa haine grandissait surtout contre son mari. Le vieux levain de rancune des Rougon s'éveillait en face de ce fils d'une Macquart, de cet homme qu'elle accusait d'être le tourment de sa vie. En bas, dans la salle à manger, lorsque madame Faujas ou Olympe venait lui tenir compagnie, elle ne se gênait plus, elle accablait Mouret.

—Quand on pense qu'il m'a tenue vingt ans, comme un employé, la plume à l'oreille, entre une jarre d'huile et un sac d'amandes! Jamais un plaisir, jamais un cadeau.... Il m'a enlevé mes enfants. Il est capable de se sauver, un de ces matins, pour faire croire que je lui rends la vie impossible. Heureusement que vous êtes là. Vous diriez partout la vérité.

Elle se jetait ainsi sur Mouret sans provocation aucune. Tout ce qu'il faisait, ses regards, ses gestes, les rares paroles qu'il prononçait, la mettaient hors d'elle-même. Elle ne pouvait même plus l'apercevoir, sans être comme soulevée par une fureur inconsciente. Les querelles éclataient surtout à la fin des repas, lorsque Mouret, sans attendre le dessert, pliait sa serviette et se levait silencieusement.

—Vous pourriez bien quitter la table en même temps que tout le monde, lui disait-elle aigrement; ce n'est guère poli, ce que vous faites là!

—J'ai fini, je m'en vais, répondait-il de sa voix lente.

Mais elle voyait dans cette retraite de chaque jour une tactique imaginée par son mari pour blesser l'abbé Faujas. Alors, elle perdait toute mesure:

—Vous êtes un mal élevé, vous me faites honte, tenez!... Ah! je serais heureuse avec vous, si je n'avais pas rencontré des amis qui veulent bien me consoler de vos brutalités. Vous ne savez pas même vous tenir à table; vous m'empêchez de faire un seul repas paisible.... Restez, entendez-vous! Si vous ne mangez pas, vous nous regarderez.

Il achevait de plier sa serviette en toute tranquillité, comme s'il n'avait pas entendu; puis, à petits pas, il s'en allait. On l'entendait monter l'escalier et s'enfermer à double tour. Alors, elle étouffait, balbutiait:

—Oh! le monstre.... Il me tue, il me tue!

Il fallait que madame Faujas la consolât. Rose courait au bas de l'escalier, criant de toutes ses forces, pour que Mouret entendît à travers la porte;

—Vous êtes un monstre, monsieur; madame a bien raison de dire que vous êtes un monstre!

Certaines querelles furent particulièrement violentes. Marthe, dont la raison chancelait, s'imagina que son mari voulait la battre: ce fut une idée fixe. Elle prétendait qu'il la guettait, qu'il attendait une occasion. Il n'osait pas, disait-elle, parce qu'il ne la trouvait jamais seule; la nuit, il avait peur qu'elle ne criât, qu'elle n'appelât à son secours. Rose jura qu'elle avait vu monsieur cacher un gros bâton dans son bureau. Madame Faujas et Olympe ne firent aucune difficulté de croire ces histoires; elles plaignaient beaucoup leur propriétaire, elles se la disputaient, se constituaient ses gardiennes. «Ce sauvage», comme elles nommaient à présent Mouret, ne la brutaliserait peut-être pas en leur présence. Le soir, elles lui recommandaient bien de les venir chercher s'il bougeait. La maison ne vécut plus que dans les alarmes.

—Il est capable d'un mauvais coup, affirmait la cuisinière.

Cette année-là, Marthe suivit les cérémonies religieuses de la semaine sainte avec une grande ferveur. Le vendredi, dans l'église noire, elle agonisa, pendant que les cierges, un à un, s'éteignaient sous la tempête lamentable des voix qui roulait au fond des ténèbres de la nef. Il lui semblait que son souffle s'en allait avec ces lueurs. Quand le dernier cierge expira, que le mur d'ombre, en face d'elle, fut implacable et fermé, elle s'évanouit, les flancs serrés, la poitrine vide. Elle resta une heure pliée sur sa chaise, dans l'attitude de la prière, sans que les femmes agenouillées autour d'elle s'aperçussent de cette crise. L'église était déserte, lorsqu'elle revint à elle. Elle rêvait qu'on la battait de verges, que le sang coulait de ses membres; elle éprouvait à la tête de si intolérables douleurs qu'elle y portait les mains, comme pour arracher les épines dont elle sentait les pointes dans son crâne. Le soir, au dîner, elle fut singulière. L'ébranlement nerveux persistait; elle revoyait, en fermant les yeux, les âmes mourantes des cierges s'envolant dans le noir; elle examinait machinalement ses mains, cherchant les trous par lesquels son sang avait coulé. Toute la Passion saignait en elle.

Madame Faujas, la voyant souffrante, voulut qu'elle se couchât de bonne heure. Elle l'accompagna, la mit au lit. Mouret, qui avait une clef de la chambre à coucher, s'était déjà retiré dans son bureau, où il passait les soirées. Quand Marthe, les couvertures au menton, dit qu'elle avait chaud, qu'elle se trouvait mieux, madame Faujas parla de souffler la bougie, pour qu'elle dormît tranquillement; mais la malade se souleva effarée, suppliante:

—Non, n'éteignez pas la lumière; mettez-la sur la commode, que je puisse la voir…. Je mourrais dans ces ténèbres.

Et, les yeux agrandis, comme frissonnant au souvenir de quelque drame affreux:

—C'est horrible, horrible! murmura-t-elle plus bas avec une pitié épouvantée.

Elle retomba sur l'oreiller, elle parut s'assoupir, et madame Faujas quitta la chambre doucement. Ce soir-là, toute la maison fut couchée à dix heures. Rose, en montant, remarqua que Mouret était encore dans son bureau. Elle regarda par la serrure, elle le vit endormi sur la table, à côté d'une chandelle de la cuisine dont la mèche lugubre charbonnait.

—Ma foi, tant pis! je ne le réveille pas, dit-elle en continuant à monter. Qu'il prenne un torticolis, si ça lui fait plaisir.

Vers minuit, la maison dormait profondément, lorsque des cris se firent entendre au premier étage. Ce furent d'abord des plaintes sourdes, qui devinrent bientôt de véritables hurlements, des appels étranglés et rauques de victime qu'on égorge. L'abbé Faujas, éveillé en sursaut, appela sa mère. Celle-ci prit à peine le temps de passer un jupon. Elle alla frapper à la porte de Rose, disant:

—Descendez vite, je crois qu'on assassine madame Mouret. Cependant, les cris redoublaient. La maison fut bientôt debout. Olympe se montra, les épaules couvertes d'un simple fichu, suivie de Trouche, qui rentrait à peine, légèrement gris. Rose descendit, suivie des autres locataires. —Ouvrez, ouvrez, madame! cria-t-elle, la tête perdue, tapant du poing contre la porte.

De grands soupirs répondirent seuls; puis, un corps tomba, une lutte atroce parut s'engager sur le parquet, au milieu des meubles renversés. Des coups sourds ébranlaient les murs; un râle passait sous la porte, si terrible que les Faujas et les Trouche se regardèrent en pâlissant.

—C'est son mari qui l'assomme, murmura Olympe.

—Vous avez raison, c'est ce sauvage! dit la cuisinière. Je l'ai vu, en montant, qui faisait semblant de dormir. Il préparait son coup.

Et heurtant de nouveau la porte des deux poings, à la briser, elle reprit:

—Ouvrez, monsieur. Nous allons faire venir la garde, si vous n'ouvrez pas…. Oh! le gueux, il finira sur l'échafaud!

Alors, les hurlements recommencèrent. Trouche prétendait que le gaillard devait saigner la pauvre dame comme un poulet.

—On ne peut pourtant pas se contenter de frapper, dit l'abbé Faujas en s'avançant. Attendez.

Il mit une de ses fortes épaules contre la porte, qu'il enfonça, d'un effort lent et continu. Les femmes se précipitèrent dans la chambre, où le plus étrange des spectacles s'offrit à leurs yeux.

Au milieu de la pièce, sur le carreau, Marthe gisait, haletante, la chemise déchirée, la peau saignante d'écorchures, bleuie de coups. Ses cheveux dénoués s'étaient enroulés au pied d'une chaise; ses mains avaient dû se cramponner à la commode avec une telle force, que le meuble se trouvait en travers de la porte. Dans un coin, Mouret debout, tenant le bougeoir, la regardait se tordre à terre, d'un air hébété.

Il fallut que l'abbé Faujas repoussât la commode.

—Vous êtes un monstre! s'écria Rose en allant montrer le poing à Mouret. Mettre une femme dans un état pareil!... Il l'aurait achevée, si nous n'étions pas arrivés à temps.

Madame Faujas et Olympe s'empressaient autour de Marthe.

—Pauvre amie! murmurait la première. Elle avait un pressentiment ce soir, elle était toute effrayée.

—Où avez-vous mal? demandait l'autre. Vous n'avez rien de cassé, n'est-ce pas?... Voilà une épaule toute noire; le genou a une grande écorchure.... Calmez-vous. Nous sommes avec vous, nous vous défendrons.

Marthe ne geignait plus que comme un enfant. Tandis que les deux femmes l'examinaient, oubliant qu'il y avait là des hommes, Trouche allongeait la tête en jetant des regards sournois à l'abbé, qui, sans affectation, achevait de ranger les meubles. Rose vint aider à la recoucher. Quand elle fut dans le lit, les cheveux noués, ils restèrent tous là un instant, étudiant curieusement la chambre, attendant des détails. Mouret était demeuré debout dans le même coin, sans lâcher le bougeoir, comme pétrifié par ce qu'il avait vu.

—Je vous assure, balbutia-t-il, je ne lui ai pas fait de mal, je ne l'ai pas touchée du bout du doigt.

—Eh! il y a un mois que vous guettez une occasion, cria Rose exaspérée; nous le savons bien, nous vous avons assez surveillé. La chère femme s'attendait à vos mauvais traitements. Tenez, ne mentez pas; cela me met hors de moi!

Les deux autres femmes, si elles ne se croyaient pas autorisées à lui parler de la sorte, lui jetaient des regards menaçants.

—Je vous assure, répéta Mouret d'une voix douce, je ne l'ai pas battue. Je venais me coucher, j'avais mis mon foulard. C'est lorsque j'ai touché à la bougie, qui était sur la commode, qu'elle s'est éveillée en sursaut; elle a étendu les bras en poussant un cri, elle s'est mise à se taper le front avec les poings, à se déchirer le corps avec les ongles. La cuisinière branla terriblement la tête.

—Pourquoi n'avez-vous pas ouvert? demanda-t-elle; nous avons cogné assez fort.

—Je vous assure, ce n'est pas moi, dit-il de nouveau avec plus de douceur encore. Je ne savais pas ce qu'elle avait. Elle s'est jetée par terre, elle se mordait, elle faisait des bonds à crever les meubles. Je n'ai pas osé passer; j'étais imbécile. Je vous ai crié deux fois d'entrer, mais vous n'avez pas dû m'entendre parce qu'elle criait trop fort. J'ai eu bien peur. Ce n'est pas moi, je vous assure.

—Oui, c'est elle qui s'est battue, n'est-ce pas? reprit Rose en ricanant.

Et elle ajouta, en s'adressant à madame Faujas:

—Il aura jeté son bâton par la fenêtre, lorsqu'il nous aura entendu arriver.

Mouret, reposant enfin le bougeoir sur la commode, s'était assis, les mains aux genoux. Il ne se défendait plus; il regardait stupidement ces femmes, à moitié vêtues, agitant leurs bras maigres devant le lit. Tronche avait échangé un coup d'oeil avec l'abbé Faujas. Le pauvre homme leur paraissait peu féroce, en bras de chemise, un foulard jaune noué sur son crâne chauve. Ils se rapprochèrent, examinèrent Marthe, qui, la face convulsée, semblait sortir d'un rêve.

—Qu'y a-t-il, Rose? demanda-t-elle. Pourquoi tout ce monde est-il là?
Je suis brisée. Je t'en prie, dis qu'on me laisse tranquille.

Rose hésita un moment.

— Votre mari est dans la chambre, madame, murmura-t-elle. Vous ne craignez pas de rester seule avec lui?

Marthe la regarda, étonnée.

— Non, non, répondit-elle. Allez-vous-en, j'ai bien sommeil. Alors, les cinq personnes quittèrent la chambre, laissant Mouret assis, les yeux perdus, fixés sur l'alcôve.

— Il ne pourra pas refermer la porte, dit la cuisinière en remontant. Au premier cri, je dégringole, je lui tombe sur la carcasse. Je vais me coucher habillée.... Avez-vous entendu, la chère femme, comme elle mentait, pour qu'on ne fît pas un mauvais parti à ce sauvage? Elle se laisserait tuer sans l'accuser. Quelle mine d'hypocrite il avait, hein?

Les trois femmes causèrent un instant, sur le palier du second étage, tenant leurs bougeoirs, montrant les sécheresses de leurs os sous les fichus mal attachés; elles conclurent qu'il n'y avait pas de supplice assez fort pour un tel homme. Trouche, qui était monté le dernier, murmura en ricanant, derrière la soutane de l'abbé Faujas:

— Elle est encore·grassouillette, la propriétaire; seulement ça ne doit pas être toujours agréable, une femme qui gigote comme un ver sur le carreau.

Ils se séparèrent. La maison rentra dans son grand silence, la nuit s'acheva paisiblement. Le lendemain, lorsque les trois femmes voulurent revenir sur l'épouvantable scène, elles trouvèrent Marthe surprise, comme honteuse et embarrassée; elle ne répondait pas, coupait court à la conversation. Elle attendit que personne ne fût là pour faire venir un ouvrier qui répara la porte. Madame Faujas et Olympe en conclurent que madame Mouret voulait éviter un scandale en ne parlant pas.

Le surlendemain, le jour de Pâques, Marthe goûta, à Saint-Saturnin, tout un réveil ardent, dans les joies triomphantes de la résurrection. Les ténèbres du vendredi étaient balayées par une aurore; l'église s'enfonçait, blanche, embaumée, illuminée, comme pour des noces divines; les voix des enfants de choeur avaient des sons filés de flûte; et elle, au milieu de ce cantique d'allégresse, se sentait soulevée par une jouissance plus terrible encore que ses angoisses du crucifiement. Elle rentra, les yeux brûlants, la voix sèche;

elle fit traîner la soirée, causant avec une gaieté qui ne lui était pas ordinaire. Lorsqu'elle monta se coucher, Mouret était déjà au lit. Et, vers minuit, des cris terrifiants réveillèrent de nouveau la maison.

La scène de l'avant-veille se renouvela; seulement, au premier coup de poing donné dans la porte, Mouret vint ouvrir, en chemise, le visage bouleversé. Marthe, toute vêtue, pleurait à gros sanglots, allongée sur le ventre, se cognant la tête contre le pied du lit. Le corsage de sa robe semblait arraché; deux meurtrissures se voyaient sur son cou mis à nu.

—Il aura voulu l'étrangler cette fois, murmura Rose.

Les femmes la déshabillèrent. Mouret, après avoir ouvert la porte, s'était remis au lit, frissonnant, pâle comme un linge. Il ne se défendit pas, ne parut même pas entendre les mauvaises paroles, disparaissant, s'enfonçant dans la ruelle.

Dès lors, de semblables scènes eurent lieu à des intervalles irréguliers. La maison ne vivait plus que dans la peur de quelque crime; au moindre bruit, les locataires du second étaient sur pied. Marthe évitait toujours les allusions; elle ne voulait absolument pas que Rose dressât un lit de sangle pour Mouret dans le bureau. Lorsque le jour se levait, il semblait qu'il emportât jusqu'au souvenir du drame de la nuit.

Cependant, peu à peu, dans le quartier, le bruit se répandait qu'il se passait d'étranges choses chez les Mouret. On racontait que le mari assommait la femme, toutes les nuits, à coups de trique. Rose avait fait jurer à madame Faujas et à Olympe de ne rien dire, puisque sa maîtresse paraissait vouloir se taire; mais elle-même, par ses apitoiements, par ses allusions et ses restrictions; avait contribué à former chez les fournisseurs la légende qui circulait. Le boucher, un farceur, prétendait que Mouret tapait sur sa femme parce qu'il l'avait trouvée avec le curé; mais la fruitière défendait «la pauvre dame», un véritable agneau, incapable de mal tourner; tandis que la boulangère voyait dans le mari «un de ces hommes qui brutalisent leur femme pour le plaisir». Au marché, on ne nommait plus Marthe que les yeux au ciel, avec ces cajoleries de paroles qu'on a pour les enfants malades. Lorsque Olympe allait acheter une livre de cerises ou un pot de fraises, la conversation tombait inévitablement sur les Mouret. C'était pendant un quart d'heure un flot de paroles attendries.

—Eh bien! et chez vous?

—Ne m'en parlez pas. Elle pleure toutes les larmes de son corps.... Ça fait pitié. On voudrait la savoir morte.

—Elle m'a acheté des artichauts, l'autre jour; elle avait la joue déchirée.

—Pardi! il la massacre.... Et si vous voyiez son corps comme je l'ai vu!... Ce n'est plus qu'une plaie.... Il lui donne des coups de talon, lorsqu'elle est par terre. J'ai toujours peur de lui trouver la tête écrasée, la nuit, quand nous descendons.

—Ça ne doit pas être amusant pour vous, de demeurer dans cette maison-là. Moi, je déménagerais; je tomberais malade, à assister toutes les nuits à de pareilles horreurs.

—Et cette malheureuse, qu'est-ce qu'elle deviendrait? Elle est si distinguée, si douce! Nous restons pour elle.... C'est cinq sous, n'est-ce pas, la livre de cerises?

—Oui, cinq sous.... N'importe, vous avez de la constance, vous êtes une bonne âme.

Cette histoire d'un mari qui attendait minuit pour tomber sur sa femme avec un bâton, était surtout destinée à passionner les commères du marché. Des détails effrayants grossissaient l'histoire de jour en jour. Une dévote affirmait que Mouret était possédé, qu'il prenait sa femme au cou avec les dents, si rudement que l'abbé Faujas devait faire du pouce gauche trois croix en l'air pour l'obliger à lâcher prise. Alors, ajouta-t-elle, Mouret tombait comme une masse sur le carreau, et un gros rat noir sautait de sa bouche et disparaissait, sans que jamais on pût découvrir le moindre trou dans le plancher. Le tripier du coin de la rue Taravelle terrifia le quartier en émettant l'opinion que «ce brigand avait peut-être été mordu par un chien enragé».

Mais l'histoire trouvait des incrédules parmi les personnes comme il faut de Plassans. Lorsqu'elle parvint sur le cours Sauvaire, elle amusa beaucoup les petits rentiers, alignés en file sur les bancs, au tiède soleil de mai.

—Mouret est incapable de battre sa femme, disaient les marchands d'amandes retirés; il a l'air d'avoir reçu le fouet, il ne fait même plus son tour de promenade.... C'est sa femme qui doit le mettre au pain sec.

—Ou ne peut pas savoir, reprenait un capitaine en retraite. J'ai connu un officier de mon régiment que sa femme souffletait pour un oui, pour un non. Cela durait depuis dix ans. Un jour, elle s'avisa de lui donner des coups de pied; il devint furieux et faillit l'étrangler.... Peut-être que Mouret n'aime pas non plus les coups de pied.

—Il aime encore moins les curés, sans doute, concluait une voix en ricanant.

Madame Rougon parut ignorer quelque temps le scandale qui occupait la ville. Elle restait souriante, évitait de comprendre les allusions qu'on faisait devant elle. Mais un jour, après une longue visite que lui avait rendue M. Delangre, elle arriva chez sa fille, l'air effaré, les larmes aux yeux.

Ah! ma bonne chérie, dit-elle, en prenant Marthe entre ses bras, que vient-on de m'apprendre? Ton mari s'oublierait jusqu'à lever la main sur toi!... Ce sont des mensonges, n'est-ce pas?... J'ai donné le démenti le plus formel. Je connais Mouret. Il est mal élevé, mais il n'est pas méchant.

Marthe rougit; elle eut cet embarras, cette honte qu'elle éprouvait, chaque fois qu'on abordait ce sujet en sa présence.

—Allez, madame ne se plaindra pas! s'écria Rose avec sa hardiesse ordinaire. Il y a longtemps que je serais allée vous avertir, si je n'avais pas eu peur d'être grondée par madame.

La vieille dame laissa tomber ses mains, d'un air d'immense et douloureuse surprise.

—C'est donc vrai, murmura-t-elle, il te bat?... Oh! le malheureux!

Elle se mit à pleurer.

—Être arrivée à mon âge pour voir des choses pareilles!... Un homme que nous avons comblé de bienfaits, à la mort de son père, lorsqu'il n'était que petit employé chez nous!... C'est Rougon qui a voulu votre mariage. Je lui disais bien que Mouret avait l'oeil faux. D'ailleurs, jamais il ne s'est bien conduit à notre égard; il n'est venu se retirer à Plassans que pour nous 'narguer avec les quatre sous qu'il avait amassés. Dieu merci! nous n'avions pas besoin de lui, nous étions plus riches que lui, et c'est bien ce qui l'a fâché. Il a l'esprit petit; il est tellement jaloux, qu'il s'est toujours refusé comme un'malotru à mettre les pieds dans mon salon; il y serait crevé d'envie.... Mais je ne te laisserai pas avec un tel monstre, ma fille. Il y a des lois, heureusement.

—Calmez-vous; on exagère beaucoup, je vous assure, murmura Marthe de plus en plus gênée.

—Vous allez voir qu'elle va le défendre! dit la cuisinière.

A ce moment, l'abbé Faujas et Trouche, qui étaient en grande conférence au fond du jardin, s'avancèrent, attirés par le bruit.

—Monsieur le curé, je suis une bien malheureuse mère, reprit madame Rougon en se lamentant plus haut; je n'ai plus qu'une fille auprès de moi, et j'apprends qu'elle n'a pas assez de ses yeux pour pleurer.... Je vous en supplie, vous qui vivez auprès d'elle, consolez-la, protégez-la.

L'abbé la regardait, comme pour pénétrer le mot de cette douleur subite.

—Je viens de voir une personne que je ne veux pas nommer, continua-t-elle, fixant à son tour ses regards sur le prêtre. Cette personne m'a effrayée.... Dieu sait si je cherche à accabler mon gendre! Mais j'ai le devoir, n'est-ce pas, de défendre les intérêts de ma fille?... Eh bien, mon gendre est un malheureux; il maltraite sa femme, il scandalise la ville, il se met de toutes les sales affaires. Vous verrez qu'il se compromettra encore dans la politique, lorsque les élections vont venir. La dernière fois, c'était lui qui conduisait la crapule des faubourgs.... J'en mourrai, monsieur le curé.

—Monsieur Mouret ne permettrait pas qu'on lui fit des observations, hasarda l'abbé.

—Pourtant je ne puis abandonner ma fille à un tel homme! s'écria madame Rougon. Je ne nous laisserai pas déshonorer.... La justice n'est pas faite pour les chiens.

Trouche se dandinait. Il profita d'un silence.

—Monsieur Mouret est fou, déclara-t-il brutalement.

Le mot tomba comme un coup de massue, tout le monde se regarda.

—Je veux dire qu'il n'a pas la tête solide, continua Trouche. Vous n'avez qu'à étudier ses yeux…. Moi, je vous avoue que je ne suis pas tranquille. Il y avait un homme à Besançon qui adorait sa fille et qui l'a assassinée une nuit, sans savoir ce qu'il faisait.

—Il y a beau temps que monsieur est fêlé, murmura Rose.

—Mais c'est épouvantable! dit madame Rougon. Vous avez raison, il m'a eu l'air tout extraordinaire, la dernière fois que je l'ai vu. Il n'a jamais eu l'intelligence bien nette…. Ah! ma pauvre chérie, promets-moi de tout me confier. Je ne vais plus dormir en paix maintenant. Entends-tu, à la première extravagance de ton mari, n'hésite pas, ne t'expose pas davantage…. Les fous, on les enferme!

Elle partit sur ce mot. Quand Trouche fut seul avec l'abbé Faujas, il ricana de son mauvais rire, qui montrait ses dents noires.

—C'est la propriétaire qui me devra un beau cierge! murmura-t-il. Elle pourra gigoter tant qu'elle voudra, la nuit.

Le prêtre, le visage terreux, les yeux à terre, ne répondit pas. Puis, il haussa les épaules, il alla lire son bréviaire, sous la tonnelle, au fond du jardin.

XVIII

Le dimanche, par une habitude d'ancien commerçant, Mouret sortait, faisait un tour en ville. Il ne quittait plus que ce jour-là la solitude étroite où il s'enfermait avec une sorte de honte. C'était machinal. Dès le matin, il se rasait, passait une chemise blanche, brossait sa redingote et son chapeau; puis, après le déjeuner, sans qu'il sût comment, il se trouvait dans la rue, marchant à petits pas, l'air propre, les mains derrière le dos.

Un dimanche, comme il mettait le pied hors de chez lui, il aperçut, sur le trottoir de la rue Balande, Rose, qui causait vivement avec la bonne de M. Rastoil. Les deux cuisinières se turent en le voyant. Elles l'examinaient d'un air tellement singulier, qu'il s'assura si un bout de son mouchoir ne pendait pas d'une de ses poches de derrière. Lorsqu'il fut arrivé à la place de la Sous-Préfecture, il tourna la tête, il les retrouva plantées à la même place: Rose imitait le balancement d'un homme ivre, tandis que la bonne du président riait aux éclats. —Je marche trop vite, elles se moquent de moi, pensa Mouret.

Il ralentit encore le pas. Dans la rue de la Banne, à mesure qu'il avançait vers le marché, les boutiquiers accouraient sur les portes, le suivaient curieusement des yeux. Il fit un petit signe de tête au boucher, qui resta ahuri, sans lui rendre son salut. La boulangère, à laquelle il adressa un coup de chapeau, parut si effrayée, qu'elle se rejeta en arrière. La fruitière, l'épicier, le pâtissier, se le montraient du doigt, d'un trottoir à l'autre. Derrière lui, il laissait toute une agitation; des groupes se formaient, des bruits de voix s'élevaient, mêlés de ricanements.

—Avez-vous vu comme il marche raide?

—Oui.... Quand il a voulu enjamber le ruisseau, il a failli faire la cabriole.

—On dit qu'ils sont tous comme ça.

—N'importe, j'ai eu bien peur.... Pourquoi le laisse-t-on sortir? Ça devrait être défendu.

Mouret, intimidé, n'osait plus se retourner; il était pris d'une vague inquiétude, tout en ne comprenant pas nettement qu'on parlait de lui. Il marcha plus vite, fit aller les bras d'un air aisé. Il regretta d'avoir mis sa vieille redingote, une redingote noisette, qui n'était plus à la mode. Arrivé au marché, il hésita un moment, puis s'engagea résolûment au milieu des marchandes de légumes. Mais là sa vue produisit une véritable révolution.

Les ménagères de tout Plassans firent la haie sur son passage. Les marchandes, debout à leurs bancs, les poings aux côtés, le dévisagèrent. Il y eut des poussées, des femmes montèrent sur les bornes de la halle au blé. Lui, hâtait toujours le pas, cherchant à se dégager, ne pouvant croire décidément qu'il était la cause de ce vacarme.

—Ah! bien, on dirait que ses bras sont des ailes de moulins à vent, dit une paysanne qui vendait des fruits. —Il marche comme un dératé; il a failli renverser mon étalage, ajouta une marchande de salades.

—Arrêtez-le! arrêtez-le! crièrent plaisamment les meuniers.

Mouret, pris de curiosité, s'arrêta net, se haussa naïvement sur la pointe des pieds, pour voir ce qui se passait: il croyait qu'on venait de surprendre un voleur. Un immense éclat de rire courut dans la foule; des huées, des sifflets, des cris d'animaux se firent entendre.

—Il n'est pas méchant, ne lui faites pas de mal.

—Tiens! je ne m'y fierais pas.... Il se lève la nuit pour étrangler les gens.

—Le fait est qu'il a de vilains yeux.

—Alors ça lui a pris tout d'un coup?

—Oui, tout d'un coup.... Ce que c'est que de nous pourtant! Un homme qui était si doux!... Je m'en vais; ça me fait du mal.... Voici trois sous pour les navets.

Mouret venait de reconnaître Olympe au milieu d'un groupe de femmes. Elle avait acheté des pêches superbes, qu'elle portait dans un petit sac à ouvrage de dame comme il faut. Elle devait raconter quelque histoire émouvante, car les commères qui l'entouraient poussaient des exclamations étouffées, en joignant les mains d'une façon lamentable.

—Alors, achevait-elle, il l'a saisie par les cheveux, et lui aurait coupé la gorge avec un rasoir qui était sur la commode, si nous n'étions pas arrivés à temps pour empêcher le crime.... Ne lui dites rien, il ferait un malheur.

—Hein? quel malheur? demanda Mouret effaré à Olympe.

Les femmes s'étaient écartées, Olympe avait l'air de se tenir sur ses gardes; elle s'esquiva prudemment, murmurant:

—Ne vous fâchez pas, monsieur Mouret.... Vous feriez mieux de rentrer à la maison.

Mouret se réfugia dans une ruelle qui menait au cours Sauvaire. Les cris redoublaient, il fut poursuivi un instant par la rumeur grondante du marché.

—Qu'ont-ils donc aujourd'hui? pensa-t-il. C'était peut-être de moi qu'ils se moquaient; pourtant je n'ai pas entendu mon nom.... Il y aura eu quelque accident.

Il ôta son chapeau, le regarda, craignant que quelque gamin ne lui eût jeté une poignée de plâtre; il n'avait non plus ni cerf-volant ni queue de rat pendu dans le dos. Cette inspection le calma. Il reprit sa marche de bourgeois en promenade, dans le silence de la ruelle; il déboucha tranquillement sur le cours Sauvaire. Les petits rentiers étaient à leur place, sur un banc, au soleil.

—Tiens! c'est Mouret, dit le capitaine en retraite, d'un air de profond étonnement.

La plus vive curiosité se peignit sur les visages endormis de ces messieurs. Ils allongèrent le cou, sans se lever, laissant Mouret debout devant eux; ils l'étudiaient, des pieds à la tête, minutieusement.

—Alors, vous faites un petit tour? reprit le capitaine, qui paraissait le plus hardi.

—Oui, un petit tour, répéta Mouret, d'une façon distraite; le temps est très-beau.

Ces messieurs échangèrent des sourires d'intelligence. Ils avaient froid, et le ciel venait de se couvrir.

—Très-beau, murmura l'ancien tanneur, vous n'êtes pas difficile... Il est vrai que vous voilà déjà habillé en hiver. Vous avez une drôle de redingote.

Les sourires se changèrent en ricanements. Mouret sembla pris d'une idée subite.

—Regardez donc, demanda-t-il en se tournant brusquement, si je n'ai pas un soleil dans le dos.

Les marchands d'amandes retirés ne purent tenir leur sérieux davantage, ils éclatèrent. Le farceur de la bande, le capitaine, cligna les yeux. —Où donc, un soleil? demanda-t-il. Je ne vois qu'une lune.

Les autres pouffaient, trouvaient cela extrêmement spirituel.

—Une lune? dit Mouret. Rendez-moi le service de l'effacer; elle m'a causé des ennuis.

Le capitaine lui donna trois ou quatre tapes, en ajoutant:

—La! mon brave, vous voilà débarrassé. Ça ne doit pas être commode d'avoir une lune dans le dos.... Vous avez l'air souffrant?

—Je ne me porte pas très-bien, répondit-il de sa voix indifférente.

Et, croyant surprendre des chuchotements sur le banc:

—Oh! je suis joliment soigné à la maison. Ma femme est très-bonne, elle me gâte.... Mais j'ai besoin de beaucoup de repos. C'est pour cela que je ne sors plus, qu'on ne me voit plus comme autrefois. Quand je serai guéri, je reprendrai les affaires.

—Tiens! interrompit brutalement l'ancien maître tanneur, on prétend que c'est votre femme qui ne se porte pas bien.

—Ma femme.... Elle n'est pas malade, ce sont des mensonges! s'écria-t-il en s'animant. Elle n'a rien, rien du tout.... On nous en veut, parce que nous nous tenons tranquilles chez nous.... Ah bien! malade, ma femme! Elle est très-forte, elle n'a seulement jamais mal à la tête.

Et il continua par phrases courtes, balbutiant avec des yeux inquiets d'homme qui ment et une langue embarrassée de bavard devenu silencieux. Les petits rentiers avaient des hochements de tête apitoyés, tandis que le capitaine se frappait le front de l'index. Un ancien chapelier du faubourg, qui avait examiné Mouret depuis son noeud de cravate jusqu'au dernier bouton de sa redingote, s'était finalement absorbé dans le spectacle de ses souliers. Le lacet du soulier gauche se trouvait dénoué, ce qui paraissait exorbitant au chapelier; il poussait du coude ses voisins, leur montrant, d'un clignement d'yeux, ce lacet dont les bouts pendaient. Bientôt tout le banc n'eut plus de regards que pour le lacet. Ce fut le comble. Ces messieurs haussèrent les épaules, de façon à montrer qu'ils ne gardaient plus le moindre espoir.

—Mouret, dit paternellement le capitaine, nouez donc les cordons de votre soulier.

Mouret regarda ses pieds; mais il ne sembla pas comprendre, il se remit à parler. Puis, comme on ne lui répondait plus, il se tut, resta là encore un instant, finit par continuer doucement sa promenade.

—Il va tomber, c'est sûr, déclara le maître tanneur en se levant pour le voir plus longtemps. Hein! est-il drôle? a-t-il assez déménagé?

Au bout du cours Sauvaire, lorsque Mouret passa devant le cercle de la Jeunesse, il retrouva les rires étouffés qui l'accompagnaient depuis qu'il avait mis les pieds dans la rue. Il vit parfaitement, sur le seuil du cercle, Séverin Rastoil qui le désignait à un groupe de jeunes gens. Décidément, c'était de lui que la ville riait ainsi. Il baissa la tête, pris d'une sorte de peur, ne s'expliquant pas cet acharnement, filant le long des maisons. Comme il allait entrer dans la rue Canquoin, il entendit un bruit derrière lui; il tourna la tête, il aperçut trois gamins qui le suivaient: deux grands, l'air effronté, et un tout petit, très-sérieux, tenant à la main une vieille orange ramassée dans un ruisseau. Alors, il suivit la rue Canquoin, coupa par la place des Récollets, se trouva dans la rue de la Banne. Les gamins le suivaient toujours.

—Voulez-vous que j'aille vous tirer les oreilles? leur cria-t-il en marchant sur eux brusquement.

Ils se jetèrent de côté, riant, hurlant, s'échappant à quatre pattes. Mouret, très-rouge, se sentit ridicule. Il fit un effort pour se calmer, il reprit son pas de promenade. Ce qui l'épouvantait, c'était de traverser la place de la Sous-Préfecture, de passer sous les fenêtres des Rougon, avec cette suite de vauriens qu'il entendait grossir et s'enhardir derrière son dos. Comme il avançait, il fut justement obligé de faire un détour pour éviter sa belle-mère qui rentrait des vêpres en compagnie de madame de Condamin.

—Au loup, au loup! criaient les gamins.

Mouret, la sueur au front, les pieds buttant contre les pavés, entendit la vieille madame Bougon dire à la femme du conservateur des eaux et forêts:

—Oh! voyez donc, le malheureux! C'est une honte. Nous ne pouvons tolérer cela plus longtemps.

Alors, irrésistiblement, Mouret se mit à courir. Les bras tendus, la tête perdue, il se précipita dans la rue Balande, où s'engouffra avec lui la bande des gamins, au nombre de dix à douze. Il lui semblait que les boutiquiers de la rue de la Banne, les femmes du marché, les promeneurs du cours, les jeunes messieurs du cercle, les Rougon, les Condamin, tout Plassans, avec ses rires étouffés, roulaient derrière son dos, le long de la pente raide de la rue. Les enfants tapaient des pieds, glissaient sur les pavés pointus, faisaient un vacarme de meute lâchée dans le quartier tranquille.

—Attrape-le! hurlaient-ils.

—Houp! houp! il est rien cocasse, avec sa redingote!

—Ohé! vous autres, prenez par la rue Taravelle; vous le pincerez.

—Au galop! au galop!

Mouvet, affolé, prit un élan désespéré pour atteindre sa porte; mais le pied lui manqua, il roula sur le trottoir, où il resta quelques secondes, abattu. Les gamins, craignant les ruades, firent le cercle en poussant des cris de triomphe; tandis que le tout petit, s'avançant gravement, lui jeta l'orange pourrie, qui s'écrasa sur son oeil gauche. Il se releva péniblement, rentra chez lui, sans s'essuyer. Rose dut prendre un balai pour chasser les vauriens. A partir de ce dimanche, tout Plassans fut convaincu que Mouret était fou à lier. On citait des faits surprenants. Par exemple, il s'enfermait des journées entières dans une pièce nue, où l'on n'avait pas balayé depuis un an; et la chose n'était pas inventée à plaisir, puisque les personnes qui la contaient, la tenaient de la bonne même de la maison. Que pouvait-il faire dans cette pièce nue? Les versions différaient; la bonne disait qu'il faisait le mort, ce qui épouvantait tout le quartier. Au marché, on croyait fermement qu'il cachait une bière, dans laquelle il s'étendait tout de son long, les yeux ouverts, les mains sur la poitrine; et cela du matin au soir, par plaisir.

—Il y a longtemps que la crise le menaçait, répétait Olympe dans toutes les boutiques. Ça couvait; il devenait triste, il cherchait les coins pour se cacher, vous savez, comme les bêtes qui tombent malades. Moi, dès le jour où j'ai mis le pied dans la maison, j'ai dit à mon mari: «Le propriétaire file un vilain coton». Il avait les yeux jaunes, la mine sournoise. Et depuis lors la maison a été en l'air.... Il a eu toutes sortes de lubies. Il comptait les morceaux de sucre, enfermait jusqu'au pain. Il était d'une avarice tellement crasse, que sa pauvre femme n'avait plus de chaussures à se mettre.... En voilà une malheureuse, que je plains de tout mon coeur! Elle en a passé, allez! Vous figurez-vous sa vie avec ce maniaque, qui ne sait plus même se tenir proprement à table; il jette sa serviette au milieu du dîner, il s'en va comme un hébété, après avoir pataugé dans son assiette.... Et taquin avec cela! Il faisait des scènes pour un pot de moutarde dérangé. Maintenant il ne dit plus rien; il a des regards de bête sauvage, il saute à la gorge des gens sans pousser un cri.... J'en vois de drôles. Si je voulais parler....

Lorsqu'elle avait éveillé d'ardentes curiosités et qu'on la pressait de questions, elle murmurait: —Non, non, ça ne me regarde pas.... Madame Mouret est une sainte femme, qui souffre en vraie chrétienne; elle a ses idées là-dessus, il faut les respecter.... Croyez-vous qu'il a voulu lui couper le cou avec un rasoir!

C'était toujours la même histoire, mais elle obtenait un effet certain: les poings se fermaient, les femmes parlaient d'étrangler Mouret. Quand un incrédule hochait la tête, on l'embarrassait tout net en lui demandant d'expliquer les épouvantables scènes de chaque nuit; un fou seul était capable de sauter ainsi à la gorge de sa femme, dès qu'elle se couchait. Il y avait là une pointe de mystère qui aida singulièrement à répandre l'histoire dans la ville. Pendant près d'un mois, la rumeur grossit. Rue Balande, malgré les commérages tragiques colportés par Olympe, le calme s'était fait, les nuits se passaient tranquillement. Marthe avait des impatiences nerveuses, lorsque, sans parler clairement, ses intimes lui recommandaient d'être très-prudente.

—Vous voulez n'en faire qu'à votre tête, n'est-ce pas? disait Rose. Vous venez.... Il recommencera. Nous vous trouverons assassinée, un de ces quatre matins.

Madame Rougon affectait maintenant d'accourir tous les deux jours. Elle entrait d'un air plein d'angoisse, elle demandait à Rose, dès le vestibule:

—Eh bien? aucun accident, aujourd'hui?

Puis, quand elle voyait sa fille, elle l'embrassait avec une fureur de tendresse, comme si elle avait eu peur de ne plus la trouver là. Elle passait des nuits affreuses, disait-elle; elle tremblait à chaque coup de sonnette, s'imaginant toujours qu'on venait lui apprendre quelque malheur; elle ne vivait plus. Et, lorsque Marthe lui affirmait qu'elle ne courait aucun danger, elle la regardait avec admiration, elle s'écriait:

—Tu es un ange! Si je n'étais pas là, tu te laisserais tuer sans pousser un soupir. Mais, sois tranquille, je veille sur toi, je prends mes précautions. Le jour où ton mari lèvera le petit doigt, il aura de mes nouvelles.

Elle ne s'expliquait pas davantage. La vérité était qu'elle rendait visite à toutes les autorités de Plassans. Elle avait ainsi raconté les malheurs de sa fille au maire, au sous-préfet, au président du tribunal, d'une façon confidentielle, en leur faisant jurer une discrétion absolue.

—C'est une mère au désespoir qui s'adresse à vous, murmurait-elle avec une larme; je vous livre l'honneur, la dignité de ma pauvre enfant. Mon mari tomberait malade, si un scandale public avait lieu, et pourtant je ne puis attendre quelque fatale catastrophe.... Conseillez-moi, dites-moi ce que je dois faire.

Ces messieurs furent charmants. Ils la tranquillisèrent, lui promirent de veiller sur madame Mouret, tout en se tenant à l'écart; d'ailleurs, au moindre danger, ils agiraient. Elle insista particulièrement auprès de M. Péqueur des Saulaies et de M. Rastoil, tous les deux voisins de son gendre, pouvant intervenir sur-le-champ, si quelque malheur arrivait.

Cette histoire de fou raisonnable, attendant le coup de minuit pour devenir furieux, donna un vif intérêt aux réunions des deux sociétés dans le jardin des Mouret. On se montra très-empressé de venir saluer l'abbé Faujas. Dès quatre heures, celui-ci descendait, faisant avec bonhomie les honneurs de la tonnelle; il continuait à s'effacer, répondant par des hochements de tête. Les premiers jours, on ne fit que des allusions détournées au drame qui se passait dans la maison; mais, un mardi, M. Maffre, qui regardait la façade d'un air inquiet, se hasarda à demander, en désignant d'un coup d'œil une fenêtre du premier étage:

—C'est la chambre, n'est-ce pas?

Alors, en baissant la voix, les deux sociétés causèrent de l'étrange aventure qui bouleversait le quartier. Le prêtre donna quelques vagues explications: c'était bien fâcheux, bien triste, et il plaignait tout le monde, sans s'aventurer davantage.

—Mais vous, docteur, demanda madame de Condamin à M. Porquier, vous qui êtes le médecin de la maison, qu'est-ce que vous pensez de tout cela?

Le docteur Porquier hocha longtemps la tête avant de répondre. Il se posa d'abord en homme discret.

—C'est bien délicat, murmura-t-il. Madame Mouret n'est pas d'une forte santé. Quant à monsieur Mouret....

—J'ai vu madame Rougon, dit le sous-préfet. Elle est très-inquiète.

—Son gendre l'a toujours gênée, interrompit brutalement M. de Condamin. Moi, j'ai rencontré Mouret, l'autre jour, au cercle. Il m'a battu au piquet. Je l'ai trouvé aussi intelligent qu'à l'ordinaire.... Le digne homme n'a jamais été un aigle.

—Je n'ai point dit qu'il fût fou, comme le vulgaire l'entend, reprit le docteur, qui se crut attaqué; seulement, je ne dis pas non plus qu'il soit prudent de le laisser en liberté.

Cette déclaration produisit une certaine émotion. M. Rastoil regarda instinctivement le mur qui séparait les deux jardins. Tous les visages se tendaient vers le docteur.

—J'ai connu, continuait-il, une dame charmante, qui tenait grand train, donnant à dîner, recevant les personnes les plus distinguées, causant elle-même avec beaucoup d'esprit. Eh bien, dès que cette dame était rentrée dans sa chambre, elle s'enfermait et passait une partie de la nuit à marcher à quatre pattes autour de la pièce, en aboyant comme une chienne. Ses gens crurent longtemps qu'elle cachait une chienne chez elle.... Cette dame offrait un cas de ce que nous autres médecins nous nommons la folie lucide.

L'abbé Surin retenait de petits rires en regardant les demoiselles Rastoil, qu'égayait cette histoire d'une personne comme il faut faisant le chien. Le docteur Porquier se moucha gravement.

—Je pourrais citer vingt histoires semblables, ajouta-t-il; des gens qui paraissent avoir toute leur raison et qui se livrent aux extravagances les plus surprenantes, dès qu'ils se trouvent seuls. Monsieur de Bourdeu a parfaitement connu un marquis, que je ne veux pas nommer, à Valence....

—Il a été mon ami intime, dit M. de Bourdeu; il dînait souvent à la préfecture. Son histoire a fait un bruit énorme.

—Quelle histoire? demanda madame de Condamin, en voyant que le docteur et l'ancien préfet se taisaient.

—L'histoire n'est pas très-propre, reprit M. de Bourdeu, qui se mit à rire. Le marquis, d'une intelligence faible, d'ailleurs, passait les journées entières dans son cabinet, où il se disait occupé à un grand ouvrage d'économie politique.... Au bout de dix ans, on découvrit qu'il y faisait, du matin au soir, de petites boulettes d'égales grosseur avec....

—Avec ses excréments, acheva le docteur d'une voix si grave, que le mot passa et ne fit pas même rougir les dames.

—Moi, dit l'abbé Bourrette, que ces anecdotes amusaient comme des contes de fées, j'ai eu une pénitente bien singulière.... Elle avait la passion de tuer les mouches; elle ne pouvait en voir une, sans éprouver l'irrésistible envie de la prendre. Chez elle, elle les enfilait dans des aiguilles à tricoter. Puis, lorsqu'elle se confessait, elle pleurait à chaudes larmes; elle s'accusait de la mort des pauvres bêtes, elle se croyait damnée.... Jamais je n'ai pu la corriger.

L'histoire de l'abbé eut du succès. M. Péqueur des Saulaies et M. Rastoil eux-mêmes daignèrent sourire.

—Il n'y a pas grand mal, lorsqu'on ne tue que des mouches, fit remarquer le docteur. Mais les fous lucides n'ont pas tous cette innocence. Il en est qui torturent leur famille par quelque vice caché, passé à l'état de manie, des misérables qui boivent, qui se livrent à des débauches secrètes, qui volent par besoin de voler, qui agonisent d'orgueil, de jalousie, d'ambition. Et ils ont l'hypocrisie de leur folie, à ce point qu'ils parviennent à se surveiller, à mener jusqu'au bout les projets les plus compliqués, à répondre raisonnablement, sans que personne puisse se douter de leurs lésions cérébrales; puis, dès qu'ils rentrent dans l'intimité, dès qu'ils sont seuls avec leurs victimes, ils s'abandonnent à leurs conceptions délirantes, ils se changent en bourreaux.... S'ils n'assassinent pas, ils tuent en détail.

— Alors monsieur Mouret? demanda madame de Condamin.

— Monsieur Mouret a toujours été taquin, inquiet, despotique. La lésion paraît s'être aggravée avec l'âge. Aujourd'hui, je n'hésite pas à le placer parmi les fous méchants.... J'ai eu une cliente qui s'enfermait comme lui dans une pièce écartée, où elle passait les journées entières à combiner les actions les plus abominables.

— Mais, docteur, si tel est votre avis, il faut aviser! s'écria M. Rastoil. Vous devriez faire un rapport à qui de droit.

Le docteur Porquier resta légèrement embarrassé.

— Nous causons, dit-il, en reprenant son sourire de médecin des dames. Si je suis requis, si les choses deviennent graves, je ferai mon devoir.

— Bah! conclut méchamment M. de Condamin, les plus fous ne sont pas ceux qu'on pense.... Il n'y a pas de cervelle saine, pour un médecin aliéniste.... Le docteur vient de nous réciter là une page d'un livre sur la folie lucide, que j'ai lu, et qui est intéressant comme un roman.

L'abbé Faujas avait écouté curieusement, sans prendre part à la conversation. Puis, comme on se taisait, il fit entendre que ces histoires de fou attristaient les dames; il voulut qu'on parlât d'autre chose. Mais la curiosité était éveillée, les deux sociétés se mirent à épier les moindres actes de Mouret. Celui-ci ne descendait plus qu'une heure par jour au jardin, après le déjeuner, pendant que les Faujas restaient à table avec sa femme. Dès qu'il y avait mis les pieds, il tombait sous la surveillance active de la famille Rastoil et des familiers de la sous-préfecture. Il ne pouvait s'arrêter devant un carré de légumes, s'intéresser à une salade, hasarder un geste, sans donner lieu, à droite et à gauche, dans les deux jardins, aux commentaires les plus désobligeants. Tout le monde se tournait contre lui. M. de Condamin seul le défendait encore. Mais, un jour, la belle Octavie lui dit, en déjeunant:

—Qu'est-ce que cela peut vous faire que ce Mouret soit fou?

—A moi? chère amie, absolument rien, répondit-il, étonné.

—Eh bien, alors, laissez-le fou, puisque tout le monde vous dit qu'il est fou…. Je ne sais quelle rage vous avez d'être d'un autre avis que votre femme. Cela ne vous portera pas bonheur, mon cher…. Ayez donc l'esprit, à Plassans, de n'être pas spirituel.

M. de Condamin sourit.

—Vous avez raison comme toujours, dit-il galamment; vous savez que j'ai mis ma fortune entre vos mains…. Ne m'attendez pas pour dîner. Je vais à cheval jusqu'à Saint-Eutrope, pour donner un coup d'oeil à une coupe de bois.

Il partit, mâchonnant un cigare.

Madame de Condamin n'ignorait pas qu'il avait des tendresses pour une petite fille, du côté de Saint-Eutrope. Mais elle était tolérante, elle l'avait même sauvé deux fois des conséquences de très-vilaines histoires. Quant à lui, il était bien tranquille sur la vertu de sa femme; il la savait trop fine pour avoir une intrigue à Plassans.

—Vous n'imagineriez jamais à quoi Mouret passe son temps dans la pièce où il s'enferme? dit le lendemain le conservateur des eaux et forêts, lorsqu'il se rendit à la sous-préfecture. Eh bien, il compte les s qui se trouvent dans la Bible. Il a craint de s'être trompé, et il a déjà recommencé trois fois son calcul… Ma foi! vous aviez raison, il est fêlé du haut en bas, ce farceur-là!

Et, à partir de ce moment, M. de Condamin chargea terriblement Mouret. Il poussait même les choses un peu loin, mettant toute sa hâblerie à inventer des histoires saugrenues, qui ahurissaient la famille Rastoil. Il prit surtout pour victime M. Maffre. Un jour, il lui racontait qu'il avait aperçu Mouret à une des fenêtres de la rue, tout nu, coiffé seulement d'un bonnet de femme, faisant des révérences dans le vide. Un autre jour, il affirmait avec un aplomb étonnant qu'il était certain d'avoir rencontré à trois lieues Mouret, dansant au fond d'un petit bois, comme un homme sauvage; puis, comme le juge de paix semblait douter, il se fâchait, il disait que Mouret pouvait bien s'en aller par les tuyaux de descente, sans qu'on s'en aperçût. Les familiers de la sous-préfecture souriaient; mais, dès le lendemain, la bonne des Rastoil répandait ces récits extraordinaires dans la ville, où la légende de l'homme qui battait sa femme prenait des proportions extraordinaires.

Une après-midi, l'aînée des demoiselles Rastoil, Aurélie, raconta en rougissant que, la veille, s'étant mise à la fenêtre, vers minuit, elle avait aperçu le voisin qui se promenait dans son jardin avec un grand cierge. M. de Condamin crut que la jeune fille se moquait de lui; mais elle donnait des détails précis.

—Il tenait le cierge de la main gauche. Il s'est agenouillé par terre; puis, il s'est traîné sur les genoux en sanglotant. —Peut-être qu'il a commis un crime et qu'il a enterré le cadavre dans son jardin, dit M. Maffre, devenu blême.

Alors, les deux sociétés convinrent de veiller un soir, jusqu'à minuit, s'il le fallait, pour avoir le coeur net de cette aventure. La nuit suivante, elles se tinrent aux aguets dans les deux jardins; mais Mouret ne parut pas. Trois soirées furent ainsi perdues. La sous-préfecture abandonnait la partie; madame de Condamin refusait de rester sous les marronniers, où il faisait un noir terrible, lorsque, la quatrième nuit, par un ciel d'encre, une lumière tremblota au rez-de-chaussée des Mouret. M. Péqueur des Saulaies, averti, se glissa lui-même dans l'impasse des Chevillottes, pour inviter la famille Rastoil à venir sur la terrasse de son hôtel, d'où l'on dominait le jardin voisin. Le président, à l'affût avec ses demoiselles derrière sa cascade, eut une courte hésitation, réfléchissant que, politiquement, il s'engageait beaucoup en allant ainsi chez le sous-préfet; mais la nuit était si sombre, sa fille Aurélie tenait tellement à prouver la réalité de son histoire, qu'il suivit M. Péqueur des Saulaies, à pas étouffés, dans l'ombre. Ce fut de la sorte que la légitimité, à Plassans, pénétra pour la première fois chez un fonctionnaire bonapartiste.

—Ne faites pas de bruit, recommanda le sous-préfet; penchez-vous sur la terrasse.

M. Rastoil et ses demoiselles trouvèrent là le docteur Porquier, madame de Condamin et son mari. Les ténèbres étaient si épaisses, qu'on se salua sans se voir. Cependant, toutes les respirations restaient suspendues. Mouret venait de se montrer sur le perron, avec une bougie plantée dans un grand chandelier de cuisine.

—Vous voyez qu'il tient un cierge, murmura Aurélie.

Personne ne protesta. Le fait fut acquis, Mouret tenait un cierge. Il descendit lentement le perron, tourna à gauche, demeura immobile devant un carré de laitues. Il levait la bougie pour éclairer les salades; sa face apparaissait toute jaune sur le fond noir de la nuit.

—Quelle figure! dit madame de Condamin; j'en rêverai, c'est certain.... Est-ce qu'il dort, docteur? —Non, non, répondit M. Porquier, il n'est pas somnambule, il est bien éveillé.... Vous distinguez la fixité de ses regards; je vous prie aussi de remarquer la sécheresse de ses mouvements....

—Taisez-vous donc, nous n'avons pas besoin d'une conférence, interrompit M. Péqueur des Saulaies.

Alors, le silence le plus profond régna. Mouret ayant enjambé les buis, s'était agenouillé au milieu des salades. Il baissait la bougie, il cherchait le long des rigoles, sous les feuilles vertes étalées. De temps à autre, il avait un petit grognement; il semblait écraser, enfoncer quelque chose en terre. Cela dura près d'une demi-heure.

—Il pleure, je vous le disais bien, répétait complaisamment Aurélie.

—C'est réellement très-effrayant, balbutiait madame de Condamin. Rentrons, je vous en prie.

Mouret laissa tomber sa bougie, qui s'éteignit. On l'entendit se fâcher et remonter le perron en buttant contre les marches. Les demoiselles Rastoil avaient poussé un léger cri de terreur. Elles ne se rassurèrent que dans le petit salon éclairé, où M. Péqueur des Saulaies voulut absolument que la société acceptât une tasse de thé et des biscuits. Madame de Condamin continuait à être toute tremblante; elle se pelotonnait dans le coin d'une causeuse; elle assurait, avec un sourire attendri, que jamais elle ne s'était sentie si impressionnée, même un matin où elle avait eu la vilaine curiosité d'aller voir une exécution capitale.

—C'est singulier, dit M. Rastoil, qui réfléchissait profondément depuis un instant, Mouret avait l'air de chercher des limaces sous ses salades. Les jardins en sont empoisonnés, et je me suis laissé dire qu'on ne les détruit bien que la nuit.

—Les limaces! s'écria M. de Condamin; allez, il s'inquiète bien des limaces! Est-ce qu'on va chercher des limaces avec un cierge? Je crois plutôt, comme monsieur Maffre, qu'il y a quelque crime là-dessous…. Ce Mouret n'a-t-il jamais eu une domestique qui ait disparu? Il faudrait faire une enquête.

M. Péqueur des Saulaies comprit que son ami le conservateur des eaux et forêts allait un peu loin. Il murmura, en buvant une gorgée de thé:

—Non, non, mon cher. Il est fou, il a des imaginations extraordinaires, voilà tout…. C'est déjà bien assez terrifiant.

Il prit l'assiette de biscuits, qu'il présenta aux demoiselles Rastoil en cambrant sa taille de bel officier; puis, reposant l'assiette, il continua:

—Quand on pense que ce malheureux s'est occupé de politique! Je ne veux pas vous reprocher votre alliance avec les républicains, monsieur le président; mais avouez que le marquis de Lagrifoul avait là un partisan bien étrange.

M. Rastoil était devenu très-grave. Il fit un geste vague, sans répondre.

—Et il s'en occupe toujours; c'est peut-être la politique qui lui tourne la tête, dit la belle Octavie en s'essuyant délicatement les lèvres. On le donne comme très-ardent pour les prochaines élections, n'est-ce pas, mon ami?

Elle s'adressait à son mari, auquel elle jeta un regard.

—Il en crèvera! s'écria M. de Condamin; il répète partout qu'il est le maître du scrutin, qu'il fera nommer un cordonnier, si cela lui plaît.

—Vous exagérez, dit le docteur Porquier; il n'a plus autant d'influence, la ville entière se moque de lui.

—Eh! c'est ce qui vous trompe! S'il le veut, il mènera aux urnes tout le vieux quartier et un grand nombre de villages.... Il est fou, c'est vrai, mais c'est une recommandation.... Je le trouve encore très-raisonnable, pour un républicain.

Cette plaisanterie médiocre obtint un vif succès. Les demoiselles Rastoil eurent elles-mêmes de petits rires de pensionnaire. Le président voulut bien approuver de la tête; il sortit de sa gravité, il dit en évitant de regarder le sous-préfet:

—Lagrifoul ne nous a peut-être pas rendu les services que nous étions en droit d'attendre; mais un cordonnier, ce serait vraiment honteux pour Plassans!

Et il ajouta vivement, comme pour couper court sur la déclaration qu'il venait de faire:

—Il est une heure et demie; c'est une débauche.... Monsieur le sous-préfet, tous nos remercîments.

Ce fut madame de Condamin, qui, en jetant un châle sur ses épaules, trouva moyen de conclure.

—Enfin, dit-elle, on ne peut pas laisser conduire les élections par un homme qui va s'agenouiller au milieu de ses salades, à minuit passé.

Cette nuit devint légendaire. M. de Condamin eut beau jeu, lorsqu'il raconta l'aventure à M. de Bourdeu, à M. Maffre et aux abbés, qui n'avaient pas vu le voisin avec un cierge. Trois jours plus tard, le quartier jurait avoir aperçu le fou qui battait sa femme se promenant la tête couverte d'un drap de lit. Sous la tonnelle, aux réunions de l'après-midi, on se préoccupait surtout de la candidature possible du cordonnier de Mouret. On riait, tout en s'étudiant les uns les autres. C'était une façon de se tâter politiquement. M. de Bourdeu, à certaines confidences de son ami le président, croyait comprendre qu'une entente tacite pourrait se faire sur son nom entre la sous-préfecture et l'opposition modérée, de façon à battre honteusement les républicains. Aussi se montrait-il de plus en plus sarcastique contre le marquis de Lagrifoul, dont il relevait scrupuleusement les moindres bévues à la Chambre. M. Delangre, qui ne venait que de loin en loin, en alléguant les soucis de son administration municipale, souriait finement, à chaque nouvelle moquerie de l'ancien préfet.

—Vous n'avez plus qu'à enterrer le marquis, monsieur le curé, dit-il un jour à l'oreille de l'abbé Faujas.

Madame de Condamin qui l'entendit, tourna la tête, posant un doigt sur ses lèvres avec une moue d'une malice exquise.

L'abbé Faujas, maintenant, laissait parler politique devant lui. Il donnait même parfois un avis, était pour l'union des esprits honnêtes et religieux. Alors, tous renchérissaient, M. Péqueur des Saulaies, M. Rastoil, M. de Bourdeu, jusqu'à M. Maffre. Il devait être si facile de s'entendre entre gens de bien, de travailler en commun à la consolidation des grands principes, sans lesquels aucune société ne saurait exister! Et la conversation tournait sur la propriété, sur la famille, sur la religion. Parfois le nom de Mouret revenait, et M. de Condamin murmurait:

—Je ne laisse venir ma femme ici qu'en tremblant. J'ai peur, que voulez-vous!... Vous verrez de drôles de choses, aux élections, s'il est encore libre!

Cependant, tous les matins, Trouche tachait d'effrayer l'abbé Faujas, dans l'entretien qu'il avait régulièrement avec lui. Il lui donnait les nouvelles les plus alarmantes: les ouvriers du vieux quartier s'occupaient beaucoup trop de la maison Mouret; ils parlaient de voir le bonhomme, de juger son état, de prendre son avis.

Le prêtre, d'ordinaire, haussait les épaules. Mais, un jour, Trouche sortit de chez lui, l'air enchanté. Il vint embrasser Olympe en s'écriant:

—Cette fois, ma fille, c'est fait. —Il te permet d'agir? demanda-t-elle.

—Oui, en toute liberté.... Nous allons être joliment tranquilles, quand l'autre ne sera plus là.

Elle était encore couchée; elle se renfonça sous la couverture, faisant des sauts de carpe, riant comme une enfant.

—Ah bien! tout va être à nous, n'est-ce pas?... Je prendrai une autre chambre. Et je veux aller dans le jardin, je veux faire ma cuisine en bas.... Tiens! mon frère nous doit bien ça. Tu lui auras donné un fier coup de main!

Le soir, Trouche arriva vers dix heures seulement au café borgne dans lequel il se rencontrait avec Guillaume Porquier et d'autres jeunes gens comme il faut de la ville. On le plaisanta sur son retard, on l'accusa d'être allé aux remparts avec une des jeunes coquines de l'oeuvre de la Vierge. Cette plaisanterie, d'habitude, le flattait; mais il resta grave. Il dit qu'il avait eu des affaires, des affaires sérieuses. Ce ne fut que vers minuit, quand il eut vidé les carafons du comptoir, qu'il devint tendre et expansif. Il tutoya Guillaume, il balbutia, le dos contre le mur, rallumant sa pipe à chaque phrase:

—J'ai vu ton père, ce soir. C'est un brave homme... J'avais besoin d'un papier. Il a été très-gentil, très-gentil. Il me l'a donné. Je l'ai là, dans ma poche.... Ah! il ne voulait pas d'abord. Il disait que ça regardait la famille. Je lui ai dit: «Moi, je suis la famille, j'ai l'ordre de la maman....» Tu la connais, la maman; tu vas chez elle. Une brave femme. Elle avait paru très-contente, lorsque j'étais allé lui conter l'affaire, auparavant.... Alors, il m'a donné le papier. Tu peux le toucher, tu le sentiras dans ma poche....

Guillaume le regardait fixement, cachant sa vive curiosité sous un rire de doute.

—Je ne mens pas, continua l'ivrogne; le papier est dans ma poche.... Tu l'as senti? —C'est un journal, dit le jeune homme.

Trouche, en ricanant, tira de sa redingote une grande enveloppe, qu'il posa sur la table au milieu des tasses et des verres. Il la défendit un instant contre Guillaume qui avait allongé la main; puis, il la lui laissa prendre, riant plus fort, comme si on l'avait chatouillé. C'était une déclaration du docteur Porquier, fort détaillée, sur l'état mental du sieur François Mouret, propriétaire, à Plassans.

—Alors on va le coffrer? demanda Guillaume en rendant le papier.

—Ça ne te regarde pas, mon petit, répondit Trouche, redevenu défiant. C'est pour sa femme, ce papier-là. Moi, je ne suis qu'un ami qui aime à rendre service. Elle fera ce qu'elle voudra.... Elle ne peut pas non plus se laisser massacrer, cette pauvre dame.

Il était si gris, que, lorsqu'on les mit à la porte du café, Guillaume dut l'accompagner jusqu'à la rue Balande. Il voulait se coucher sur tous les bancs du cours Sauvaire. Arrivé à la place de la Sous-Préfecture, il sanglota, il répéta:

—Il n'y a plus d'amis, c'est parce que je suis pauvre qu'on me méprise... Toi, tu es un bon garçon. Tu viendras prendre le café avec nous, quand nous serons les maîtres. Si l'abbé nous gêne, nous l'enverrons rejoindre l'autre... Il n'est pas fort, l'abbé, malgré ses grands airs; je lui fais voir les étoiles en plein midi... Tu es un ami, un vrai, n'est-ce pas? Le Mouret est enfoncé, nous boirons son vin.

Lorsqu'il eut mis Trouche à sa porte, Guillaume traversa Plassans endormi et vint siffler doucement devant la maison du juge de paix. C'était un signal. Les fils Maffre, que leur père enfermait de sa main dans leur chambre, ouvrirent une croisée du premier étage, d'où ils descendirent en s'aidant des barreaux dont les fenêtres du rez-de-chaussée étaient barricadées. Chaque nuit, ils allaient ainsi au vice, en compagnie du fils Porquier.

—Ah bien! leur dit celui-ci, lorsqu'ils eurent gagné en silence les ruelles noires des remparts, nous aurions tort de nous gêner.... Si mon père parle encore de m'envoyer faire pénitence dans quelque trou, j'ai de quoi lui répondre.... Voulez-vous parier que je me fais recevoir du cercle de la Jeunesse, quand je voudrai?

Les fils Maffre tinrent le pari. Tous trois se glissèrent dans une maison jaune, à persiennes vertes, adossée dans un angle des remparts, au fond d'un cul-de-sac.

La nuit suivante, Marthe eut une crise épouvantable. Elle avait assisté, le matin, à une longue cérémonie religieuse, qu'Olympe avait tenu à voir jusqu'au bout. Lorsque Rose et les locataires accoururent aux cris déchirants qu'elle jetait, ils la trouvèrent étendue au pied du lit, le front fendu. Mouret, à genoux au milieu des couvertures, frissonnait.

—Cette fois, il l'a tuée! cria la cuisinière.

Et elle le prit entre ses bras, bien qu'il fût en chemise, le poussa à travers la chambre, jusque dans son bureau, dont la porte se trouvait de l'autre côté du palier; elle retourna lui jeter un matelas et des couvertures. Trouche était parti en courant chercher le docteur Porquier. Le docteur pansa la plaie de Marthe; deux lignes plus bas, dit-il, le coup était mortel. En bas, dans le vestibule, devant tout le monde, il déclara qu'il fallait agir, qu'on ne pouvait laisser plus longtemps la vie de madame Mouret à la merci d'un fou furieux.

Marthe dut garder le lit, le lendemain. Elle avait encore un peu de délire; elle voyait une main de fer qui lui ouvrait le crâne avec une épée flamboyante. Rose refusa absolument à Mouret de le laisser entrer. Elle lui servit à déjeuner dans le bureau, sur la table poussiéreuse. Il ne mangea pas. Il regardait stupidement son assiette, lorsque la cuisinière introduisit auprès de lui trois messieurs vêtus de noir.

—Vous êtes les médecins? demanda-t-il. Comment va-t-elle?

—Elle va mieux, répondit un des messieurs.

Mouret coupa machinalement du pain, comme s'il allait se mettre à manger.

—J'aurais voulu que les enfants fussent là, murmura-t-il; ils la soigneraient, nous serions moins seuls.... C'est depuis que les enfants sont partis qu'elle est malade.... Je ne suis pas bien, moi non plus.

Il avait porté une bouchée de pain à sa bouche, et de grosses larmes coulaient sur ses joues. Le personnage qui avait déjà parlé, lui dit alors, en jetant un regard sur ses deux compagnons:

—Voulez-vous que nous allions les chercher, vos enfants?

—Je veux bien! s'écria Mouret, qui se leva. Partons tout de suite.

Dans l'escalier, il ne vit pas Trouche et sa femme, penchés au-dessus de la rampe du second étage, qui le suivaient à chaque marche, de leurs yeux ardents. Olympe descendit rapidement derrière lui, se jeta dans la cuisine, où Rose guettait par la fenêtre, très-émotionnée. Et quand une voiture, qui attendait à la porte, eut emmené Mouret, elle remonta quatre à quatre les deux étages, prit

Trouche par les épaules, le fit danser autour du palier, crevant de joie.

—Emballé! cria-t-elle.

Marthe resta huit jours couchée. Sa mère la venait voir chaque après-midi, se montrait d'une tendresse extraordinaire. Les Faujas, les Trouche, se succédaient autour de son lit. Madame de Condamin elle-même lui rendit plusieurs visites. Il n'était plus question de Mouret. Rose répondait à sa maîtresse que monsieur avait dû aller à Marseille; mais, lorsque Marthe put descendre pour la première fois et se mettre à table dans la salle à manger, elle s'étonna, elle demanda son mari avec un commencement d'inquiétude.

—Voyons, chère dame, ne vous faites pas de mal, dit madame Faujas; vous retomberez au lit. Il a fallu prendre un parti. Vos amis ont dû se consulter et agir dans vos intérêts.

—Vous n'avez pas à le regretter, s'écria brutalement Rose, après le coup de bâton qu'il vous a donné sur la tête. Le quartier respire depuis qu'il n'est plus là. On craignait toujours qu'il ne mît le feu ou qu'il ne sortît dans la rue avec un couteau. Moi, je cachais tous les couteaux de ma cuisine; la bonne de monsieur Rastoil aussi... Et votre pauvre mère qui ne vivait plus!... Allez, le monde qui venait vous voir pendant votre maladie, toutes ces dames, tous ces messieurs, me le disaient bien, lorsque je les reconduisais: C'est un bon débarras pour Plassans. Une ville est toujours sur le qui-vive, quand un homme comme ça va et vient en liberté.

Marthe écoutait ce flux de paroles, les yeux agrandis, horriblement pâle. Elle avait laissé retomber sa cuiller; elle regardait en face d'elle, par la fenêtre ouverte, comme si quelque vision, montant derrière les arbres fruitiers du jardin, l'avait térrifiée.

—Les Tulettes, les Tulettes! bégaya-t-elle en se cachant les yeux sous ses mains frémissantes.

Elle se renversait, se roidissait déjà dans une attaque de nerfs, lorsque l'abbé Faujas, qui avait achevé son potage, lui prit les mains, qu'il serra fortement, et en murmurant de sa voix la plus souple:

—Soyez forte devant cette épreuve que Dieu vous envoie. Il vous accordera des consolations, si vous ne vous révoltez pas; il saura vous ménager le bonheur que vous méritez. Sous la pression des mains du prêtre, sous la tendre inflexion de ses paroles, Marthe se redressa, comme ressuscitée, les joues ardentes.

—Oh! oui, dit-elle en sanglotant, j'ai besoin de beaucoup de bonheur, promettez-moi beaucoup de bonheur.

XIX

Les élections générales devaient avoir lieu en octobre. Vers le milieu de septembre, monseigneur Rousselot partit brusquement pour Paris, après avoir eu un long entretien avec l'abbé Faujas. On parla d'une maladie grave d'une de ses soeurs, qui habitait Versailles. Cinq jours plus tard, il était de retour; il se faisait faire une lecture par l'abbé Surin, dans son cabinet. Renversé au fond d'un fauteuil, frileusement enveloppé dans une douillette de soie violette, bien que la saison fut encore très-chaude, il écoutait avec un sourire la voix féminine du jeune abbé qui scandait amoureusement des strophes d'Anacréon.

—Bien, bien, murmurait-il, vous avez la musique de cette belle langue.

Puis, regardant la pendule, le visage inquiet, il reprit:

—Est-ce que l'abbé Faujas est déjà venu ce matin?... Ah! mon enfant, que de tracas! J'ai encore dans les oreilles cet abominable tapage du chemin de fer... A Paris, il a plu tout le temps! J'avais des courses aux quatre coins de la ville, je n'ai vu que de la boue. L'abbé Surin posa son livre sur le coin d'une console.

—Monseigneur est-il satisfait des résultats de son voyage? demanda-t-il avec la familiarité d'un enfant gâté.

—Je sais ce que je voulais savoir, répondit l'évêque en retrouvant son fin sourire. J'aurais dû vous emmener. Vous auriez appris des choses utiles à connaître, quand on a votre âge, et qu'on est destiné à l'épiscopat par sa naissance et ses relations.

—Je vous écoute, monseigneur, dit le jeune prêtre d'un air suppliant.

Mais le prélat hocha la tête.

—Non, non, ces choses-là ne se disent pas... Soyez l'ami de l'abbé Faujas, il pourra peut-être beaucoup pour vous un jour. J'ai eu des renseignements très-complets.

L'abbé Surin joignit les mains, d'un geste de curiosité si câline, que monseigneur Rousselot continua:

—Il avait eu des difficultés à Besançon.... Il était à Paris, très-pauvre, dans un hôtel garni. C'est lui qui est allé s'offrir. Le ministre cherchait justement des prêtres dévoués au gouvernement. J'ai compris que Faujas l'avait d'abord effrayé, avec sa mine noire et sa vieille soutane. C'est à tout hasard qu'il l'a envoyé ici.... Le ministre s'est montré très-aimable pour moi.

L'évêque achevait ses phrases par un léger balancement de la main, cherchant les mots, craignant d'en trop dire. Puis, l'affection qu'il portait à son secrétaire remporta; il ajouta vivement:

—Enfin, croyez-moi, soyez utile au curé de Saint-Saturnin; il va avoir besoin de tout le monde, il me paraît homme à n'oublier ni une injure ni un bienfait. Mais ne vous liez pas avec lui. Il finira mal. Ceci est une impression personnelle.

—Il finira mal? répéta le jeune abbé avec surprise.

—Oh! en ce moment, il est en plein triomphe.... C'est sa figure qui m'inquiète, mon enfant; il a un masque terrible. Cet homme-là ne mourra pas dans son lit.... N'allez pas me compromettre; je ne demande qu'à vivre tranquille, je n'ai plus besoin que de repos.

L'abbé Surin reprenait son livre, lorsque l'abbé Faujas se fit annoncer. Monseigneur Rousselot, l'air riant, les mains tendues, s'avança à sa rencontre, en l'appelant «mon cher curé».

—Laissez-nous, mon enfant, dit-il à son secrétaire, qui se retira.

Il parla de son voyage. Sa sœur allait mieux; il avait pu serrer la main à de vieux amis.

—Et avez-vous vu le ministre? demanda l'abbé Faujas en le regardant fixement.

—Oui, j'ai cru devoir lui faire une visite, répondit l'évêque, qui se sentit rougir. Il m'a dit un grand bien de vous.

— Alors vous ne doutez plus, vous vous confiez à moi?

— Absolument, mon cher curé. D'ailleurs je n'entends rien à la politique, je vous laisse le maître.

Ils causèrent ensemble toute la matinée. L'abbé Faujas obtint de lui qu!il ferait une tournée dans le diocèse; il l'accompagnerait, lui soufflerait ses moindres paroles. Il était nécessaire, en outre, de mander tous les doyens, de façon que les curés des plus petites communes pussent recevoir des instructions. Cela ne présentait aucune difficulté, le clergé obéirait. La besogne la plus délicate était dans Plassans même, dans le quartier Saint-Marc. La noblesse, claquemurée au fond de ses hôtels, échappait entièrement à l'action du prêtre; il n'avait pu agir jusqu'alors que sur les royalistes ambitieux, les Rastoil, les Maffre, les Bourdeu. L'évêque lui promit de sonder certains salons du quartier Saint-Marc où il était reçu. D'ailleurs, en admettant même que la noblesse votât mal, elle ne réunirait qu'une minorité ridicule, si la bourgeoisie cléricale l'abandonnait. — Maintenant, dit monseigneur Rousselot eu se levant, il serait peut-être bon que je connusse le nom de votre candidat, afin de le recommander en toutes lettres.

L'abbé Faujas sourit.

— Un nom est dangereux, répondit-il. Dans huit jours, il ne resterait plus un morceau de notre candidat, si nous le nommions aujourd'hui.... Le marquis de Lagrifoul est devenu impossible. Monsieur de Bourdeu, qui compte se mettre sur les rangs, est plus impossible encore. Nous les laisserons se détruire l'un par l'autre, nous n'interviendrons qu'au dernier moment.... Dites simplement qu'une élection purement politique serait regrettable, qu'il faudrait, dans l'intérêt de Plassans, un homme choisi en dehors des partis, connaissant à fond les besoins de la ville et du département. Donnez même à entendre que cet homme est trouvé; mais n'allez pas plus loin.

L'évêque sourit à son tour. Il retint le prêtre, au moment où celui-ci prenait congé.

— Et l'abbé Fenil? lui demanda-t-il en baissant la voix. Ne craignez-vous pas qu'il se jette en travers de vos projets?

L'abbé Faujas haussa les épaules.

— Il n'a plus bougé, dit-il.

— Justement, reprit le prélat, cette tranquillité m'inquiète. Je connais Fenil, c'est le prêtre le plus haineux de mon diocèse. Il a peut-être abandonné la vanité de vous battre sur le terrain politique; mais soyez sûr qu'il se vengera d'homme à homme…. Il doit vous guetter du fond de sa retraite.

— Bah! dit l'abbé Faujas, qui montra ses dents blanches, il ne me mangera pas tout vivant, peut-être.

L'abbé Surin venait d'entrer. Quand le curé de Saint-Saturnin fut parti, il égaya beaucoup monseigneur Rousselot, en murmurant: — S'ils pouvaient se dévorer l'un l'autre, comme les deux renards dont il ne resta que les deux queues?

La période électorale allait s'ouvrir. Plassans, que les questions politiques laissent parfaitement calme d'ordinaire, avait un commencement de légère fièvre. Une bouche invisible semblait souffler la guerre dans les rues paisibles. Le marquis de Lagrifoul, qui habitait la Palud, une grosse bourgade voisine, était descendu, depuis quinze jours, chez un de ses parents, le comte de Valqueyras, dont l'hôtel occupait tout un coin du quartier Saint-Marc. Il se faisait voir, se promenait sur le cours Sauvaire, allait à Saint-Saturnin, saluait les personnes influentes, sans sortir cependant de sa maussaderie de gentilhomme. Mais ces efforts d'amabilité, qui avaient suffi une première fois, ne paraissaient pas avoir un grand succès. Des accusations couraient, grossies chaque jour, venues on ne savait de quelle source: le marquis était d'une nullité déplorable; avec un autre homme que le marquis, Plassans aurait eu depuis longtemps un embranchement de chemin de fer, le reliant à la ligne de Nice; enfin, quand un enfant du pays allait voir le marquis à Paris, il devait faire trois ou quatre visites avant d'obtenir le moindre service. Cependant, bien que la candidature du député sortant fût très-compromise par ces reproches, aucun autre candidat ne s'était encore mis sur les rangs d'une façon nette. On parlait de M. de Bourdeu, tout en disant qu'il serait très-difficile de réunir une majorité sur le nom de cet ancien préfet de Louis-Philippe, qui n'avait nulle part des attaches solides. La vérité était qu'une influence inconnue venait, à Plassans, de déranger absolument les chances prévues des différentes candidatures, en rompant l'alliance des légitimistes et des républicains. Ce qui dominait, c'était une perplexité générale, une confusion pleine d'ennui, un besoin de bâcler au plus vite l'élection.

— La majorité est déplacée, répétaient les uns politiques du cours Sauvaire. La question est de savoir comment elle se fixera.

Dans cette fièvre de division qui passait sur la ville, les républicains voulurent avoir leur candidat. Ils choisirent un maître chapelier, un sieur Maurin, bonhomme très-aimé des ouvriers. Trouche, dans les cafés, le soir, trouvait Maurin bien pâle; il proposait un proscrit de décembre, un charron des Tulettes, qui avait le bon sens de refuser. Il faut dire que Trouche se donnait comme un républicain des plus ardents. Il se serait mis lui-même en avant, disait-il, s'il n'avait pas eu le frère de sa femme dans la calotte; à son grand regret, il se voyait forcé de manger le pain des cagots, ce qui l'obligeait à rester dans l'ombre. Il fut un des premiers à répandre de vilains bruits sur le marquis Lagrifoul; il conseilla également la rupture avec les légitimistes. Les républicains, à Plassans, qui étaient fort peu nombreux, devaient être forcément battus. Mais le triomphe de Trouche fut d'accuser la bande de la sous-préfecture et la bande des Rastoil d'avoir fait disparaître le pauvre Mouret, dans le but de priver le parti démocratique d'un de ses chefs les plus honorables. Le soir où il lança cette accusation, chez un liquoriste de la rue Canquoin, les gens qui se trouvaient là, se regardèrent d'un air singulier. Les commérages du vieux quartier, s'attendrissant sur «le fou qui battait sa femme», maintenant qu'il était enfermé, racontaient que l'abbé Faujas avait voulu se débarrasser d'un mari gênant. Trouche alors, chaque soir, répéta son histoire, en tapant du poing sur les tables des cafés, avec une telle conviction, qu'il finit par imposer une légende dans laquelle M. Péqueur des Saulaies jouait le rôle le plus étrange du monde. Il y eut un retour absolu en faveur de Mouret. Il devint une victime politique, un homme dont on avait craint l'influence, au point de le loger dans un cabanon des Tulettes.

— Laissez-moi arranger mes affaires, disait Trouche d'un air confidentiel. Je planterai là toutes ces sacrées dévotes, et j'en raconterai de belles sur leur oeuvre de la Vierge.... Une jolie maison, où ces dames donnent des rendez-vous!

Cependant, l'abbé Faujas se multipliait; on ne voyait que lui dans les rues, depuis quelque temps. Il se soignait davantage, faisait effort pour garder un sourire aimable aux lèvres. Les paupières, par instants, se baissaient, éteignant la flamme sombre de son regard. Souvent, à bout de patience, las de ces luttes mesquines de chaque jour, il rentrait dans sa chambre nue, les poings serrés, les épaules gonflées de sa force inutile, souhaitant quelque colosse à étouffer pour se soulager. La vieille madame Rougon, qu'il continuait à voir en secret, était son bon génie; elle le chapitrait d'importance, tenait son grand corps plié devant elle sur une chaise basse, lui répétait qu'il devrait plaire, qu'il gâterait tout en montrant bêtement ses bras nus de lutteur. Plus tard, quand il serait le maître, il prendrait Plassans à la gorge, il l'étranglerait, si cela pouvait le contenter. Certes, elle n'était pas tendre pour Plassans, contre lequel elle avait une rancune de quarante années de misère, et qu'elle faisait crever de dépit depuis le coup d'État.

—C'est moi qui porte la soutane, lui disait-elle parfois en souriant; vous avez des allures de gendarme, mon cher curé.

Le prêtre se montrait surtout très-assidu à la salle de lecture du cercle de la Jeunesse. Il y écoulait d'une façon indulgente les jeunes gens parler politique, hochant la tête, répétant que l'honnêteté suffisait. Sa popularité grandissait. Il avait consenti un soir à jouer au billard, s'y montrant d'une force remarquable; en petit comité, il acceptait des cigarettes. Aussi le cercle prenait-il son avis en toutes choses. Ce qui acheva de le poser comme un homme tolérant, ce fut la façon pleine de bonhomie dont il plaida la réception de Guillaume Porquier, qui avait renouvelé sa demande. —J'ai vu ce jeune homme, dit-il; il est venu me faire sa confession générale, et, ma foi! je lui ai donné l'absolution. A tout péché, miséricorde.... Ce n'est pas parce qu'il a décroché quelques enseignes à Plassans et fait des dettes à Paris, qu'il faut le traiter en lépreux.

Lorsque Guillaume eut été reçu, il dit en ricanant aux fils Maffre:

—Eh bien, vous me devez deux bouteilles de champagne.... Vous voyez que le curé fait tout ce que je veux. J'ai une petite machine pour le chatouiller à l'endroit sensible, et alors il rit, mes enfants, il n'a plus rien à me refuser.

—Il n'a pas l'air de beaucoup t'aimer pourtant, fit remarquer Alphonse; il te regarde joliment de travers.

—Bah! c'est que je l'aurai chatouillé trop fort.... Vous verrez que nous serons bientôt les meilleurs amis du monde.

En effet, l'abbé Faujas parut se prendre d'affection pour le fils du docteur; il disait que ce pauvre jeune homme avait besoin d'être conduit par une main très-douce. Guillaume, en peu de temps, devint le boute-en-train du cercle; il inventa des jeux, fit connaître la recette d'un punch au kirsch, débaucha les tout jeunes gens échappés du collège. Ses vices aimables lui donnèrent une influence énorme. Pendant que les orgues ronflaient au-dessus de la salle de billard, il buvait des chopes, entouré des fils de tous les personnages comme il faut de Plassans, leur racontant des indécences qui les faisaient pouffer de rire. Le cercle glissa ainsi aux polissonneries complotées dans les coins. Mais l'abbé Faujas n'entendait rien. Guillaume le donnait «comme une forte caboche», qui roulait de grandes pensées.

—L'abbé sera évêque quand il voudra, racontait-il. Il a déjà refusé une cure à Paris. Il désire rester à Plassans, il s'est pris de tendresse pour la ville.... Moi, je le nommerais député. C'est lui qui ferait nos affaires à la Chambre! Mais il n'accepterait pas, il est trop modeste.... On pourra le consulter, quand viendront les élections. Il ne mettra personne dedans, celui-là!

Lucien Delangre restait l'homme grave du cercle. Il montrait une grande déférence pour l'abbé Faujas, il lui conquérait le groupe des jeunes gens studieux. Souvent il se rendait avec lui au cercle, causant vivement, se taisant dès qu'ils entraient dans la salle commune.

L'abbé, régulièrement, en sortant du café établi dans les caves des Minimes, se rendait à l'oeuvre de la Vierge. Il arrivait au milieu de la récréation, se montrait en souriant sur le perron de la cour. Alors toutes les galopines accouraient, se disputant ses poches, où traînaient toujours des images de sainteté, des chapelets, des médailles bénites. Il s'était fait adorer de ces grandes filles en leur donnant de petites tapes sur les joues et en leur recommandant d'être bien sages, ce qui mettait des rires sournois sur leurs mines effrontées.

Souvent les religieuses se plaignaient à lui; les enfants confiées à leur garde étaient indisciplinables, elles se battaient à s'arracher les cheveux, elles faisaient pis encore. Lui, ne voyait que des peccadilles; il sermonait les plus turbulentes, dans la chapelle, d'où elles sortaient soumises. Parfois, il prenait prétexte d'une faute plus grave pour faire appeler les parents, et les renvoyait, touchés de sa bonhomie. Les galopines de l'oeuvre de la Vierge lui avaient ainsi gagné le coeur des familles pauvres de Plassans. Le soir, en rentrant chez elles, elles racontaient des choses extraordinaires sur monsieur le curé. Il n'était pas rare d'en rencontrer deux, dans les coins sombres des remparts, en train de se gifler, sur la question de décider laquelle des deux monsieur le curé aimait le mieux.

—Ces petites coquines représentent bien deux à trois milliers de voix, pensait Trouche en regardant, de la fenêtre de son bureau, les amabilités de l'abbé Faujas. Il s'était offert pour conquérir «ces petits coeurs», comme il nommait les jeunes filles; mais le prêtre, inquiet de ses regards luisants, lui avait formellement interdit de mettre les pieds dans la cour. Il se contentait, lorsque les religieuses tournaient le dos, de jeter des friandises aux «petits coeurs», comme on jette des miettes de pain aux moineaux. Il emplissait surtout de dragées le tablier d'une grande blonde, la fille d'un tanneur, qui avait, à treize ans, des épaules de femme faite.

La journée de l'abbé Faujas n'était point finie; il rendait ensuite de courtes visites aux dames de la société. Madame Rastoil, madame Delangre, lu recevaient avec des mines ravies; elles répétaient ses moindres mots, se faisaient avec lui un fonds de conversation pour toute une semaine. Mais sa grande amie était madame de Condamin. Celle-là gardait une familiarité souriante, une supériorité de jolie femme qui se sait toute-puissante. Elle avait des bouts de conversation à voix basse, des coups d'oeil, des sourires particuliers, témoignant d'une alliance tenue secrète. Lorsque le prêtre se présentait chez elle, elle mettait d'un regard son mari à la porte. «Le gouvernement entrait en séance», comme disait plaisamment le conservateur des eaux et forêts, qui montait à cheval en toute philosophie. C'était madame Rougon qui avait désigné madame de Condamin au prêtre.

—Elle n'est point encore tout à fait acceptée, lui expliqua-t-elle; c'est une femme très-forte, sous son air joli de coquette. Vous pouvez vous ouvrir à elle; elle verra dans votre triomphe une façon de s'imposer complètement; elle vous sera de la plus sérieuse utilité, si vous avez des places et des croix à distribuer.... Elle a gardé un bon ami à Paris, qui lui envoie du ruban rouge autant qu'elle en demande.

Madame Rougon se tenant à l'écart par une manoeuvre de haute habileté, la belle Octavie était ainsi devenue l'alliée la plus active de l'abbé Faujas. Elle lui conquit ses amis et les amis de ses amis. Elle partait en campagne chaque matin, faisait une étonnante propagande, rien qu'à l'aide des petits saluts qu'elle jetait du bout de ses doigts gantés. Elle agissait surtout sur les bourgeoises, elle décuplait l'influence féminine, dont le prêtre avait senti l'absolue nécessité, dès ses premiers pas dans le monde étroit de Plassans. Ce fut elle qui ferma la bouche aux Paloque, qui s'acharnaient sur la maison des Mouret; elle jeta un gâteau de miel à ces deux monstres.

—Vous nous tenez donc rancune, chère dame? dit-elle un jour à la femme du juge, qu'elle rencontra. Vous avez grand tort; vos amis ne vous oublient pas, ils s'occupent de vous, ils vous ménagent une surprise.

—Une belle surprise! quelque'casse-cou! s'écria aigrement madame Paloque. Allez, on ne se moquera plus de nous; j'ai bien juré de rester dans mon coin.

Madame de Condamin souriait.

—Que diriez-vous, demanda-t-elle, si monsieur Paloque était décoré?

La femme du juge resta muette. Un flot de sang lui bleuit la face et la rendit affreuse.

—Vous plaisantez, bégaya-t-elle; c'est encore un coup monté contre nous.... Si ce n'était pas vrai, je ne vous pardonnerais de la vie.

La belle Octavie dut lui jurer que rien n'était plus vrai. La nomination était sûre; seulement, elle ne paraîtrait au *Moniteur* qu'après les élections, parce que le gouvernement ne voulait pas avoir l'air d'acheter les voix de la magistrature. Et elle laissa entendre que l'abbé Faujas n'était pas étranger à cette récompense attendue depuis si longtemps; il en avait causé avec le sous-préfet.

—Alors, mon mari avait raison, dit madame Paloque effarée. Voilà longtemps qu'il me fait des scènes abominables pour que j'aille offrir des excuses à l'abbé. Moi, je suis entêtée, je me serais plutôt laissé tuer.... Mais du moment que l'abbé veut bien faire le premier pas.... Certainement, nous ne demandons pas mieux que de vivre en paix avec tout le monde. Nous irons demain à la sous-préfecture.

Le lendemain, les Paloque furent très-humbles. La femme dit un mal affreux de l'abbé Fenil. Avec une impudence parfaite, elle raconta même qu'elle était allée le voir, un jour; il avait parlé en sa présence de jeter à la porte de Plassans «toute la clique de l'abbé Faujas».

—Si vous voulez, dit-elle au prêtre en le prenant à l'écart, je vous donnerai une note écrite sous la dictée du grand vicaire. Il y est question de vous. Ce sont, je crois, de vilaines histoires qu'il cherchait à faire imprimer dans la *Gazette de Plassans*.

—Comment cette note est-elle entre vos mains? demanda l'abbé.

—Elle y est, cela suffit, répondit-elle sans se déconcerter.

Puis, se mettant à sourire:

—Je l'ai trouvée, reprit-elle. Et je me rappelle maintenant qu'il y a, au-dessus d'une rature, deux ou trois mots ajoutés de la main même du grand vicaire.... Je confierai tout cela à votre honneur, n'est-ce pas? Nous sommes de braves gens, nous désirons ne pas être compromis.

Avant d'apporter la note, pendant trois jours, elle feignit d'avoir des scrupules. Il fallut que madame de Condamin lui jurât en particulier que la mise à la retraite de M. Rastoil serait demandée prochainement, de façon à ce que M. Paloque pût enfin hériter de la présidence. Alors, elle livra le papier. L'abbé Faujas ne voulut pas le garder; il le porta à madame Rougon, en la chargeant d'en faire usage, tout en restant elle-même dans l'ombre, si le grand vicaire paraissait se mêler le moins du monde des élections.

Madame de Condamin laissa aussi entrevoir à M. Maffre que l'empereur songeait à le décorer, et promit formellement au docteur Porquier de trouver une place possible pour son garnement de fils. Elle était surtout exquise d'obligeance dans les jardins, aux réunions intimes de l'après-midi. L'été tirait sur sa fin; elle arrivait avec des toilettes légères, un peu frissonnante, risquant des rhumes pour montrer ses bras et vaincre les derniers scrupules de la société Rastoil. Ce fut réellement sous la tonnelle des Mouret que l'élection se décida.

—Eh, bien, monsieur le sous-préfet, dit l'abbé Faujas en souriant, un jour que les deux sociétés étaient réunies, voici la grande bataille qui approche.

On en était venu à rire en petit comité des luttes politiques. On se serrait la main, sur le derrière des maisons, dans les jardins, tout en se dévorant, sur les façades. Madame de Condamin jeta un vif regard à M. Péqueur des Saulaies, qui s'inclina avec sa correction accoutumée, en récitant tout d'une haleine:

—Je resterai sous ma tente, monsieur le curé. J'ai été assez heureux pour faire entendre à Son Excellence que le gouvernement devait s'abstenir, dans l'intérêt immédiat de Plassans. Il n'y aura pas de candidat officiel.

M. de Bourdeu devint pâle. Ses paupières battaient, ses mains avaient un tressaillement de joie.

—Il n'y aura pas de candidat officiel! répéta M. Rastoil, très-remué par cette nouvelle inattendue, sortant de la réserve où il s'était tenu jusque-là.

—Non, reprit M. Péqueur des Saulaies, la ville compte assez d'hommes honorables et elle est assez grande fille pour faire elle-même le choix de son représentant.

Il s'était légèrement incliné du côté de M. de Bourdeu, qui se leva, en balbutiant:

—Sans doute, sans doute.

Cependant, l'abbé Surin avait organisé une partie de «torchon brûlé». Les demoiselles Rastoil, les fils Maffre, Séverin, étaient justement en train de chercher le torchon, le mouchoir même de l'abbé, roulé en tampon, qu'il venait de cacher. Toute la jeunesse tournait autour du groupe des personnes graves, tandis que le prêtre, de sa voix de fausset, criait:

—Il brûle! il brûle!

Ce fut Angélique qui trouva le torchon, dans la poche béante du docteur Porquier, où l'abbé Surin l'avait adroitement glissé. On rit beaucoup, on regarda le choix de celle cachette comme une plaisanterie très-ingénieuse.

—Bourdeu a des chances maintenant, dit M. Rastoil en prenant l'abbé Faujas à part. C'est très-fâcheux. Je ne puis lui dire cela, mais nous ne voterons pas pour lui; il est trop compromis comme orléaniste.

—Voyez donc votre fils Séverin, s'écria madame de Condamin, qui vint se jeter au travers de la conversation. Quel grand enfant! il avait mis le mouchoir sous le chapeau de l'abbé Bourrette.

Puis, elle baissa la voix.

—A propos, je vous félicite, monsieur Rastoil. J'ai reçu une lettre de Paris, où l'on m'assure avoir vu le nom de votre fils sur une liste du garde des sceaux; il sera, je crois, nommé substitut à Faverolles.

Le président s'inclina, le sang au visage. Le ministère ne lui avait jamais pardonné l'élection du marquis de Lagrifoul. C'était depuis ce temps que, par une sorte de fatalité, il n'avait pu ni caser son fils, ni marier ses filles. Il ne se plaignait pas, mais il avait des pincements de lèvres qui en disaient long.

—Je vous faisais donc remarquer, reprit-il, pour cacher son émotion, que Bourdeu est dangereux; d'autre part, il n'est pas de Plassans, il ne connaît pas nos besoins. Autant vaudrait-il réélire le marquis.

—Si monsieur de Bourdeu maintient sa candidature, déclara l'abbé Faujas, les républicains réuniront une minorité imposante, ce qui sera du plus détestable effet.

Madame de Condamin souriait. Elle prétendit ne rien entendre à la politique; elle se sauva, tandis que l'abbé emmenait le président jusqu'au fond de la tonnelle, où il continua l'entretien à voix basse. Quand ils revinrent à petits pas, M. Rastoil répondait:

—Vous avez raison, ce serait un candidat convenable; il n'est d'aucun parti, l'entente se ferait sur son nom.... Je n'aime pas plus que vous l'empire, n'est-ce pas? Mais cela finit par devenir puéril d'envoyer à la Chambre des députés qui n'ont pour mandat que de taquiner le gouvernement. Plassans souffre; il lui faut un homme d'affaires, un enfant du pays en situation de défendre ses intérêts.

—Il brûle! il brûle! criait la voix fluette d'Aurélie.

L'abbé Surin qui conduisait la bande, traversa la tonnelle en furetant.

—Dans l'eau! dans l'eau! répétait maintenant la demoiselle, égayée par l'inutilité des recherches.

Mais un des fils Maffre, ayant soulevé un pot de fleurs, découvrit le mouchoir plié en quatre.

—Cette grande perche d'Aurélie aurait pu se le fourrer dans la bouche, dit madame Paloque: il y a de la place, et personne ne serait allé le chercher là.

Son mari la fit taire d'un regard furieux. Il ne lui tolérait plus la moindre parole aigre. Craignant que M. de Condamin eût entendu, il murmura:

—Quelle belle jeunesse!

—Cher monsieur, disait le garde des eaux et forêts à M. de Bourdeu, votre succès est certain; seulement, prenez vos précautions, lorsque vous serez à Paris. Je sais de bonne source que le gouvernement est décidé à un coup de force, si l'opposition devient gênante.

L'ancien préfet le regarda, très-inquiet, se demandant s'il se moquait de lui. M. Péqueur des Saulaies se contenta de sourire en caressant ses moustaches. Puis, la conversation redevint générale, et M. de Bourdeu crut remarquer que tout le monde le félicitait de son prochain triomphe avec une discrétion pleine de tact. Il goûta une heure de popularité exquise.

—C'est surprenant comme le raisin mûrit plus vite au soleil, fit remarquer l'abbé Bourrette, qui n'avait pas bougé de sa chaise, les yeux levés sur la tonnelle.

—Dans le nord, expliqua le docteur Porquier, la maturité ne s'obtient souvent qu'en dégageant les grappes des feuilles environnantes.

Une discussion sur ce point s'engageait, lorsque Séverin jeta à son tour le cri:

—Il brûle! il brûle!

Mais il avait pendu le mouchoir si naïvement derrière la porte du jardin, que l'abbé Surin le trouva tout de suite. Lorsque ce dernier l'eut caché, la bande fouilla inutilement le jardin, pendant près d'une demi-heure; elle dut donner sa langue aux chiens. Alors, l'abbé le montra au beau milieu d'une plate-bande, roulé si artistement qu'il ressemblait à une pierre blanche. Ce fut le plus joli coup de l'après-midi.

La nouvelle que le gouvernement renonçait à patronner un candidat courut la ville, où elle produisit une grande émotion. Cette abstention eut le résultat logique d'inquiéter les différents groupes politiques qui comptaient chacun sur la diversion d'une candidature officielle pour l'emporter. Le marquis de Lagrifoul, M. de Bourdeu, le chapelier Mourin, semblaient devoir se partager les voix en trois tiers à peu près égaux; il y aurait certainement ballottage, et Dieu savait quel nom sortirait au second tour! A la vérité, on parlait d'un quatrième candidat dont personne ne pouvait dire au juste le nom, un homme de bonne volonté qui consentirait peut-être à mettre tout le monde d'accord. Les électeurs de Plassans, pris de peur, depuis qu'ils se sentaient la bride sur le cou, ne demandaient pas mieux que de s'entendre, en choisissant un de leurs concitoyens agréable aux divers partis.

—Le gouvernement a tort de nous traiter en enfants terribles, disaient d'un ton piqué les fins politiques du cercle du Commerce. Ne dirait-on pas que la ville est un foyer révolutionnaire! Si l'administration avait eu le tact de patronner un candidat possible, nous aurions tous voté pour lui.... Le sous-préfet a parlé d'une leçon. Eh bien, nous ne l'acceptons pas, la leçon. Nous saurons trouver notre candidat nous-mêmes, nous montrerons que Plassans est une ville de bon sens et de véritable liberté.

Et l'on cherchait. Mais les noms mis en avant par des amis ou des intéressés ne faisaient que redoubler la confusion. Plassans, en une semaine, eut plus de vingt candidats. Madame Rougon, inquiète, ne comprenant plus, alla trouver l'abbé Faujas, furieuse contre le sous-préfet. Ce Péqueur était un âne, un bellâtre, un mannequin, bon à décorer un salon officiel; il avait déjà laissé battre le gouvernement, il allait achever de le compromettre par une attitude d'indifférence ridicule.

—Calmez-vous, dit le prêtre qui souriait; cette fois, monsieur Péqueur des Saulaies se contente d'obéir.... La victoire est certaine.

—Eh! vous n'avez point de candidat! s'écria-t-elle. Où est votre candidat?

Alors, il développa son plan. Elle l'approuva en femme intelligente; mais elle accueillit avec la plus grande surprise le nom qu'il lui confia.

—Comment! dit-elle, c'est lui que vous avez choisi?... Personne n'a jamais songé à lui, je vous assure.

—Je l'espère bien, reprit le prêtre en souriant de nouveau. Nous avions besoin d'un candidat auquel personne ne songeât, de façon que tout le monde pût l'accepter sans se croire compromis.

Puis, avec l'abandon d'un homme fort qui consent à expliquer sa conduite:

—J'ai beaucoup de remercîments à vous adresser, continua-t-il; vous m'avez évité bien des fautes. Je regardais le but, je ne voyais point les ficelles tendues qui auraient peut- être suffi pour me faire casser les membres.... Dieu merci! toute cette petite guerre puérile est finie; je vais pouvoir me remuer à l'aise.... Quant à mon choix, il est bon, soyez-en persuadée. Dès le lendemain de mon arrivée à Plassans, j'ai cherché un homme, et je n'ai trouvé que celui-là. Il est souple, très-capable, très-actif; il a su ne se fâcher avec personne jusqu'ici, ce qui n'est pas d'un ambitieux vulgaire. Je n'ignore pas que vous n'êtes guère de ses amies; c'est même pour cela que je ne vous ai point mise dans la confidence. Mais vous avez tort, vous verrez le chemin que le personnage fera, dès qu'il aura le pied à l'étrier; il mourra dans l'habit d'un sénateur.... Ce qui m'a décidé, enfin, ce sont les histoires qu'on m'a contées de sa fortune. Il aurait repris trois fois sa femme, trouvée en flagrant délit, après s'être fait donner cent mille francs chaque fois par son bonhomme de beau-père. S'il a réellement battu monnaie de cette façon, c'est un gaillard qui sera très-utile à Paris pour certaines besognes.... Oh! vous pouvez chercher. Si vous le mettez à part, il n'y a plus que des imbéciles à Plassans.

— Alors, c'est un cadeau que vous faites au gouvernement, dit en riant
Félicité.

Elle se laissa convaincre. Et ce fut le lendemain que le nom de Delangre courut d'un bout à l'autre de la ville. Des amis, disait-on, à force d'insistance, l'avaient décidé à accepter la candidature. Il s'y était longtemps refusé, se jugeant indigne, répétant qu'il n'était pas un homme politique, que MM. de Lagrifoul et de Bourdeu, au contraire, avaient la longue expérience des affaires publiques. Puis, comme on lui jurait que Plassans avait justement besoin d'un député en dehors des partis, il s'était laissé toucher, mais en faisant les professions de foi les plus expresses. Il était bien entendu qu'il n'irait à la Chambre ni pour vexer, ni pour soutenir quand même le gouvernement; qu'il se considérerait uniquement comme le représentant des intérêts de la ville; que, d'ailleurs, il voterait toujours pour la liberté dans l'ordre et pour l'ordre dans la liberté; enfin qu'il resterait maire de Plassans, de façon à bien montrer le rôle tout conciliant, tout administratif, dont il consentait à se charger. De telles paroles parurent singulièrement sages. Les fins politiques du cercle du Commerce répétaient, le soir même, à l'envi:

— Je l'avais dit, Delangre est l'homme qu'il nous faut.... Je suis curieux de savoir ce que le sous-préfet pourra répondre, quand le nom du maire sortira de l'urne. On ne nous accusera peut-être pas d'avoir voté en écoliers boudeurs; pas plus qu'on ne pourra nous reprocher de nous être mis à genoux devant le gouvernement.... Si l'empire recevait quelques leçons de ce genre, les affaires iraient mieux.

Ce fut une traînée de poudre. La mine était prête, une étincelle avait suffi. De toutes parts à la fois, des trois quartiers de la ville, dans chaque maison, dans chaque famille, le nom de M. Delangre monta au milieu d'un concert d'éloges. Il devenait le Messie attendu, le sauveur ignoré la veille, révélé le matin et adoré le soir.

Au fond des sacristies, au fond des confessionnaux, le nom de M. Delangre était balbutié; il roulait dans l'écho des nefs, tombait des chaires de la banlieue, s'administrait d'oreille à oreille, comme un sacrement, s'élargissait jusqu'au fond des dernières maisons dévotes. Les prêtres le portaient entre les plis de leur soutane; l'abbé Bourrette lui donnait la bonhomie respectable de son ventre; l'abbé Surin, la grâce de son sourire; monseigneur Rousselot, le charme tout féminin de sa bénédiction pastorale. Les dames de la société ne tarissaient pas sur M. Delangre; elles lui trouvaient un si beau caractère, une figure si fine, si spirituelle! Madame Rastoil rougissait encore; madame Paloque était presque belle en s'enthousiasmant; quant à madame de Condamin, elle se serait battue à coups d'éventail pour lui, elle lui gagnait les coeurs par la façon dont elle serrait tendrement la main aux électeurs qui promettaient leurs voix. Enfin, M. Delangre passionnait le cercle de la Jeunesse, Sèverin l'avait pris pour héros, tandis que Guillaume et les fils Maffre allaient lui conquérir des sympathies dans les mauvais lieux de la ville. Et il n'était pas jusqu'aux jeunes coquines de l'oeuvre de la Vierge qui, au fond des ruelles désertes des remparts, ne jouassent au bouchon avec les apprentis tanneurs du quartier, en célébrant les mérites de M. Delangre.

Au jour du scrutin, la majorité fut écrasante. Toute la ville était complice. Le marquis de Lagrifoul, puis M. de Bourdeu, furibonds tous deux, criant à la trahison, avaient retiré leurs candidatures. M. Delangre était donc resté seul en présence du chapelier Maurin. Ce dernier obtint les voix des quinze cents républicains intraitables du faubourg. Le maire eut pour lui les campagnes, la colonie bonapartiste, les bourgeois cléricaux de la ville neuve, les petits détaillants poltrons du vieux quartier, même quelques royalistes naïfs du quartier Saint-Marc, dont les nobles habitants s'abstinrent. Il réunit ainsi trente-trois mille voix. L'affaire fut menée si rondement, le succès emporté avec une telle gaillardise, que Plassans demeura tout surpris, le soir de l'élection, d'avoir eu une volonté si unanime. La ville crut qu'elle venait de faire un rêve héroïque, qu'une main puissante avait dû frapper le sol pour en tirer ces trente-trois mille électeurs, cette armée légèrement effrayante, dont personne jusque là n'avait soupçonné la force. Les politiques du cercle du Commerce se regardaient d'un air perplexe, en hommes que la victoire confond.

Le soir, la société de M. Rastoil se réunit à la société de M. Péqueur des Saulaies, pour se réjouir discrètement dans un petit salon de la sous-préfecture, donnant sur les jardins. On prit le thé. Le grand triomphe de la journée achevait de fondre les deux groupes en un seul. Tous les habitués étaient là.

—Je n'ai fait de l'opposition systématique à aucun gouvernement, finit par déclarer M. Rastoil en acceptant des petits fours que lui passait M. Péqueur des Saulaies. La magistrature doit se désintéresser des luttes politiques. Je confesse même volontiers que l'empire a déjà accompli de grandes choses et qu'il est appelé à en réaliser de plus grandes, s'il persiste dans la voie de la justice et de la liberté.

Le sous-préfet s'inclina, comme si ces éloges se fussent adressés personnellement à lui. La veille, M. Rastoil avait lu au *Moniteur* le décret nommant son fils Séverin substitut à Faverolles. On causait beaucoup aussi d'un mariage, arrêté entre Lucien Delangre et l'aînée des demoiselles Rastoil.

—Oui, c'est une affaire faite, répondit tout bas M. de Condamin à madame Paloque, qui venait de le questionner à ce sujet. Il a choisi Angeline. Je crois qu'il aurait préféré Aurélie. Mais on lui aura fait comprendre qu'on ne pouvait récemment marier la cadette avant l'aînée.

—Angeline, vous êtes sûr? murmura méchamment madame Paloque; je croyais qu'Angeline avait une ressemblance...

Le conservateur des eaux et forêts mit un doigt sur ses lèvres, en souriant.

—Enfin, c'est au petit bonheur, n'est-ce pas? continua-t-elle. Les liens seront plus forts entre les deux familles.... On est ami, maintenant. Paloque attend la croix. Moi, je trouve tout bien.

M. Delangre n'arriva que très-tard. On lui fit une véritable ovation. Madame de Condamin venait d'apprendre au docteur Porquier que son fils Guillaume était nommé commis principal à la poste. Elle distribuait de bonnes nouvelles, disait que l'abbé Bourrette serait grand vicaire de monseigneur, l'année suivante, donnait un évêché à l'abbé Surin, avant quarante ans, annonçait la croix pour M. Maffre.

—Ce pauvre Bourdeu! dit M. Rastoil avec un dernier regret.

—Eh! il n'est pas à plaindre, s'écria-t-elle gaiement. Je me charge de le consoler. La Chambre n'était pas son affaire. Il lui faut une préfecture.... Dites-lui qu'on finira par lui trouver une préfecture.

Les rires montèrent. L'humeur aimable de la belle Octavie, le soin qu'elle mettait à contenter tout le monde, enchantaient la société. Elle faisait réellement les honneurs de la sous-préfecture. Elle régnait. Et ce fut elle qui, tout en plaisantant, donna à M. Delangre les conseils les plus pratiques sur la place qu'il devait occuper au Corps législatif. Elle le prit à part, lui offrit de l'introduire chez des personnages considérables, ce qu'il accepta avec reconnaissance. Vers onze heures, M. de Condamin parla d'illuminer le jardin. Mais elle calma l'enthousiasme de ces messieurs, en disant que ce ne serait pas convenable, qu'il ne fallait pas avoir l'air de se moquer de la ville.

—Et l'abbé Fenil? demanda-t-elle brusquement à l'abbé Faujas, en le menant dans une embrasure de fenêtre. Je songe à lui, maintenant.... Il n'a donc pas bougé?

—L'abbé Fenil est un homme de sens, répondit le prêtre avec un mince sourire. On lui a fait comprendre qu'il aurait tort de s'occuper de politique désormais.

L'abbé Faujas, au milieu de cette joie triomphante, restait grave. Il avait la victoire rude. Le caquetage de madame de Condamin le fatiguait; la satisfaction de ces ambitieux vulgaires l'emplissait de mépris. Debout, appuyé contre la cheminée, il semblait rêver, les yeux au loin. Il était le maître, il n'avait plus besoin de mentir à ses instincts; il pouvait allonger la main, prendre la ville, la faire trembler. Cette haute figure noire emplissait le salon. Peu à peu, les fauteuils s'étaient rapprochés, formant le cercle autour de lui. Les hommes attendaient qu'il eût un mot de satisfaction, les femmes le sollicitaient des yeux en esclaves soumises. Mais lui, brutalement, rompant le cercle, s'en alla le premier, en prenant congé d'une parole brève.

Quand il rentra chez les Mouret, par l'impasse des Chevillottes et par le jardin, il trouva Marthe seule dans la salle à manger, s'oubliant sur une chaise, contre le mur, très-pâle, regardant de ses yeux vagues la lampe qui charbonnait. En haut, Trouche recevait, chantant une polissonnerie aimable, qu'Olympe et les invités accompagnaient, en tapant les verres du manche des couteaux.

XX

L'abbé Faujas posa la main sur l'épaule de Marthe.

—Que faites-vous là? demanda-t-il. Pourquoi n'êtes-vous pas allée vous coucher?...Je vous avais défendu de m'attendre.

Elle s'éveilla comme en sursaut. Elle balbutia:

—Je croyais que vous rentreriez de meilleure heure. Je me suis endormie.... Rose a dû faire du thé.

Mais le prêtre, appelant la cuisinière, la gronda de ne pas avoir forcé sa maîtresse à se coucher. Il lui parlait sur un ton de commandement, ne souffrant pas de réplique.

—Rose, donnez le thé à monsieur le curé, dit Marthe.

—Eh! je n'ai pas besoin de thé! s'écria-t-il en se fâchant. Couchez-vous tout de suite. C'est ridicule. Je ne suis plus mon maître.... Rose, éclairez-moi.

La cuisinière l'accompagna jusqu'au pied de l'escalier.

—Monsieur le curé sait bien qu'il n'y a pas de ma faute, disait-elle. Madame est bien drôle. Toute malade qu'elle est, elle ne peut pas rester une heure dans sa chambre. Il faut qu'elle aille, qu'elle vienne, qu'elle s'essouffle, qu'elle tourne pour le plaisir de tourner, sans rien faire.... Allez, j'en souffre la première; elle est toujours dans mes jambes, à me gêner.... Puis, lorsqu'elle tombe sur une chaise, c'est pour longtemps. Elle reste là, à regarder devant elle, d'un air effrayé, comme si elle voyait des choses abominables.... Je lui ai dit plus de dix fois, ce soir, qu'elle vous fâcherait en ne montant pas. Elle n'a pas seulement fait mine d'entendre.

Le prêtre prit la rampe, sans répondre. En haut, devant la chambre des Trouche, il allongea le bras, comme pour heurter la porte du poing. Mais les chants avaient cessé; il comprit, au bruit des chaises, que les convives se retiraient; il se hâta de rentrer chez lui. Trouche, en effet, descendit presque aussitôt avec deux camarades ramassés sous les tables de quelque café borgne; il criait dans l'escalier qu'il savait vivre et qu'il allait les reconduire. Olympe se pencha sur la rampe.

—Vous pouvez mettre les verrous, dit-elle à Rose. Il ne rentrera encore que demain matin.

Rose, à laquelle elle n'avait pu cacher l'inconduite de son mari, la plaignait beaucoup. Elle poussa les verrous, grommelant:

—Mariez-vous donc! Les hommes vous battent ou vont courir la gueuse…. Ah bien! j'aime encore mieux être comme je suis.

Quand elle revint, elle trouva de nouveau sa maîtresse assise, retombée dans une sorte de stupeur douloureuse, les regards sur la lampe. Elle la bouscula, la fit monter se mettre au lit. Marthe était devenue très-peureuse. La nuit, disait-elle, elle voyait de grandes clartés sur les murs de sa chambre, elle entendait des coups violents à son chevet. Rose, maintenant, couchait à côté d'elle, dans un cabinet, d'où elle accourait la rassurer, au moindre gémissement. Cette nuit-là, elle se déshabillait encore, lorsqu'elle l'entendit râler; elle la trouva au milieu des couvertures arrachées, les yeux agrandis par une horreur muette, les poings sur la bouche, pour ne pas crier. Elle dut lui parler ainsi qu'à un enfant, écartant les rideaux, regardant sous les meubles, lui jurant qu'elle s'était trompée, que personne n'était là. Ces peurs se terminaient par des crises de catalepsie, qui la tenaient comme morte, la tête sur les oreillers, les paupières levées.

—C'est monsieur qui la tourmente, murmura la cuisinière, en se mettant enfin au lit.

Le lendemain était un des jours de visite du docteur Porquier. Il venait voir madame Mouret deux fois par semaine, régulièrement. Il lui tapota dans les mains, lui répéta avec son optimisme aimable:

—Allons, chère dame, ce ne sera rien.....Vous toussez toujours un peu, n'est-ce pas? Un simple rhume négligé que nous guérirons avec des sirops.

Alors, elle se plaignit de douleurs intolérables dans le dos et dans la poitrine, sans le quitter du regard, cherchant sur son visage, sur toute sa personne, les choses qu'il ne disait pas.

—J'ai peur de devenir folle! laissa-t-elle échapper dans un sanglot.

Il la rassura en souriant. La vue du docteur lui causait toujours une vive anxiété; elle avait une épouvante de cet homme si poli et si doux. Souvent, elle défendait à Rose de le laisser entrer, disant qu'elle n'était pas malade, qu'elle n'avait pas besoin de voir constamment un médecin chez elle. Rose haussait les épaules, introduisait le docteur quand même. D'ailleurs, il finissait par ne plus lui parler de son mal, il semblait lui faire de simples visites de politesse.

Quand il sortit, il rencontra l'abbé Faujas, qui se rendait à Saint-Saturnin. Le prêtre l'ayant questionné sur l'état de madame Mouret:
—La science est parfois impuissante, répondit-il gravement; mais la Providence reste inépuisable en bontés.... La pauvre dame a été bien ébranlée. Je ne la condamne pas absolument. La poitrine n'est encore que faiblement attaquée, et le climat est bon, ici.

⑨

Il entama alors une dissertation sur le traitement des maladies de poitrine, dans l'arrondissement de Plassans. Il préparait une brochure sur ce sujet, non pas pour la publier, car il avait l'adresse de n'être point un savant, mais pour la lire à quelques amis intimes.

• II

—Et voilà les raisons, dit-il en terminant, qui me font croire que la température égale, la flore aromatique, les eaux salubres de nos coteaux, sont d'une excellence absolue pour la guérison des affections de poitrine.

Le prêtre l'avait écouté de son air dur et silencieux.

—Vous avez tort, répliqua-t-il lentement. Madame Mouret est fort mal
à Plassans....Pourquoi ne l'envoyez-vous pas passer l'hiver à Nice?

—À Nice! répéta le docteur inquiet.

Il regarda le prêtre un instant; puis, de sa voix complaisante:

—Elle serait, en effet, très-bien à Nice. Dans l'état de surexcitation nerveuse où elle se trouve, un déplacement aurait de bons résultats. Il faudra que je lui conseille ce voyage.... Vous avez là une excellente idée, monsieur le curé.

Il salua, il entra chez madame de Condamin, dont les moindres migraines lui causaient des soucis extraordinaires. Le lendemain, au dîner, Marthe parla du docteur en termes presque violents. Elle jurait de ne plus le recevoir.

—C'est lui qui me rend malade, dit-elle. N'est-il pas venu me conseiller de voyager, cette après-midi?

—Et je l'approuve fort, déclara l'abbé Faujas, qui pliait sa serviette. Elle le regarda fixement, très-pâle, murmurant à voix plus basse:

—Alors, vous aussi, vous me renvoyez de Plassans? Mais je mourrais, dans un pays inconnu, loin de mes habitudes, loin de ceux que j'aime!

Le prêtre était debout, près de quitter la salle à manger. Il s'approcha, il reprit avec un sourire:

—Vos amis ne désirent que votre santé. Pourquoi vous révoltez-vous ainsi?

—Non, je ne veux pas, je ne veux pas, entendez-vous! s'écria-t-elle en reculant.

Il y eut une courte lutte. Le sang était monté aux joues de l'abbé; il avait croisé les bras, comme pour résister à la tentation de la battre. Elle, adossée au mur, s'était redressée, avec le désespoir de sa faiblesse. Puis, vaincue, elle tendit les mains, elle balbutia:

—Je vous en supplie, laissez-moi ici.... Je vous obéirai.

Et, comme elle éclatait en sanglots, il s'en alla, en haussant les épaules, de l'air d'un mari qui redoute les crises de larmes. Madame Faujas qui achevait tranquillement de dîner, avait assisté à cette scène, la bouche pleine. Elle laissa pleurer Marthe tout à son aise.

—Vous n'êtes pas raisonnable, ma chère enfant, dit-elle enfin en reprenant des confitures. Vous finirez par vous faire détester d'Ovide. Vous ne savez pas le prendre.... Pourquoi refusez-vous de voyager, si cela doit vous faire du bien? Nous garderions votre maison. Vous retrouveriez tout à sa place, allez!

Marthe sanglotait toujours, sans paraître entendre.

—Ovide a tant de soucis, continua la vieille dame. Savez-vous qu'il travaille souvent jusqu'à quatre heures du matin.... Quand vous toussez la nuit, cela l'affecte beaucoup et lui ôte toutes ses idées. Il ne peut plus travailler, il souffre plus que vous.... Faites-le pour Ovide, ma chère enfant; allez-vous en, revenez-nous bien portante.

Mais, relevant sa face rouge de larmes, mettant dans un cri toute son angoisse, Marthe cria:

—Ah! tenez, le ciel ment!

Les jours suivants, il ne fut plus question du voyage à Nice. Madame Mouret s'affolait à la moindre allusion. Elle refusait de quitter Plassans, avec une énergie si désespérée, que le prêtre lui-même comprit le danger d'insister sur ce projet. Elle commençait à l'embarrasser terriblement dans son triomphe. Comme le disait Trouche en ricanant, c'était elle qu'on aurait dû envoyer aux Tulettes la première. Depuis l'enlèvement de Mouret, elle s'enfermait dans les pratiques religieuses les plus rigides, évitant de prononcer le nom de son mari, demandant à la prière un engourdissement de tout son être. Mais elle restait inquiète, revenant de Saint-Saturnin, avec un besoin plus âpre d'oubli.

—La propriétaire tourne joliment de l'oeil, racontait chaque soir Olympe à son mari. Aujourd'hui je l'ai accompagnée à l'église; j'ai dû la ramasser par terre.... Tu rirais, si je te répétais tout ce qu'elle vomit contre Ovide; elle est furieuse, elle dit qu'il n'a pas de coeur, qu'il l'a trompée en lui promettant un tas de consolations. Et contre le bon Dieu, donc! Il faut l'entendre! Il n'y a qu'une dévote pour si mal parler de la religion. On croirait que le bon Dieu lui a fait tort d'une grosse somme d'argent.... Veux-tu que je te dise? je crois que son mari vient lui tirer les pieds, la nuit.

Trouche s'amusait beaucoup de toutes ces histoires.

—Tant pis pour elle, répondait-t-il. Si ce farceur de Mouret est là-bas, c'est qu'elle l'a bien voulu. A la place de Faujas, je sais comment j'arrangerais les choses; je la rendrais contente et douce comme un mouton. Mais il est bête, Faujas; il y laissera sa peau, tu verras.... Écoute, ma fille, ton frère n'est pas assez gentil avec nous pour qu'on le tire d'embarras. Moi, je rirais le jour où la propriétaire lui fera faire le plongeon. Que diable, quand on est bâti comme ça, on ne met pas une femme dans son feu!

—Oui, Ovide nous méprise trop, murmurait Olympe.

Alors Trouche baissait la voix.

—Dis donc, si la propriétaire se jetait dans quelque puits avec ton bête de frère, nous resterions les maîtres; la maison serait à nous. Il y aurait une jolie pelote à faire.... Ce serait un vrai dénoûment, celui-là.

Les Trouche d'ailleurs, avaient envahi le rez-de-chaussée, depuis le départ de Mouret. Olympe s'était plainte d'abord que les cheminées fumaient, en haut; puis, elle avait fini par persuader à Marthe que le salon, abandonné jusque-là, était la pièce la plus saine de la maison. Rose ayant reçu l'ordre d'y faire un grand feu, les deux femmes passèrent là les journées, dans des causeries sans fin, en face des bûches énormes qui flambaient. Un des rêves d'Olympe était de vivre ainsi, bien habillée, allongée sur un canapé, au milieu du luxe d'un bel appartement. Elle décida Marthe à changer le papier du salon, à acheter des meubles et un tapis. Alors, elle fut une dame. Elle descendait en pantoufles et en peignoir, elle parlait en maîtresse de maison.

—Cette pauvre madame Mouret, disait-elle, a tant de tracas, qu'elle m'a suppliée de l'aider. Je m'occupe un peu de ses affaires. Que voulez-vous? c'est une bonne oeuvre.

Elle avait, en effet, su gagner la confiance de Marthe, qui, par lassitude, se déchargeait sur elle des menus soins de la maison. C'était elle qui tenait les clefs de la cave et des armoires; en outre, elle payait les fournisseurs. Longtemps elle se consulta pour savoir si elle manoeuvrerait de façon à s'installer également dans la salle à manger. Mais Trouche l'en dissuada: ils ne seraient plus libres de manger ni de boire à leur gré; ils n'oseraient seulement pas boire leur vin pur ni inviter un ami à venir prendre le café. Seulement, Olympe promit à son mari de lui monter sa portion des desserts.

Elle s'emplissait les poches de sucre, elle apportait jusqu'à des bouts de bougie. A cet effet, elle avait cousu de grandes poches de toile, qu'elle attachait sous sa jupe et qu'elle mettait un bon quart d'heure à vider chaque soir.

—Vois-tu, c'est une poire pour la soif, murmurait-elle en entassant les provisions pêle-mêle dans une malle, qu'elle poussait ensuite sous son lit. Si nous venions à nous lâcher avec la propriétaire, nous trouverions là de quoi aller un bout de temps.... Il faudra que je monte des pots de confitures et du petit salé.

—Tu es bien bonne de te cacher, répondait Trouche. A ta place, je me ferais apporter tout ça par Rose, puisque tu es la maîtresse.

Lui, s'était donné le jardin. Longtemps il avait jalousé Mouret en le voyant tailler ses arbres, sabler ses allées, arroser ses laitues; il caressait le rêve d'avoir à son tour un coin de terre, où il bêcherait et planterait à son aise. Aussi, lorsque Mouret ne fut plus là, envahit-il le jardin avec des projets de bouleversements, de transformations complètes. Il commença par condamner les légumes. Il se disait d'âme tendre et aimait les fleurs. Mais le travail de la bêche le fatigua dès le second jour; un jardinier fut appelé, qui défonça les carrés sous ses ordres, jeta au fumier les salades, prépara le sol à recevoir au printemps des pivoines, des rosiers, des lis, des graines de pieds-d'alouette et de volubilis, des boutures d'oeillets et de géraniums. Puis, une idée lui poussa: il crut comprendre que le deuil, l'air noir des plates-bandes, leur venait de ces grands buis sombres qui les bordaient, et il médita longuement d'arracher les buis.

—Tu as bien raison, déclara Olympe consultée; ça ressemble à un cimetière. Moi, j'aimerais pour bordure des branches de fonte imitant des bois rustiques.... Je déciderai la propriétaire. Fais toujours arracher les buis.

Les buis furent arrachés. Huit jours plus tard, le jardinier posait les bois rustiques. Trouche déplaça encore plusieurs arbres fruitiers qui gênaient la vue, fit repeindre les tonnelles en vert clair, orna le jet d'eau de rocailles. La cascade de M. Rastoil le tentait furieusement; mais il se contenta de choisir la place où il en établirait une semblable, «si les affaires marchaient bien».

—Ce sont les voisins qui doivent ouvrir des yeux! disait-il le soir à sa femme. Ils voient bien qu'un homme de goût est là maintenant.... Au moins, cet été, quand nous nous mettrons à la fenêtre, ça sentira bon, et nous aurons une jolie vue.

Marthe laissait faire, approuvait tous les projets qu'on lui soumettait; d'ailleurs, on finissait par ne plus même la consulter. Les Trouche n'avaient à lutter que contre madame Faujas, qui continuait à leur disputer la maison pied à pied. Lorsque Olympe s'était emparée du salon, elle avait dû livrer une bataille en règle à sa mère. Peu s'en était fallu que celle-ci ne l'emportât. Ce fut le prêtre qui dérangea la victoire.

—Ta gueuse de soeur dit pis que pendre de nous à la propriétaire, se plaignait sans cesse madame Faujas. Je vois dans son jeu, elle veut nous supplanter, avoir tout l'agrément pour elle.... Est-ce qu'elle ne s'établit pas maintenant dans le salon, comme une dame, cette vaurienne!

Le prêtre n'écoutait pas, avait des gestes brusques d'impatience. Un jour il se fâcha, il cria:

—Je vous en prie, mère, laissez-moi tranquille. Ne me parlez plus d'Olympe ni de Trouche.... Qu'ils se fassent pendre, s'ils veulent!

—Ils prennent la maison, Ovide, ils ont des dents de rat. Quand tu voudras ta part, ils auront tout rongé.... Il n'y a que toi qui puisses les faire tenir tranquilles. Il regarda sa mère avec son sourire mince.

—Mère, vous m'aimez bien, murmura-t-il; je vous pardonne.... Rassurez-vous, je veux autre chose que la maison; elle n'est pas à moi, et je ne garde que ce que je gagne. Vous serez glorieuse, lorsque vous verrez ma part.... Trouche m'a été utile. Il faut bien fermer un peu les yeux.

Madame Faujas dut alors battre en retraite. Elle le fit de très-mauvaise grâce, en grondant sous les rires de triomphe dont Olympe la poursuivait. Le désintéressement absolu de son fils la désespérait dans ses rudes appétits, dans ses économies prudentes de paysanne. Elle aurait voulu mettre la maison en sûreté, vide et propre, pour qu'Ovide la trouvât, le jour où il en aurait besoin. Aussi les Trouche, avec leurs dents longues, lui causaient-ils un désespoir d'avare dépouillé par des étrangers; il lui semblait qu'ils dévoraient son bien, qu'ils lui mangeaient la chair, qu'ils les mettaient sur la paille, elle et son enfant préféré. Quand l'abbé lui eut défendu de s'opposer au lent envahissement des Trouche, elle résolut tout au moins de sauver du pillage ce qu'elle pourrait. Alors, elle se prit à voler dans les armoires, comme Olympe; elle s'attacha aussi de grandes poches sous les jupes; elle eut un coffre qu'elle emplit de tout ce qu'elle ramassa, provisions, linge, petits objets.

—Que cachez-vous donc là, mère? lui demanda un soir l'abbé en entrant dans sa chambre, attiré par le bruit qu'elle faisait en remuant le coffre.

Elle balbutia. Mais lui, comprenant, s'abandonna à une colère épouvantable.

—Quelle honte! cria-t-il. Vous voilà voleuse, maintenant! Et qu'arriverait-il, si l'on vous surprenait? Je serais la fable de la ville.

—C'est pour toi, Ovide, murmurait-elle. —Voleuse, ma mère est voleuse! Vous croyez peut-être que je vole aussi, moi, que je suis venu ici pour voler, que ma seule ambition est d'allonger les mains et de voler! Mon Dieu! quelle idée avez-vous donc de moi?... Il faudra nous séparer, mère, si nous ne nous entendons pas davantage.

Cette parole terrassa la vieille femme. Elle était restée agenouillée devant le coffre; elle se trouva assise sur le carreau, toute pâle, étranglant, les mains tendues. Puis, quand elle put parler:

—C'est pour toi, mon enfant, pour toi seul, je te jure.... Je te l'ai dit, ils prennent tout; elle emporte tout dans ses poches. Toi, tu n'auras rien, pas un morceau de sucre.... Non, non, je ne prendrai plus rien, puisque cela te contrarie; mais tu me garderas avec toi, n'est-ce pas? tu me garderas avec toi....

L'abbé Faujas ne voulut rien lui promettre, tant qu'elle n'aurait pas remis en place tout ce qu'elle avait enlevé. Il présida lui-même, pendant près d'une semaine, au déménagement secret du coffre; il lui regardait emplir ses poches et attendait qu'elle remontât pour faire un nouveau voyage. Par prudence, il ne lui laissait faire que deux voyages, le soir. La vieille femme avait le coeur crevé, à chaque objet qu'elle rendait; elle n'osait pleurer, mais des larmes de regret lui gonflaient les paupières; ses mains étaient plus tremblantes que lorsqu'elle avait vidé les armoires. Ce qui l'acheva, ce fut de constater, dès le second jour, que sa fille Olympe, à chaque chose qu'elle replaçait, venait derrière elle, et s'en emparait. Le linge, les provisions, les bouts de bougie, ne faisaient que changer de poche.

—Je ne descends plus rien, dit-elle à son fils en se révoltant sous ce coup imprévu. C'est inutile, ta sœur ramasse tout derrière mon dos. Ah! la coquine! Autant valait-il lui donner le coffre. Elle doit avoir un joli magot, là-haut …. Je t'en supplie, Ovide, laisse-moi garder ce qui reste. Ça ne fait pas de tort à la propriétaire, puisque, de toutes les façons, c'est perdu pour elle.

—Ma sœur est ce qu'elle est, répondit tranquillement le prêtre; mais je veux que ma mère soit une honnête femme. Vous m'aiderez davantage en ne commettant pas de pareilles actions.

Elle dut tout rendre, et elle vécut dès lors dans une haine farouche des Trouche, de Marthe, de la maison entière. Elle disait que le jour viendrait où il lui faudrait défendre Ovide contre tout ce monde.

Les Trouche alors régnèrent en maîtres. Ils achevèrent la conquête de la maison, ils pénétrèrent dans les coins les plus étroits. L'appartement de l'abbé fut seul respecté. Ils ne tremblaient que devant lui. Ce qui ne les empêchait pas d'inviter des amis, de faire des «gueuletons» qui duraient jusqu'à deux heures du matin. Guillaume Porquier vint avec des bandes de tout jeunes gens. Olympe, malgré ses trente-sept ans, minaudait, et plus d'un collégien échappé la serra de fort près, ce qui lui donnait des rires de femme chatouillée et heureuse. La maison devint pour elle un paradis. Trouche ricanait, la plaisantait, lorsqu'il était seul avec elle; il prétendait avoir trouvé un cartable d'écolier sous ses jupons.

—Tiens! disait-elle sans se fâcher, est-ce que tu ne t'amuses pas, toi?… Tu sais bien que nous sommes libres.

La vérité était que Trouche avait failli compromettre cette vie de cocagne par une escapade trop forte. Une religieuse l'avait surpris en compagnie de la fille d'un tanneur, de cette grande gamine blonde qu'il couvait des yeux depuis longtemps. La petite raconta qu'elle n'était pas la seule, que d'autres aussi avaient reçu des bonbons.

La religieuse, connaissant la parenté de Trouche avec le curé de Saint-Saturnin, eut la prudence de ne pas ébruiter l'aventure, avant d'avoir vu ce dernier. Il la remercia, lui fit entendre que la religion serait la première à souffrir d'un pareil scandale. L'affaire fut étouffée, les dames patronnesses de l'oeuvre ne soupçonnèrent rien. Mais l'abbé Faujas eut avec son beau-frère une explication terrible, qu'il provoqua devant Olympe, pour que la femme possédât une arme contre le mari et pût le tenir en respect. Aussi depuis cette histoire, chaque fois que Trouche la contrariait, Olympe lui disait-elle sèchement:

— Va donc donner des bonbons aux petites filles! Ils eurent longtemps une autre épouvante. Malgré la vie grasse qu'ils menaient, bien que fournis de tout par les armoires de la propriétaire, ils étaient criblés de dettes dans le quartier. Trouche mangeait ses appointements au café; Olympe employait à des fantaisies l'argent qu'elle tirait des poches de Marthe, en lui racontant des histoires extraordinaires. Quant aux choses nécessaires à la vie, elles étaient prises religieusement à crédit par le ménage. Une note qui les inquiéta beaucoup fut surtout celle du pâtissier de la rue de la Bane, — elle montait à plus de cent francs, — d'autant plus que ce pâtissier était un homme brutal qui les menaçait de tout dire à l'abbé Faujas. Les Trouche vivaient dans les transes, redoutant quelque scène épouvantable; mais le jour où la note lui fut présentée, l'abbé Faujas paya sans discussion, oubliant même de leur adresser des reproches. Le prêtre semblait au-dessus de ces misères; il continuait à vivre, noir et rigide, dans cette maison livrée au pillage, sans s'apercevoir des dents féroces qui mangeaient les murs, de la ruine lente qui peu à peu faisait craquer les plafonds. Tout s'abîmait autour de lui, pendant qu'il allait droit à son rêve d'ambition. Il campait toujours en soldat dans sa grande chambre nue, ne s'accordant aucun bien-être, se fâchant quand on voulait le gâter. Depuis qu'il était le maître de Plassans, il redevenait sale: son chapeau était rouge, ses bas se crottaient; sa soutane, reprisée chaque matin par sa mère, ressemblait à la loque lamentable, usée, blanchie, qu'il portait dans les premiers temps.

— Bah! elle est encore très-bonne, répondait-il, lorsqu'on hasardait autour de lui quelques timides observations.

Et il l'étalait, la promenait dans les rues, la tête haute, sans s'inquiéter des étranges regards qu'on lui jetait. Il n'y avait pas de bravade dans son cas; c'était une pente naturelle. Maintenant qu'il croyait ne plus avoir besoin de plaire, il retournait à son dédain de toute grâce. Son triomphe était de s'asseoir tel qu'il était, avec son grand corps mal taillé, sa rudesse, ses vêtements crevés, au milieu de Plassans conquis.

Madame de Condamin blessée de cette odeur âcre de combattant qui montait de sa soutane, voulut un jour le gronder maternellement.

—Savez-vous que ces dames commencent à vous détester? lui dit-elle en riant. Elles vous accusent de ne plus faire le moindre frais de toilette…. Auparavant, lorsque vous tiriez votre mouchoir, il semblait qu'un enfant de choeur balançât un encensoir derrière vous.

Il parut très-etonné. Il n'avait pas changé, croyait-il. Mais elle se rapprocha, et d'une voix amicale:

—Voyons, mon cher curé, vous me permettrez de vous parler à coeur ouvert…. Eh bien! vous avez tort de vous négliger. C'est à peine si votre barbe est faite, vous ne vous peignez plus, vos cheveux sont ébouriffés comme si vous veniez de vous battre à coups de poing. Je vous assure, cela produit un très-mauvais effet…. Madame Rastoil et madame Delangre me disaient hier qu'elles ne vous reconnaissaient plus. Vous compromettez vos succès.

Il se mit à rire, d'un rire de défi, en branlant sa tête inculte et puissante. —Maintenant c'est fait, se contenta-t-il de répondre; il faudra bien qu'elles me prennent mal peigné.

Plassans, en effet, dut le prendre mal peigné. Du prêtre souple se dégageait une figure sombre, despotique, pliant toutes les volontés. Sa face redevenue terreuse avait des regards d'aigle; ses grosses mains se levaient, pleines de menaces et de châtiments. La ville fut positivement terrifiée, en voyant le maître qu'elle s'était donné grandir ainsi démesurément, avec la défroque immonde, l'odeur forte, le poil roussi d'un diable. La peur sourde des femmes affermit encore son pouvoir. Il fut cruel pour ses pénitentes, et pas une n'osa le quitter; elles venaient a lui avec des frissons dont elles goûtaient la fièvre.

—Ma chère, avouait madame de Condamin à Marthe, j'avais tort en voulant qu'il se parfumât; je m'habitue, je trouve même qu'il est beaucoup mieux.... Voilà un homme!

L'abbé Faujas régnait surtout à l'évêché. Depuis les élections, il avait fait à monseigneur Rousselot une vie de prélat fainéant. L'évêque vivait avec ses chers bouquins, dans son cabinet, où l'abbé, qui dirigeait le diocèse de la pièce voisine, le tenait réellement sous clef, le laissant voir seulement aux personnes dont il ne se défiait pas. Le clergé tremblait sous ce maître absolu; les vieux prêtres en cheveux blancs se courbaient avec leur humilité ecclésiastique, leur abandon de toute volonté. Souvent, monseigneur Rousselot enfermé avec l'abbé Surin, pleurait de grosses larmes silencieuses; il regrettait la main sèche de l'abbé Fenil, qui avait des heures de caresse, tandis que, maintenant, il se sentait comme écrasé sous une pression implacable et continue. Puis, il souriait, il se résignait, murmurant avec son égoïsme aimable:

—Allons, mon enfant, mettons-nous au travail.... Je ne devrais pas me plaindre, j'ai la vie que j'ai toujours rêvée: une solitude absolue et des livres. Il soupirait, il ajoutait à voix basse:

—Je serais heureux, si je ne craignais de vous perdre, mon cher Surin.... Il finira par ne plus vous tolérer ici. Hier, il m'a paru vous regarder avec des yeux soupçonneux. Je vous en conjure, dites toujours comme lui, mettez-vous de son côté, ne m'épargnez pas. Hélas! je n'ai plus que vous.

Deux mois après les élections, l'abbé Vial, un des grands vicaires de monseigneur, alla s'installer à Rome. Naturellement l'abbé Faujas se donna la place, bien qu'elle fût promise depuis longtemps à l'abbé Bourrette. Il ne nomma pas même ce dernier à la cure de Saint-Saturnin, qu'il quittait; il mit là un jeune prêtre ambitieux, dont il avait fait sa créature.

—Monseigneur n'a pas voulu entendre parler de vous, dit-il sèchement à l'abbé Bourrette, lorsqu'il le rencontra.

Et comme le vieux prêtre balbutiait qu'il verrait monseigneur, qu'il lui demanderait une explication, il ajouti plus doucement:

—Monseigneur est trop souffrant pour vous recevoir. Reposez-vous sur moi, je plaiderai votre cause.

Dès son entrée à la Chambre, M. Delangre avait voté avec la majorité. Plassans était conquis ouvertement à l'empire. Il semblait même que l'abbé mît quelque vengeance à brutaliser ces bourgeois prudents, condamnant de nouveau les petites portes de l'impasse des Chevillottes, forçant M. Rastoil et ses amis à entrer chez le sous-préfet par la place, par la porte officielle. Quand il se montrait aux réunions intimes, ces messieurs restaient très-humbles devant lui. Et telle était la fascination, la terreur sourde de son grand corps débraillé, que, même lorsqu'il n'était pas là, personne n'osait risquer le moindre mot équivoque sur son compte.

—C'est un homme du plus grand mérite, déclarait M. Péqueur des Saulaies, qui comptait sur une préfecture. —Un homme bien remarquable, répétait le docteur Porquier.

Tous hochaient la tête. M. de Condamin, que ce concert d'éloges finissait par agacer, se donnait parfois la joie de les mettre dans l'embarras.

—Il n'a pas un bon caractère, en tout cas, murmurait-il. Cette phrase glaçait la société. Chacun de ces messieurs soupçonnait son voisin d'être vendu au terrible abbé.

—Le grand vicaire a le coeur excellent, hasardait M. Rastoil prudemment; seulement, comme tous les grands esprits, il est peut-être d'un abord un peu sévère.

—C'est absolument comme moi, je suis très-facile à vivre et j'ai toujours passé pour un homme dur, s'écriait M. de Bourdeu, réconcilié avec la société depuis qu'il avait eu un long entretien particulier avec l'abbé Faujas.

Et, voulant remettre tout le monde à son aise, le président reprenait:

—Savez-vous qu'il est question d'un évêché pour le grand vicaire?

Alors, c'était un épanouissement. M. Maffre comptait bien que ce serait à Plassans même que l'abbé Faujas deviendrait évêque, après le départ de monseigneur Rousselot, dont la santé était chancelante.

—-Chacun y gagnerait, disait naïvement l'abbé Bourrette. La maladie a aigri monseigneur, et je sais que notre excellent Faujas fait les plus grands efforts pour détruire dans son esprit certaines préventions injustes.

—Il vous aime beaucoup, assurait le juge Paloque, qui venait d'être décoré; ma femme l'a entendu se plaindre de l'oubli dans lequel on vous laisse.

Lorsque l'abbé Surin était là, il faisait chorus; mais, bien qu'il eût la mître dans la poche, selon l'expression des prêtres du diocèse, le succès de l'abbé Faujas l'inquiétait. Il le regardait de son air joli, blessé de sa rudesse, se souvenant de la prédiction de monseigneur, cherchant la fente qui ferait tomber en poudre le colosse.

Cependant, ces messieurs étaient satisfaits, sauf M. de Bourdeu et M. Péqueur des Saulaies, qui attendaient encore les bonnes grâces du gouvernement. Aussi ces deux-là étaient-ils les plus chauds partisans de l'abbé Faujas. Les autres, à la vérité, se seraient révoltés volontiers, s'ils avaient osé; ils étaient las de la reconnaissance continue exigée par le maître, ils souhaitaient ardemment qu'une main courageuse les délivrât. Aussi échangèrent-ils d'étranges regards, aussitôt détournés, le jour où madame Paloque demanda, en affectant une grande indifférence:

—Et l'abbé Fenil, que devient-il donc? Il y a un siècle que je n'ai entendu parler de lui.

Un profond silence s'était fait. M. de Condamin était seul capable de se hasarder sur un terrain aussi brûlant; on le regarda.

—Mais, répondit-il tranquillement, je le crois claquemuré dans sa propriété des Tulettes.

Et madame de Condamin ajouta avec un rire d'ironie:

—On peut dormir en paix: c'est un homme fini, qui ne se mêlera plus des affaires de Plassans.

Marthe seule restait un obstacle. L'abbé Faujas la sentait lui échapper chaque jour davantage; il roidissait sa volonté, appelait ses forces de prêtre et d'homme pour la plier, sans parvenir à modérer en elle l'ardeur qu'il lui avait soufflée. Elle allait au but logique de toute passion, exigeait d'entrer plus avant à chaque heure dans la paix, dans l'extase, dans le néant parfait du bonheur divin. Et c'était en elle une angoisse mortelle d'être comme murée au fond de sa chair, de ne pouvoir se hausser à ce seuil de lumière, qu'elle croyait apercevoir, toujours plus loin; toujours plus haut. Maintenant, elle grelottait, à Saint-Saturnin, dans cette ombre froide où elle avait goûté des approches si pleines d'ardentes délices; les ronflements des orgues passaient sur sa nuque inclinée, sans soulever ses poils follets d'un frisson de volupté; les fumées blanches de l'encens ne l'assoupissaient plus au milieu d'un rêve mystique; les chapelles flambantes, les saints ciboires rayonnant comme des astres, les chasubles d'or et d'argent, pâlissaient, se noyaient, sous ses regards obscurcis de larmes. Alors, ainsi qu'une damnée, brûlée des feux du paradis, elle levait les bras désespérément, elle réclamait l'amant qui se refusait à elle, balbutiant, criant:

—Mon Dieu, mon Dieu! pourquoi vous-êtes vous retiré de moi?

Honteuse, comme blessée de la froideur muette des voûtes, Marthe quittait l'église avec la colère d'une femme dédaignée. Elle rêvait des supplices pour offrir son sang; elle se débattait furieusement dans cette impuissance à aller plus loin que la prière, à ne pas se jeter d'un bond entre les bras de Dieu. Puis, rentrée chez elle, elle n'avait d'espoir qu'en l'abbé Faujas. Lui seul pouvait la donner à Dieu; il lui avait ouvert les joies de l'initiation, il devait maintenant déchirer le voile entier. Et elle imaginait une suite de pratiques aboutissant à la satisfaction complète de son être. Mais le prêtre s'emportait, s'oubliait jusqu'à la traiter grossièrement, refusait de l'entendre, tint qu'elle ne serait point à genoux, humiliée, inerte, ainsi qu'un cadavre. Elle l'écoutait, debout, soulevée par une révolte de tout son corps, tournant contre lui la rancune de ses désirs trompés, l'accusant de la lâche trahison dont elle agonisait.

Souvent, la vieille madame Rougon crut devoir intervenir entre l'abbé et sa fille, comme elle le faisait autrefois entre celle-ci et Mouret. Marthe lui ayant conté ses chagrins, elle parla au prête en belle-mère voulant le bonheur de ses enfants, passant le temps à mettre la paix dans leur ménage. —Voyons, lui dit-elle en souriant, vous ne pouvez donc vivre tranquilles! Marthe se plaint toujours, et vous sembla continuellement la bouder…. Je sais bien que les femmes sont exigeantes, mais avouez aussi que vous manquez un peu de complaisance.... Je suis vraiment peinée de ce qui se passe; il serait si facile de vous entendre! Je vous en prie, mon cher abbé, soyez plus doux.

Elle le grondait aussi amicalement de sa mauvaise tenue. Elle sentait, de son flair de femme adroite, qu'il abusait de la victoire. Puis elle excusait sa fille; la chère enfant avait beaucoup souffert, sa sensibilité nerveuse demandait de grands ménagements; d'ailleurs, elle possédait un excellent caractère, un naturel aimant, dont un homme habile devait disposer à sa guise. Mais, un jour qu'elle lui enseignait ainsi la façon de faire de Marthe tout ce qu'il voudrait, l'abbé Faujas se lassa de ces éternels conseils.

—Eh! non, cria-t-il brutalement, votre fille est folle, elle m'assomme, je ne veux plus m'occuper d'elle.... Je payerais cher le garçon qui m'en débarrasserait.

Madame Rougon le regarda fixement, les lèvres pincées.

—Écoutez, mon cher, lui répondit-elle au bout d'un silence, vous manquez de tact; cela vous perdra. Faites la culbute, si ça vous amuse. Moi, en somme, je m'en lave les mains. Je vous ai aidé, non pas pour vos beaux yeux, mais pour être agréable à nos amis de Paris. On m'écrivait de vous piloter, je vous pilotais.... Seulement, retenez bien ceci: je ne souffrirai pas que vous veniez faire le maître chez moi. Que le petit Péqueur, que le bonhomme Rastoil tremblent à la vue de votre soutane, cela est bon. Nous autres, nous n'avons pas peur, nous entendons rester les maîtres. Mon mari a conquis Plassans avant vous, et nous garderons Plassans, je vous en préviens.

A partir de ce jour, il y eut un grand froid entre les Rougon et l'abbé Faujas. Lorsque Marthe vint se plaindre de nouveau, sa mère lui dit nettement:

—Ton abbé se moque de toi. Tu n'auras jamais la moindre satisfaction avec cet homme.... A ta place, je ne me gênerais pas pour lui jeter à la figure ses quatre vérités. D'abord, il est sale comme un peigne depuis quelque temps; je ne comprends pas comment tu peux manger à côté de lui.

La vérité était que madame Rougon avait soufflé à son mari un plan fort ingénieux. Il s'agissait d'évincer l'abbé pour bénéficier de son succès. Maintenant que la ville votait correctement, Rougon, qui n'avait point voulu risquer une campagne ouverte, devait suffire à la maintenir dans le bon chemin. Le salon vert n'en serait que plus puissant. Félicité, dès lors, attendit avec cette ruse patiente à laquelle elle devait sa fortune.

Le jour où sa mère lui jura que l'abbé «se moquait d'elle», Marthe se rendit à Saint-Saturnin, le coeur saignant, résolue à un appel suprême. Elle demeura là deux heures, dans l'église déserte, épuisant les prières, attendant l'extase, se torturant à chercher le soulagement. Des humilités l'aplatissaient sur les dalles, des révoltes la redressaient les dents serrées, tandis que tout son être, tendu follement, se brisait à ne saisir, à ne baiser que le vide de sa passion. Quand elle se leva, quand elle sortit, le ciel lui parut noir; elle ne sentait pas le pavé sons ses pieds, et les rues étroites lui laissaient l'impression d'une immense solitude. Elle jeta son chapeau et son châle sur la table de la salle à manger, elle monta droit à la chambre de l'abbé Faujas.

L'abbé, assis devant sa petite table, songeait, la plume tombée des doigts. Il lui ouvrit, préoccupé; mais, lorsqu'il l'aperçut toute pâle devant lui, avec une résolution ardente dans les yeux, il eut un geste de colère.

—Que voulez-vous? demanda-t-il, pourquoi êtes-vous montée?... Redescendez et attendez-moi, si vous avez quelque chose à me dire.

Elle le poussa, elle entra sans prononcer une parole.

Lui, hésita un instant, luttant contre la brutalité qui lui faisait déjà lever la main. Il restait debout, en face d'elle, sans refermer la porte grande ouverte.

—Que voulez vous? répéta-t-il; je suis occupé.

Alors, elle alla fermer la porte. Puis, seule avec lui, elle s'approcha. Elle dit enfin:

—J'ai à vous parler.

Elle s'était assise, regardant la chambre, le lit étroit, la commode pauvre, le grand Christ de bois noir, dont la brusque apparition sur la nudité du mur lui donna un court frisson. Une paix glaciale tombait du plafond. Le foyer de la cheminée était vide, sans une pincée de cendre.

—Vous allez prendre froid, dit le prêtre d'une voix calmée. Je vous en prie, descendons.

—Non, j'ai à vous parler, dit-elle de nouveau.

Et, les mains jointes, en pénitente qui se confesse:

—Je vous dois beaucoup.... Avant votre venue, j'étais sans âme. C'est vous qui avez voulu mon salut. C'est par vous que j'ai connu les seules joies de mon existence. Vous êtes mon sauveur et mon père. Depuis cinq ans, je ne vis que par vous et pour vous.

Sa voix se brisait, elle glissait sur les genoux. Il l'arrêta d'un geste.

—Eh bien! cria-t-elle, aujourd'hui je souffre, j'ai besoin de votre aide.... Écoutez-moi, mon père. Ne vous retirez pas de moi. Vous ne pouvez m'abandonner ainsi.... Je vous dis que Dieu ne m'entend plus. Je ne le sens plus.... Ayez pitié, je vous en prie. Conseillez-moi, menez-moi à ces grâces divines dont vous m'avez fait connaître les premiers bonheurs; apprenez-moi ce que je dois faire pour guérir, pour aller toujours plus avant dans l'amour de Dieu. —Il faut prier, dit gravement le prêtre.

—J'ai prié, j'ai prié pendant des heures, la tête dans les mains, cherchant à m'anéantir au fond de chaque mot d'adoration, et je n'ai pas été soulagée, et je n'ai pas senti Dieu.

—Il faut prier, prier encore, prier toujours, prier jusqu'à ce que Dieu soit touché et qu'il descende en vous.

Elle le regardait avec angoisse.

—Alors, demanda-t-elle, il n'y a que la prière? Vous ne pouvez rien pour moi?

—Non, rien, déclara-t-il rudement.

Elle leva ses mains tremblantes, dans un élan désespéré, la gorge gonflée de colère. Mais elle se contint. Elle balbutia:

—Votre ciel est fermé. Vous m'avez menée jusque-là pour me heurter contre ce mur..... J'étais bien tranquille, vous vous souvenez, quand vous êtes venu. Je vivais dans mon coin, sans un désir, sans une curiosité. Et c'est vous qui m'avez reveillée avec des paroles qui me retournaient le coeur. C'est vous qui m'avez fait entrer dans une autre jeunesse …. Ah! vous ne savez pas quelles jouissances vous me donniez, dans les commencements! C'était une chaleur en moi, douce, qui allait jusqu'au bout de mon être. J'entendais mon coeur. J'avais une espérance immense. A quarante ans, cela me semblait ridicule parfois, et je souriais; puis, je me pardonnais, tant je me trouvais heureuse…. Mais, maintenant, je veux le reste du bonheur promis. Ça ne peut pas être tout. Il y a autre chose, n'est-ce pas? Comprenez donc que je suis lasse de ce désir toujours en éveil, que ce désir m'a brûlée, que ce désir me met en agonie. Il faut que je me dépêche, à présent que je n'ai plus de santé; je ne veux pas être dupe…. Il y a autre chose, dites-moi qu'il y a autre chose.

L'abbé Faujas restait impassible, laissant passer ce flot de paroles ardentes. —Il n'y a rien, il n'y a rien! continua-t-elle avec emportement; alors vous m'avez trompée…. Vous m'avez promis le ciel, en bas, sur la terrasse, par ces soirées pleines d'étoiles. Moi, j'ai accepté. Je me suis vendue, je me suis livrée. J'étais folle, dans ces premières tendresses de la prière…. Aujourd'hui, le marché ne tient plus; j'entends rentrer dans mon coin, retrouver ma vie calme. Je mettrai tout le monde à la porte, j'arrangerai la maison, je raccommoderai le linge à ma place accoutumée, sur la terrasse…. Oui, j'aimais à raccommoder le linge. La couture ne me fatiguait pas…. Et je veux que Désirée soit à côté de moi, sur son petit banc; elle riait, elle faisait des poupées, la chère innocente….

Elle éclata en sanglots.

—Je veux mes enfants!….C'étaient eux qui me protégeaient. Lorsqu'ils n'ont plus été là, j'ai perdu la tête, j'ai commencé à mal vivre…. Pourquoi me les avez-vous pris?… Ils s'en sont allés un à un, et la maison m'est devenue comme étrangère. Je n'y avais plus le coeur. J'étais contente, lorsque je la quittais pour une après-midi; puis, le soir, quand je rentrais, il me semblait descendre chez des inconnus. Jusqu'aux meubles qui me paraissaient hostiles et glacés. Je haïssais la maison…. Mais j'irai les reprendre, les pauvres petits. Ils changeront tout ici, dès leur arrivée…. Ah! si je pouvais me rendormir de mon bon sommeil!

Elle s'exaltait de plus en plus. Le prêtre tenta de la calmer par un moyen qui lui avait souvent réussi.

—Voyons, soyez raisonnable, chère dame, dit-il en cherchant à s'emparer de ses mains pour les tenir serrées entre les siennes.

—Ne me touchez pas! cria-t-elle en reculant. Je ne veux pas.... Quand vous me tenez, je suis faible comme un enfant. La chaleur de vos mains m'emplit de lâcheté.... Ce serait à recommencer demain; car je ne puis plus vivre, voyez-vous, et vous ne m'apaisez que pour une heure.

Elle était devenue sombre. Elle murmura:

—Non, je suis damnée à présent. Jamais je n'aimerai plus la maison. Et si les enfants venaient, ils demanderaient leur père.... Ah! tenez, c'est cela qui m'étouffe.... Je ne serai pardonnée que lorsque j'aurai dit mon crime à un prêtre.

Et tombant à genoux:

—Je suis coupable. C'est pourquoi la face de Dieu se détourne de moi.

Mais l'abbé Faujas voulut la relever.

—Taisez-vous, dit-il avec éclat. Je ne puis recevoir ici votre aveu. Venez demain à Saint-Saturnin.

—Mon père, reprit-elle en se faisant suppliante, ayez pitié! Demain, je n'aurai plus la force.

—Je vous défends de parler, cria-t-il plus violemment; je ne veux rien savoir, je détournerai la tête, je fermerai les oreilles.

Il reculait, les bras tendus, comme pour arrêter l'aveu sur les lèvres de Marthe. Tous deux se regardèrent un instant en silence, avec la sourde colère de leur complicité.

—Ce n'est pas un prêtre qui vous entendrait, ajouta-t-il d'une voix plus étouffée. Il n'y a ici qu'un homme pour vous juger et vous condamner.

—Un homme! répéta-t-elle affolée. Eh bien! cela vaut mieux. Je préfère un homme.

Elle se releva, continua dans sa fièvre:

—Je ne me confesse pas, je vous dis ma faute. Après les enfants, j'ai laissé partir le père. Jamais il ne m'a battue, le malheureux! C'était moi qui étais folle. Je sentais des brûlures par tout le corps, et je m'égratignais, j'avais besoin du froid des carreaux pour me calmer. Puis, c'était une telle honte après la crise, de me voir ainsi toute nue devant le monde, que je n'osais parler. Si vous saviez quels effroyables cauchemars me jetaient par terre! Tout l'enfer me tournait dans la tête. Lui, le pauvre homme, me faisait pitié, à claquer des dents. Il avait peur de moi. Quand vous n'étiez plus là, il n'osait approcher, il passait la nuit sur une chaise.

L'abbé Faujas essaya de l'interrompre.

—Vous vous tuez, dit-il. Ne remuez pas ces souvenirs. Dieu vous tiendra compte de vos souffrances.

—C'est moi qui l'ai envoyé aux Tulettes, reprit-elle, en lui imposant silence d'un geste énergique. Vous tous, vous me disiez qu'il était fou.... Ah! quelle vie intolérable! Toujours, j'ai eu l'épouvante de la folie. Quand j'étais jeune, il me semblait qu'on m'enlevait le crâne et que ma tête se vidait. J'avais comme un bloc de glace dans le front. Eh bien! cette sensation de froid mortel, je l'ai retrouvée, j'ai eu peur de devenir folle, toujours, toujours... Lui, on l'a emmené. J'ai laissé faire. Je ne savais plus. Mais, depuis ce temps, je ne peux fermer les yeux, sans le voir, là. C'est ce qui me rend singulière, ce qui me cloue pendant des heures à la même place, les yeux ouverts.... Et je connais la maison, je l'ai dans les yeux. L'oncle Macquart me l'a montrée. Elle toute grise comme une prison, avec des fenêtres noires.

Elle étouffait. Elle porta à ses lèvres un mouchoir, qu'elle retira tâché de quelques gouttes de sang. Le prêtre, les bras croisés fortement, attendait la fin de la crise.

—Vous savez tout, n'est-ce pas? acheva-t-elle en balbutiant. Je suis une misérable, j'ai péché pour vous.... Mais donnez-moi la vie, donnez-moi la joie, et j'entre sans remords dans ce bonheur surhumain que vous m'avez promis.

—Vous mentez, dit lentement le prêtre, je ne sais rien, j'ignorais que vous eussiez commis ce crime.

Elle recula à son tour, les mains jointes, bégayant, fixant sur lui des regards terrifiés. Puis, emportée, perdant conscience, se faisant familière:

—Écoutez, Ovide, murmura-t-elle, je vous aime, et vous le savez, n'est-ce pas? Je vous ai aimé, Ovide, le jour où vous êtes entré ici.... Je ne vous le disais pas. Je voyais que cela vous déplaisait. Mais je sentais bien que vous deviniez mon coeur. J'étais satisfaite, j'espérais que nous pourrions être heureux un jour, dans une union toute divine.... Alors, c'est pour vous que j'ai vidé la maison. Je me suis trainée sur les genoux, j'ai été votre servante.... Vous ne pouvez pourtant pas être cruel jusqu'au bout. Vous avez consenti à tout, vous m'avez permis d'être à vous seul, d'écarter les obstacles qui nous séparaient. Souvenez-vous, je vous en supplie. Maintenant que me voilà malade, abandonnée, le coeur meurtri, la tête vide, il est impossible que vous me repoussiez.... Nous n'avons rien dit tout haut, c'est vrai. Mais mon amour parlait et votre silence répondait. C'est à l'homme que je m'adresse, ce n'est pas au prêtre. Vous m'avez dit qu'il n'y avait qu'un homme, ici. L'homme m'entendra.... Je vous aime, Ovide, je vous aime, et j'en meurs.

Elle sanglotait. L'abbé Faujas avait redressé sa haute taille, il s'approcha de Marthe, laissa tomber sur elle son mépris de la femme.

—Ah! misérable chair! dit-il. Je comptais que vous seriez raisonnable, que jamais vous n'en viendriez à cette honte de dire tout haut ces ordures.... Oui, c'est l'éternelle lutte du mal contre les volontés fortes. Vous êtes la tentation d'en bas, la lâcheté, la chute finale. Le prêtre n'a pas d'autre adversaire que vous, et l'on devrait vous chasser des églises, comme impures et maudites.

—Je vous aime, Ovide, balbutia-t-elle encore; je vous aime, secourez-moi.

—Je vous ai déjà trop approchée, continua-t-il. Si j'échoue, ce sera vous, femme, qui m'aurez ôté de ma force par votre seul désir. Retirez-vous, allez-vous-en, vous êtes Satan! Je vous battrai pour faire sortir le mauvais ange de votre corps.

Elle s'était laissé glisser, assise à demi contre le mur muette de terreur, devant le poing dont le prêtre la menaçait. Ses cheveux se dénouaient, une grande mèche blanche lui barrait le front. Lorsque, cherchant un secours dans la chambre nue, elle aperçut le Christ de bois noir, elle eut encore la force de tendre les mains vers lui, d'un geste passionné.

—N'implorez pas la croix, s'écria le prêtre au comble de l'emportement. Jésus a vécu chaste, et c'est pour cela qu'il a su mourir.

Madame Faujas rentrait, tenant au bras un gros panier de provisions. Elle se débarrassa vite, en voyant son fils dans cette épouvantable colère. Elle lui prit les bras.

—Ovide, calme toi, mon enfant, murmura-t-elle en le caressant.

Et, se tournant vers Marthe écrasée, la foudroyant du regard:

—Vous ne pouvez donc pas le laisser tranquille!... Puisqu'il ne veut pas de vous, ne le rendez pas malade, au moins. Allons, descendez, il est impossible que vous restiez là. Marthe ne bougeait pas. Madame Faujas dut la relever et la pousser vers la porte; elle grondait, l'accusait d'avoir attendu qu'elle fût sortie, lui faisait promettre de ne plus remonter pour bouleverser la maison par de pareilles scènes. Puis, elle ferma violemment la porte sur elle.

Marthe descendit en chancelant. Elle ne pleurait plus. Elle répétait:

—François reviendra, François les mettra tous à la rue.

XXI

La voiture de Toulon, qui passait aux Tulettes, ou se trouvait un relais, partait de Plassans à trois heures. Marthe, redressée par le coup de fouet d'une idée fixe, ne voulut pas perdre un instant; elle remit son châle et son chapeau, ordonna à Rose de s'habiller tout de suite.

—Je ne sais ce que madame peut avoir, dit la cuisinière à Olympe; je crois que nous partons pour un voyage de quelques jours.

Marthe laissa les clefs aux portes. Elle avait hâte d'être dans la rue. Olympe, qui l'accompagnait, essayait vainement de savoir où elle allait et combien de jours elle resterait absente.

—Enfin, soyez tranquille, lui dit-elle sur le seuil, de sa voix aimable; je soignerai bien tout, vous retrouverez tout en ordre.... Prenez votre temps, faites vos affaires. Si vous allez à Marseille, rapportez-nous des coquillages frais.

Et Marthe n'avait pas tourné le coin de la rue Taravelle, qu'Olympe prenait possession de la maison entière. Quand Trouche rentra, il trouva sa femme en train de faire battre les portes, de fouiller les meubles, furetant, chantonnant, emplissant les pièces du vol de ses jupes.

—Elle est partie, et sa rosse de bonne avec elle! lui cria-t-elle, en s'étalant dans un fauteuil. Hein? ce serait une fameuse chance, si elles restaient toutes les deux au fond d'un fossé!... N'importe, nous allons être joliment à notre aise pendant quelque temps. Ouf! c'est bon d'être seuls, n'est-ce pas, Honoré? Tiens, viens m'embrasser pour la peine! Nous sommes chez nous, nous pouvons nous mettre en chemise, si nous voulons.

Cependant, Marthe et Rose arrivèrent juste sur le cours Sauvaire comme la voiture de Toulon partait. Le coupé était libre. Quand la domestique entendit sa maîtresse dire au conducteur qu'elle s'arrêterait aux Tulettes, elle ne s'installa qu'en rechignant. La voiture n'avait pas encore quitté la ville qu'elle grognait déjà, répétant de son air revêche:

—Moi qui croyais que vous étiez enfin raisonnable! Je m'imaginais que nous partions pour Marseille voir monsieur Octave. Nous aurions rapporté une langouste et des clovisses.... Ah bien! je me suis trop pressée. Vous êtes toujours la même, vous allez toujours au chagrin, vous ne savez qu'inventer pour vous mettre la tête à l'envers.

Marthe, dans le coin du coupé, à demi évanouie, s'abandonnait. Une faiblesse mortelle s'emparait d'elle, maintenant qu'elle ne se roidissait plus contre la douleur qui lui brisait la poitrine. Mais la cuisinière ne la regardait même pas.

— Si ce n'est pas une invention baroque d'aller voir monsieur! reprenait-elle. Un joli spectacle, et qui va vous égayer! Nous en aurons pour huit jours à ne pas dormir. Vous pourrez bien avoir peur la nuit, du diable si je me lève pour regarder sous les meubles!... Encore, si votre visite faisait du bien à monsieur; mais il est capable de vous dévisager et d'en crever lui-même. J'espère bien qu'on ne vous laissera pas entrer. C'est défendu d'abord.... Voyez-vous, je n'aurais pas dû monter dans la voiture, quand vous avez parlé des Tulettes; vous n'auriez peut-être pas osé faire la bêtise toute seule.

Un soupir de Marthe l'interrompit. Elle se tourna, la vit toute blême qui étouffait, et se fâcha plus fort, en baissant un carreau pour donner de l'air.

— C'est cela, passez-moi entre les bras maintenant, n'est-ce pas? Est-ce que vous ne seriez pas mieux dans votre lit, à vous soigner ? Quand on pense que vous avez eu la chance de ne rencontrer autour de vous que des gens dévoués, sans seulement dire merci au bon Dieu! Vous savez bien que c'est la vérité. Monsieur le curé, sa mère, sa soeur, jusqu'à monsieur Trouche, sont aux petits soins pour vous; ils se jetteraient dans le feu, ils sont debout à toute heure du jour et de la nuit. J'ai vu madame Olympe pleurer, oui pleurer, lorsque vous étiez malade, la dernière fois. Eh bien! comment reconnaissez-vous leurs bontés ? Vous les mettez dans la peine, vous partez comme une sournoise pour voir monsieur, tout en sachant que cela leur fera beaucoup de chagrin; car ils ne peuvent pas aimer monsieur, qui était si dur pour vous... Tenez, voulez-vous que je vous le dise, madame ? le mariage ne vous a rien valu, vous avez pris la méchanceté de monsieur. Entendez-vous, il y a des jours où vous êtes aussi méchante que lui.

Elle continua ainsi jusqu'aux Tulettes, défendant les Faujas et les Trouche, accusant sa maîtresse de toutes sortes de vilenies. Elle finit par dire:

—Ce sont ces gens-là qui seraient de braves maîtres, s'ils avaient assez d'argent pour avoir des domestiques! Mais la fortune ne tombe jamais qu'aux mauvais coeurs.

Marthe, plus calme, ne répondait pas. Elle regardait vaguement les arbres maigres filer le long de la route, les vastes champs se déplier comme des pièces d'étoffes brune. Les grondements de Rose se perdaient dans les cahots de la voiture.

Aux Tulettes, Marthe se dirigea vivement vers la maison de l'oncle Macquart, suivie de la cuisinière, qui se taisait maintenant, haussant les épaules, les lèvres pincées.

—Comment! c'est toi! s'écria l'oncle, très-surpris. Je te croyais dans ton lit. On m'avait raconté que tu étais malade.... Eh! eh! petite, tu n'as pas l'air fort... Est-ce que tu viens me demander à dîner ?

—Je voudrais voir François, mon oncle, dit Marthe.

—François ? répéta Macquart en la regardant en face, tu voudrais voir François ? C'est l'idée d'une bonne femme. Le pauvre garçon a assez crié après toi. Je l'apercevais du bout de mon jardin, qui donnait des coups de poing dans les murs en t'appelant.... Ah! tu viens le voir ? Je croyais que vous l'aviez tous oublié là-bas.

De grosses larmes étaient montées aux yeux de Marthe.

—Ce ne sera pas facile de le voir aujourd'hui, continua Macquart. Il va être quatre heures. Puis, je ne sais trop si le directeur voudra te donner la permission. Mouret n'est pas sage depuis quelque temps; il casse tout, il parle de mettre le feu à la boutique. Dame! les fous ne sont pas aimables tous les jours.

Elle écoutait, toute frissonnante. Elle allait questionner l'oncle, mais elle se contenta de tendre les mains vers lui.

—Je vous en supplie, dit-elle. J'ai fait le voyage exprès; il faut absolument que je parle à François aujourd'hui, à l'instant... Vous avez des amis dans la maison, vous pouvez m'ouvrir les portes.

—Sans doute, sans doute, murmura-t-il, sans se prononcer plus nettement.

Il semblait pris d'une grande perplexité, ne pénétrant pas clairement la cause de ce voyage brusque, paraissant discuter le cas à un point de vue personnel, connu de lui seul. Il interrogea du regard la cuisinière, qui tourna le dos. Un mince sourire finit par paraître sur ses lèvres.

—Enfin, puisque tu le veux, murmura-t-il, je vais tenter l'affaire. Seulement, souviens-toi que, si ta mère se fâchait, tu lui expliquerais que je n'ai pas pu te résister…. J'ai peur que tu ne te fasses du mal. Ça n'a rien de gai, je t'assure.

Lorsqu'ils partirent, Rose refusa absolument de les accompagner. Elle s'était assise devant un feu de souches de vigne, qui brûlait dans la grande cheminée.

—Je n'ai pas besoin d'aller me faire arracher les yeux, dit-elle aigrement. Monsieur ne m'aimait pas assez…. Je reste ici, je préfère me chauffer.

—Vous seriez bien gentille alors de nous préparer un pot de vin chaud, lui glissa l'oncle à l'oreille; le vin et le sucre sont là, dans l'armoire. Nous aurons besoin de ça, quand nous reviendrons.

Macquart ne fit pas entrer sa nièce par la grille principale de la maison des Aliénés. Il tourna à gauche, demanda à une petite porte basse le gardien Alexandre, avec lequel il échangea quelques paroles à demi-voix. Puis, silencieusement, ils s'engagèrent tous trois dans des corridors interminables. Le gardien marchait le premier.

—Je vais t'attendre ici, dit Macquart en s'arrêtant dans une petite cour; Alexandre restera avec toi.

—J'aurais voulu être seule, murmura Marthe.

—Madame ne serait pas à la noce, répondit le gardien avec un sourire tranquille; je risque déjà beaucoup.

Il lui fit traverser une seconde cour et s'arrêta devant une petite porte. Comme il tournait doucement la clef, il reprit en baissant la voix:

— N'ayez pas peur…. Il est plus calme depuis ce matin; on a pu lui retirer la camisole…. S'il se fâchait, vous sortiriez à reculons, n'est-ce pas? et vous me laisseriez seul avec lui. Marthe entra, tremblante, la gorge sèche. Elle ne vit d'abord qu'une masse repliée contre le mur, dans un coin. Le jour pâlissait, le cabanon n'était éclairé que par une lueur de cave, tombant d'une fenêtre grillée, garnie d'un tablier de planches.

—Eh! mon brave, cria familièrement Alexandre, en allant taper sur l'épaule de Mouret, je vous amène une visite…. Vous allez être gentil, j'espère.

Il revint s'adosser contre la porte, les bras ballants, ne quittant pas le fou des yeux. Mouret s'était lentement relevé. Il ne parut pas surpris le moins du monde.

—C'est toi, ma bonne? dit-il de sa voix paisible; je t'attendais, j'étais inquiet des enfants.

Marthe, dont les genoux fléchissaient, le regardait avec anxiété, rendue muette par cet accueil attendri. D'ailleurs, il n'avait point changé; il se portait même mieux, gros et gras, la barbe faite, les yeux clairs. Ses tics de bourgeois satisfait avaient reparu; il se frotta les mains, cligna la paupière droite, piétina, en bavardant de son air goguenard des bons jours.

—Je suis tout à fait bien, ma bonne. Nous allons pouvoir retourner à la maison.... Tu viens me chercher, n'est-ce pas?... Est-ce qu'on a pris soin de mes salades? Les limaces aiment diantrement les laitues, le jardin en était rongé; mais je sais un moyen pour les détruire.... J'ai des projets, tu verras. Nous sommes assez riches, nous pouvons nous payer nos fantaisies.... Dis, tu n'as pas vu le père Gautier, de Saint-Eutrope, pendant mon absence? Je lui avais acheté trente milleroles de gros vin pour des coupages. Il faudra que j'aille le voir.... Toi tu n'as pas de mémoire pour deux sous.

Il se moquait, il la menaçait amicalement du doigt.

—Je parie que je vais trouver tout en désordre, continua-t-il. Vous ne faites attention à rien; les outils traînent, les armoires restent ouvertes, Rose salit les pièces avec son balai.... Et Rose, pourquoi n'est-elle pas venue? Ah! quelle tête! En voilà une dont nous ne ferons jamais rien! Tu ne sais pas, elle a voulu me mettre à la porte, un jour. Parfaitement.... La maison est à elle, c'est à mourir de rire.... Mais tu ne me parles pas des enfants? Désirée est toujours chez sa nourrice, n'est-ce pas? Nous irons l'embrasser, nous lui demanderons si elle s'ennuie. Je veux aussi aller à Marseille, car Octave me donne de l'inquiétude; la dernière fois que je l'ai vu, je l'ai trouvé bien dissipé. Je ne parle pas de Serge: celui-là est trop sage, il sanctifiera toute la famille.... Tiens, cela me fait plaisir de parler de la maison.

Et il parla, parla toujours, demandant des nouvelles de chaque arbre de son jardin, s'arrêtant aux détails les plus minimes du ménage, montrant une mémoire extraordinaire, à propos d'une foule de petits faits. Marthe, profondément touchée de l'affection tatillonne qu'il lui témoignait, croyait voir une délicatesse suprême dans le soin qu'il prenait de ne lui adresser aucun reproche, de ne pas même faire la moindre allusion à ses souffrances. Elle était pardonnée; elle jurait de racheter son crime en devenant la servante soumise de cet homme, si grand dans sa bonhomie; et de grosses larmes silencieuses coulaient sur ses joues, pendant que ses genoux se pliaient pour lui crier merci.

—Méfiez-vous, lui dit le gardien à l'oreille; il a des yeux qui m'inquiètent.

—Mais il n'est pas fou! balbutia-t-elle; je vous jure qu'il n'est pas fou!.... Il faut que je parle au directeur. Je veux l'emmener tout de suite.

—Méfiez-vous, répéta rudement le gardien, en la tirant par le bras.

Mouret, au milieu de son bavardage, venait de tourner sur lui-même, comme une bête assommée. Il s'aplatit par terre; puis, lestement, il marcha à quatre pattes, le long du mur.

—Hou! hou! hurlait-il d'une voix rauque et prolongée. Il s'enleva d'un bond, il retomba sur le flanc. Alors, ce fut une épouvantable scène: il se tordait comme un ver, se bleuissait la face à coups de poing, s'arrachait la peau avec les ongles. Bientôt il se trouva à demi nu, les vêtements en lambeau, écrasé, meurtri, râlant.

—Sortez donc, madame! criait le gardien.

Marthe était clouée. Elle se reconnaissait par terre; elle se jetait ainsi sur le carreau, dans la chambre, s'égratignait ainsi, se battait ainsi. Et jusqu'à sa voix qu'elle retrouvait; Mouret avait exactement son râle. C'était elle qui avait fait ce misérable.

—Il n'est pas fou! bégayait-elle; il ne peut pas être fou!... Ce serait horrible. J'aimerais mieux mourir.

Le gardien, la prenant à bras le corps, la mit à la porte; mais elle resta là, collée au bois. Elle entendit, dans le cabanon, un bruit da lutte, des cris de cochon qu'on égorge; puis, il y eut une chute sourde, pareille à celle d'un paquet de linge mouillé; et un silence de mort régna. Quand le gardien ressortit, la nuit était presque tombée. Elle n'aperçut qu'un trou noir, par la porte entre-baillée.

—Fichtre! dit le gardien encore furieux, vous êtes drôle, vous, madame, à crier qu'il n'est pas fou! J'ai failli y laisser mon pouce, qu'il tenait entre ses dents…. Le voilà tranquille pour quelques heures.

Et tout en la reconduisant, il continuait:

—Vous ne savez pas comme ils sont tous malins ici!… Ils font les gentils pendant des heures entières, ils vous racontent des histoires qui ont l'air raisonnable; puis, crac, sans crier gare, ils vous sautent à la gorge…. Je voyais bien tout à l'heure qu'il manigançait quelque chose, pendant qu'il parlait de ses enfants; il avait les yeux tout à l'envers. Quand Marthe retrouva l'oncle Macquart dans la petite cour, elle répéta fiévreusement, sans pouvoir pleurer, d'une voix lente et cassée:

—Il est fou! il est fou!

—Sans doute, il est fou, dit l'oncle en ricanant. Est-ce que tu comptais le trouver faisant le jeune homme? On ne l'a pas mis ici pour des prunes, peut-être…. D'ailleurs, la maison n'est pas saine. Au bout de deux heures, eh! eh! j'y deviendrais enragé, moi.

Il l'étudiait du coin de l'oeil, surveillant ses moindres tressaillements nerveux. Puis, de son ton bonhomme:

—Tu veux peut-être voir la grand'mère?

Marthe eut un geste d'effroi, en se cachant le visage entre ses mains.

—Ça n'aurait dérangé personne, reprit-il. Alexandre nous aurait fait ce plaisir…. Elle est là, à côté, et il n'y a rien à craindre avec elle; elle est bien douce. N'est-ce pas, Alexandre, qu'elle n'a jamais donné de l'ennui à la maison? Elle reste assise, à regarder devant elle. Depuis douze ans, elle n'a pas bougé…. Enfin, puisque tu ne veux pas la voir….

Comme le gardien prenait congé d'eux, il l'invita à venir boire un verre de vin chaud, en clignant les yeux d'une certaine façon, ce qui parut décider Alexandre à accepter. Ils durent soutenir Marthe, dont les jambes se dérobaient à chaque pas. Quand ils arrivèrent, ils la portaient, la face convulsée, les yeux ouverts, roidie par une de ces crises nerveuses qui la tenaient comme morte pendant des heures.

—La, qu'est-ce que j'avais dit? cria Rose en les apercevant. Elle est dans un joli état, et nous voilà propres pour retourner! Est-il permis, mon Dieu! d'avoir une tête si drôlement bâtie? Monsieur aurait dû l'étrangler, ça lui aurait donné une leçon.

—Bah! dit l'oncle, je vais l'allonger sur mon lit. Nous n'en mourrons pas pour passer la nuit autour du feu. Il tira un rideau de cotonnade qui masquait une alcôve. Rose alla déshabiller sa maîtresse en grondant. Il n'y avait rien à faire, disait-elle, qu'à lui mettre une brique chaude aux pieds.

—Maintenant qu'elle est dans le dodo, nous allons boire un coup, reprit l'oncle avec son ricanement de loup rangé. Il sent diablement bon, votre vin chaud, la mère!

—J'ai trouvé un citron sur la cheminée, je l'ai pris, dit Rose.

—Et vous avez bien fait. Il y a de tout, ici. Quand je fais un lapin, rien n'y manque, je vous en réponds.

Il avait avancé la table devant la cheminée. Il s'assit entre la cuisinière et Alexandre, versant le vin chaud dans de grandes tasses jaunes. Quand il eut avalé deux gorgées, religieusement:

—Bigre! s'écria-t-il en faisant claquer la langue, voilà du bon vin chaud! Eh! eh! vous vous y entendez; il est meilleur que le mien. Il faudra que vous me laissiez votre recette.

Rose, calmée, chatouillée par ces compliments, se mit à rire. Le feu de souches de vigne étalait un grand brasier rouge. Les tasses furent remplies de nouveau.

—Alors, dit Macquart en s'accoudant pour regarder la cuisinière en face, ma nièce est venue comme ça, par un coup de tête?

—Ne m'en parlez pas, répondit-elle, cela me remettrait en colère.... Madame devient folle comme monsieur; elle ne sait plus qui elle aime ni qui elle n'aime pas.... Je crois qu'elle a eu une dispute avec monsieur le curé, avant de partir; j'ai entendu leurs voix qui criaient.

L'oncle eut un gros rire.

—Ils étaient pourtant bien d'accord, murmura-t-il.

—Sans doute, mais rien ne dure avec une cervelle comme celle de madame.... Je parie qu'elle regrette les volées que monsieur lui administrait la nuit. Nous avons retrouvé le bâton dans le jardin.

Il la regarda plus attentivement, en disant entre deux gorgées de vin chaud:

—Peut-être qu'elle venait chercher François.

—Ah! Dieu nous en garde! cria Rose d'un air d'effroi. Monsieur ferait un beau ravage, à la maison; il nous tuerait tous.... Tenez, c'est là ma grande peur. Je tremble toujours qu'il n'arrive une de ces nuits pour nous assassiner. Quand je songe à cela, dans mon lit, je ne puis m'endormir. Il me semble que je le vois entrer par la fenêtre, avec des cheveux hérissés et des yeux luisants comme des allumettes.

Macquart s'égayait bruyamment, tapant sa tasse sur la table.

—Ça serait drôle, ça serait drôle! répéta-t-il. Il ne doit pas vous aimer, le curé surtout, qui a pris sa place. Il n'en ferait qu'une bouchée, du curé, tout gaillard qu'il est, car les fous sont rudement forts, à ce qu'on assure.... Dis, Alexandre, vois-tu le pauvre François tomber chez lui? Il nettoierait le plancher proprement. Moi, ça m'amuserait.

Et il jetait des coups d'oeil au gardien, qui buvait le vin chaud d'un air tranquille, se contentant d'approuver de la tête.

—C'est une supposition, c'est pour rire, reprit Macquart, en voyant les regards épouvantés que Rose fixait sur lui.

A ce moment, Marthe se tordit furieusement derrière le rideau de cotonnade; il fallut la maintenir pendant quelques minutes, pour qu'elle ne tombât pas. Lorsqu'elle se fut allongée; de nouveau dans sa rigidité de cadavre, l'oncle revint se chauffer les cuisses devant le brasier, réfléchissant, murmurant sans songer à ce qu'il disait:

—Elle n'est pas commode, la petite.

Puis, brusquement, il demanda: —Et les Rougon, qu'est-ce qu'ils disent de toutes ces histoires? Ils sont du parti de l'abbé, n'est-ce pas?

—Monsieur n'était pas assez aimable pour qu'ils le regrettent, répondit Rose; il ne savait quelle malice inventer contre eux.

—Ça, il n'avait pas tort, reprit l'oncle. Les Rougon sont des pingres. Quand on pense qu'il n'ont jamais voulu acheter le champ de blé, là, en face; une magnifique opération dont je me chargeais.... C'est Félicité qui ferait un drôle de nez, si elle voyait revenir François!

Il ricana encore, tourna autour de la table. Et rallumant sa pipe avec un geste de résolution:

—Il ne faut pas oublier l'heure, mon garçon, dit-il à Alexandre avec un nouveau clignement d'yeux. Je vais t'accompagner.... Marthe a l'air tranquille, maintenant. Rose mettra la table en m'attendant.... Vous devez avoir faim, n'est-ce pas, Rose? Puisque vous voilà forcée de passer la nuit ici, vous mangerez un morceau avec moi.

Il emmena le gardien. Au bout d'une demi-heure, il n'était pas encore rentré. La cuisinière, qui s'ennuyait d'être seule, ouvrit la porte, se pencha sur le terrasse, regardant la route vide, dans la nuit claire. Comme elle rentrait, elle crut apercevoir, de l'autre côté du chemin, deux ombres noires plantées au milieu d'un soulier, derrière une haie.

—On dirait l'oncle, pensa-t-elle; il a l'air de causer avec un prêtre.

Quelques minutes plus tard, l'oncle arriva. Il disait que ce diable d'Alexandre lui avait raconté des histoires à n'en plus finir.

—Est-ce que ce n'était pas vous qui étiez là tout à l'heure avec un prêtre? demanda Rose.

—Moi, avec un prêtre! s'écria-t-il; où, diable! avez-vous rêvé cela! il n'y a pas de prêtre dans le pays. Il roulait ses petits yeux ardents. Puis, il parut mécontent de son mensonge, il reprit:

—Il y a l'abbé Fenil, mais c'est comme s'il n'y était pas; il ne sort jamais.

—L'abbé Fenil est un pas grand'chose, dit la cuisinière Alors, l'oncle se fâcha.

—Pourquoi ça, un pas grand'chose? Il fait beaucoup de bien, ici; il est très-fort, le gaillard.... Il vaut mieux qu'un tas de prêtres qui font des embarras.

Mais sa colère tomba tout d'un coup. Il se prit à rire, en voyant que Rose le regardait d'un air surpris.

—Je m'en moque, après tout, murmura-t-il. Vous avez raison, tous les curés, ça se vaut, c'est hypocrite et compagnie.... Je sais maintenant avec qui vous avez pu me voir. J'ai rencontré l'épicière; elle avait une robe noire, vous aurez pris ça pour une soutane.

Rose fit une omelette, l'oncle posa sur la table un morceau de fromage. Ils n'avaient pas fini de manger que Marthe se dressa sur son séant, de l'air étonné d'une personne qui s'éveille dans un lieu inconnu. Quand elle eut écarté ses cheveux, et que la mémoire lui revint, elle sauta à terre, disant qu'elle voulait partir, partir sur-le-champ. Macquart parut très-contrarié de ce réveil.

—C'est impossible, tu ne peux pas retourner à Plassans ce soir, dit-il. Tu grelottes de fièvre, tu tomberas malade en chemin. Repose-toi. Demain, nous verrons.... D'abord, il n'y a pas de voiture.

—Vous allez me conduire dans votre carriole, répondit-elle.

—Non, je ne veux pas, je ne peux pas.

Marthe, qui s'habillait avec une hâte fébrile, déclara qu'elle irait à Plassans à pied, plutôt que de passer la nuit aux Tulettes. L'oncle délibérait; il avait fermé la porte, et glissé la clef dans sa poche. Il supplia sa nièce, la menaça, inventa des histoires, pendant que, sans l'écouter, elle achevait de mettre son chapeau.

—Si vous croyez que vous la ferez céder! dit Rose, qui finissait paisiblement son morceau de fromage: elle préférerait passer par la fenêtre. Attelez votre cheval, ça vaudra mieux.

L'oncle, après un court silence, haussa les épaules, s'écriant avec colère:

—Ça m'est égal, en somme! Qu'elle prenne mal, si elle y tient! Moi, je voulais éviter un accident.... Va comme je te pousse. Il n'arrivera jamais que ce qui doit arriver, je vais vous conduire.

Il fallut porter Marthe dans la carriole; une grosse fièvre la secouait. L'oncle lui jeta un vieux manteau sur les épaules. Il fit entendre un léger claquement de langue, et l'on partit.

—Moi, dit-il, ça ne me fait pas de peine d'aller ce soir à Plassans; au contraire!... On s'amuse, à Plassans.

Il était environ dix heures. Le ciel, chargé de pluie, avait une lueur rousse qui éclairait faiblement le chemin. Tout le long de la route, Macquart se pencha, regardant dans les fossés, derrière les haies. Rose lui ayant demandé ce qu'il cherchait, il répondit qu'il était descendu des loups des gorges de la Seille. Il avait retrouvé toute sa belle humeur. A une lieue de Plassans, la pluie se mit à tomber, une pluie d'averse, drue et froide. Alors, l'oncle jura. Rose aurait battu sa maîtresse, qui agonisait sous le manteau. Quand ils arrivèrent enfin, le ciel était redevenu bleu.

—Est-ce que vous allez rue Balande? demanda Macquart.

—Certainement, dit Rose étonnée.

Il lui expliqua alors que Marthe lui semblait très-malade, et qu'il vaudrait peut-être mieux la mener chez sa mère. Il consentit pourtant, après une longue hésitation, à arrêter son cheval devant la maison des Mouret. Marthe n'avait pas même emporté de passe-partout. Rose, heureusement, trouva le sien dans sa poche; mais, quand elle voulut ouvrir, la porte ne céda pas; les Trouche devaient avoir poussé les verrous. Elle frappa du poing, sans éveiller d'autre bruit que l'écho sourd du grand vestibule.

—Vous avez tort de vous entêter, dit l'oncle qui riait entre ses dents; ils ne descendront pas, ça les dérangerait.... Vous voilà bel et bien à la porte de chez vous, mes enfants. Ma première idée est bonne, voyez-vous. Il faut mener la chère enfant chez Rougon; elle sera mieux là que dans sa propre chambre, c'est moi qui l'affirme.

Félicité entra dans un désespoir bruyant, lorsqu'elle aperçut sa fille à une pareille heure, trempée de pluie, à demi-morte. Elle la coucha au second étage, bouleversa la maison, mit tous les domestiques sur pied. Quand elle fut un peu calmée, et qu'elle se trouva assise au chevet de Marthe, elle demanda des explications.

—Mais qu'est-il arrivé? Comment se fait-il que vous la rameniez dans un tel état?

Macquart, d'un ton de grande bonhomie, raconta le voyage de «la chère enfant.» Il se défendait, il disait qu'il avait tout fait pour l'empêcher de se rendre auprès de François. Il finit par invoquer le témoignage de Rose, en voyant Félicité l'examiner attentivement d'un air soupçonneux. Mais celle-ci continua à branler la tête.

—C'est bien louche, cette histoire! murmura-t-elle; il y a quelque chose que je ne comprends pas.

Elle connaissait Macquart, elle flairait une coquinerie, dans la joie secrète qui lui pinçait le coin des paupières.

—Vous êtes singulière, dit-il en se fâchant pour échapper à son examen; vous vous imaginez toujours des choses de l'autre monde. Je ne puis pas vous dire ce que je ne sais pas.... J'aime Marthe plus que vous, je n'ai jamais agi que dans son intérêt. Tenez, je vais courir chercher le médecin, si vous voulez.

Madame Rougon le suivit des yeux. Elle questionna Rose longuement, sans rien apprendre. D'ailleurs, elle semblait très-heureuse d'avoir sa fille chez elle; elle parlait amèrement des gens qui vous laisseraient crever à la porte de votre maison, sans seulement vous ouvrir. Marthe, la tête renversée sur l'oreiller, se mourait.

XXII

Dans le cabanon des Tulettes, il faisait nuit noire. Un souffle glacial tira Mouret de la stupeur cataleptique où l'avait jeté la crise de la soirée. Accroupi contre le mur, il resta un instant immobile, les yeux ouverts, roulant doucement la tête sur le froid de la pierre, geignant comme un enfant qui s'éveille. Mais il avait les jambes coupées par un courant d'air si humide, qu'il se leva et regarda. En face de lui, il aperçut la porte du cabanon grande ouverte.

—Elle a laissé la porte ouverte, dit le fou à voix haute; elle doit m'attendre, il faut que je parte.

Il sortit, revint en tâtant ses vêtements, de l'air minutieux d'un homme rangé qui craint d'oublier quelque chose; puis, il referma la porte, soigneusement. Il traversa la première cour, de son petit pas tranquille de bourgeois flâneur. Comme il entrait dans la seconde, il vit un gardien qui semblait guetter. Il s'arrêta, se consulta un moment. Mais, le gardien ayant disparu, il se trouva à l'autre bout de la cour, devant une nouvelle porte ouverte donnant sur la campagne. Il la referma derrière lui, sans s'étonner, sans se presser.

—C'est une bonne femme tout de même, murmura-t-il, elle aura entendu que je l'appelais…. Il doit être tard. Je vais rentrer, pour qu'ils ne soient pas inquiets à la maison.

Il prit un chemin. Cela lui semblait naturel d'être en pleins champs. Au bout de cent pas, il oublia les Tulettes derrière lui; il s'imagina qu'il venait de chez un vigneron auquel il avait acheté cinquante milleroles de vin. Comme il arrivait à un carrefour où se croisait cinq routes, il reconnu le pays. Il se mit à rire, en disant:

—Que je suis bête! j'allais monter sur le plateau, du côté de Saint-Eutrope; c'est à gauche que je dois prendre…. Dans une bonne heure et demie, je serai à Plassans.

Alors, il suivit la grand'route, gaillardement, regardant comme une vieille connaissance chaque borne kilométrique. Il s'arrêtait devant certains champs, devant certaines maisons de campagne, d'un air d'intérêt. Le ciel était couleur de cendre, avec de grandes traînées rosaires, éclairant la nuit d'un pâle reflet de brasier agonisant. De fortes gouttes commençaient à tomber; le vent soufflait de l'est, trempé de pluie.

—Diable! il ne faut pas que je m'amuse, dit Mouret en examinant le ciel avec inquiétude; le vent est à l'est, il va en tomber une jolie décoction! Jamais je n'aurai le temps d'arriver à Plassans avant la pluie. Avec ça, je suis peu couvert.

Et il ramena sur sa poitrine la veste de grosse laine grise qu'il avait mise en lambeaux aux Tulettes. Il avait à la mâchoire une profonde meurtrissure, à laquelle il portait la main, sans se rendre compte de la vive douleur qu'il éprouvait là. La grand'route restait déserte; il ne rencontra qu'une charrette, descendant une côte, d'une allure paresseuse. Le charretier, qui dormait, ne répondit pas au bonsoir amical qu'il lui jeta. Ce fut au pont de la Viorne que la pluie le surprit. L'eau lui étant très-désagréable, il descendit sous le pont se mettre à l'abri, en grondant que c'était insupportable, que rien n'abîmait les vêtements comme cela, que s'il avait su, il aurait emporté un parapluie. Il patienta une bonne demi-heure, s'amusant à écouter le ruissellement de l'eau; puis, quand l'averse fut passée, il remonta sur la route, il entra enfin à Plassans. Il mettait un soin extrême à éviter les flaques de boue.

Il était alors près de minuit. Mouret calculait que huit heures ne devaient pas encore avoir sonné. Il traversa les rues vides, tout à l'ennui d'avoir fait attendre sa femme si longtemps.

—Elle ne doit plus savoir ce que cela veut dire, pensait-il. Le dîner sera froid…. Ah! bien, c'est Rose qui va joliment me recevoir!

Il était arrivé rue Balande; il se tenait debout devant sa porte.

—Tiens! dit-il, je n'ai pas mon passe-partout.

Cependant, il ne frappait pas. La fenêtre de la cuisine restait sombre, les autres fenêtres de la façade semblaient également mortes. Une grande défiance s'empara du fou; avec un instinct tout animal, il flaira un danger. Il recula dans l'ombre des maisons voisins, examina encore la façade; puis, il parut prendre un parti, fit le tour par l'impasse des Chevillottes. Mais la petite porte du jardin était fermée au verrou. Alors, avec une force prodigieuse, emporté par une rage brusque, il se jeta dans cette porte, qui se fendit en deux, rongée d'humidité. La violence du choc le laissa étourdi, ne sachant plus pourquoi il venait de briser la porte, qu'il essayait de raccommoder en rapprochant les morceaux.

—Voilà un beau coup, lorsqu'il était si facile de frapper! murmura-t-il avec un regret subit. Une porte neuve me coûtera au moins trente francs. Il était dans le jardin. Ayant levé la tête, apercevant, au premier étage, la chambre à coucher vivement éclairée; il crut que sa femme se mettait au lit. Cela lui causa un grand étonnement. Sans doute il avait dormi sous le pont en attendant la fin de l'averse. Il devait être très-tard. En effet, les fenêtres voisines, celles de M. Rastoil aussi bien que celles de la sous-préfecture, étaient noires. Et il ramenait les yeux, lorsqu'il vit une lueur de lampe, au second étage, derrière les rideaux épais de l'abbé Faujas. Ce fut comme un oeil flamboyant, allumé au front de la façade, qui le brûlait. Il se serra les tempes entre ses mains brûlantes, la tête perdue, roulant dans un souvenir abominable, dans un cauchemar évanoui, où rien de net ne se formulait, où s'agitait, pour lui et les siens, la menace d'un péril ancien, grandi lentement, devenu terrible, au fond duquel la maison allait s'engloutir, s'il ne la sauvait.

—Marthe, Marthe, où es-tu? balbutia-t-il à demi-voix. Viens, emmène les enfants.

Il chercha Marthe dans le jardin. Mais il ne reconnaissait plus le jardin. Il lui semblait plus grand, et vide, et gris, et pareil à un cimetière. Les buis avaient disparu, les laitues n'étaient plus là, les arbres fruitiers semblaient avoir marché. Il revint sur ses pas, se mit à genoux pour voir si ce n'était pas les limaces qui avaient tout mangé. Les buis surtout, la mort de cette haute verdure lui serrait le coeur, comme la mort d'un coin vivant de la maison. Qui donc avait tué les buis? Quelle faux avait passé là, rasant tout, bouleversant jusqu'aux touffes de violettes qu'il avait plantées au pied de la terrasse? Un sourd grondement montait en lui, en face de cette ruine.

—Marthe, Marthe, où es-tu? appela-t-il de nouveau.

Il la chercha dans la petite serre, à droite de la terrasse.

La petite serre était encombrée des cadavres sèches des grands buis; ils s'empilaient, en fascines, au milieu de tronçons d'arbres fruitiers, épars comme des membres coupés. Dans un coin, la cage qui avait servi aux oiseaux de Désirée, pendait à un clou, lamentable, la porte crevée, avec des bouts de fil de fer qui se hérissaient. Le fou recula, pris de peur, comme s'il avait ouvert la porte d'un caveau. Bégayant, le sang à la gorge, il monta sur la terrasse, rôda devant la porte et les fenêtres closes. La colère qui grandissait en lui, donnait à ses membres une souplesse de bête; il se ramassait, marchait sans bruit, cherchait une fissure. Un soupirail de la cave lui suffit. Il s'amincit, se glissa avec une habileté de chat, égratignant le mur de ses ongles. Enfin il était dans la maison.

La cave ne fermait qu'au loquet. Il s'avança au milieu des ténèbres épaisses du vestibule, tâtant les murs, poussant la porte de la cuisine. Les allumettes étaient à gauche, sur une planche. Il alla droit à cette planche, frotta une allumette, s'éclaira pour prendre une lampe sur le manteau de la cheminée, sans rien casser. Puis, il regarda. Il devait y avoir eu, le soir, quelque gros repas. La cuisine était dans un désordre de bombance: les assiettes, les plats, les verres sales, encombraient la table; une débandade de casseroles, tièdes encore, traînaient sur l'évier, sur les chaises, sur le carreau; une cafetière, oubliée au bord d'un fourneau allumé, bouillait, le ventre roulé en avant comme une personne soûle. Mouret redressa la cafetière, rangea les casseroles; il les sentait, flairait les restes de liqueur dans les verres, comptait les plats et les assiettes avec un grondement plus irrité. Ce n'était pas sa cuisine propre et froide de commerçant retiré; on avait gâché là la nourriture de toute une auberge; cette malpropreté goulue suait l'indigestion.

—Marthe! Marthe! reprit-il en revenant dans le vestibule, la lampe à la main; réponds-moi, dis-moi où ils t'ont enfermée? Il faut partir, partir tout de suite. Il la chercha dans la salle à manger. Les deux armoires, à droite et à gauche du poêle, étaient ouvertes; au bord d'une planche, un sac de papier gris, crevé, laissait couler des morceaux de sucre jusque sur le plancher. Plus haut, il aperçut une bouteille de cognac sans goulot, bouchée avec un tampon de linge. Et il monta sur une chaise pour visiter les armoires. Elles étaient à moitié vides: les bocaux de fruits à l'eau-de-vie tous entamés à la fois, les pots de confiture ouverts et sucés, les fruits mordus, les provisions de toutes sortes rongées, salies comme par le passage d'une armée de rats. Ne trouvant pas Marthe dans les armoires, il regarda partout, derrière les rideaux, sous la table; des os y roulaient, parmi des mies de pain gâchées; sur la toile cirée, les culs des verres avaient laissé des ronds de sirop. Alors, il traversa le corridor, il la chercha dans le salon. Mais, dès le seuil, il s'arrêta: il n'était plus chez lui. Le papier mauve clair du salon, le tapis à fleurs rouges, les nouveaux fauteuils recouverts de damas cerise, l'étonnèrent profondément. Il craignit d'entrer chez un autre, il referma la porte.

—Marthe! Marthe! bégaya-t-il encore avec désespoir.

Il était revenu au milieu du vestibule, réfléchissant, ne pouvant apaiser ce souffle rauque qui s'enflait dans sa gorge. Où se trouvait-il donc, qu'il ne reconnaissait aucune pièce? Qui donc lui avait ainsi changé sa maison? Et les souvenirs se noyaient. Il ne voyait que des ombres se glisser le long du corridor: deux ombres noires d'abord, pauvres, polies, s'effaçant; puis deux ombres grises et louches, qui ricanaient. Il leva la lampe dont la mèche s'effarait; les ombres grandissaient, s'allongeaient contre les murs, montaient dans la cage de l'escalier, emplissaient, dévoraient la maison entière. Quelque ordure mauvaise, quelque ferment de décomposition introduit là, avait pourri les boiseries, rouillé le fer, fendu les murailles. Alors, il entendit la maison s'émietter comme un platras tombé de moisissure, se fondre comme un morceau de sel jeté dans une eau tiède.

En haut, des rires clairs sonnaient, qui lui hérissaient le poil. Posant la lampe à terre, il monta pour chercher Marthe; il monta à quatre pattes, sans bruit, avec une légèreté et une douceur de loup. Quand il fut sur le palier du premier étage, il s'accroupit devant la porte de la chambre à coucher. Une raie de lumière passait sous la porte. Marthe devait se mettre au lit.

—Ah bien! dit la voix d'Olympe, il est joliment bon leur lit! Vois donc comme on enfonce, Honoré; j'ai de la plume jusqu'aux yeux.

Elle riait, elle s'étalait, sautait au milieu des couvertures.

—Veux-tu que je te dise? reprit-elle. Eh bien! depuis que je suis ici, j'ai envie de coucher dans ce dodo-là.... C'était une maladie, quoi! Je ne pouvais pas voir cette bringue de propriétaire se carrer là dedans, sans avoir une envie furieuse de la jeter par terre pour me mettre à sa place... C'est qu'on a chaud tout de suite! Il me semble que je suis dans du coton.

Trouche, qui n'était pas couché, remuait les flacons de la toilette.

—Elle a toutes sortes d'odeurs, murmurait-il.

—Tiens! continua Olympe, puisqu'elle n'y est pas, nous pouvons bien nous payer la belle chambre! Il n'y a pas de danger qu'elle vienne nous déranger; j'ai poussé les verrous.... Tu vas prendre froid, Honoré.

Il ouvrait les tiroirs de la commode, fouillait dans le linge.

—Mets donc cela, dit-il en jetant une chemise de nuit à Olympe; c'est plein de dentelles. J'ai toujours rêvé de coucher avec une femme qui aurait de la dentelle... Moi, je vais prendre ce foulard rouge.... Est-ce que tu as changé les draps? —Ma foi! non, répondit-elle; je n'y ai pas pensé; ils sont encore propres.... Elle est très-soigneuse de sa personne, elle ne me dégoûte pas.

Et, comme Trouche se couchait enfin, elle lui cria:

—Apporte les grogs sur la table de nuit! Nous n'allons pas nous relever pour les boire à l'autre bout de la chambre.... La, mon gros chéri, nous sommes comme de vrais propriétaires.

Ils s'étaient allongés côte à côte, l'édredon au menton, cuisant dans une chaleur douce.

—J'ai bien mangé ce soir, murmura Trouche au bout d'un silence.

—Et bien bu! ajouta Olympe en riant. Moi, je suis très-chic; je vois tout tourner.... Ce qui est embêtant, c'est que maman est toujours sur notre dos; aujourd'hui, elle a été assommante. Je ne puis plus faire un pas dans la maison.... Ce n'est pas la peine que la propriétaire s'en aille si maman reste ici à faire le gendarme. Ça m'a gâté ma journée.

—Est-ce que l'abbé ne songe pas à s'en aller? demanda Trouche, après un nouveau silence. Si on le nomme évêque, il faudra bien qu'il nous lâche la maison.

—On ne sait pas, répondit-elle, de méchante humeur. Maman pense peut-être à la garder.... On serait si bien, tout seul! Je ferais coucher la propriétaire dans la chambre de mon frère, en haut; je lui dirais qu'elle est plus saine... Passe-moi donc le verre, Honoré.

Ils burent tous les deux, ils se renfoncèrent sous les couvertures.

—Bah! reprit Trouche, ce ne serait pas facile de les faire déguerpir; mais on pourrait toujours essayer.... Je crois que l'abbé aurait déjà changé de logement, s'il ne craignait que la propriétaire fît un scandale, en se voyant lâchée.... J'ai envie de travailler la propriétaire; je lui conterai des histoires, pour les faire flanquer à la porte. Il but de nouveau.

—Si je lui faisais la cour, hein! ma chérie? dit-il plus bas.

—Ah! non, s'écria Olympe, qui se mit à rire comme si on la chatouillait. Tu es trop vieux, tu n'es pas assez beau. Ça me serait bien égal, mais elle ne voudrait pas de toi, c'est sûr.... Laisse-moi faire, je lui monterai la tête. C'est moi qui donnerai congé à maman et à Ovide, puisqu'ils sont si peu gentils avec nous.

—D'ailleurs, si tu ne réussis pas, murmura-t-il, j'irai dire partout qu'on a trouvé l'abbé couché avec la propriétaire. Cela fera un tel bruit, qu'il sera bien forcé de déménager.

Olympe s'était assise sur son séant.

—Tiens, dit-elle, mais c'est une bonne idée, ça! Dès demain, il faut commencer. Avant un mois la cambuse est à nous.... Je vais t'embrasser pour la peine.

Cela les égaya beaucoup. Ils dirent comment ils arrangeraient la chambre; ils changeraient la commode de place, ils monteraient deux fauteuils du salon. Leur langue s'embarrassait de plus en plus. Un silence se fit.

—Allons, bon! te voilà parti, bégaya Olympe; tu ronfles les yeux ouverts. Laisse-moi me mettre sur le devant; au moins, je finirai mon roman. Je n'ai pas sommeil, moi.

Elle se leva, le roula comme une masse vers la ruelle, et se mit à lire. Mais, dès la première page, elle tourna la tête avec inquiétude du côté de la porte. Elle croyait entendre un singulier grondement dans le corridor. Puis, elle se fâcha.

—Tu sais bien que je n'aime pas ces plaisanteries-là, dit-elle en donnant un coup de coude à son mari. Ne fais pas le loup.... On dirait qu'il y a un loup à la porte. Continue, si ça t'amuse. Va, tu es bien agaçant.

Et elle se replongea dans son roman, furieuse, après avoir sucé la tranche de citron de son grog. Mouret, de son allure souple, quitta la porte où il était resté blotti. Il monta au second étage, s'agenouiller devant la chambre de l'abbé Faujas, se haussant jusqu'au trou de la serrure. Il étouffait le nom de Marthe dans sa gorge, l'oeil ardent, fouillant les coins de la chambre, s'assurant qu'on ne la cachait point là. La grande pièce nue était pleine d'ombre, une petite lampe posée au bord de la table laissait tomber sur le carreau un rond étroit de clarté; le prêtre, qui écrivait, ne faisait lui-même qu'une tache noire, au milieu de cette lueur jaune. Après avoir cherché derrière la commode, derrière les rideaux, Mouret s'était arrêté au lit de fer, sur lequel le chapeau du prêtre étalait comme une chevelure de femme. Marthe sans doute était dans le lit. Les Trouche l'avaient dit, elle couchait là, maintenant. Mais il vit le lit froid, aux draps bien tirés, qui ressemblait à une pierre tombale; il s'habituait à l'ombre. L'abbé Faujas dut entendre quelque bruit, car il regarda la porte. Lorsque le fou aperçut le visage calme du prêtre, ses yeux rougirent, une légère écume parut aux coins de ses lèvres; il retint un hurlement, il s'en alla à quatre pattes par l'escalier, par les corridors, répétant à voix basse:

—Marthe! Marthe!

Il la chercha dans toute la maison: dans la chambre de Rose, qu'il trouva vide; dans le logement des Trouche, empli du déménagement des autres pièces; dans les anciennes chambres des enfants, où il sanglota en rencontrant sous sa main une paire de petites bottines éculées que Désirée avait portées. Il montait, descendait, s'accrochait à la rampe, se glissait le long des murs, faisait le tour des pièces à tâtons, sans se cogner, avec son agilité extraordinaire de fou prudent. Bientôt, il n'y eut pas un coin, de la cave au grenier, qu'il n'eût flairé. Marthe n'était pas dans la maison, les enfants non plus, Rose non plus. La maison était vide, la maison pouvait crouler. Mouret s'assit sur une marche de l'escalier, entre le premier et le second étage. Il étouffait ce souffle puissant qui, malgré lui, gonflait sa poitrine. Il attendait, les mains croisées, le dos appuyé à la rampe, les yeux ouverts dans la nuit, tout à l'idée fixe qu'il mûrissait patiemment. Ses sens prenaient une finesse telle, qu'il surprenait les plus petits bruits de la maison. En bas, Trouche ronflait; Olympe tournait les pages de son roman, avec le léger froissement du doigt contre le papier. Au second étage, la plume de l'abbé Faujas avait un bruissement de pattes d'insecte; tandis que, dans la chambre voisine, madame Faujas endormie semblait accompagner cette aigre musique de sa respiration forte. Mouret passa une heure, les oreilles aux aguets. Ce fut Olympe qui succomba la première au sommeil; il entendit le roman tomber sur le tapis. Puis, l'abbé Faujas posa sa plume, se déshabilla avec des frôlements discrets de pantoufles; les vêtements glissaient mollement, le lit ne craqua même pas. Toute la maison était couchée. Mais le fou sentait, à l'haleine trop grêle de l'abbé, qu'il ne dormait pas. Peu à peu, cette haleine grossit. Toute la maison dormait.

Mouret attendit encore une demi-heure. Il écoutait toujours avec un grand soin, comme s'il eût entendu les quatre personnes couchées là, descendre, d'un pas de plus en plus lourd, dans l'engourdissement du profond sommeil. La maison, écrasée dans les ténèbres, s'abandonnait. Alors il se leva, gagna lentement le vestibule. Il grondait:

— Marthe n'y est plus, la maison n'y est plus, rien n'y est plus.

Il ouvrit la porte donnant sur le jardin, il descendit à la petite serre. Là, il déménagea méthodiquement les grands buis sèches; il en emportait des brassées énormes, qu'il montait, qu'il empilait devant les portes des Trouche et des Faujas. Comme il était pris d'un besoin de grande clarté, il alla allumer dans la cuisine toutes les lampes, qu'il revint poser sur les tables des pièces, sur les paliers de l'escalier, le long des corridors. Puis, il transporta le reste des fascines de buis. Les tas s'élevaient plus haut que les portes. Mais, en faisant un dernier voyage, il leva les yeux, il aperçut les fenêtres. Alors, il retourna chercher les arbres fruitiers et dressa un bûcher sous les fenêtres, en ménageant fort habilement des courants d'air pour que la flamme fût belle. Le bûcher lui parut petit.

— Il n'y a plus rien, répétait-il; il faut qu'il n'y ait plus rien.

Il se souvint, il descendit à la cave, recommença ses voyages. Maintenant, il remontait la provision de chauffage pour l'hiver: le charbon, les sarments, le bois. Le bûcher, sous les fenêtres, grandissait. A chaque paquet de sarments qu'il rangeait proprement, il était secoué d'une satisfaction plus vive. Il distribua ensuite le combustible dans les pièces du rez-de-chaussée, en laissa un tas dans le vestibule, un autre dans la cuisine. Il finit par renverser les meubles, par les pousser sur les tas. Une heure lui avait suffi pour cette rude besogne. Sans souliers, courant les bras chargés, il s'était glissé partout, avait tout charrié avec une telle adresse qu'il n'avait pas laissé tomber une seule bûche trop rudement. Il semblait doué d'une vie nouvelle, d'une logique de mouvements extraordinaires. Il était, dans l'idée fixe, très-fort, très-intelligent.

Quand tout fut prêt, il jouit un instant de son oeuvre. Il allait de tas en tas, se plaisait à la forme carrée des bûchers, faisait le tour de chacun d'eux, en frappant doucement dans ses mains d'un air de satisfaction extrême. Quelques morceaux de charbon étant tombés le long de l'escalier, il courut chercher un balai, enleva proprement la poussière noire des marches. Il acheva ainsi son inspection, en bourgeois soigneux qui entend faire les choses comme elles doivent être faites, d'une façon réfléchie. La jouissance l'effarait peu à peu; il se courbait, se retrouvait à quatre pattes, courant sur les mains, soufflant plus fort, avec un ronflement de joie terrible.

Alors, il prit un sarment. Il alluma les tas. il commença par les tas de la terrasse, sous les fenêtres. D'un bond, il rentra, enflamma les tas du salon et de la salle à manger, de la cuisine et du vestibule. Puis, il sauta d'étage en étage, jetant les débris embrasés de son sarment sur les tas barrant les portes des Trouche et des Faujas. Une fureur croissante le secouait, la grande clarté de l'incendie achevait de l'affoler. Il descendit à deux reprises avec des sauts prodigieux, tournant sur lui même, traversant l'épaisse fumée, activant de son souffle les brasiers, dans lesquels il rejetait des poignées de charbons ardents. La vue des flammes s'écrasant déjà aux plafonds des pièces, le faisait asseoir par moments sur le derrière, riant, applaudissant de toute la force de ses mains.

Cependant, la maison ronflait, comme un poêle trop bourré. L'incendie éclatait sur tous les points à la fois, avec une violence qui fendait les planchers. Le fou remonta, au milieu des nappes de feu, les cheveux grillés, les vêtements noircis. Il se posta au second étage, accroupi sur les poings, avançant sa tête grondante de bête. Il gardait le passage, il ne quittait pas du regard la porte du prêtre.

—Ovide! Ovide! appela une voix terrible.

Au fond du corridor, la porte de madame Faujas s'étant brusquement ouverte, la flamme s'engouffra dans la chambre avec le roulement d'une tempête. La vieille femme parut au milieu du feu. Les mains en avant, elle écarta les fascines qui flambaient, sauta dans le corridor, rejeta à coups de pied, à coups de poing, les tisons qui masquaient la porte de son fils, qu'elle continuait à appeler désespérément. Le fou s'était aplati davantage, les yeux ardents, se plaignant toujours. —Attends-moi, ne descends pas par la fenêtre, criait-elle, en frappant à la porte.

Elle dut l'enfoncer; la porte qui brûlait, céda facilement. Elle reparut, tenant son fils entre les bras. Il avait pris le temps de mettre sa soutane; il étouffait, suffoqué par la fumée.

—Écoute, Ovide, je vais t'emporter, dit-elle avec une rudesse énergique. Tiens-toi bien à mes épaules; cramponne-toi à mes cheveux, si tu te sens glisser…. Va, j'irai jusqu'au bout.

Elle le chargea sur ses épaules comme un enfant, et cette mère sublime, cette vieille paysanne, dévouée jusqu'à la mort, ne chancela point sous le poids écrasant de ce grand corps évanoui qui s'abandonnait. Elle éteignait les charbons sous ses pieds nus, s'ouvrait un passage en repoussant les flammes de sa main ouverte, pour que son fils n'en fût pas même effleuré. Mais, au moment où elle allait descendre, le fou, qu'elle n'avait pas vu, sauta sur l'abbé Faujas, qu'il lui arracha des épaules. Sa plainte lugubre s'achevait dans un hurlement tandis qu'une crise le tordait au bord de l'escalier. Il meurtrissait le prêtre, l'égratignait, l'étranglait.

—Marthe! Marthe! cria-t-il.

Et il roula avec le corps le long des marches embrasées; pendant que madame Faujas, qui lui avait enfoncé les dents en pleine gorge, buvait son sang. Les Trouche flambaient dans leur ivresse, sans un soupir. La maison, dévastée et minée, s'abattait au milieu d'une poussière d'étincelles.

XXIII

Macquart ne trouva pas chez lui le docteur Porquier, qui accourut seulement vers minuit et demi. Toute la maison était encore sur pied. Rougon seul n'avait pas bougé de son lit: les émotions le tuaient, disait-il. Félicité assise sur la même chaise, au chevet de Marthe, se leva pour aller à la rencontre du médecin.

—Ah! cher docteur, nous sommes bien inquiets, murmura-t-elle. La pauvre enfant n'a pas fait un mouvement, depuis que nous l'avons couchée là.... Ses mains sont déjà froides; je les ai gardées dans les miennes, inutilement.

Le docteur Porquier regarda attentivement le visage de Marthe; puis, sans l'examiner autrement, il resta debout, pinçant les lèvres, faisant de la main un geste vague.

—Ma bonne madame Rougon, dit-il, il vous faut bien du courage.

Félicité éclata en sanglots.

—C'est la fin, continua-t-il à voix plus basse. Il y a longtemps que j'attends ce triste dénoûment, je dois vous le confesser aujourd'hui. La pauvre madame Mouret avait les deux poumons attaqués, et la phthisie chez elle se compliquait d'une maladie nerveuse.

Il s'était assis, gardant aux coins des lèvres son sourire de médecin bien élevé, qui se montrait poli même à l'égard de la mort.

—Ne vous désespérez pas, ne vous rendez pas malade, chère dame. La catastrophe était prévue, une circonstance pouvait la hâter tous les jours.... La pauvre madame Mouret devait tousser, étant jeune, n'est-ce pas? J'estime qu'elle a couvé pendant des années les germes du mal. Dans ces derniers temps, depuis trois ans surtout, la phthisie faisait en elle des progrès effrayants. Et quelle piété! quelle ferveur! J'étais touché à la voir s'en aller si saintement.... Que voulez-vous? les décrets de Dieu sont insondables, la science est bien souvent impuissante.

Et comme madame Rougon pleurait toujours, il lui prodigua les plus tendres consolations, il voulut absolument qu'elle prît une tasse de tilleul pour se calmer.

—Ne vous tourmentez pas, je vous en conjure, répétait-il. Je vous assure qu'elle ne sent déjà plus son mal; elle va s'endormir ainsi tranquillement, elle ne reprendra connaissance qu'au moment de l'agonie.... Je ne vous abandonne pas, d'ailleurs; je reste là, bien que tous mes soins soient inutiles à présent. Je reste, en ami, chère dame, en ami, entendez-vous?

Il s'installa commodément pour la nuit, dans un fauteuil. Félicité s'apaisait un peu. Le docteur Porquier lui ayant fait entendre que Marthe n'avait plus que quelques heures à vivre, elle eut l'idée d'envoyer chercher Serge au séminaire, qui était voisin. Quand elle pria Rose de se rendre au séminaire, celle-ci refusa d'abord.

—Vous voulez donc le tuer aussi, ce pauvre petit! dit-elle. Ça lui porterait un coup trop rude, d'être réveillé au milieu de la nuit, pour venir voir une morte.... Je ne veux pas être son bourreau.

Rose gardait rancune à sa maîtresse. Depuis que celle-ci agonisait, elle tournait autour du lit, furieuse, bousculant les tasses et les bouteilles d'eau chaude.

—Est-ce qu'il y a du bon sens à faire ce que madame a fait? ajouta-t-elle. Ce n'est la faute à personne, si elle est allée prendre la mort auprès de monsieur. Et, maintenant, il faut que tout soit en l'air, elle nous fait tous pleurer.... Non, certes, je ne veux pas qu'on force le petit à se lever en sursaut.

Cependant, elle finit par se rendre au séminaire. Le docteur Porquier s'était allongé devant le feu; les yeux à demi fermés, il continuait à prodiguer de bonnes paroles à madame Rougon. Un léger râle commençait à soulever les flancs de Marthe. L'oncle Macquart, qui n'avait point reparu depuis deux grandes heures, poussa doucement la porte.

—D'où venez-vous donc? lui demanda Félicité, qui l'emmena dans un coin.

Il répondit qu'il était allé remiser sa carriole et son cheval à l'auberge des Trois-Pigeons. Mais il avait des yeux si vifs, un air de sournoiserie si diabolique, qu'elle était reprise de mille soupçons. Elle oublia sa fille mourante, flairant une coquinerie qu'elle devait avoir intérêt à connaître.

—On dirait que vous avez suivi et guetté quelqu'un, reprit-elle, en remarquant son pantalon boueux. Vous me cachez quelque chose, Macquart. Cela n'est pas bien. Nous avons toujours été gentils pour vous.

—Oh! gentils! murmura l'oncle en ricanant, c'est vous qui le dites. Rougon est un cancre; dans l'affaire du champ de blé, il s'est méfié de moi, il m'a traité comme le dernier des derniers.... Où donc est-il, Rougon? Il se dorlote, lui; il ne se moque pas mal de la peine qu'on prend pour la famille. Le sourire dont il accompagna ces dernières paroles inquiéta vivement Félicité. Elle le regardait en face.

—Quelle peine avez-vous prise pour la famille? dit-elle.

Vous n'allez peut-être pas me reprocher d'avoir ramené ma pauvre Marthe des Tulettes.... D'ailleurs, je vous le répète, tout ceci m'a l'air bien louche. J'ai questionné Rose—il paraît que vous aviez l'idée de venir droit ici.... Je m'étonne aussi que vous n'ayez pas frappé plus fort, rue Balande; on vous aurait ouvert.... Ce n'est pas que je sois fâchée d'avoir la chère enfant chez moi; elle mourra au moins parmi les siens, elle n'aura que des visages amis autour d'elle....

L'oncle parut très-surpris; il l'interrompit d'un air inquiet.

—Je vous croyais au mieux avec l'abbé Faujas?

Elle ne répondit pas; elle s'approcha de Marthe, dont le souffle devenait plus douloureux. Quand elle revint, elle vit Macquart qui, soulevant le rideau, semblait interroger la nuit, en frottant la vitre humide de la main.

—Ne partez pas demain avant de causer avec moi, lui recommanda-t-elle; je veux éclaircir tout ceci.

—Comme vous voudrez, répondit-il. On serait bien embarrassé pour vous faire plaisir. Vous aimez les gens, vous ne les aimez plus... Moi, je m'en moque; je vais toujours mon petit bonhomme de chemin.

Il était évidemment très-contrarié d'apprendre que les Rougon ne faisaient plus cause commune avec l'abbé Faujas. Il tapait la vitre du bout des doigts, sans quitter des yeux la nuit noire. A ce moment, une grande lueur rougit le ciel.

—Qu'est-ce donc? demanda Félicité.

Il ouvrit la croisée, il regarda.

—Ou dirait un incendie, murmura-t-il, d'un ton paisible. Ça brûle derrière la sous-préfecture.

La place s'emplissait de bruit. Un domestique entra tout effaré, racontant que le feu venait de prendre chez la fille de madame. On croyait avoir vu le gendre de madame, celui qu'on avait dû enfermer, se promener dans le jardin avec un sarment allumé. Le pis était qu'on désespérait de sauver les locataires. Félicité se tourna vivement, réfléchit une minute encore, les yeux fixés sur Macquart. Elle comprenait enfin.

—Vous nous aviez bien promis, dit-elle à voix basse, de vous tenir tranquille, lorsque nous vous avons installé dans votre petite maison des Tulettes. Rien ne vous manque pourtant, vous êtes là comme un vrai rentier.... C'est honteux, entendez-vous!... Combien l'abbé Fenil vous a-t-il donné pour ouvrir la porte à François?

Il se fâcha, mais elle le fit taire. Elle semblait beaucoup plus inquiète des suites de l'affaire qu'indignée par le crime lui-même.

—Et quel abominable scandale, si l'on venait à savoir! murmura-t-elle encore. Est-ce que nous vous avons jamais rien refusé? Nous causerons demain, nous reparlerons de ce champ dont vous nous cassez les oreilles.... Si Rougon apprenait une pareille chose, il en mourrait de chagrin.

L'oncle ne put s'empêcher de sourire. Il se défendit plus violemment, jura qu'il ne savait rien, qu'il n'avait trempé dans rien. Puis, comme le ciel s'embrasait de plus, et que le docteur Porquier était déjà descendu, l'oncle quitta la chambre, en disant d'un air pressé de curieux:

—Je vais voir.

C'était M. Péqueur des Saulaies qui avait donné l'alarme. Il y avait eu soirée à la sous-préfecture. Il se couchait, lorsque, vers une heure moins quelques minutes, il aperçut un singulier reflet rouge sur le plafond de sa chambre. S'étant s'approche de la fenêtre, il était resté très-surpris en voyant un grand feu brûler dans le jardin des Mouret, tandis qu'une ombre, qu'il ne reconnut pas d'abord, dansait au milieu de la fumée en brandissant un sarment allumé. Presque aussitôt des flammes s'échappèrent par toutes les ouvertures du rez-de-chaussée. Le sous-préfet s'empressa de remettre son pantalon; il appela son domestique, lança le concierge à la recherche des pompiers et des autorités. Puis, avant de se rendre sur le lieu du sinistre, il acheva de s'habiller, s'assurant devant une glace de la correction de sa moustache. Il arriva le premier rue Balande. La rue était absolument déserte; deux chats la traversaient en courant.

—Ils vont se laisser griller comme des côtelettes, là-dedans! pensa M. Péqueur des Saulaies, étonné du sommeil paisible de la maison, sur la rue, où pas une flamme ne se montrait encore.

Il frappa violemment, mais il n'entendit que le ronflement de l'incendie, dans la cage de l'escalier. Il frappa alors à la porte de M. Rastoil. Là, des cris perçants s'élevaient, accompagnés de piétinements, de claquements de portes, d'appels étouffés.

—Aurélie, couvre-toi les épaules! criait la voix du président.

M. Rastoil se précipita sur le trottoir, suivi de madame Rastoil et de la cadette de ses demoiselles, celle qui n'était pas encore mariée. Aurélie dans sa précipitation, avait jeté sur ses épaules un paletot de son père, qui lui laissait les bras nus; elle devint toute rouge, lorsqu'elle aperçut M. Péqueur des Saulaies.

—Quel épouvantable malheur! balbutiait le président. Tout va brûler. Le mur de ma chambre est déjà chaud. Les deux maisons n'en font qu'une, si j'ose dire.... Ah! monsieur le sous-préfet, je n'ai pas même pris le temps d'enlever les pendules. Il faut organiser les secours. On ne peut pas perdre son mobilier en quelques heures.

Madame Rastoil, à demi vêtue d'un peignoir, pleurait le meuble de son salon, qu'elle venait justement de faire recouvrir. Cependant, quelques voisins s'étaient montrés aux fenêtres. Le président les appela et commença le déménagement de sa maison; il se chargeait particulièrement des pendules, qu'il déposait sur le trottoir d'en face. Lorsqu'on eut sorti les fauteuils du salon, il fit asseoir sa femme et sa fille, tandis que le sous-préfet restait auprès d'elles, pour les rassurer.

—Tranquillisez-vous, mesdames, disait-il. La pompe va arriver, le feu sera attaqué vigoureusement.... Je crois pouvoir vous promettre qu'on sauvera votre maison.

Les croisées des Mouret éclatèrent, les flammes parurent au premier étage. Brusquement, la rue fut éclairée par une grande lueur; il faisait clair comme en plein jour. Un tambour, au loin, passait sur la place de la Sous-Préfecture, en battant le rappel. Des hommes accouraient, une chaîne s'organisait, mais les seaux manquaient, la pompe n'arrivait pas. Au milieu de l'effarement général, M. Péqueur des Saulaies, sans quitter les dames Rastoil, criait des ordres à pleine voix:

—Laissez le passage libre! La chaîne est trop serrée là-bas! Mettez-vous à deux pieds les uns des autres!

Puis, se tournant vers Aurélie, d'une voix douce:

—Je suis bien surpris que la pompe ne soit pas encore là.... C'est une pompe neuve; on va justement l'étrenner.... J'ai pourtant envoyé le concierge tout de suite; il a dû passer aussi à la gendarmerie.

Les gendarmes se montrèrent les premiers; ils continrent les curieux, dont le nombre augmentait, malgré l'heure avancée. Le sous-préfet était allé en personne rectifier la chaîne, qui se bossuait au milieu des poussées de certains farceurs accourus du faubourg. La petite cloche de Saint-Saturnin sonnait le tocsin de sa voix fêlée; un second tambour battait le rappel, plus languissamment, vers le bas de la rue, du côté du Mail. Enfin la pompe arriva, avec un tapage de ferraille secouée. Les groupes s'écartèrent; les quinze pompiers de Plassans parurent, courant et soufflant; mais, malgré l'intervention de M. Péqueur des Saulaies, il fallut encore un grand quart d'heure pour mettre la pompe en état.

—Je vous dis que le piston ne glisse pas! criait furieusement le capitaine au sous-préfet, qui prétendait que les écrous étaient trop serrés.

Lorsqu'un jet d'eau s'éleva, la foule eut un soupir de satisfaction. La maison flambait alors, du rez-de-chaussée au second étage, comme une immense torche. L'eau entrait dans le brasier avec un sifflement; tandis que les flammes, se déchirant en nappes jaunes, s'élevaient plus haut. Des pompiers étaient montés sur le toit de la maison du président, dont ils enfonçaient les tuiles, à coups de pic, pour faire la part du feu.

—La baraque est perdue, murmura Macquart, les mains dans les poches, planté tranquillement sur le trottoir d'en face, d'où il suivait les progrès de l'incendie avec un vif intérêt.

Il s'était formé là, au bord du ruisseau, un salon en plein air. Les fauteuils se trouvaient rangés en demi-cercle, comme pour permettre d'assister à l'aise au spectacle. Madame de Condamin et son mari venaient d'arriver; ils rentraient à peine de la sous-préfecture, disaient-ils, lorsqu'ils avaient entendu battre le rappel. M. de Bourdeu, M. Maffre, le docteur Porquier, M. Delangre, accompagné de plusieurs membres du conseil municipal, s'étaient également empressés d'accourir. Tous entouraient ces pauvres dames Rastoil, les réconfortaient, s'abordaient avec des exclamations apitoyées. La société finit par s'asseoir sur les fauteuils. Et la conversation s'engagea, pendant que la pompe soufflait à dix pas et que les poutres embrasées craquaient. —As-tu pris ma montre, mon ami? demanda madame Rastoil; elle était sur la cheminée, avec la chaîne.

—Oui, oui, je l'ai dans ma poche, répondit le président, la face gonflée, chancelant d'émotion. J'ai aussi l'argenterie.... J'aurais tout emporté; mais les pompiers ne veulent pas, ils disent que c'est ridicule.

M. Péqueur des Saulaies se montrait toujours très-calme et très-obligeant.

—Je vous assure que votre maison ne court plus aucun risque, affirma-t-il; la part du feu est faite. Vous pouvez aller remettre vos couverts dans votre salle à manger.

Mais M. Rastoil ne consentit pas à se séparer de son argenterie, qu'il tenait sous le bras, pliée dans un journal.

—Toutes les portes sont ouvertes, balbutia-t-il; la maison est pleine de gens que je ne connais pas.... Ils ont fait dans mon toit un trou qui me coûtera cher à boucher.

Madame de Condamin interrogeait le sous-préfet. Elle s'écria:

—Mais c'est horrible! mais je croyais que les locataires avaient eu le temps de se sauver!... Alors, on n'a pas de nouvelles de l'abbé Faujas?

—J'ai frappé moi-même, dit M. Péqueur des Saulaies; personne n'a répondu. Quand les pompiers sont arrivés, j'ai fait enfoncer la porte, j'ai ordonné d'appliquer des échelles aux fenêtres.... Tout a été inutile. Un de nos braves gendarmes, qui s'est aventuré dans le vestibule, a failli être asphyxié par la fumée.

-Ainsi l'abbé Faujas?... Quelle abominable mort! Reprit la belle Octavie avec un frisson.

Ces messieurs et ces dames se regardèrent, blêmes dans les clartés vacillantes de l'incendie. Le docteur Porquier expliqua que la mort par le feu n'était peut-être pas aussi douloureuse qu'on se l'imaginait.

—On est saisi, dit-il en terminant; ça doit être l'affaire de quelques secondes. Il faut dire aussi que cela dépend de la violence du brasier.

M. de Condamin comptait sur ses doigts.

—Si madame Mouret est chez ses parents, comme on le prétend, cela fait toujours quatre: l'abbé Faujas, sa mère, sa soeur et son beau-frère.... C'est joli!

A ce moment, madame Rastoil se pencha à l'oreille de son mari.

—Donne-moi ma montre, murmura-t-elle. Je ne suis pas tranquille. Tu le remues. Tu vas t'asseoir dessus. Une voix ayant crié que le vent poussait les flammèches du côté de la sous-préfecture, M. Péqueur des Saulaies s'excusa, s'élança, afin de parer à ce nouveau danger. Cependant, M. Delangre voulait qu'on tentât un dernier effort pour porter secours aux victimes. Le capitaine des pompiers lui répondit brutalement de monter aux échelles lui-même, s'il croyait la chose possible; il disait n'avoir jamais vu un feu pareil.

C'était le diable qui avait dû allumer ce feu-là, pour que la maison brûlât, comme un fagot, par tous les bouts à la fois. Le maire, suivi de quelques hommes de bonne volonté, fit alors le tour par l'impasse des Chevillottes. Du côté du jardin, peut-être pourrait-on monter.

—Ce serait très-beau, si ce n'était pas si triste, remarqua madame de Condamin, qui se calmait.

En effet, l'incendie devenait superbe. Des fusées d'étincelles montaient dans de larges flammes bleues; des trous d'un rouge ardent se creusaient au fond de chaque fenêtre béante; tandis que la fumée roulait doucement, s'en allait en un gros nuage violâtre, pareille à la fumée des feux de Bengale, pendant les feux d'artifice. Ces dames et ces messieurs s'étaient pelotonnés dans les fauteuils; ils s'accoudaient, s'allongeaient, levaient le menton; puis, des silences se faisaient, coupés de remarques, lorsqu'un tourbillon de flammes plus violent s'élevait. Au loin, dans les clartés dansantes qui illuminaient brusquement des profondeurs de têtes moutonnantes, grossissaient un brouhaha de foule, un bruit d'eau courante, tout un tapage noyé. Et la pompe, à dix pas, gardait son haleine régulière, son crachement de gosier de métal écorché.

—Regardez donc la troisième fenêtre, au second étage, s'écria tout à coup M. Maffre émerveillé; on voit très-bien, à gauche, un lit qui brûle. Les rideaux sont jaunes; ils flambent comme du papier.

M. Péqueur des Saulaies revenait au petit trot tranquilliser la société. C'était une panique. —Les flammèches, dit-il, sont bien portées par le vent du côté de la sous-préfecture; mais elles s'éteignent en l'air. Il n'y a aucun danger, on est maître du feu.

—Mais, demanda madame de Condamin, sait-on comment le feu a pris?

M. de Bourdeu assura qu'il avait d'abord vu une grosse fumée sortir de la cuisine. M. Maffre prétendait, au contraire, que les flammes avaient d'abord paru dans une chambre du premier étage. Le sous-préfet hochait la tête d'un air de prudence officielle; il finit par dire à demi-voix:

—Je crois que la malveillance n'est pas étrangère au sinistre. J'ai déjà ordonné une enquête.

Et il raconta qu'il avait vu un homme allumer le feu avec un sarment.

—Oui, je l'ai vu aussi, interrompit Aurélie Rastoil. C'est monsieur Mouret.

Ce fut une surprise extraordinaire. La chose était impossible. M. Mouret s'échappant et brûlant sa maison, quel épouvantable drame! Et l'on accablait Aurélie de questions. Elle rougissait, tandis que sa mère la regardait sévèrement. Il n'était pas convenable qu'une jeune fille fût ainsi toutes les nuits à la fenêtre.

—Je vous assure, j'ai bien reconnu monsieur Mouret, reprit-elle. Je ne dormais pas, je me suis levée, en voyant une grande lumière.... Monsieur Mouret dansait au milieu du feu.

Le sous-préfet se prononça.

—Parfaitement, mademoiselle a raison.... Je reconnais le malheureux, maintenant. Il était si effrayant, que je restais perplexe, bien que sa figure ne me fût pas inconnue.... Je vous demande pardon, ceci est très-grave; il faut que j'aille donner quelques ordres.

Il s'en alla de nouveau, pendant que la société commentait cette aventure terrible, un propriétaire brûlant ses locataires. M. de Bourdeu s'emporta contre les maisons d'aliénés; la surveillance y était faite d'une façon tout à fait insuffisante. A la vérité, M. de Bourdeu tremblait de voir flamber dans l'incendie la préfecture que l'abbé Faujas lui avait promise.

—Les fous sont pleins de rancune, dit simplement M. de Condamin.

Ce mot embarrassa tout le monde. La conversation tomba net. Les dames eurent de légers frissons, tandis que ces messieurs échangaient des regards singuliers. La maison en flammes devenait beaucoup plus intéressante, depuis que la société connaissait la main qui avait mis le feu. Les yeux clignant d'une terreur délicieuse, se fixaient sur le brasier, avec le rêve du drame qui avait dû se passer là.

—Si le papa Mouret est là dedans, ça fait cinq, dit encore M. de Condamin, que les dames firent taire, en l'accusant d'être un homme atroce.

Depuis le commencement de l'incendie, les Paloque, accoudés à la fenêtre de leur salle à manger, regardaient. Ils étaient juste au-dessus du salon improvisé sur le trottoir. La femme du juge finit par descendre pour offrir gracieusement l'hospitalité aux dames Rastoil, ainsi qu'aux personnes qui les entouraient. —On voit bien de nos fenêtres, je vous assure, dit-elle.

Et, comme ces dames refusaient:

—Mais vous allez prendre froid, continua-t-elle; la nuit est très-fraîche.

Madame de Condamin eut un sourire, en allongeant sur le pavé ses petits pieds, qu'elle montra au bord de sa jupe.

—Ah bien! oui, nous n'avons pas froid! répondit-elle. Moi, j'ai les pieds brûlants. Je suis très-bien.... Est-ce que vous avez froid, mademoiselle?

—J'ai trop chaud, assura Aurélie. On dirait une nuit d'été. Ce feu-là chauffe joliment.

Tout le monde déclara qu'il faisait bon, et madame Paloque se décida alors à rester, à s'asseoir, elle aussi, dans un fauteuil. M. Maffre venait de partir; il avait aperçu, au milieu de la foule, ses deux fils, en compagnie de Guillaume Porquier, accourus tous les trois, sans cravate, d'une maison des remparts, pour voir le feu. Le juge de paix, qui était certain de les avoir enfermés à double tour dans leur chambre, emmena Alphonse et Ambroise par les oreilles.

—Si nous allions nous coucher? dit M. de Bourdeu, de plus en plus maussade.

M. Péqueur des Saulaies avait reparu, infatigable, n'oubliant pas les dames, malgré les soins de toutes sortes dont il était accablé. Il alla vivement au-devant de M. Delangre, qui revenait de l'impasse des Chevillottes. Ils causèrent à voix basse. Le maire avait dû assister à quelque scène épouvantable; il se passait la main sur la face, comme pour chasser de ses yeux l'image atroce qui le poursuivait. Les dames l'entendirent seulement murmurer: «Nous sommes arrivés trop tard! C'est horrible, horrible!...» Il ne voulut répondre à aucune question. —Il n'y a que Bourdeu et Delangre qui regrettent l'abbé, murmura M. de Condamin à l'oreille de madame Paloque.

—Ils avaient des affaires avec lui, répondit tranquillement celle-ci. Voyez donc, voici l'abbé Bourrette. Celui-là pleure pour de bon.

L'abbé Bourrette, qui avait fait la chaîne, sanglotait à chaudes larmes. Le pauvre homme n'entendait pas les consolations. Jamais il ne voulut s'asseoir dans un fauteuil; il resta debout, les yeux troubles, regardant brûler les dernières poutres. On avait aussi vu l'abbé Surin; mais il avait disparu, après avoir écouté, de groupe en groupe, les renseignements qui couraient.

—Allons nous coucher, répéta M. de Bourdeu. C'est bête à la fin de rester là.

Toute la société se leva. Il fut décidé que M. Rastoil, sa dame et sa demoiselle, passeraient la nuit chez les Paloque. Madame de Condamin donnait de petites tapes sur sa jupe, légèrement froissée. On recula les fauteuils, on se tint un instant debout, à se souhaiter une bonne nuit. La pompe ronflait toujours, l'incendie pâlissait, au milieu d'une fumée noire; on n'entendait plus que le piétinement affaibli de la foule et la hache attardée d'un pompier abattant une charpente.

—C'est fini, pensa Macquart, qui n'avait pas quitté le trottoir d'en face.

Il resta pourtant encore un instant, à écouter les dernières paroles que M. de Condamin échangeait à demi-voix avec madame Paloque.

—Bah! disait la femme du juge, personne ne le pleurera, si ce n'est cette grosse bête de Bourrette. Il était devenu insupportable, nous étions tous esclaves. Monseigneur doit rire à l'heure qu'il est. Enfin, Plassans est délivré! —Et les Rougon! fit remarquer M. de Condamin, ils doivent être enchantés.

—Pardieu! les Rougon sont aux anges. Ils vont hériter de la conquête de l'abbé.... Allez, ils auraient payé bien cher celui qui se serait risqué à mettre le feu à la baraque.

Macquart s'en alla, mécontent, il finissait par craindre d'avoir été dupe. La joie des Rougon le consternait. Les Rougon étaient des malins qui jouaient toujours un double jeu, et avec lesquels on finissait quand même par être volé. En traversant la place de la sous-préfecture, il se jurait de ne plus travailler comme cela, à l'aveuglette.

Comme il remontait à la chambre où Marthe agonisait, il trouva Rose assise sur une marche de l'escalier. Elle était dans une colère bleue, elle grondait:

—Non, certes, je ne resterai pas dans la chambre; je ne veux pas voir des choses pareilles. Qu'elle crève sans moi! qu'elle crève comme un chien! Je ne l'aime plus, je n'aime plus personne…. Aller chercher le petit, pour le faire assister à ça! Et j'ai consenti! Je m'en voudrai toute la vie…. Il était pâle comme sa chemise, le chérubin. J'ai dû le porter du séminaire ici. J'ai cru qu'il allait rendre l'âme en roule, tant il pleurait. C'est une pitié!… Et il est là, maintenant, à l'embrasser. Moi, ça me donne la chair de poule. Je voudrais que la maison nous tombât sur la tête, pour que ça fût fini d'un coup…. J'irai dans un trou, je vivrai toute seule, je ne verrai jamais personne, jamais, jamais. La vie entière, c'est fait pour pleurer et pour se mettre en colère.

Macquart entra dans la chambre. Madame Rougon, à genoux, se cachait la face entre les mains; tandis que Serge, debout devant le lit, les joues ruisselantes de larmes, soutenait la tête de la mourante. Elle n'avait point encore repris connaissance. Les dernières lueurs de l'incendie éclairaient la chambre d'un reflet rouge. Un hoquet secoua Marthe. Elle ouvrit des yeux surpris, se mit sur son séant pour regarder autour d'elle. Puis, elle joignit les mains avec une épouvante indicible, elle expira, en apercevant, dans la clarté rouge, la soutane de Serge.

FIN